KB236840

세계 민담 전집

세계민담전집

11

미국 편

손동호 엮음

황금가지

세계 민담 전집을 펴내면서

민담이란 한 민족이 수천 년 삶의 지혜를 온축하여 가꾸어 온 이야기들입니다. 그 민족 특유의 자연관, 인생관, 우주관, 사회 의식이 속속들이 배어 있는 민담은 진정 그 민족이 발전시켜 외부와 교통해 온 문화를 이해하는 골간입니다. 세계화 시대를 맞아 국경의 의미가 나날이 퇴색되고 많은 사람들이 인류 공통의 문제를 피부로 느끼는 지금, 한편으로는 국가와 민족 인종 간의 몰이해로 인한 충돌이 더욱 빈번해져 가고 있습니다. 서로의 문화를 진정으로 이해해야 할 필요성이 더욱 커진 오늘, 한 민족의 문화에서 민담이 갖는 중요성을 생각할 때, 우리나라에 아직 믿고 읽을 만한 민담 전집을 갖지 못했다는 것은 여러 모로 불행한 일이 아닐 수 없습니다.

지금까지 세계 여러 민족의 옛이야기들이 전혀 출판되지 않았던 것은 아니지만, 개별적으로 나와 망실되고 절판된 데다가 영어나 일본어 판에서 중역된 것이 대부분이었고, 그나마 아동용으로 축약 변형되어 온전한 모습으로 소개되지 못했습니다. 황금가지에서는 각 민족의 고유 문화를 이해하는 실마리가 될 민담을 올바르게 소개하고자 다음과 같은 원칙에 따라 편집을 진행하였습니다.

첫째, 근대 이후에 형성된 국가의 구분에 얽매이지 않고 더 본질적인 민족의 분포와 문화권을 고려하여 분류하였습니다. 국가적 동질성과 문화적 동질성이 반드시 일치하지는 않기 때문입니다.

둘째, 각 민족어 전공자가 직접 원어 텍스트를 읽은 후 이야기를 골라 번역했습니다. 영어 판이나 일본어 판을 거쳐 중역된 이야기는 영어권과 일본어권 독자들의 입맛에 맞도록 순화되는 과정에 해당 민족 고유의 사유를 손상시켰을 우려가 높습니다. 황금가지 판 『세계 민담 전집』은 해당 언어와 문화권을 잘 이해하고 있는 전공자들이 엮고 옮겨 각 민족에 가장 널리 사랑받는 이야기, 그들의 문화 유전자가 가장 생생하게 드러나는 이야기들을 가려 뽑도록 애썼습니다.

셋째, 기존에 알려져 있던 각 민족의 대표 민담들뿐 아니라 그동안 접하기 힘들었던 새로운 이야기들을 여럿 소개합니다. 또한 이미 들은 적이 있는 이야기일지라도 축약이나 왜곡이 심했던 경우에는 원형에 가까운 형태로 재소개했습니다.

황금가지 판 『세계 민담 전집』은 또한 작은 가방에도 들어가는 포켓판 형태로 제작되어 간편하게 들고 다니며 읽을 수 있게 하였습니다. 세계를 여행하면서 그 지역에 뿌리를 두고 자라난 이야기들을 읽고 확인하는 것도 이 전집을 읽는 또다른 즐거움이 될 것입니다.

세계 민담 전집 편집부

차 례

•••••••

황금가지 세계 민담 전집 미국 편

제1부 서부 개척 시대의 이야기

정직한 에이브 ••• 11

디파이드의 철자는? ••• 13

일해서 갚은 책값 ••• 15

나는 거짓말을 하지 않아요 ••• 18

타르 인형 이야기 ••• 22

꼬마 오드리의 모험 ••• 33

아칸소 여행객 ••• 41

아빠가 장난을 쳤답니다 ••• 47

대학 간 아들 ••• 53

입이 비뚤어진 가족 ••• 56

바람 ••• 59

생가죽 철도 ••• 71

위대한 프랭크 ••• 78

방울뱀 수프 만드는 법 ••• 85

웨스트버지니아의 농장 이야기 ••• 90

피코스 빌의 모험 ••• 93

피볼드 피볼드슨 ••• 104

피볼드가 캘리포니아에 간 까닭은? ••• 108

기관사 케이시 존스 ••• 111

테네시와 미시시피의 종소리 귀신 ••• 119

악마와 톰 워커 ••• 138

실종자 피터 럭 ••• 153

노상강도 루이스의 오른손 ••• 169

악마 강의 늑대 소녀 ●●● 183

그레첸과 백마 ●●● 191

와일리와 털복숭이 ●●● 196

말하는 달걀 ●●● 206

죽음의 왈츠 ●●● 210

제 2 부 데 이 비 크 로 켓

데이비 크로켓과 마이크 핑크 ●●● 215

우스운 이야기와 정치 이야기 ●●● 217

칙칙! ●●● 220

웃음으로 나무껍질을 벗기다 ●●● 222

너구리 가죽의 비밀 ●●● 224

현명한 짐승 ●●● 229

늑대를 나무에 묶어 놓기 ●●● 231

여우 ●●● 233

곰 가죽 벗기기 ●●● 234

길들여진 곰 ●●● 236

1829년의 선거 연설 ●●● 238

제 3 부 와 일 드 빌 히 콕

와일드 빌 히콕, 그는 과연 누구인가? ●●● 243

와일드 빌과 첫 만남 ●●● 247

데이브 텃과 벌인 결투 ●●● 251

블랙 넬 ●●● 258

매카네스 학살 ●●● 261

총잡이들의 왕자 ●●● 270

와일드 빌의 죽음 ●●● 273

제 4 부 빌 리 더 키 드

빌리 더 키드를 아십니까? ●●● 283

링컨 카운티 전쟁 ●●● 290

키드 소탕 작전 ●●● 295

빌리 더 키드 대위기! ● ● ● 299

빌리 더 키드의 죽음 ● ● ● 304

제 5 부 왕 발 이 월 러 스

왕발이 월러스 ● ● ● 311

왕발이라는 별명의 유래 ● ● ● 313

여행의 시작 ● ● ● 315

세인트 찰스 여인숙 ● ● ● 319

혼혈아 무도회 ● ● ● 324

농사에 대한 왕발이의 생각 ● ● ● 336

제 6 부 데 이 비 레 인

데이비 레인 ● ● ● 347

뱀의 추격 ● ● ● 349

뿔뱀과의 사투 ● ● ● 352

바람돌이 수사슴 ● ● ● 355

복숭아나무 타기 ● ● ● 358

비둘기 집 ● ● ● 361

복숭아 따먹기 ● ● ● 364

사과 따먹기 ● ● ● 366

촌충 ● ● ● 368

사슴뿔 달린 뱀 ● ● ● 371

해설 | 미국 민담을 소개하며 ● ● ● 375

서부 개척 시대의 이야기

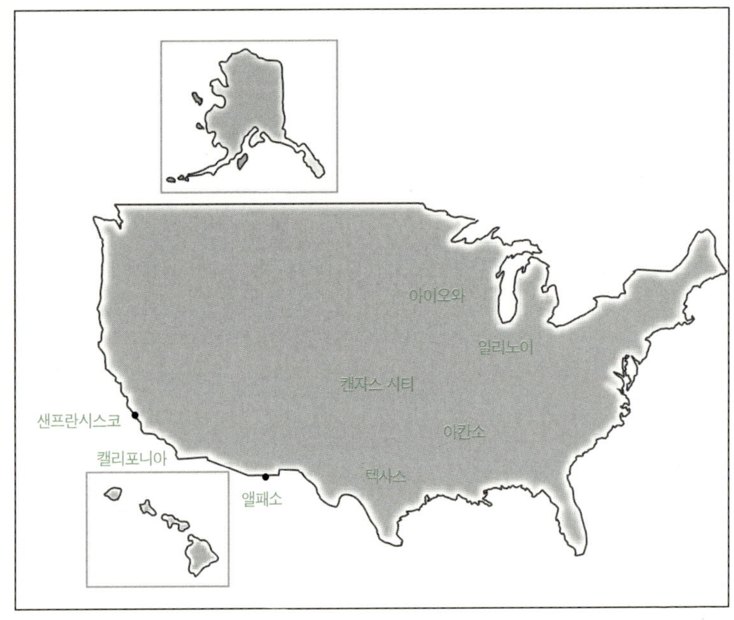

●──미국은 북아메리카 대륙의 캐나다와 멕시코 사이에 위치하고 있으며, 본토 48개 주와 알래스카·하와이의 2개 주로 구성된 연방공화국이다. 건국한 지 200여 년에 불과하지만 영토가 광활하고 천연 자원이 풍부하며 다양한 인종·민족이 모여 산다. 이 책은 건국 초기 백인 개척민들의 민담을 주로 모았다.

정 직 한 에 이 브

어느 날 부인 한 명이 가게 안으로 들어와서 잡다한 물품들을 구매했다. 총 2달러 6과 4분의 1센트라는 계산이 나왔는데 어쩌면 점원이 잘못 계산한 건지도 모른다. 요즘에는 6과 4분의 1센트라는 표현을 쓰지 않으니 말이다. 하지만 에이브가 점원으로 일하던 당시에는 이 동전을 스페인의 통화에서 차용하여 사용했다.

계산을 끝낸 부인은 몹시 만족했다. 그렇지만 젊은 점원은 계산이 정확했는지 확신할 수 없어서 다시 한 번 덧셈을 해 보았다. 당황스럽게도 총 구매액은 2달러밖에 되지 않았다.

"6과 4분의 1센트를 더 지불하게 하다니."

에이브가 불안해하며 말했다.

분명 사소한 일이었고, 대부분의 점원들은 그런 일을 곧 잊어버리고 만다. 하지만 에이브는 그러기에는 너무도 양심적이었다.

"돈을 되돌려 드려야 해."

그는 결심했다.

그 부인이 '모퉁이를 돌면 바로 거기'에 살면 간단한 일이었을 텐데 알고 보니 그녀는 3, 4킬로미터 정도 떨어진 곳에 살았다. 그렇다고 상황이 달라지는 것은 아니었다. 이미 밤이 되었지만 그는 가게 문을 닫고 고객이 사는 곳까지 걸어갔다. 그곳에 도착한 에이브는 자초지종을 말하고 6과 4분의 1센트를 지불한 다음 개운한 마음으로 집에 돌아왔다. 보증 없이 돈을 빌려 주어도 아깝지 않을 젊은이라고 할 수 있다.

젊은 링컨의 정직성에 대해서라면 또 다른 일화가 있다.

어떤 부인이 들어와서 차 225그램을 부탁했다. 젊은 점원은 무게를 단 다음 꾸러미를 건네주었다. 그가 그날 판 마지막 물건이었다.

다음 날 아침, 일을 시작하려는데 에이브는 저울 눈금이 100그램에 가 있는 것을 발견했다. 순간 그는 전날 밤 이 상태인 저울을 사용했고, 고객들에게 물건을 덜 줬다는 생각이 불현듯 머리를 스쳤다. 이런 사실을 알았을 때 아무 일 없었다는 듯이 그냥 넘어갈 상인은 무척 많을 것이다. 하지만 이 젊은이는 달랐다. 그는 225그램 중에서 부족한 양만큼 무게를 단 다음, 가게 문을 닫고 고객을 찾아갔다. 어린 독자들은 훗날 링컨 대통령에게 붙여진 '정직한 에이브'라는 별명이 잘못 붙여진 것이 아니라는 점을 알게 될 것이다. 어린 시절 철저히 정직하게 출발한 사람은 나이를 먹어서도 변하지 않으며, 상업적 정직성은 어느 정도의 정치적 정직성을 보장한다는 사실을 알 수 있다.

디파이드의 철자는?

"디파이드^{Defied}의 철자를 말해 보아라."

선생님이 학급 전체에게 이 질문을 던졌다.

줄이 삐뚤빼뚤하게 앉아 있던 시골 학교의 학생들 중 한 소년이 일어나 약간 머뭇거리며 대답했다.

"D-e-f-i-d-e, 니파이드입니다."

선생님은 얼굴을 찡그리며 날카롭게 외쳤다.

"다음!"

다음 학생은 첫 번째 학생보다는 잘할 수 있다는 생각에 자신 있게 대답했다.

"D-e-f-y-d-e."

"또 틀렸어! 다음 학생 한번 해 봐라."

"D-e-f-y-d!"

세 번째 학생이 대답했다.

"갈수록 태산이군! 정말 훈장감이로구나!"

크로포드 선생님이 냉소적으로 말했다.

"다음!"

"D-e-f-y-e-d!"

"내가 이렇게 가르쳤단 말이니?"

선생님은 다음 사람의 대답에 인상을 더욱 찌푸리며 말했다.

"두 음절로 된 쉬운 단어조차 철자를 모르다니. 창피한 일이다. 이 단어의 철자를 맞힐 때까지 아무도 밖에 나가지 못할 줄 알아."

이제 에이브가 좋아하는 로비라는 예쁜 소녀 차례가 되었다. 그 아이도 그 단어의 철자가 가물가물했다. 당황한 상태에서 로비는 우연히 에이브가 앉은 창가 쪽으로 몸을 돌렸다. 에이브는 학교 전체에서 철자를 제일 잘 아는 학생이었다. 'defied' 같은 철자는 그에게 식은 죽 먹기인 데다 에이브는 소녀를 도와주고 싶었다. 로비가 그를 바라보자 에이브는 얼굴에 미소를 띤 채 의미심장하게 손가락을 자신의 눈에 갖다 대었다. 소녀는 암시를 알아챘고 그 단어의 철자를 똑바로 얘기할 수 있었다.[1]

"마침내 맞혔군!"

등을 돌리고 있었기 때문에 에이브의 무언극을 보지 못한 선생님이 말했다.

"급우들 중 한 명이 철자를 알고 있어서 다행인 줄 알아라. 아무도 못 맞혔다면 너희들은 내 말대로 한 사람도 밖에 나가 놀지 못했을 거다."

●──주

---

1   defyde와 defied의 차이는 y와 i다. eye는 i로 소리나므로 눈을 가리키자 y 대신에 i를 넣는다는 것을 알게 된 것이다.

링컨의 어린 시절에 관한 이야기는 모두 흥미롭다. 그는 어린 시절에 이미 뛰어난 미래의 기초 공사를 하고 있었기 때문이다. 그의 정신과 성격은 천천히 발달하면서 미래를 위한 모양을 갖추어 갔다.

레이먼 씨의 인생담에서 열일곱 살 청년 링컨의 습관과 취미를 알 수 있는 대목이 나온다.

에이브는 느릅나무 아래 눕거나 오두막의 다락방에서 책을 읽고, 계산을 하고, 이것저것 끄적거리는 것을 좋아했다고 한다. 밤에는 굴뚝 기둥 옆에 앉아 벽난로에서 퍼지는 불빛을 받으며 나무로 된 부삽에 뭔가를 쓰곤 했다. 부삽에 더 이상 쓸 자리가 없으면 아버지 토머스 링컨이 부삽을 깎아 내면 다시 쓰기 시작했다. 낮에는 실외에서 나무 판자를 끊임없이 깎아 내면서 뭔가를 끌적였다. 에이브의 계모는 또 이렇게 말했다.

"그 아인 자기 손에 들어오는 책은 모조리 다 읽어 버립니다. 책 읽는 데 아주 열심이에요. 자기 손에 들어오는 책은 몽땅 다 읽는다니까요. 책을 읽다가 감동적인 구절을 발견했는데 종이가 없으면 판자 위에 써 둔답니다. 그리고 판자를 잘 가지고 있다가 종이가 생기면 옮겨 적고, 읽어 보고, 말로 해 봐요. 그 아이에게는 글을 베껴 쓰는 공책이 있는데, 거기에 모든 것을 적어 보관하지요.”

또 에이브가 열네 살 때부터 열여덟 살이 될 때까지 링컨네 식구들과 함께 살았던 존 행크스는 이렇게 말했다.

“일을 마치고 집으로 돌아오면, 링컨, 아니 에이브는 찬장에서 옥수수 빵 한 조각을 꺼낸 다음 책을 뽑아 들고 의자에 앉아 다리를 바짝 세우고 책을 읽기 시작했어요. 에이브와 나는 맨발로 함께 땅을 고르고, 쟁기질을 하고, 풀을 베고, 낫질을 했죠. 옥수수를 심고, 수확하고, 껍질도 벗겼어요. 에이브러햄은 시간만 나면 계속해서 책을 읽어 댔어요.”

아마도 에이브가 손에 넣을 수 있는 책은 몇 권 되지 않았을 것이다. 그 당시에는 마을에 공공 도서관이든 개인 도서관이든 도서관이 없었기 때문에 방대한 양의 책 중에서 골라 읽었다기보다는 구할 수 있는 책이면 닥치는 대로 읽어야 하는 상황이었을 것이다. 그럼에도 불구하고 인격 형성기에 링컨이 실제로 어떤 책을 읽었는가를 알아보는 것은 상당히 흥미롭다. 어떤 책들은 당연히 읽을 만한 가치가 있는 것들이었다. 예를 들어『이솝 우화』,『로빈슨 크루소』,『천로역정』과『미국사』, 그리고 웜이 지은『워싱턴의 생애』같은 책들 말이다.『워싱턴의 생애』는 에이브가 이웃에 사는 조슈아 크로퍼드 씨에게서 빌린 것이다. 에이브는 가장 안전하다고 생각되는 오두막 한쪽 구석에 책을 두었는데 공교롭게도 책을 놓아 둔 선반 바로 뒷벽에 커다란 금이 가 있었다. 어느 날 밤 갑자기 폭풍우가 몰아쳐서 비가 틈새로 들이치는 바람에 빌린 책이 흠뻑 젖고 말았다. 에이브는 책이 못 쓰게 된 것이 너무나 안타까웠다. 그 책은 주인에게뿐만 아니라 자신에게도 참으로 소중했기 때문이다.

그는 못 쓰게 되어 버린 책을 들고 당황스럽고 안타까운 마음으로 터벅터벅 걸어 크로퍼드 씨 댁으로 갔다. 크로퍼드 씨가 물었다.

"에이브, 아침 일찍부터 무슨 일이니?"

"좋지 않은 소식이에요."

풀이 죽은 얼굴로 에이브가 대답했다.

"안 좋은 소식이라니! 말해 봐라."

"제게 빌려 주신 책 아시죠? 『워싱턴의 생애』라는."

"물론 알지."

"비가 와서 못 쓰게 되어 버렸어요."

에이브는 안쪽까지 흠뻑 젖은 그 책을 보여 주면서 책이 상하게 된 상황에 대해 설명했다.

"안타깝지만 책값을 물어내야겠구나, 에이브. 네가 너무 부주의했으니까!"

"돈이 있다면 당연히 책값을 물어 드리겠습니다만."

"돈이 없다면, 일을 해서 갚아라."

"시키시는 일은 뭐든지 하겠습니다."

그렇게 해서 에이브는 크로퍼드 씨 밑에서 사흘 동안 가축에게 여물을 주기로 했다. 일의 대가는 하루에 25센트고, 책의 가격이 75센트임을 고려하면 사흘 간의 노동은 적당해 보였다. 그렇게 해서 에이브는 빚을 갚을 수 있었다. 레이먼 씨는 크로퍼드 씨가 이러한 벌칙을 강요한 것은 잘못이라고 했다. 하지만 그것은 공정한 처사였으며, 에이브가 그 문제를 명예롭게 해결하려고 했다는 점은 본받을 만하다.

나는 거짓말을 하지 않아요

현명한 율리시스가 사랑하는 아들 텔레마커스를 위해서 겪은 고통 못지않게 워싱턴 씨는 아들 조지에게 일찌감치 진실에 대한 사랑을 고취시키느라 애썼다.

"조지, 진실은 젊은이가 가져야 할 가장 중요한 덕목이란다. 아들아, 아빠는 말이야, 마음이 정직하고 입술이 순결하며 언제든지 신뢰할 수 있는 말을 하는 아이를 만나기 위해서라면 말을 타고 100킬로미터라도 갈 거다. 모든 사람의 눈에 그 아이가 얼마나 사랑스러워 보이겠니! 부모는 그 아이를 정말로 사랑할 거야. 친척들은 그 애를 자랑스러워하고 자기 자식들에게 끊임없이 그 아이를 칭찬할 거고, 제발 그 아이처럼 되라고 부탁할 거야. 또 놀러 오라고 전갈을 보내서 그 아이가 오면 마치 천사가 내려온 것처럼 환대하며 자기 자식들에게 모범을 보여 주길 바라겠지.

애야, 그렇지만 거짓말하는 아이는 정반대의 대우를 받는단다. 그 아이가 하는 말은 아무도 믿지 않게 되지. 가는 곳마다 모두들 그 아일 꺼리고, 부모들은 그 아이가 자기 자식과 어울릴까 봐 걱정한단다. 조지! 내 아들아! 네가 그렇게 되는 꼴을 보느니, 아빤 차라리 널 관 속에 집어넣은 채 너를 따라 무덤까지 갈 거란다. 나와 함께 뛰고 싶어하는 너의 작은 두 발, 다정하게 바라보는 네 눈빛, 재잘대는 네 모습은 내 행복의 전부니깐 난 널 결코 포기하고 싶지 않아. 그렇지만 아들아, 아빤 네가 거짓말쟁이가 되는 것을 보느니 차라리 널 포기하고 말겠다.”

조지가 아주 심각하게 물었다.

“아빠, 제가 거짓말한 적이 있나요?”

“조지, 그렇지 않아. 아빤 네가 거짓말하지 않는 것에 대해 하느님께 감사드린단다. 그리고 네가 앞으로도 결코 거짓말하지 않을 것이라 기대한다. 사실 많은 부모들은 아이들이 작은 잘못만 저질러도 심하게 때려서 오히려 아이들이 그런 나쁜 습관을 얻게 되는 거란다. 또다시 그런 잘못을 저지르고 나면 섭먹은 작은 아이의 입에서 거짓말이 튀어나오게 마련이거든. 매를 맞지 않기 위해서 말이야. 그렇지만 조지, 아빠가 항상 말했지만, 지금 다시 한 번 말하마. 실수로 네가 어떤 잘못을 하게 된다면, 넌 아직 경험이나 지식이 없는 어린아이니 결코 그걸 감추려고 거짓말을 해서는 안 된다. 대신에 아들아, 사나이답게 용기를 갖고 아빠에게 얘기해야 한다. 그러면 아빤 널 때리는 대신에 널 더욱 존중할 것이고 더 많이 사랑하게 될 것이다.”

위의 대화는 훌륭한 씨뿌리기와 같다. 좋은 부모가 되면, 즉 자녀에게 수호천사와 같은 역할을 하면 수확이 풍성해지는 법이다.

아래의 일화가 바로 그런 내용이다. 듣고 흘려 버리기엔 너무 소중하고, 의심하기엔 너무 진실된 이야기다.

조지가 여섯 살 정도 되었을 때였다.

조지는 손도끼를 능숙하게 다루었다. 또래 아이들이 대개 그렇듯이 조지도 손도끼를 무척 좋아해서 눈에 보이는 것만 있으면 모두 손도끼로 찍곤 했다. 그러던 어느 날이었다.

정원에서 어머니의 콩 줄기 막대기를 자르며 놀던 조지는 그만 영국 산 벚나무 줄기에 도끼 날을 시험하고 말았다. 도끼 상처를 완전히 회복할 수 있을까 걱정스러울 정도로 벚나무 껍질은 흉하게 벗겨졌다.

다음 날 아침 가장 아끼는 벚나무에 어떤 일이 생겼는지를 알게 된 아버지가 집 안으로 들어왔다. 금화 5기니아를 준다 해도 그 나무를 팔지 않았을 것이라며 아버지는 부드러운 목소리로 이 일을 저지른 사람이 누구인지 물었다.

아무도 그 일에 대해 말하지 못하고 있는데 조지가 손도끼를 들고 앞에 나섰다.

아버지는 조지에게 물었다.

"조지, 정원에 있는 아름다운 벚나무를 누가 죽였는지 아니?"

대답하기 힘든 질문이라 조지는 잠시 망설였지만 다시 마음을 다잡고 아버지를 바라보았다. 조지는 진실을 말하는 자의 확신에 찬 밝은 표정으로 아버지를 바라보며 이렇게 외쳤다.

"아빠, 전 거짓말을 못 해요. 아빠도 아시겠지만 전 거짓말을 못 해요. 손도끼로 제가 그랬어요."

그러자 조지의 아버지는 기뻐하며 외쳤다.

"내 귀여운 아들아, 이리 오너라. 조지, 난 네가 내 나무를 죽여서 정말 기쁘다. 네가 천 배로 물어 줬기 때문이란다. 내 아들의 그런 당당한 행동은 은색 꽃을 피우고 황금 열매를 맺는 천 그루의 나무보다 더욱 가치 있는 것이란다."

　이렇게 해서 워싱턴 씨는 조지를 편안하고 즐겁게 진리의 행복한 길로 인도했다.

“리머스 아저씨, 그럼 여우가 토끼를 한 번도 못 잡은 건가요?”

여우와 토끼 이야기를 듣고 난 다음 날 저녁, 소년이 물었다.

“거의 잡을 뻔했지. 정말이다, 얘야. 토끼에게 야자나무 뿌리로 당한 다음 날이었어. 여우는 타르를 구해다가 송진과 배합하여 타르 인형이라는 걸 만들었어. 그리고 타르 인형을 넓은 길에 가져다 놓고 토끼가 나타나기를 기다리며 숲 속에 엎드려 있었어. 얼마 지나지 않아 저기서 룰루랄라 토끼가 다가왔단다. 여우는 납작 엎드려서 몸을 숨겼어. 토끼는 깡총대며 내려오다가 타르 인형을 발견하고는 깜짝 놀란 듯이 엉덩이를 대고 앉았어. 여우는 여전히 납작하게 엎드려 있었단다. 토끼가 말했어.

‘안녕! 오늘 아침은 날씨가 참 좋지?’

타르 인형은 대답을 안 했어. 여우는 아직 몸을 숨기고 있었어.

‘어디 아프니?’

토끼가 물었단다.

여우는 엎드려서 한쪽 눈을 지그시 감았어. 타르 인형은 여전히 아무 대답도 하지 않았어.

'어서 말 좀 해 봐. 내 말이 안 들리니? 그런 거라면 내가 좀 더 크게 말할게.'

토끼가 말했어. 타르 인형은 여전히 묵묵부답이었고 여우는 꼼짝 않고 엎드려 있었단다.

'저런, 꼼짝 못하게 갇혔구나. 내가 꺼내 줄게. 내가 꺼내 줄 테니 걱정하지 마.'

토끼의 말을 들으면서 여우는 속으로 킬킬 웃었어. 그래도 타르 인형은 대답하지 않았단다. 화가 난 토끼는 윽박지르기 시작했어.

'점잖은 분에게 인사하는 법을 알려 주지. 당장 그 모자를 벗고 인사하지 않으면 박살을 내 버릴 테다.'

타르 인형은 여전히 아무 말도 하지 않았고 여우도 꼼짝 않고 엎드려 있었어.

토끼는 계속 다그쳤지만 타르 인형은 대꾸하지 않았어. 마침내 토끼는 뒤로 물러서서 주먹을 불끈 쥔 다음에 타르 인형의 머리인지 옆구리인지를 내리쳤어. 골치 아픈 일이 생겼어. 주먹이 거기에 붙어서 떨어지지 않는 거야. 끈끈한 타르 때문이었지. 그래도 타르 인형은 꿈쩍하지 않았어. 여우도 납작 엎드려 있었지.

'내 손을 놓지 않으면 한 방 더 먹일 테다.'

이번에는 다른 손으로 타르 인형을 후려갈겼는데 그 손마저 인형에 붙어 버렸어. 타르 인형은 여전히 아무 말도 하지 않았고 여우는 숨어 있었지.

'날 놓아주지 않으면 널 걷어차 버릴 테다.'

토끼의 협박에도 타르 인형은 대답하지 않았어. 같은 방식으로 토끼는 발도 사용할 수 없게 되었단다. 여우는 아직 숨어서 지켜보고 있었어. 토끼는 자신을 놔주지 않으면 박치기를 해 버리겠다고 고래고래 소리를 질렀어. 토끼는 타르 인형을 머리로 들이받았다가 그만 머리마저 인형에 들러붙고 말았지. 그러자 여우가 천천히 걸어 나와서는 얌전해진 토끼를 바라봤어.

'안녕, 토끼. 아침부터 안됐구나.'

여우는 땅바닥에 데굴데굴 뒹굴면서 배꼽이 빠지도록 웃어 댔어. 너무 웃어서 더 이상 웃을 수가 없을 정도로 말이야.

'토끼야, 오늘 저녁은 같이 먹자. 야자나무 뿌리를 준비해 놨어. 딴소리할 생각은 하지도 마.'

여우는 토끼를 놀렸어."

리머스 아저씨는 말을 잠시 중단하고 화로의 재 속에서 고구마를 꺼냈다. 소년이 리머스 아저씨에게 물었다.

"여우가 토끼를 잡아먹었나요?"

"이야기는 여기에서 끝난단다. 곰이 토끼를 구해 주었다는 얘기도 있고 또 그렇지 않다고 하는 사람도 있지. 엄마가 부르는구나. 어서 가 봐라."

다음 날 저녁 소년은 리머스 아저씨를 다시 찾아왔다.

"리머스 아저씨, 여우가 결국 토끼를 잡아먹었나요?"

"이 귀염둥이야. 그건 지난번에 말해 주지 않았니?"

리머스 아저씨는 얼굴에 미소를 머금으며 대답했다.

"참, 엄마가 불러서 갔구나. 그럼 잘 들어 보렴. 토끼를 잡고 신이 난 여우는 땅바닥을 뒹굴면서 까르르 웃느라 정신이 없었어. 한참 후에야 정신을 차린 여우는 토끼에게 말했단다.

'이번에는 나한테 꼼짝없이 잡혔지, 토끼 양반? 오랫동안 날 쫓아다니며 건방지게 굴더니 이제 막을 내릴 시간이야. 갱단의 두목이나 되는 것처럼 온 동네를 으스대고 돌아다니더니 꼴 좋다. 어디 그뿐이냐? 상관도 없는 일에 사사건건 간섭이란 간섭은 다 하고 다녔겠다. 누가 네 녀석 보고 타르 인형에게 아는 척 하라고 그러든? 그리고 또 누가 네 녀석을 이런 꼴로 만들었지? 암, 아무도 그런 짓을 하지 않았지. 바로 네 녀석이 자초한 거야. 잠깐만 그러고 있어. 곧 장작을 구해 올 테니. 오늘 네 녀석으로 바비큐를 해 먹을 테니 말이다.'

그러자 토끼가 겸손하게 말했어.

'여우님, 마음대로 하세요. 다만 가시덤불에만 던지지 말아 주세요. 절 구워 주세요, 여우님. 하지만 제발 저 가시덤불에는 던지지 말아 주세요.'

'불을 지피려면 꽤나 힘이 들겠지? 그렇다면 네 녀석의 목을 졸라 주마.'

여우가 말했어.

그랬더니 토끼가 이번에는 이렇게 애원하는 거야.

'여우님, 원하시는 대로 절 목매다세요. 다만 제발 저 가시덤불에는 던지지 말아 주세요.'

'목매달 줄이 없으니, 그럼 널 물에 빠뜨릴 테다.'

여우가 생각을 바꿨어.

'원하시는 대로 절 물속에 던져 넣어 버리세요. 하지만 제발 저 가시덤불에는 던지지 말아 주세요.'

'근처에 물이 없으니, 네 녀석의 가죽을 벗겨야겠다.'

'그럼 그렇게 하세요, 여우님. 눈알은 뽑아 버리고 귀는 베어 버리고 다리는 잘라 내세요. 전 아무래도 좋아요. 하지만 여우님, 제발 저 가시덤불에는 던지지 말아 주세요.'

토끼는 간절하게 애원했어.

여우는 토끼를 가장 괴롭힐 수 있는 방법이 뭔지 생각했지. 그리고 고심 끝에 토끼 뒷다리를 잡고는 가시덤불 한가운데에 던졌어. 토끼가 떨어진 곳에서 부스럭거리는 소리가 들렸어. 여우는 상황을 지켜봤어. 그런데 갑자기 언덕 위에서 누군가가 여우를 부르는 거야. 소리가 나는 곳을 보니 토끼가 쓰러진 밤나무 위에 다리를 꼬고 앉아서는 타르를 닦아 내고 있었어. 이번에도 여우가 속은 거지. 토끼는 건방진 말투로 소리쳤어.

'가시덤불에 던져 주시니 황송하여라. 가시덤불에 던져 주시니 황송하여라!'

토끼는 이 말을 남기고는 깡총깡총 뛰어갔단다.”

리머스 아저씨는 진지하게 이야기를 듣고 있는 소년에게 말했다.

“토끼와 여우는 서로 놀리고 괴롭히는 게 꼭 어린애들 같단다. 어느 날, 토끼는 여우와 곰, 너구리와 함께 옥수수를 심을 땅을 개간하러 갔어. 태양은 시간이 갈수록 점점 뜨거워졌어. 토끼는 지쳤지만 게으르다는 말을 듣기 싫어서 쉬지 않고 잡초를 뽑는 척하다가 결국엔 시원한 곳을 찾아 슬그머니 빠져나왔단다. 토끼는 쉴 곳을 찾아 헤매다가 두레박이 매달린 우물을 발견했어.

'아! 정말 시원하겠다. 저 안에서 잠이나 자야지.'

토끼는 두레박 안으로 펄쩍 뛰었어. 그런데 토끼가 뛰어들자마자 두레박이 점점 아래로 내려가기 시작한 거야.”

소년이 물었다.

“토끼는 무서워하지 않았나요, 리머스 아저씨?”

"무서워할 토끼가 아니지. 하지만 이번 경우는 좀 달랐어. 두레박에 뛰어든 것은 확실한데 그 이후의 일을 알 수 없었거든. 결국 두레박은 물에 닿고 말았어. 추후의 일이 두려웠던 토끼는 움직이지 않고 가만히 앉아 있었어. 그러고 있자니 토끼도 와들와들 몸을 떨 수밖에 없었지.

그런데 여우란 녀석이 토끼가 일을 하다 말고 몰래 빠져나가는 것을 눈여겨봤거든. 토끼에게 무슨 기발한 계획이라도 있는 줄 알고 여우는 토끼를 따라갔어. 그리고 토끼가 우물에 매달린 두레박을 타고 보이지 않는 곳까지 내려가는 것을 몰래 지켜봤던 거야. 여우는 숲 속에 앉아 무슨 일인지 고심했어. 생각해 보고 또 생각해 봐도 토끼의 행동을 이해할 수가 없었어. 여우는 혼잣말을 했단다.

'토끼 녀석이 저 우물에 돈을 숨겨 놓았는지도 모르지. 그게 아니라면 금광을 발견했는지도 몰라. 그것도 아니라면 직접 가서 보는 수밖에.'

여우는 우물 가까이 다가가서 귀를 기울였지만 아무 소리도 들리지 않았단다. 이번에는 좀 더 가까이 다가갔지만 여전히 아무 소리도 들리지 않았어. 결국 우물 안을 들여다봤지만 뭐 하나 들리지도, 보이지도 않았어. 그러는 동안 토끼는 두레박이 뒤집어져서 물속에 빠질까 봐 공포에 떨고 있었단다. 머리털이 쭈뼛하게 설 정도의 공포 말이야. 토끼는 기도를 드리기 시작했지. 바로 그때 여우가 큰 소리로 말했어.

'이봐, 토끼야! 거기 누구랑 같이 있니?'

'누구? 나? 낚시를 하던 중이야. 물고기를 잡아서 멋진 저녁을 대접할 생각이었어. 널 놀래 주려고 아무 말도 안 하고 온 거야. 여기에 물고기가 많거든. 지금 막 잉어를 잡았어.'

토끼가 대답했어.

'거기에 물고기가 그렇게 많니, 토끼야?'

'무지 많아, 여우야. 몇십 마리는 되겠다. 물도 얼마나 시원하고 깨끗한지 몰라. 이리로 내려와서 나 좀 도와줘. 고기가 많아서 나 혼자 힘으로는 도저히 끌어올리지 못하겠어.'

'그럼 어떻게 내려가면 되니, 토끼야?'

'두레박 안으로 뛰어들기만 하면 돼, 여우야. 그러면 안전하게 이곳까지 올 수 있어.'

토끼의 달콤한 말에 속아 여우는 두레박 안으로 뛰어 들어갔어. 여우의 무게 때문에 자연히 토끼는 위로 올라갔단다. 아래로 내려 오는 여우와 위로 올라가는 토끼가 중간에서 만났는데, 토끼가 이 렇게 노래를 불렀어.

잘 가, 여우야. 몸 조심해.
이게 바로 세상사의 이치.
누군 올라가고 누군 내려가지.
여우는 무사히 바닥에 닿겠네.

토끼는 우물 밖으로 나가자마자 사람들에게 달려가서 여우가 우 물 안에 들어가 물을 더럽히고 있다고 거짓말했어. 그러고는 서둘 러서 우물에 돌아와 여우에게 큰 소리로 말했단다.

'큰 총을 든 사람이 저기 오고 있어! 그 사람이 널 꺼내 주면 얼 른 줄행랑을 쳐라.'"

리머스 아저씨가 잠시 말을 멈추자 소년이 말했다.

"그러고 나서 어떻게 됐어요, 리머스 아저씨?"

"반 시간쯤 후에 토끼는 옥수수 밭으로 돌아갔어. 아무 일도 없었다는 듯이 말이지. 하지만 토끼는 가끔씩 일을 하다 말고 박장대소를 하고 기분 좋은 미소를 지었단다."

"토끼 얘기 하나만 더 해 주세요, 리머스 아저씨."

소년이 졸랐다.

"그럼 딱 하나만이다. 잘 들으렴. 노인이 된 토끼 얘기란다. 토끼는 너구리와 함께 물고기를 잡았단다. 엄밀히 말하면, 토끼는 물고기를 잡고 너구리는 개구리를 잡았어. 그런데 개구리가 사방으로 도망가는 바람에 너구리는 허탕만 쳤어. 집에 애들은 많은데 먹을 것은 없지, 너구리 신세가 참 딱했거든. 빈손으로 가는 날이면 너구리는 여지없이 마누라한테 빗자루로 머리를 맞았어. 기분이 우울한 너구리는 길을 따라 내려가면서 상황을 어떻게 극복해야 할지 무척 난감해했지. 깡충깡충 뛰면서 길을 내려오던 토끼가 침울한 너구리를 본 거야. 토끼는 너구리에게 인사를 했어.

'안녕, 너구리.'

'안녕, 토끼야.'

'잘되어 가니, 너구리야?'

'별로야. 개구리들이 너무 날뛰고 도망가 버려서 한 마리도 못 잡았어. 빈손으로 집에 가면 마누라는 화를 내고 애들도 굶게 될 거야. 토끼야, 나 좀 도와줄래? 어떻게든 해야겠어.'

너구리는 토끼에게 도움을 구했어. 토끼는 한참 동안이나 강 저쪽을 바라보더니 뒷다리로 귀를 긁적이면서 말했지.

'그럼 이렇게 하자. 개구리를 잡을 수 있을 거야. 저기 모래톱에 가서 죽은 척하고 누워 있어. 움직이면 안 돼. 가만히 있어야 해. 죽은 것처럼 말이지.'

너구리는 서둘러서 강 아래쪽으로 갔어. 너구리가 행차하는 소리를 듣고 형님 개구리가 말했단다.

'주위를 잘 살펴. 주위를 잘 살펴. 잘 살펴.'

그러자 다른 연장자 개구리가 이렇게 말했어.

'무릎 깊이야. 무릎 깊이. 무릎 깊이.'

개구리들이 모두 물에 뛰어들었어. 너구리는 모래사장에 사지를 쭉 뻗고 죽은 듯이 누워 있었어. 파리가 기어다녀도 너구리는 꿈쩍하지 않았어. 토끼가 시키는 대로 죽은 것처럼 누워 있었지. 토끼는 이때를 놓치지 않고 모래톱으로 달려와 두 귀를 쫑긋 세우고 큰 소리로 말했어.

'너구리가 죽었다.'

'믿을 수 없어. 믿을 수 없어. 믿을 수 없어.'

형님 개구리가 물속에서 나와 말했어. 그러자 작은 개구리도 모두 물속에서 나오더니 형님 개구리의 말을 따라하는 거야.

'믿을 수 없어. 믿을 수 없어. 믿을 수 없어.'

너구리가 죽은 듯이 꿈쩍도 안 하니까 개구리들이 모두 물 밖으로 나왔어. 토끼는 눈을 한 번 찡그리고는 이렇게 말했어.

'내가 하는 말을 잘 들어, 개구리야. 난 너구리를 묻을 거야. 다시는 나올 수 없을 정도로 깊은 곳에 말이지.'

그러자 너나없이 개구리들이 모두 나서서 너구리가 누운 곳을 파기 시작했어. 한가운데에 너구리가 들어가도록 큼지막한 웅덩이를 팠는데, 이쯤 되자 개구리들은 모두 지쳐 버렸단다. 형님 개구리가 말했어.

'이 정도 깊이면 됐어. 이 정도 깊이면 됐어. 이 정도 깊이면 됐어.'

'이 정도 깊이면 됐어. 이 정도 깊이면 됐어. 이 정도 깊이면 됐어.'

작은 개구리들이 형님 개구리의 말을 따라했어.

꾸벅꾸벅 졸고 있던 토끼가 눈을 뜨고 물었어.

'밖으로 뛰어나올 수 있니?'

형님 개구리는 웅덩이의 깊이를 한번 보고 나서 말했단다.

'응, 그렇고말고. 그렇고말고. 그렇고말고.'

물론 이번에도 작은 개구리들이 따라 말했어.

'응, 그렇고말고. 그렇고말고. 그렇고말고.'

'그럼 좀 더 파야 해.'

토끼의 말에 개구리는 모두 다시 웅덩이를 파기 시작했어. 너구리는 여전히 커다란 웅덩이 한가운데에 죽은 듯이 누워 있었지. 개구리들이 지칠 대로 지치자 형님 개구리가 큰 소리로 말했어.

'이 정도면 충분히 깊어. 이 정도면 됐어. 이 정도면 됐어.'

작은 개구리들도 이에 뒤질세라 형님 개구리를 따라 말했어.

'이 정도면 충분히 깊어. 이 정도면 됐어. 이 정도면 됐어.'

'밖으로 뛰어나올 수 있니?'

토끼는 이번에도 졸다가 깨서 물었어.

'할 수 있어. 할 수 있어. 할 수 있어.'

'그럼 조금만 더 파.'

토끼가 웅덩이의 깊이를 가늠해 보고 말했어.

개구리는 모두 힘을 합쳐 다시 모래를 퍼내기 시작했어. 해가 저물 때까지 웅덩이를 팠지. 그러자 정말 엄청나게 큰 웅덩이가 생겼어. 그 웅덩이 한가운데에 너구리가 누워 있었지. 개구리들은 완전히 녹초가 되었어.

'이 정도면 충분히 깊어. 이 정도면 됐어. 이 정도면 됐어.'

형님 개구리가 말했어. 작은 개구리들도 따라 말했지.

'이 정도면 충분히 깊어. 이 정도면 됐어. 이 정도면 됐어.'

'밖으로 뛰어나올 수 있니?'

토끼는 웅덩이 아래를 내려다보고 물었어.

'아니, 못 해. 못 해. 못 해.'

형님 개구리가 대답했어. 작은 개구리들도 같이 말했어.

'아니, 못 해. 못 해. 못 해.'

그러자 토끼는 펄쩍 뛰며 큰 소리로 말했어.

'일어나서 개구리를 잡아!'

너구리는 그날 밤에 개구리를 실컷 먹었단다."

꼬마 오드리의 모험

　　꼬마 오드리는 지난 5, 6년 동안 수많은 짤막한 우스갯소리에 등장한 주인공이다. 때때로 꼬마 오드리는 꼬마 엠마나 꼬마 거트루드라는 이름으로 등상하지만 "그 아이는 웃고 또 웃었다."라는 대사가 나오면 오드리 이야기임을 단박에 알 수 있다. 재미난 이야기는 대개 큰 사고 현장에서 만들어진다. 꼬마 오드리는 어떤 상황에서든지 웃음의 재료를 찾아낸다.

　　꼬마 오드리의 장점은 순진하다는 것이다. 오드리에게는 위선이 없다. 오드리는 거리낌없이 자신이 하고 싶은 일을 하고, 하고 싶은 말을 한다. 꼬마 오드리에게 금기라는 것은 없다. 또한 오드리는 매우 현대적인 소녀고, 언제나 모험에 뛰어든다. 오드리는 환상을 꿈꾸지 않는다.

　　꼬마 오드리의 이야기는 전국적으로 유명하다. 소녀는 텍사스에서도 유명한데 특히 대학과 고등학교에서 유명하다. 대략 열 명의 학생 중 한 명은 오드리의 팬으로 가슴속에 그 아이의 모험담을 기억하고 있다. 그중 몇 가지를 추려 보았다.

• • •

어느 날 꼬마 오드리는 아빠와 함께 새로 산 차를 타고 드라이브를 나갔다. 아빠는 새 차를 자랑스러워하면서, 차에다 휘발유를 채웠다. 아빠는 연료의 효율성을 알아보고 싶었다. 갑자기 구부러진 길이 나타났는데 아빠는 차를 꺾지 않았다. 그래서 차는 곧장 돌진하여 호수에 빠져 버리고 말았다. 꼬마 오드리는 무슨 일이 일어나게 될지를 알고 웃고 또 웃었다. 오드리는 차가 물 위에 떠 있을 수 있다는 것을 늘 알고 있었다.

• • •

과거에 이웃 아이들은 모두 수업을 받았다. 그것은 정상적인 일이었다. 사람들이 교육을 받지 않는다면 사회생활에 적응하지 못할 테니까 말이다. 꼬마 오드리는 울고 또 울었다. 그 아이는 수업을 받지 않았기 때문이다.

얼마 후 엄마가 말했다.

"오드리, 울음을 멈추면 수업을 받게 해 줄게. 알겠니?"

이 말에 오드리는 미칠 듯이 행복했다. 그래서 그 아이는 앉아서 어떤 종류의 수업을 받을 것인가를 생각했다. 한참을 생각한 후 오드리는 낙하산 교육을 받기로 결정했다. 그리고 연습하고 또 연습을 했다. 그렇게 얼마 동안의 시간이 지난 후 오드리가 시범을 보이는 날이 왔다. 교육을 받으면 반드시 시범을 보여 줘야 하는 법이기 때문이다.

오드리가 하는 낙하산 점프를 보러, 먼 곳, 가까운 곳을 가리지 않고 사람들이 몰려왔다. 오드리는 비행기를 타고 하늘 높이 올라가 뛰어내릴 준비를 했다. 그리고 아래를 내려보고 모든 사람들이 자신을 주목하고 있음을 확인한 후 뛰어내렸다. 내려오면서 오드리는 웃고 또 웃었다. 오드리는 사람들을 놀리고 있었다. 낙하산을 매지 않았으니까.

● ● ●

옛날에 꼬마 오드리가 외딴섬에서 길을 잃고 헤매다가 시커먼 식인종 한 떼에게 납치당한 적이 있었다. 그들은 그녀를 나무에 매달아 놓고 솥을 데우기 시작했다. 꼬마 오드리는 자신이 그 식인종들이 먹을 스튜의 재료가 되리라는 것을 알았다. 그래서 주위를 둘러보며 굶주려 비쩍 마른 식인종들이 몇 명인지 세어 보았다. 모두 열아홉 명이었다. 꼬마 오드리는 웃고 또 웃었다. 꼬마 오드리는 19인분의 스튜를 만들 민큼 몸집이 크지 않기 때문이다.

● ● ●

어느 날 꼬마 오드리가 엄마와 함께 숲 속으로 산책을 나갔다. 숲에서는 벌목부 몇 명이 나무를 베고 있었다. 엄마와 딸이 막 그곳을 지나갈 때 벌목부들이 커다란 참나무를 쓰러뜨리는 바람에 그 나무가 바로 엄마 위로 넘어졌다. 꼬마 오드리는 웃고 또 웃었다. 오드리는 엄마가 카리오카 춤을 출 줄 모른다는 것을 내내 알았기 때문이다.

그날 밤 꼬마 오드리, 엄마, 아빠, 가무잡잡한 여동생이 저녁 식탁 앞에 앉았다. 아빠가 말했다.

"오드리, 크림 좀 주련."

아빠는 꼬마 오드리가 건네준 크림을 커피에 조금 넣고 다시 크림 종지를 내려놓았다. 꼬마 오드리는 크림 종지의 주둥이에 크림 방울 하나가 대롱대롱 매달린 것을 보았다. 꼬마 오드리는 웃고 또 웃었다. 종지가 크림 방울을 콧물처럼 홀쩍거리며 들이마실 수 없다는 것을 알았기 때문이다.

어느 날 꼬마 오드리가 그냥 울고 또 울면서 길가 모퉁이에 서 있었다. 그때 한 경찰관이 지나다가 물었다.

"꼬마 오드리, 왜 우니?"

"아, 아빠를 잃어버렸어요."

"왜 그러니, 꼬마 오드리, 나 같으면 그런 일로 울지는 않을 거다. 저기 너의 아빠가 길 건너편 은행 건물에 기대 서 계시잖니?"

꼬마 오드리는 좋아서 날뛰면서 신호등도 보지 않고 길을 건너기 시작했다. 그때 2톤 트럭이 달려오는 바람에 오드리는 트럭에 치여 죽고 말았다. 경찰은 웃고 또 웃었다. 은행 건물에 기대고 서 있는 사람이 꼬마 오드리의 아빠가 아니라는 것을 알았기 때문이다.

언젠가 꼬마 오드리는 남동생과 함께 배를 구경했다. 둘은 배를 꼭대기에서부터 바닥까지 돌아다녔다. 그러고 나서 어린 동생은 돛대 위의 망루에 올라가 보겠다고 했다. 꼬마 오드리는 말렸지만 동생은 막무가내였다. 동생은 돛대 위의 망루에 올라가서 꼬마 오드리에게 손을 흔들다가 그만 중심을 잃고 굴러 떨어졌다. 꼬마 오드리는 그 광경을 보고서 웃고 또 웃었다. 동생이 고통을 참아 낼 수 없다는 것을 알았기 때문이다.

• • •

한번은 꼬마 오드리가 할아버지와 함께 산책을 나갔다. 꼬마 오드리는 너무나 더워서 할아버지에게 말했다.

"할아버지, 저 물 웅덩이에서 수영해요."

그러나 할아버지는 별로 가고 싶지 않았다. 할아버지는 장님이었다. 그러나 꼬마 오드리가 애원하고 또 애원해서 마침내 할아버지도 수영을 하는 데 동의했다. 그래서 그들은 물 웅덩이로 내려가서 수영복으로 갈아입었다. 웅덩이 안에는 커다란 나무 한 그루가 자라고 있었는데 아이들은 이 나무를 다이빙대로 사용했다. 꼬마 오드리는 할아버지에게 나무로 올라가서 다이빙을 하자고 말했다. 그러나 할아버지는 내키지 않았다. 꼬마 오드리는 할아버지를 졸랐다. 할아버지가 다이빙대에서 뛰어내리자 꼬마 오드리는 웃고 또 웃었다. 물 웅덩이가 다 말라 버렸다는 것을 알았기 때문이다.

• • •

꼬마 오드리의 오빠는 전과자였다. 한번은 그가 3년 복역하고 탈옥한 적이 있다. 보안관은 그를 사방팔방으로 찾아다녔지만 어디에서도 찾을 수가 없었다. 약 한 달쯤 지난 후 보안관은 피 냄새를 맡을 줄 아는 사냥개를 시켜 그를 뒤쫓기로 했다. 이 사실에 꼬마 오드리는 웃고 또 웃었다. 오빠가 빈혈이 있다는 것을 알기 때문이다.

• • •

어느 날 꼬마 오드리와 엄마가 드라이브를 하던 도중이었다. 갑자기 차 문이 열리는 바람에 꼬마 오드리의 엄마가 차 밖으로 떨어졌다fall. 오드리는 웃고 또 웃었다. 왜냐하면 그녀는 내내 그녀의 엄마가 가벼운 가을 옷fall은 '떨어지다' 라는 뜻과 '가을' 의 뜻을 가지고 있다을 입었다는 것을 알았기 때문이다.

• • •

유모는 꼬마 오드리를 산책시키려고 밖으로 데리고 나가려고 했다. 그러나 유모는 건망증 때문인지 밖으로 나갈 때까지 꼬마 오드리를 데리고 나가는 것을 잊고 있었다. 그래서 유모는 요리사에게 소리를 질렀다.

"꼬마 오드리를 창문 밖으로 던져요. 오드리가 땅에 한 번 튀면 내가 받을게요."

요리사가 꼬마 오드리를 창문 밖으로 내던지자 유모는 웃고 또 웃었다. 꼬마 오드리가 공이 아니라는 것을 알았기 때문이다.

• • •

어느 날 꼬마 오드리의 엄마가 읍내에 갔다. 엄마가 없는 동안 꼬마 오드리는 케이크를 만들기로 마음먹었다. 꼬마 오드리는 엄마에게 자신이 얼마나 총명한지 보여 주고 싶었다. 그녀는 요리책을 펴 놓고 요리법에 따라서 밀가루를 체에 치고, 버터와 설탕을 크림 모양으로 휘저어 달걀을 섞은 다음 모든 재료를 섞어서 반죽을 했다. 케이크를 만들 준비를 마치고 요리책을 보니 이렇게 씌어 있었다.

"자, 30분 동안 오븐에 앉아 있으세요.오븐에 빵을 넣으라는 의미의 set을 앉으라는 뜻의 sit으로 읽어서 생긴 오해"

그래서 꼬마 오드리는 오븐 속으로 기어 들어가 문을 닫았다. 이

윽고 집으로 돌아온 꼬마 오드리의 엄마가 오드리를 찾으려고 온 집 안을 뒤졌지만 찾을 수가 없었다. 갑자기 그녀는 무엇인가 타는 냄새를 맡았다. 오븐을 열자 그곳에 바짝 타 버린 꼬마 오드리가 있었다. 엄마는 웃고 또 웃었다. 꼬마 오드리가 글을 읽을 수 있다는 것을 몰랐기 때문이다.

• • •

다른 날 꼬마 오드리는 할머니와 함께 현관문 앞에 서서 사람들이 길에 아스팔트를 까는 것을 보고 있었다. 거리에는 시멘트 혼합기와 도로 공사에 필요한 스팀 롤러 등 온갖 구경거리가 있었다. 갑자기 할머니가 거리의 한복판에서 25센트짜리 동전을 발견했다. 할머니가 달려가 동전을 줍는 순간 스팀 롤러가 지나가면서 할머니를 종잇장보다도 더 납작하게 눌러 버렸다. 꼬마 오드리는 웃고 또 웃었다. 그 동전이 10센트짜리라는 것을 알았기 때문이다.

• • •

어느 날 꼬마 오드리가 성냥을 가지고 놀고 있었다. 엄마가 말했다.

"음…… 그런 짓은 하지 않는 게 좋겠구나."

그러나 꼬마 오드리는 순전히 제멋대로 행동했다. 계속해서 성냥을 가지고 놀다가 잠시 후에 집에 불이 나서 지하실까지 모두 다 타 버렸다. 엄마와 꼬마 오드리는 잿더미를 바라보았다.

엄마가 말했다.

"어유, 말했잖아! 자, 이 꼬마 아가씨야, 아빠가 올 때까지 기다려. 벌받을 각오해."

꼬마 오드리는 웃고 또 웃었다. 아빠가 한 시간 전에 돌아와 낮잠을 자고 있다는 것을 알았기 때문이다.

다음 날 밤 꼬마 오드리는 남자 친구와 함께 소파에 앉아 있었다. 그때 갑자기 정전이 되었다.

"너무 어두워서 앞에 있는 손이 보이지 않아."

꼬마 오드리의 남자 친구가 말했다. 꼬마 오드리는 웃고 또 웃었다. 그의 손이 앞에 있지 않다는 것을 알았기 때문이다.

약 40여 년 전에 아칸소를 여행하던 사람이 길을 잃고 당황하여 어떤 여관 주인의 오두막집에 가서 하룻밤 숙박을 청하는 대화다.

여행자: 안녕하십니까?

여관 주인: 안녕하쇼?

여행자: 혹시 하룻밤 이곳에서 묵어갈 수 있겠습니까?

여관 주인: 아니, 그럴 수는 없소이다.

여행자: 그럼 혹시 스피릿^{강한 알코올 음료. 영혼이라는 뜻도 있음}은 있습니까?

여관 주인: 많소이다. 어젯밤에 스피릿^{유령}을 본 샐이 무서워 거의 죽을 뻔했소이다.

여행자: 제 말을 오해하신 것 같군요. 마실 음료가 있느냐는 말입니다.

여관 주인: 어제는 좀 있었소이다만 늙은 보스가 냄비 안에 있는 것을 죄다 마셔 버렸소이다.

여행자: 이해를 못 하시는군요. 난 국물을 말하는 게 아닙니다. 지금 땀이 났다가 식은 상태라서 위스키를 마시고 싶어서 그럽니다.

여관 주인: 아! 그렇군. 그건 내가 오늘 아침에 다 마셔 버렸소만.

여행자: 그럼 아침부터 종일 굶어서 배가 고픈데, 음식이 있으시면 좀 주시겠습니까?

여관 주인: 이 집 안에는 먹을 게 없소이다. 고기 한 조각, 쌀 한 톨도 없소이다.

여행자: 그렇다면 제 말한테 뭔가 주실 수는 없습니까?

여관 주인: 말에게 먹일 것도 없소이다.

여행자: 그럼 이웃집까지의 거리는 얼마나 됩니까?

여관 주인: 여보시오! 난 모르오. 한 번도 그곳에 가 본 적이 없소이다.

여행자: 그럼, 이곳에 누가 사는지는 아십니까?

여관 주인: 물론이오.

여행자: 감히 물어보건대, 댁의 성함은 무엇입니까?

여관 주인: 딕일 수도 잭일 수도 있소이다. 하지만 그리 정확한 것은 아니라오.

여행자: 주인장! 그럼 이 길이 어디로 향해 있는지 말해 줄 수 있습니까?

여관 주인: 내가 여기 살기 시작한 이래 그 길로 간 적이 없소이다. 아침에 일어나 보면 언제나 그 자리에 있을 뿐이라오.

여행자: 그렇다면 여기에서 얼마나 더 가면 길이 갈라지나요?

여관 주인: 길은 갈라지지 않소이다. 그저 악마처럼 쪼개진다면 모를까.

여행자: 오늘 밤 다른 집을 찾을 수 없을 것 같아서 그러는데, 주인장 집에서 자고 갈 수는 없을까요? 그리고 말은 매어 둘 테니 먹을 거나 마실 것 없이도 그냥 놔 둘 수는 없을까요?

여관 주인: 내 집은 물이 샌다오. 집 안에서 마른 곳은 단 한 곳뿐인데 나와 샐이 자는 곳이라오. 그리고 저 나무는 그 늙은 여편네의 감나문데 거기다가 말을 맬 수는 없소이다. 그 여편네는 감들이 흔들려 떨어지는 것을 원치 않거든. 마누라는 감으로 맥주를 만들 생각이라오.

여행자: 지붕을 덮어 물이 새는 것을 막는 것은 어떻습니까?

여관 주인: 하루 종일 비가 오잖소.

여행자: 그럼, 갠 날에 하면 되잖아요?

여관 주인: 그때는 비가 새지 않잖소.

여행자: 주인장 집 근처에는 아이들 말고는 사는 사람이 없는 것 같은데, 어떻게 사세요?

여관 주인: 아무 문제 없소이다. 당신은 어떻게 사는데 그러오?

여행자: 이곳에서 뭘 해서 먹고사는지 묻는 겁니다.

여관 주인: 술집을 하면서 위스키를 팔잖소.

여행자: 그렇다면 말인데 내가 위스키를 달라고 했잖아요.

여관 주인: 낯선 양반. 내가 일주일도 더 전에 술 한 통을 사다 놨소이다. 샐과 내가 함께 시장을 보러 갔었다오. 집에 도착했을 때 우린 술을 조금밖에 마시지 않았소이다. 샐은 자기 술을 먼저 손대고 싶어하지 않는다오. 나도 마찬가지고. 나는 한 손에 술병을 들고 있었고 샐도 한 손에 술병을 들고 있었소. 샐이 먼저 내 술을 한잔 했소이다. 그리고 자기 술을 나에게 조금 마시게 하더이다. 그러면 나는 샐의 술을 한 모금 마시고 그 대신 내 술을 그녀에게 준다오.

우리는 정말 사이좋게 차례로 술을 마셨다오. 그런데 그 빌어먹을 딕이 자기도 술을 마실 요량으로 술통의 바닥에다가 구멍을 낸 거요. 그래서 얼마 후 술을 다시 가지러 갔더니, 아, 글쎄 술이 바닥이 나고 말았더이다.

여행자: 위스키를 다 마셔 버렸다니 유감이군요. 그렇다면 주인장, 당신의 이야기에 맞는 가락을 연주해 보는 게 어떻겠소?

여관 주인: 그런 가락이 있다니 도대체 무슨 얘기요?

여행자: 주인장, 연주를 못하는 것 같군요.

여관 주인: 댁은 저 깡깡이를 켤 줄 안단 말이오?

여행자: 좀 하죠, 가끔요.

여관 주인: 악기를 연주할 사람으로 보이지는 않소만 악기를 연주할 수 있다면 한번 해 보슈.

(여행자가 바이올린을 들고서 가락을 연주한다.)

여관 주인: 여보시오. 이제 그만 됐으니 앉아 보오. 여보, 이제 그만 침대에서 일어나서 흥을 좀 내는 게 어떻겠소. 부엌에 가서 오늘 아침에 잡은 사슴 고기 좀 가져오구려. 가장 맛있는 부위를 잘라서 이 신사 분을 위해 요리 좀 해 보오. 지금 당장 말이오. 침대 머리맡의 판자를 들어 올리면 내가 딕 몰래 감추어 놓은 검은 술 단지가 있을 거요. 위스키 좀 갖다 줘요. 아직 조금 남아 있으니까. 그리고 틸, 다락방에 올라가서 설탕을 뿌린 빵을 좀 가지고 오런. 딕, 이 신사 분의 말을 그늘로 데리고 가서 여물과 옥수수 좀 주게나. 먹을 만큼 충분히 주게나.

틸: 아빠, 칼이 없어서 요리를 할 수가 없어요.

여관 주인: 큰 푸줏간용 칼, 작은 푸줏간용 칼, 장난감 칼, 어린이용 칼, 할머니 칼, 그리고 내가 어제 쓰던 칼, 모두 어디 있는 게

야? 그거면 식탁을 차리는 데 충분하단다. 여보시오, 신사 양반, 당신이 먹을 음식을 충분히 드릴 테니 걱정하지 마시오. 저녁 식사에 커피도 마시겠소?

　여행자: 좋습니다, 주인장.

　여관 주인: 당신이 좋다면 할 말이 없소이다. 왜냐하면 사사프라스 차밖에 없기 때문이오. 사사프라스 차에 설탕을 넣으면 마실 만하더이다. 연주를 계속 해 보오. 오늘 밤엔 마른 잠자리에서 잘 수 있을 거요.

　여행자: (약 두 시간 동안 연주를 한 후에) 주인장, 내일 어느 길로 여행을 떠나야 하는지 좀 가르쳐 주시겠소?

　여관 주인: 내일 말이오? 여보시오. 당신은 6주 동안 이 집에서 나갈 수가 없을 거요. 그러나 당신이 떠난다면 저기 커다란 언덕이 보이시오? 저곳을 가로질러서 언덕을 따라 올라가시오. 거기서 약 1.5킬로미터 정도 가면 3000평 반 정도의 밭에 다다를 거요. 그 잡초 밭에서는 옥수수가 잘 자란다오. 그러나 당신이 신경 쓸 일은 아니라오. 계속 그곳으로 가시오. 2.5킬로미터에서 3킬로미터 정도 더 가면 여행을 하는 동안 만날 수 있는 최악의 늪 지대를 보게 될 거요. 그곳은 말 안장까지 빠질 정도로 아주 깊은 수렁이라오. 그곳에서 2미터 정도 떨어진 곳이 가장 좋은 길이오.

　여행자: 어떻게 그곳으로 갑니까?

　여관 주인: 날씨가 갤 때까지는 그곳에 쉽게 도착하지 못할 거요. 음, 거기서 약 1.5킬로미터 정도 더 가면 길이 없는 곳에 다다를 거요. 그곳에서 오른쪽으로 가고 싶다면 그 길을 따라서 1.5킬로미터 정도 더 가면 막다른 골목이 이르게 될 것이고. 그때에는 돌아와서 왼쪽 길로 가야 한다오. 그리고 그 길로 약 3킬로미터 정도 가게

되면 당신이 길을 잘못 들었다는 것을 알게 될 거요. 왜냐하면 그건 길이 아니기 때문이오. 원하는 한 마음껏 바이올린을 연주할 수 있는 우리 집으로 돌아오는 길을 찾게 된다면 당신은 정말 운이 좋을 것이오.

아빠가 장난을 쳤답니다

"잠깐만요. 아저씨는 약간의 장난이 해가 된다고 생각하세요?"

악동이 단춧구멍에 꽃을 꽂은 정장 차림으로 들어와 방금 뚜껑을 연 새 상자에서 무화과 열매 두 개를 집어 들면서 말했다.

"물론 아니지."

단지를 채우는 데 사용했던 1리터짜리 계량 컵에서 흘러내리는 시럽을 핥아먹으면서 식료품점 주인이 말했다.

"아저씨는 악의 없는 장난에 화를 내는 사람은 바보라고 생각한 단다. 점잖은 사람들은 모두 그 사람을 피해 다니게 될걸. 코트에 꽂은 그 꽃다발 멋진데? 이름이 뭐지, 팬지니? 향기를 맡아 봐도 될까?"

식료품점 주인은 꽃다발의 향기를 맡아 보기 위해 소년의 앞에서 허리를 굽혔다. 그러자 순진해 보이던 꽃다발에서 물줄기가 쏟아져 나와 그의 얼굴을 강타하고 셔츠 위로 흘러내렸다. 식료품점 주인 은 불같이 소리를 질렀고, 도끼 자루와 큰 낫 자루가 든 통 위로 넘어졌다. 그는 얼굴을 닦으려고 여기저기 더듬어 수건을 찾았다.

"빌어먹을 녀석."

식료품점 주인은 도끼 자루를 들고 소년을 쫓아가며 말했다.

"꽃다발 속에 물총을 넣고 있었군. 혼내 줄 테다."

그는 옷소매를 걷어 올렸다.

"아이 참, 진정하세요. 전 술독 오른 아저씨의 코에 난 불을 소화기로 끄기 전에, 장난에 대한 아저씨의 입장을 시험해 본 것뿐이에요. 아저씨는 장난에 화를 내는 사람은 바보라고 했잖아요. 난 이제 그걸 알겠어요. 자, 여기 보여 드릴게요. 고무호스를 꽃다발에서 바지 주머니까지 코트 속을 통해 연결했어요. 바지 주머니에는 4분의 1리터 정도의 물이 들어가는 고무 주머니가 있고요. 어떤 사람이 꽃의 향기를 맡으려고 하면 고무 주머니를 누르는 거예요. 결과는 아저씨가 겪은 것과 같아요. 물총에 맞은 사람이 마구 성질을 내지만 않는다면 즐거운 놀이예요."

식료품점 주인은 소년에게 자신이 다른 손님에게 장난을 칠 수 있도록 꽃다발을 30분 정도 빌려 주면 무화과 열매를 4분의 1킬로그램 주겠다고 말했다. 소년은 꽃다발을 식료품점 주인의 옷에 꽂아 주고 고무호스를 구부려서 물이 주인의 얼굴로 뿜어 나오도록 고정했다. 주인은 가게에 들어오는 첫 번째 손님에게 장난을 시도했고, 물은 그의 얼굴 정면으로 뿜어져 나왔다. 하지만 바지 주머니 속의 고무 주머니가 새는 바람에 나머지 물은 바지를 타고 다리 아래로 흘러내렸다. 그는 넌더리를 내면서 장난을 포기하고는 소년에게 꽃다발과 고무 주머니를 돌려줬다.

"며칠 전 사교 모임에 가셨던 너희 아빠가 마차에 실려 집에 오던데 무슨 일이니?"

식료품점 주인은 바지를 말리려고 난로 옆에 서서 물었다.

"다시 술을 드시기 시작한 건 아니지?"

"아, 아니에요."

소년이 자기 친구에게 시험해 볼 생각으로 고무 주머니에 식초를 채우면서 말했다.

"이 꽃다발 때문에 그렇게 되신 거예요. 내가 아빠한테 꽃 향기를 맡아 보라고 하고는 아빠의 옷을 다 적셔 버렸거든요. 아빠는 너무나 화가 나서 온갖 욕을 하면서 나같이 쓸모 없는 놈은 감옥에 가야 한다고 했어요. 그러고는 나한테서 이 꽃다발을 빌려서 사교 모임에 가고 싶어하셨죠. 아빠는 그걸로 엄청 재미있는 놀이를 할 수 있다고 했어요. 그래서 나는 아빠도 감옥에 가는 게 아니냐고 물었어요. 아빠는 어른은 다르다고 하더군요. 어른이 장난을 칠 경우에는 아이들에게 없는 일종의 위엄 같은 게 있다나요. 그래서 아빠한테 그건 빌려 줬어요. 그리고 우리는 모두 교회 지하에서 열리는 사교 모임 장소에 갔어요.

난 아빠가 그날 밤처럼 신이 난 건 처음 봤어요. 아빠는 얼음물로 고무 주머니를 채웠어요. 아빠의 양복 주머니에 꽂힌 꽃다발의 향기를 맡은 첫 번째 사람은 아빠를 이교도라고 생각하는 노처녀였어요. 하지만 그 여자는 바지를 입은 사람이라면 무조건 자신을 우러러보아야 된다고 생각했죠. 아빠가 그 여자 곁으로 살금살금 가서 이 땅의 기독교도 여성들이 이교도에게 가르침을 주는 게 얼마나 훌륭한 일인지에 대해서 말하기 시작한 거예요. 그 여자는 기분이 좋아졌고, 아빠의 양복 주머니에 꽂혀 있는 꽃다발을 발견하고는 그걸 만졌어요. 그러고 나서 꽃 향기를 맡으려고 매부리코를 갖다 댔죠. 아빠가 고무 주머니를 누르자 반 컵 정도의 물이 그 여자의 코를 향해 발사되었어요. 그중 일부가 숨구멍으로 넘어갔나 봐요. 맙소사, 어떻게나 소리를 지르던지. 수녀들이 주변으로 모여들었는데, 그 여자의 얼굴이 온통 땀투성이인 데다 화장이 모두 지워졌다고 했어요.

부엌으로 실려간 그 여자는 사람들한테 아빠가 아이스크림 한 접시를 자기 얼굴에 던졌다고 했나 봐요. 그러자 거기에 있던 여자들이 목사님과 집사들에게 그 사실을 말했고, 목사님과 집사들은 아빠에게 사건 설명을 요구했어요. 아빠는 그건 사실이 아니라고 말했는데, 목사님이 호기심을 참지 못하고 아빠에게 다가왔대요. 아빠는 주머니를 짜서 물을 발사했고 물이 목사님의 눈에 명중했어요. 그리고 집사 한 사람도 한 방 맞았고요. 아빠는 웃음을 터뜨렸지요. 그러자 왕년에 권투 선수였을 때 대학 후배들을 많이 때려눕혔던 목사님이 화가 나서 주먹 세 방을 아빠 눈에 날렸어요. 그리고 집사 한 명도 아빠를 발로 찼어요. 아빠도 화가 나서 모두 날려 버리겠다며 코트를 벗기 시작했어요. 그러자 사람들이 서둘러서 아빠를 문 밖으로 쫓아냈는데 엄마도 아빠가 사람들한테 당하는 것에 화가 나서 같이 그 사교 모임장을 나와 버렸죠. 그래서 나는 우리 가족 앞으로 마련된 음식과 아이스크림을 먹으면서 기다려야만 했어요. 아빠는 그 사람들과는 다시는 어울리지 않겠대요. 아빠가 그러는데 그 교회 사람들은 자비심이라곤 눈곱만큼도 없는 사람들이래요. 아빠의 눈은 방금 있었던 권투 연습 덕분에 부어올라 시커멓게 멍이 들어 버렸어요. 아빠는 굴과 비프스테이크 치료법을 사용해야 될 거 같아요. 아빠는 이게 다 나 때문이래요."

식료품점 주인이 소년의 귀를 잡아당기면서 말했다.

"글쎄다, 이 모든 일들이 네가 내 가게 앞에다가 '썩은 달걀' 과

'더러운 버터 전문점'이라고 써 붙인 것과도 상관이 있는 거겠지. 너는 네가 똑똑하다고 생각하는지 모르겠다만, 나는 네가 여기에서 멀리 사라졌으면 좋겠다. 다음에 다시 내가 너를 이곳에서 잡게 된다면 경찰을 불러서 널 잡아가라고 할 거다. 썩 꺼져라!"

소년은 귀를 다시 제자리로 돌려놓고 나서 담배를 꺼내 불을 붙였다. 그러고는 설탕 깡통 위에서 자고 있던 식료품점 주인의 고양이 얼굴에다가 연기를 내뿜으면서 말했다.

"만약에 내가 최고급 상점에서는 팔지 않는 상한 식품만 판다거나, 무게와 양을 속이고, 벌레 먹은 무화과 열매와 상한 대구를 사들이고, 버터는 지방 정제 공장에서, 사과 주스는 식초 공장에서, 설탕은 포도당 공장에서 가져다 파는 식료품 해적이라면 이렇게 훌륭한 가정에서 자란 아이를 모욕하지는 않을 거예요.

아저씨! 내가 지금 밖에 나가서 이리 오는 손님들에게 한마디만 하면 속이 메슥거린다며 딩징 다른 가게로 사고 발설요. 건조한 사과 상자 위에서 고양이가 잠을 자고, 자두 상자 위에는 생쥐들이 살고, 건포도 위로 쥐가 뛰어다니고, 아저씨가 전몰 장병 추도 기념일과 크리스마스 외에는 손을 씻는 일이 없고, 셔츠 소매로 콧물을 닦고, 온몸에 가려움증이 있다고 떠들어 대면 아저씨네 상점이 잘될 거라고 생각하세요? 만약에 내가 손님들한테 아저씨가 나무 장화를 신은 폴란드계 독일 사람이 양배추 찌꺼기로 만든 사워 크라우트레몬 주스와 설탕, 위스키를 섞어 만든 알코올 음료를 사들여 점잖은 사람들에게 팔고 있다고 이야기한다면 집세나 낼 수 있을 것 같아요? 내가 만약에 아저씨가 교회의 성금 모금함에다 종이 조각을 넣고, 목사님한테서 마가린 1킬로그램에 80센트나 받아 낸다고 이야기하면 아마 가게 문을 닫아야 할걸요. 아저씨, 난 아저씨를 잘 알아요. 자, 내 귀를 잡아당긴 거 사과하세요."

　소년이 이야기를 하는 동안 얼굴이 창백해진 식료품점 주인은 결국 이 악동이 마을에서 가장 착한 녀석이라고 말했다.

대학에 간 아들

아들 한 명을 둔 부부가 살았다. 부부는 아들을 대학에 보내기로 했다. 7년 후에 아들이 학업을 마치고 집으로 왔다. 이제 나이가 든 부부는 하나밖에 없는 아들이 공부를 마쳤다는 사실이 너무도 뿌듯했다.

아들이 집에 온 다음 날 아침, 어머니는 지금까지 한 번도 젖을 짜지 않았던 소의 젖을 짜려고 했다. 그 소는 자신의 젖을 짜려는 사람은 누구든지 걷어차 버렸다.

그날 아침따라 문제의 소가 유난히 성질을 부리는 통에, 여자는 도와달라며 남편을 불렀다. 남편이 나와 소를 잡으려 하자 소는 계속해서 발길질을 하고 뒷다리로 버티면서 우유 양동이를 차 버렸다. 남편이 아내에게 말했다.

"우리가 이 소랑 씨름할 이유가 뭐 있소. 우리에겐 7년 동안이나 줄곧 공부해서 모든 걸 배운 아들이 있잖소. 그 아이는 이 발길질해 대는 소를 어떻게 처리해야 할지 알고 있을 거요. 내가 가서 그 아일 불러오겠소."

그래서 남편은 아들을 데려왔다. 아들은 소의 모든 부분을 자세히 살펴보더니 말했다.

"어머니, 과학적 원리로 소의 발길질을 해결해야 해요. 어머니도 보시면 알겠지만 소가 발길질을 하려면 등을 활처럼 구부려야 하잖아요. 그러니까 우리는 힘을 줘서 소가 등을 못 구부리게 하면 되는 거예요."

아버지가 말했다.

"아들아, 네가 어떻게 하려는지 잘 모르겠구나. 그래도 넌 대학을 나왔으니 나보다 훨씬 많이 알 테고 또 아비 어미의 지식을 합한 것보다 더 많이 알 게 아니냐. 얼른 가서 소가 등을 구부리지 못하도록 해 봐라. 우리는 어떻게 해 볼 방법이 없구나."

아들은 금테 안경을 끼고 머리끝부터 발끝까지 소를 살펴보고 나서 말했다.

"이 가축이 허리를 구부리지 못하도록 하기 위해서는 등에 무거운 것을 올려놓는 방법밖에는 없어요."

"뭘 올려놓는단 말이냐?"

"아무거나 무거운 거면 돼요. 충분히 무게가 나가면 뭐든지 괜찮아요, 아버지. 이건 모두 수학으로 해결할 수 있는 문제예요."

"그렇게 무거운 걸 어디서 갖고 온다는 거냐?"

"아버지, 한번 일어나 보세요. 아버지 몸무게면 적당할 것 같은데요."

"아들아, 네가 학교를 오래 다니다 보니 소 잔등에 올라타는 것이 얼마나 어려운지 잊었나 보구나. 게다가 난 이제 너무 늙었다."

"아버지, 그 일도 제가 해결할 수 있어요. 아버지가 올라타면 제가 아버지 다릴 소의 배 아랫부분에서 묶을 거예요. 그러면 소가 아버질 내동댕이치지 못할 걸요. 자, 어서 올라가세요."

"알았다, 아들아. 네가 하라고 하니 소 잔등에 올라타마. 네가 나보다 훨씬 많은 것을 알 테니."

그래서 그들은 소를 나무에 바짝 대고 묶었다. 아버지는 아주 어렵게 소 잔등에 올라탔고, 아들은 소 배 아래에서 아버지의 다리를 밧줄로 묶었다. 어머니가 젖을 짜려 하자 소는 날뛰면서 발길질을 해 댔고 늙은 아버지는 더 이상 버틸 수가 없었다. 아버지는 아들에게 외쳤다.

"줄을 잘라야겠다, 아들아, 줄을 잘라라. 나를 내려 다오."

아들은 아버지의 발을 묶었던 밧줄을 자르는 대신에 소를 나무에 묶어 두었던 밧줄을 잘라 버렸다. 소는 다리가 묶인 남자를 매단 채 전속력으로 날뛰며 숲을 가로질러 갔다. 아버지는 도저히 내릴 수가 없었다.

아버지는 소의 잔등에 탄 채 시골길을 내달리다가 여동생과 마주쳤다. 동생은 오빠가 소 등에 타고 있는 것을 보고 놀라서 물었다.

"세상에나, 오라버니, 지금 어디 가는 거예요?"

그는 이렇게 대답했다.

"하느님이랑 이 소만 안단다."

옛날에 아버지와 어머니와 몇 명의 아이들이 살았다. 그 가족은 한 사람만 빼고 모두들 입이 비뚤어졌다. 입이 비뚤어지지 않은 사람은 존이라는 남자 아이뿐이었다.

존은 성장해서 대학에 진학했고, 첫 방학을 맞이해서 집으로 돌아왔다. 그날 저녁 모든 가족은 존이 배운 것에 대한 얘기를 들으러 둘러앉았다. 마침내 잠자리에 들 시간이 되었고, 어머니가 말했다.

"여보, 촛불 좀 끄겠어요?"

"알았소."

"잘 끄세요."

"자, 끌게."

그래서 아버지가 훅 불었는데, 입이 비뚤어졌기 때문에 결국 촛불을 끄지 못했다.(이야기하는 사람은 아버지가 어떻게 불었는지를 흉내낸다. 위쪽으로 분다.)

아버지가 말했다.

"부인, 당신이 좀 꺼 보구려."

"예, 알았어요."

어머니가 대답했다.

"한번 잘해 봐요."

"알았어요."

그래서 어머니가 훅 불었는데, 입이 비뚤어졌기 때문에 역시 촛불을 끄는 데 실패했다.(아래쪽으로 분다.)

그러자 어머니가 딸에게 말했다.

"메리, 네가 촛불 좀 꺼 보겠니?"

"예, 엄마."

"잘 끄길 바란다."

"한번 해 볼게요."

그래서 메리가 훅 불었는데, 입이 비뚤어졌기 때문에 촛불을 끄는 데 실패하였다.(입 오른쪽 구석으로 분다.)

이번에 메리는 남동생에게 말했다.

"딕, 네가 한번 꺼 볼래?"

"좋아, 누나."

"네가 끄면 좋을 텐데."

"그러게, 한번 해 보지 뭐."

그래서 딕이 훅 불었는데, 입이 비뚤어졌기 때문에 촛불은 그대로 있었다.(입 왼쪽으로 분다.)

그러자 딕이 말했다.

"존, 네가 한번 해 보는 게 어때?"

"해 볼게, 형."

"네가 껐으면 좋겠다."

"자, 끌게."

그래서 존이 훅 불었는데, 그의 입은 비뚤어지지 않았기 때문에 마침내 촛불이 꺼졌다.(똑바로 분다.)

촛불이 꺼지자 가족 모두 존의 성공을 기뻐했다. 그리고 아버지는 이렇게 말씀하셨다.

"배운다는 건 정말 축복받은 일이야!"

바 람

　서부 사람들 몇 명이 모여서 자기가 이제까지 본 가장 무시무시한 바람에 대해 이야기하고 있었다. 한 사람이 먼저 말을 꺼냈다.

　"그래요. 때때로 이곳 서부 텍사스에는 바람이 일곤 합니다. 대개 바람이 부는 방향은 일정치 않지만 남쪽이나 북쪽에서 강풍이 불어오고 가끔은 소용돌이 바람이 일기도 하는데, 우리는 이를 가리켜 거대한 것이 움직인다고 말합니다.

　그러나 소용돌이가 일 때면 저는 20년 전 여름에 이곳에서 동료들과 함께 수박 씨를 심던 일을 떠올린답니다. 혹시 전에 제가 이 이야기를 하지 않았나요? 해가 뜨자마자 우리는 수박 씨를 심기 시작했는데 마치 소녀의 기도에 화답이라도 하는 것처럼 기분 좋은 산들바람이 불어왔습니다. 정오 무렵이 되자 햇살이 점점 뜨겁게 내리쬐기 시작했어요. 그런데 그때였어요. 여기저기에서 작은 회오리바람이 일더니 순식간에 저 너머 초원에서 작은 풀이 뽑히고 모랫바람이 일어나고 초원 전체가 불이 붙은 것처럼 보이지 않겠어요? 물론 연기 고리처럼 보이는 것은 모래일 뿐이었지만, 풋내기라면 불을 끌 생각에 맞불을 놓고 소방서에 연락할 정도로 위력적인 모랫바람이었답니다.

그날처럼 사방에서 그렇게 많은 작은 회오리바람들이 동시에 일어나는 것을 본 적이 없습니다. 이제 막 속도가 붙기 시작한 바람은 한바탕 휩쓸고 지나갈 작정인 것처럼 보였습니다. 1시가 되자 태양은 서쪽으로 기울고 지옥에서 온 듯한 바람이 서쪽에서 불어왔어요. 하늘엔 구름 한 점 없었고 서풍만이 텍사스를 가로질러 동쪽으로 가려는 듯 불었죠. 바람의 속도에 대해 얘기해 볼까요? 바로 옆 들판에서 사냥개 두 마리가 토끼를 쫓다가 잡으려는 찰나에 토끼가 그만 바람에 날려 눈앞에서 사라져 버렸답니다.

나는 그때까지 이 초원에는 왜 작은 잡초만 자라는지 이유를 몰랐습니다. 그러나 이제 깨달았지요. 자라는 것이면 무엇이든지 새 싹이 나거나 뿌리를 내리기도 전에 바람에 뽑혀 날아가 버리기 때문입니다. 작은 잡초 외에는 어떤 것도 모래를 뚫고 나와 올곧게 자랄 용기가 없었던 것입니다. 작년에 비가 왔든 지난주에 비가 왔든 무관하게 말입니다.

그래요. 이곳의 특별한 바람에 관한 이야기로 돌아가죠. 전 그 바람을 제대로 이해하지 못했답니다. 오후 1시쯤부터 지옥의 종소리처럼 서쪽에서 불어오던 그 바람은 2시가 되자 모든 것이 동쪽으로 누울 정도로 더욱 거세어졌습니다. 우리는 바람에 날아가지 않도록 수박 씨를 20센티미터나 깊숙이 묻었습니다. 바람은 점점 더 거세어졌고 3시가 되자 태양도 사실상 정지해 버린 것처럼 보였습니다. 여러분, 전 여러분에게 분명 이것이 사실이라는 것을 말씀드리고 싶습니다. 전 이제 여호수아가 태양과 달의 움직임을 멈췄다는 성경 이야기를 믿습니다. 그날 달이 정지한 이유는 오로지 이 바람을 상대할 시간을 놓쳤다는 데에 있으니 말입니다.

우리는 계속해서 수박 씨를 심으면서 망할 놈의 태양이 정지해 있는 것을 지켜보았습니다. 태양이 그 자리에 멈추는 바람에 족히 세 시간은 늦게 기울기 시작했습니다. 태양은 정말로 애처로워 보였습니다. 줄기차게 기울기를 시도했지만 그 자리에 못 박힌 것처럼 꼼짝도 하지 못했거든요. 날이 어두워져 나온 별들이 아직 서성이는 태양을 다소 놀란 듯이 바라보았답니다.

마침내 바람이 약해지기 시작하자 시리우스 별이 태양을 언덕 너머로 내쫓았습니다. 사방이 너무 어두워져서 더 이상 수박 씨를 심을 수 없게 되자 우리는 일을 멈추고 집으로 돌아와 저녁을 먹었습니다. 전 그렇게 사나운 바람은 생전 처음 보았답니다."

"바람? 바람이라고요? 여러분은 비로 그 바람이 부는 것을 본 적이 있나요? 그렇다면 여러분은 아마도 이곳에 오랫동안 살지 않았으리라고 생각되는군요. 저는 여러분에게 이 지역에서 부는 바람의 위력에 대해 말씀드리려 합니다.

전 바람이 부는 것을 보았답니다. 소리와 귀로 말입니다.

여름 내내, 그리고 계절이 바뀌고도 상당 기간 동안 이 지역에 비가 한 방울도 내리지 않았던 적이 있습니다. 토끼와 고퍼쥐, 그리고 코요테가 다니는 길이 사방에 뚜렷하게 드러날 정도로 사방이 건조했답니다.

풋내기가 아니라면 누구도 비가 오리라고 기대하지 않았습니다. 전 농장을 따라 걸으면서 가축들이 먹고 겨울을 날 수 있을 만큼 들에 목초가 충분히 남아 있을지 생각했습니다. 그때였습니다. 나는 고개를 들어 서쪽 하늘을 바라보았는데, 서쪽의 주 경계선이 있는 지평선에 작은 구름이 올라오는 것이 보였습니다. 그것은 고작 어른의 손바닥 크기만 하더군요.

너무 작은 구름을 보니 비가 오리라는 희망이 사라지고 한숨이 절로 나오더군요. 그런데 기대 밖의 일이 일어났답니다. 넋 놓고 집으로 걸어가고 있는데 바람이 불어오는 게 아니겠어요? 지평선 아래에 숨은 그 작은 구름에서 불어오는 바람이 아니었어요. 바람은 반대쪽에서 불어왔거든요. 세찬 바람이었답니다. 뒤를 돌아보니, 바람이 작은 구름을 휩쓸고 지나가는 게 보였어요.

여러분은 아마도 불쌍한 작은 구름이 바람에 여기저기 쓸려 다닐 거라고 생각하시겠지요. 구름이 살짝 올라가는 통에 바람은 구름을 지나치고 말았습니다. 구름은 이동하면서 점점 커지더니 가까이 다가올수록 더욱 커졌어요. 그래도 비가 오리라는 보장은 없었지만요.

그런데 바로 이 대목에서 제가 틀렸답니다. 그 실수로 인하여 남은 여생 동안 저의 명성은 망가지고 제 미래에 큰 흠집이 생겼지요.

반대쪽에서 불어오는 바람이 점점 더 거세어지자, 작은 구름도 점점 더 커지고 어두운 색으로 변했습니다. 구름은 꽤 커져서 우리가 있는 쪽으로 다가왔습니다. 지면에서 부는 바람도 다가오는 바람의 상대가 안 됐어요. 지면에서 부는 바람이 방향을 바꾸자 두 개의 바람이 나란히 불게 되었지요. 그러자 작은 구름은 시시각각 하늘을 뒤엎을 정도로 커지고 점점 더 어두워졌습니다.

닭장과 돼지우리가 바람에 펄럭이는 치마처럼 하늘로 펄럭이더니 사라져 버렸습니다. 벽과 지붕이었던 널빤지들도 커다란 소용돌이를 그리면서 저 멀리 사라졌답니다. 1분도 걸리지 않은 것 같았어요.

그 다음에 정말 재미있는 장면이 눈앞에 펼쳐졌답니다. 널빤지 하나가 나무에 박혀 있었어요. 아직 쓸모가 있는 널빤지라 나무에서 빼내려고 노력했지만 모서리가 나무에 꼭 박혀서 모든 노력이 허사가 되고 말았습니다. 널빤지 두 개는 십자가 형태로 떨어졌는데 두 개의 널빤지가 정확히 중간에서 교차하는 바람에 그 모양이 꼭 X자 같았지요. 한 번에 판자 하나씩 날아간 물레방아 조각들은 1킬로미터나 떨어진 곳에서 S자 형태로 땅에 박혀 있었습니다. 그것도 끝부분이 점점 좁아졌기 때문에 마치 누군가가 이쑤시개를 만들다가 그만둔 것처럼 보였어요. 바람은 작년에 추수한 곡식 더미를 땅바닥에 원을 그리며 흐트러뜨렸습니다. 닭들도 1킬로미터 이상이나 날렸는데 심지어 대초원까지 날려 간 닭도 있었습니다. 세찬 바람에 뽑혀서 날려 간 닭 깃털이 모조리 돼지 한 마리의 옆구리에 촘촘히 박혔답니다. 그런데도 돼지는 아프지 않은 것 같았습니다.

마지막으로 제가 본 것은 닭장과 집이 함께 하늘로 날려 가는 것이 있지요. 여하간 그날 바람이 분녕히 이곳에서 불었납니다."

"바람에 관한 이야기지요. 여러분이 바람을 목격한 일에 대해 말씀하시니 이곳 서부 평원에 불어닥친 바람이 생각나는군요. 저는 시장에 갈 때면 으레 바람을 등지고, 또 같은 바람을 맞으면서 집으로 돌아오곤 합니다. 간혹 세찬 바람이 갑자기 불어오기도 하는데, 그럴 때면 이웃 카운티로 땅을 전부 날려 버릴 듯한 기세를 자랑한답니다.

집에 돌아와 보니 바람에 날아간 농장이 남쪽 울타리를 따라 차곡차곡 쌓여 있더군요. 집을 나설 때만 하더라도 흠잡을 데 없이 깨끗하게 잘 정돈되어 있던 농장인데 말입니다.

가을바람은 분속 1.5킬로미터로 엉겅퀴를 날려 보내기 일쑤였지요. 욕조보다도 큰 것도 마찬가지였어요. 우리와 헛간, 지붕은 끝없이 구르고 돌고 소용돌이치다가 쌓일 수 있는 곳이면 어디나 가리지 않고 쌓였습니다. 그렇게 바람이 부는 날이면 어느 엉겅퀴가 가장 멀리 날아가는지 두세 명이 내기했답니다. 승자가 되기 위해서는 행운의 여신과 우연의 신의 힘을 빌어야 했기 때문에 더할 나위 없이 재미있는 게임이었어요.

한번은 오클라호마 경계선에서 연기가 뭉게뭉게 올라오는 것이 보였습니다. 야영을 하던 사람이 불씨를 남겨 놓고 가서 대초원에 불이 난 것이 분명했지요. 야생 동물은 엄청난 속도로 다가오는 불길을 피해 혼비백산하여 사방으로 뛰어다녔습니다.

불이 번져 잃을 것이 없는 사람이라면 대초원엔 난 불 구경만큼 멋진 장관은 따로 없을 겁니다. 연기가 구름처럼 피어올라 용솟음치고 불기둥이 소용돌이치고 미끄러지면서 현기증이 날 정도로 빠르게 불길이 번지니까 말입니다. 이런 불은 1분에 1.5킬로미터는 족히 번져 간답니다.

그 당시엔 방화 지대가 없었기 때문에 우리가 할 수 있는 것이라고는 고작 팔을 걷어붙이고 고랑을 파는 것이 전부였어요. 우리는 한 사람이 밧줄을 잡고, 다른 사람이 쟁기를 잡고, 또 다른 사람이 뒤에서 맞불을 놓으며 달려가는 방식으로 세 사람이 한 조를 이루어 움직였습니다. 그런데 30미터나 되는 고랑 위로 순식간에 바람이 덮치는 바람에 불길이 번져 그만 삽시간에 이곳은 민둥 지대가 되어 버렸습니다. 그래서 우리는 계속 달리며 맞불을 놓았지요.

모든 것이 불에 타 버렸습니다. 다음 날이 되자 여기저기에 아직 연기가 나는 새와 토끼, 코요테 시체가 널려 있었어요. 제아무리 빠른 코요테도 불보다 빠르지는 못했던 것입니다.

불길의 끝자락에서 바람이 이는 것은 장관이지만 동시에 정말 애처로운 일이 아닐 수 없습니다. 불에 붙은 엉겅퀴가 날아가고, 초조해진 송아지들이 날뛰고, 크고 작은 불길이 소용돌이가 되어 일렁이는데 눈 깜짝할 사이에 1킬로미터는 족히 휩쓸고 지나가니 말입니다.

이런 일은 한번에 그친 것이 아닙니다. 그리고 무엇보다 중요한 것은 실제 있었던 일이라는 것입니다."

"여러분은 손버그 아저씨와 바람이 그에게 써먹은 재미있는 장난에 대해 들어 보셨나요? 아저씨는 혼자서는 세상을 살아갈 수 없는 그런 사람이었어요. 장성한 손버그 아저씨는 결혼을 했는데 그 이유는 물론 자신을 부양해 줄 부인을 얻기 위해서였답니다. 아저씨 부부에게는 부양가족이 있었는데, 일은 모두 부인이 하고 아저씨는 옆에서 소금 거늘기만 했지요. 그들은 여관을 운영했는데 아이들이 모두 자라서 독립을 하게 될 때까지 근근이 생활하는 편이었어요.

좀 더 빨리 이 일이 일어났더라면 부인에게는 더 좋았을 것입니다. 막내가 독립하여 집을 떠난 후 아저씨가 세상을 떠났지요. 타지에 나갔던 자식들이 모두 장례식에 참가할 수 있도록 부인은 남편 옆에서 며칠을 기다렸습니다. 마침내 아저씨와 그의 유품을 땅에 묻을 시간이 다가왔습니다.

찬송과 설교가 모두 끝난 다음 손버그 가족은 아버지를 매장하기 위해 장지로 향했습니다. 여러 가지로 생각해 보니 매장은 성공적으로 끝날 것 같았어요. 아저씨의 시신은 좀도, 녹도 안 슬고, 도둑도 못 훔칠 곳에 묻힐 예정이었으니까요. 아저씨를 묻는 일은 성공적으로 마무리되어 가는 것처럼 보였지요. 그런데 작은 계곡을 건너다가 바퀴 하나가 길 위에 난 구멍에 빠져 관이 땅에 굴러 떨어지는 바람에 관 뚜껑이 열리고 말았습니다.

물론 모든 사람이 공포에 질려 고개를 돌렸지요. 모두 자신이 움직이기 전에 다른 사람이 나서 주기를 기대하며 기다렸지요. 시간이 흘렀지만 아무도 꼼짝하지 않자 아저씨가 버럭 소리를 질렀습니다. 그들이 주위를 돌아보자 평생 처음 정장을 차려입은 아저씨가 죽은 뒤 처음으로 몹시 놀란 표정을 지으며 나타났답니다.

관이 도랑에 빠진 것을 알아차리지 못한 아저씨는 일행에게 자기를 데리고 어디에 가는 길인지 물었어요. 사람들은 부랴부랴 변명을 했지요. 아저씨가 죽은 줄 알고 의사를 부르러 가는 길이었다고 말입니다.

아저씨가 죽은 것은 사실이랍니다. 그런데 관의 뚜껑이 열리는 순간 대초원에서 불어오는 거센 바람이 아저씨의 몸을 강타하면서 허파에 재생의 바람을 불어넣은 겁니다. 그 누구라도 다시 살아날 수밖에 없는 그런 바람 말입니다.

몇 년 후에 손버그 아저씨는 다시 한 번 죽을 고비를 넘겼습니다. 장난치는 것처럼 바람이 일기 시작했어요. 때마침 마당에서 달걀을 주우면서 빈둥거리던 아저씨는 산들바람이라고 하기에는 평소보다 거세었지만 대수롭지 않게 생각했답니다. 덥고 건조한 날씨가 계속되었기 때문에 이듬해 봄까지 폭풍이 몰아치리라고 생각한 사람은 아무도 없었으니 말입니다.

그래서 아저씨는 저녁 반찬을 기대하면서 하던 일을 계속했답니다. 그러는 동안 바람은 점점 더 거세어졌습니다. 세력이 커질 대로 커진 바람은 소용돌이치고 위아래를 오르내리며 돌았습니다. 미처 소리를 지를 시간도 없이 바람에 날려 헛간 옆에 떨어진 아저씨는 마치 힘없이 누운 종잇조각처럼 대자로 뻗어 버렸습니다.

언제 그랬냐 싶을 정도로 바람은 바로 잠잠해졌습니다. 바람이 거세어지는 것을 보고 아저씨가 부활했던 '공포의 구멍'으로 몸을 숨겼던 부인은 밖으로 나와서야 남편에게 닥친 상황을 파악했어요. 괭이를 들고 아저씨를 헛간 밖으로 끌고 가는 것 외에 다른 방도가 없어 보였지요. 부인은 슬픔에 젖은 채 남편을 외다리 수레에 실었습니다. 그런데 바로 그때였습니다. 뒤돌아오는 바람에 아저씨가 외다리 수레에서 벌떡 일어난 것입니다.

손버그 아저씨는 아직 살아 있냐고 물으셨나요? 네, 아저씨는 아직 살아 있답니다. 바로 저기에서 살고 있으니까요. 아저씨는 백 살을 넘겼는데 아마도 이 이야기를 물어보면 제가 말씀드린 그대로 말할 것입니다. 과거에 무슨 일이 있었는지 회상할 시간을 조금만 한애한다면 말입니다."

"여러분의 이야기는 정말 흥미롭군요. 여러분이 말한 대로 작은 회오리바람에 저의 집 지붕이 날아갔다면 더없이 흥분했을 것입니다. 그렇지만 여러분이 언급한 바람은 제가 이곳에 처음 와서 목격한 바람에 비하면 어림도 없답니다.

제가 두 가지 사건을 말씀드리지요. 그러면 이곳 대초원이 생긴 지 얼마 안 되어 늑대와 인디언만이 활개를 치고 으르렁거리던 시절에 바람이 어떻게 불었는지 짐작할 수 있을 것입니다.

저기 3킬로미터 정도 떨어진 곳에 있는 오래된 참호가 보이죠? 저는 지금 바람이 저 참호 위에서 부린 묘기를 생각하고 있답니다. 물론 당시에 참호는 새 집이었습니다. 아빌론 동쪽으로부터 늘 히

죽거리고 웃는 얼뜨기 하나가 소 한 마리와 닭 몇 마리, 부인과 노랑머리 아이들을 데리고 와서는 그곳에 정착했답니다.

그는 2년에 한 번씩 농사를 지어 아내와 아이들을 근근이 먹여 살렸습니다. 그러다가 가뭄이 들거나 우박이 떨어지거나 초원에 불이 나서 모든 것을 휩쓸고 지나가기라도 하면 행정 기관이나 사돈 등 도움을 구할 수 있는 곳이면 어디든지 물불을 안 가리고 도움을 청해야 했답니다.

풍작이 예상되던 해였습니다. 8월 중순이 되자 수수와 옥수수가 최상에 이르렀고 더 이상 비가 오지 않아도 걱정하지 않을 만큼 땅에도 수분이 충분했답니다.

날이 갈수록 날씨는 더워지고 비가 오지 않아 땅은 메마르기 시작했어요. 그렇지만 토양이 오랜 기간의 가뭄을 충분히 이겨 낼 수 있는 모래였기 때문에 우리는 조금도 걱정하지 않았습니다. 그렇지만 우리의 예상은 빗나가고 말았습니다. 태양이 며칠간 계속 작열하면서 일이 벌어지기 시작했으니까요.

이글거리는 태양이 내리쬐는 무척 덥고 건조한 날이었습니다. 오전 10시부터 소는 도랑을 따라 내려가 언덕 아래 그늘진 곳이나 햇빛과 파리를 피할 수 있는 장소를 찾아다녔습니다.

오후 2시가 되자 작은 회오리바람들이 몸을 틀면서 일어나 평원을 헤집고 다니면서 점점 크기를 더해 갔습니다. 전 그때 아주 바빠서 5시가 될 때까지 날씨에 신경 쓸 겨를이 없었고 심각한 일이 벌어지리라고는 생각조차 하지 않았습니다. 초원 가장자리에서 떠다니는 손바닥만 한 구름을 분명히 보기는 했지만 별다른 징후는 보이지 않았으니 말입니다. 그때 조금만 더 주위를 기울였다면 어느 정도는 대처할 수 있었을 텐데 말입니다.

얼마 지나지 않아 멀리서 낮은 천둥 소리가 들리더니 소리가 점점 커지면서 가까이 다가왔습니다. 마침내 큰 천둥 소리가 들리자 그제야 무슨 일이 일어났는지 알아보려고 고개를 내밀었답니다. 굉장한 바람이었어요. 그렇지만 그게 전부가 아니었습니다. 절대로 아니었죠!

즉시 어딘가로 가야 하는 것처럼 괴성을 지르며 작고 시커먼 구름은 초원을 가로질렀습니다. 구름은 빠른 속도로 소용돌이쳤지만 크기가 너무 작았기 때문에 그 구름이 그날 그렇게 엄청난 바람을 일으켰다는 걸 아직까지도 믿을 수가 없을 정도랍니다.

바람은 울타리의 한쪽 모퉁이를 강타하더니 울타리를 따라 이동하면서 나의 집 한편에 있던 울타리 기둥과 철사를 죄다 뽑아 버렸습니다. 그러고 나서 바람은 집을 향해 돌진하는가 싶더니 방향을 바꿔 공교롭게도 기계들을 보관해 놓은 헛간 쪽으로 향했습니다. 헛간은 바람에 날아가 버리고 기계는 뒤죽박죽이 되어 한켠에 쌓여 있었습니다. 산더미처럼 쌓인 기계를 정리하는 데만도 수일이 걸렸지요. 집은 간발의 차이로 피해를 면했지만 깔때기 모양의 바람 꼬리에 굴뚝의 절반이 비틀어지고 풍향계도 날아가 버렸답니다.

옆집이 바로 아까 말한 얼뜨기의 참호였는데, 참호의 반은 땅을 파서 그 위에 소나무 판자와 뗏장을 덮어 만든 것이었습니다. 바람이 힘을 써서 부숴야 할 만큼 단단하게 붙들어 맨 것은 하나도 없었습니다. 괴력의 바람은 집 주위를 한 바퀴 돈 다음 정문을 통해 집 안으로 들어가서 모든 것을 산산이 부숴 버렸습니다. 믿기 어렵겠지만, 주전자와 그릇, 팬, 욕조, 그리고 의자로 사용하던 상자들이 참호 밖으로 나와 마치 물에 떠다니듯이 바람에 이리저리 날아다녔답니다.

유일하게 서 있는 것이라고는 밀가루를 보관하던 설탕통이 고작이었습니다. 그나마 설탕통 안에 담긴 밀가루는 바람이 교묘하게 깨끗이 퍼 갔지요.

그 다음에 바람이 덮친 곳이 바로 3킬로미터 떨어진 손버그 아저씨의 집이랍니다. 오로지 사냥과 낚시 생각만 하는 게으른 손버그 말입니다. 손버그란 작자는 낚싯밥을 찾아 매일 50킬로미터나 떨어진 비버 강까지 가는 위인입니다. 그래서 부인은 늘상 화가 나 있답니다. 적어도 그렇게 보인다는 겁니다. 지금까지 아저씨는 운이 좋아서 꽤 큰 깡통에 벌레를 가득 넣어 가지고 다닐 수 있었어요. 그런데 말입니다. 그 깡통이 어떻게 됐는지 아세요?

깡통이 그만 바람에 창문을 뚫고 날아가 버렸답니다. 마치 총으로 쏜 것처럼 말이지요. 벌레들은 숫돌 바로 옆에 떨어져서는, 한 시간이 지나도록 숫돌 한쪽에 대롱대롱 매달려 있었답니다.

그런 바람은 내 생전 처음이었습니다. 지금까지는 말입니다. 내 나이도 고작 일흔둘밖에 안 먹은 데다가 몸도 아주 건강하니까 더 기이한 바람을 볼 수도 있겠지요. 지금 일어나야 하다니 유감이군요. 생기를 불어넣는 초원의 바람 이야기를 더 들려줄 수 있는데 말이지요."

생가죽 철도

　이 이야기는 아주 오래전 아름다운 월라 월라 계곡에 건설되어 성공적으로 운행했던 증기 철도에 관한 것이다. 이 철도의 특징은 침목 위에 놓이는 선로기 철이나 깅칠 내신 생가죽이라는 것이다. 하지만 시간이 지나면서 노선의 변경 기록이나 운송 체계의 근간이 된 생가죽 철노에 대한 기억은 사라졌다.

　여기서 할 이야기는 25년 전, 아이리시 철도 구역에서 감독을 하며 특이한 철도 회사에서 실제로 근무했고 지금은 돌아가신 지 오랜 사람의 말을 모아 엮은 것이다. 세부 사항이 풍부하고 상황이 정확한 것으로 미루어 보아 전반적으로 이 이야기의 진실성은 의심할 여지가 없다.

　생가죽 철도의 마지막 장을 장식했던 사고 이후 철도는 목재 레일 위에 철판을 고정시켜 여러 해 동안 성공적으로 운행했다.

　컬럼비아 강을 타고 기관차와 장비를 운송하는 것은 위험이 많이 따르는 작업이었다. 위시람의 인디언들은 기관차가 자기들 영토 내의 여울을 선회하는 데만도 거액의 공물을 요구했다. 요구를 들어 주지 않으면 백인은 인디언과 전투를 벌여야 할지도 모르고, 그 경우 이웃 부족의 가세로 싸움이 확대되면 결국 북서부 지방에서 압도적으로 수가 많은 인디언들에게 백인이 몰살당할 수도 있었다.

기관차 두 대와 기차 바퀴 백여 쌍, 실크해트 천여 개를 실은 바지선이 위시람 여울에 도착하자 베이커 박사가 지혜를 한껏 발휘했다. 지금은 연어 비늘의 색깔로 인해 약간 손상되긴 했지만 아직도 광택이 나는 시콜릭스의 바지는 여전히 위시람 아가씨들의 마음을 사로잡았다. 가난 때문에 시콜릭스와 같은 바지를 입을 수 없는 젊은 인디언들은 비위가 상할 정도로 아가씨들은 시콜릭스의 바지에서 눈을 뗄 줄 몰랐다. 위시람의 아가씨들은 감정을 숨김없이 드러냈다.

처음부터 이러한 현상을 주시했던 베이커 박사는 인간의 열정과 욕망을 거부하기보다 오히려 인간의 열정과 욕망을 이용하기로 결심했다. 베이커 박사는 위시람의 인디언 우두머리들을 소집하여 고대 바그다드 상인의 기막힌 상술에 따라 최초로 실크해트의 경이로운 모습을 보여 주어 집합한 인디언들의 눈이 휘둥그레지게 만들었다. 그리고 인디언들에게 실크해트를 하나씩 주는 대가로 약속을 받아 냈다. 기관차를 무료로 통행시켜 주기로 했으며, 실크해트를 쓴 벌거벗은 천여 명의 인디언이 위시람 여울 주위로 기관차를 끌어 주기로 한 것이다.

시콜릭스의 바지는 이제 지는 해가 되었다. 인디언 아가씨들의 마음을 사로잡는 데에는 스탠다드 석유 회사 주식 수천 달러어치보다도 반짝이는 실크해트가 더 큰 힘을 발휘했다. 치열하게 변해 가는 컬럼비아 강 유역의 유행 경주에서 시콜릭스 바지는 뒤쳐지고 있었다.

마침내 기관차와 백여 쌍의 열차 바퀴가 월룰라에 도착했다. 월룰라에서는 기관차를 철로 위에 올려놓으려고 빌 그린이 물가까지 케이블 철도를 설치해 놓았다.

총 마흔 명으로 구성된 장정들이 조를 짜서 번갈아 가며 기관차를 끌어올리는 일은 어렵지 않았다. 인디언 장정 마흔 명의 괴력은 설사 빠르진 않더라도 기관차를 끌 수도 있을 것 같았다.

베이커 박사는 기관차를 철로 위에 올려놓은 후 기관실 창틀에 '레드 호'와 '블루 마운틴 호'라는 표지를 칠했다. 이렇게 해서 두 대의 유명한 기차가 탄생했다. 선로도 완성되고 목재로 만든 객차에 뉴욕에서 실어 온 바퀴를 다는 일도 모두 성공적으로 완료했다.

총책임자는 노새를 타고 모든 작업을 지시했다. 장정 마흔 명을 지휘하는 일이 끝나자 총책임자는 기관차 근처에 있던 베이커 박사에게 다가와 선로가 완성되었다고 엄숙하게 밀했다. 총책임자는 역시 두 자루의 대형 권총을 걸치고 노새를 타고 있던 발차원에게 다가갔다. 총책임자는 정식으로 완공된 철도를 건설 부서에서 운행 부서로 이양했다.

"이제 철도는 당신들 몫이오. 저걸 타고 속히 여기에서 빠져나가시오."

열차 발차원의 가장 실무적인 측면은 바로 '소몰이꾼'이라 불리는 밀치개라고 할 수 있다. 기관차가 월룰라에 처음 도착하자, 발차원은 기차 전문가인 팻 프룬티와 함께 기관차를 살펴보았다. 발차원이 기관차 앞에 'V' 자 모양으로 달린 창살의 용도를 묻자 프룬티는 소와 같은 장애물을 제거하는 밀치개라고 설명했다. 발차원은 뉴욕에서 소를 잡는 거라면 몰라도, 잡기도 어렵고 잡고 나서 더욱 다루기 힘들어지는 소를 이곳 서부에서 잡는다는 것이 미심쩍었다. 그러나 당시 소몰이꾼의 권위는 오늘날 기관사에 대한 발차원의 권위만큼이나 절대적이었다. 당시 빌 그린과 조시 무어는 기관차 앞에 낮은 단을 만들어 사냥개를 태웠다. 사냥개는 운행 중에 소 떼가 다가오면 기차에서 뛰어내려 소 떼를 쫓도록 훈련을 받은 후 즉시 업무에 투입되었다. 열차가 월라 월라, 그리고 월룰라의 터미널에서 목적지로 출발하기 반 시간 전이면 사냥개는 알아서 기관차 앞의 낮은 단에 앉았다. 정복자 바이킹 족의 뱃머리에 달린 선두상처럼 기차가 월라 월라 계곡을 통과하는 동안 사냥개는 '소몰이꾼' 이라는 이름에 걸맞게 충실히 기차를 인도했다.

생가죽 철도는 현명한 빌 그린과 조시 무어 덕분에, 소가 많은 지역에서 운행했어도 크기를 고려한다면 다른 어떤 지역에서보다도 열차에 치여 죽은 소의 숫자가 단연코 적었다.

근무 시간이 줄어든 후에도 소몰이꾼 개들인 '폰토' 와 '토르' 는 불만의 소리를 내지 않았다. 현금 수송 차량 이외에도 소몰이꾼 개들이 지킬 것이 무궁무진했기 때문이다.

선로 면이 바퀴에 닿아 생긴 마찰로 목재 선로의 윗면과 모서리 역시 빨리 마모되었기 때문에 번거롭게도 선로를 자주 교환해야 했다.

태평양 해안 지대에 정착한 한 개척자는 이러한 어려움을 해결할 '선로', 즉 그 유명한 생가죽 선로를 생각해 냈다. 생가죽의 특성을 아는 사람들에게는 기적을 낳을 수도 있는 일이었다. 그러나 가죽의 독특한 특징에 익숙치 않은 동부 출신의 사람들에게 생가죽 철로는 괴변에 가까웠다.

개척자는 신이 나서 생가죽이 물에 젖으면 늘어나고 건조한 상태에서는 수축한다는 사실을 설명했다. 개척자는 비바람이 몰아치던 날 생가죽 마구를 단 말에 제동 사슬로 통나무를 묶어 집에 간 적이 있다고 했다. 집에 당도해 보니 통나무가 보이지 않았다. 원인을 알고 보니 어이없게도 비에 젖어 생가죽이 축 늘어났던 것이었다. 기분이 상한 개척자는 마구를 벗겨 나무 밑동에 던져 버렸다. 얼마 후 햇빛이 나고 마구가 수축하자 어느새 통나무가 집에 돌아왔다.

이 정도로 튼튼한 가죽을 많이 소유했던 개척자 베이커 박사는 월라 월라에서 월룰라에 이르는 목재 선로를 생가죽으로 씌우라고 지시했다. 여름의 작열하는 태양 아래에서 단단해진 생가죽 선로는 절대 망가지지 않을 것처럼 보였다.

그렇지만 장마철에는 가죽이 부드러워져 열차를 운행할 수 없었다. 겨울에는 수송량이 없어서 선로가 제 기능을 발휘할 수 없었다. 그러다가 봄 햇살에 눈이 녹으면 생가죽 선로는 금세 양호해져서 언제라도 기차를 실어 나를 만반의 준비를 갖추었다.

흔히 오래전부터 '혹독한 겨울'이라고 알려진 매서운 강추위가 태평양 해안에 찾아왔다.

사방이 깊은 눈 더미에 둘러싸인 월라 월라 제국의 피해는 이루 말할 수가 없었다. 눈과 비에 젖은 생가죽 선로는 부드러워져 관례대로 운행을 중단할 수밖에 없었다.

양식이 떨어지고 혹심한 고통이 계속되었다. 목동들은 평년보다 이른 시기부터 소에게 사료를 먹이기 시작했고, 그 결과 사료가 금세 바닥나 버렸다. 절망에 빠진 목동들은 눈 덮인 목장에 소를 풀어 놓았다. 눈바람이 대초원을 휩쓸고 지나가자 많은 소가 꼿꼿이 선

채 얼어 죽고 말았다. 누가 보더라도 섬뜩한 장면이 아닐 수 없었다.

불루 마운틴에 사는 사슴들도 굶어 죽거나 얼어 죽었다. 동쪽으로는 저 멀리 로키 산맥에서, 북쪽으로는 캐나다에서 넘어온 늑대들이 동사한 사슴의 시체를 먹어 치웠다. 사슴도 동나고 굶주림과 점점 더 혹독해지는 추위에 더욱 대범해진 늑대들은 먹을 것을 찾아 월라 월라 계곡을 넘어왔다.

늑대들은 필사적으로 목숨을 부지하기 위해 걸신들린 괴물처럼 무리를 지어 월라 월라 촌의 경계까지 내려왔다. 그리고 동사한 소의 시체를 눈 속에서 파내 단숨에 먹어 치웠다.

이제 늑대에 포위된 마을 사람들이 점점 다가오는 굶주린 악마 무리와 목숨을 걸고 한판 승부를 할 날이 코앞까지 다가왔다. 마을 사람들은 한 사람도 빠지지 않고 최후의 결전에 대비했다.

대초원을 가로지르는 눈바람이 으르렁거리던 한밤중이었다. 베이커 박사의 집에 대소동이 벌어졌다.

늑대와 일전이 목전에 다가왔음을 감지한 베이커 박사는 장전한 총을 쥐었다. 조심스레 문을 열어 보니 믿을 만한 인디언 사폴릴과 시콜릭스가 대문 밖에 서 있었다. 추위에 오들오들 떠는 몸을 구부린 채 사폴릴과 시콜릭스는 친구인 베이커 박사에게 영어와 치누크어를 섞어가며 참혹한 소식을 전해 주었다.

많이 흥분한 사폴릴과 시콜릭스의 전갈 중에서 베이커 박사가 알아들은 단어는 '늑대들' 뿐이었다.

더 이상 지체할 시간이 없었다. 베이커 박사는 집 안의 남자들에게 모두 곧 시작될 늑대의 공격에 대비하라고 지시하고, 추위와 흥분에 아직까지 몸을 떠는 사폴릴과 시콜릭스에게 독주를 큰 잔으로 따라 주었다. 사폴릴과 시콜릭스가 잔을 비우자 베이커 박사는 두

사람을 난롯가에 데리고 가서 알아들을 수 있도록 차근차근 얘기해
보라고 했다.

　사폴릴은 어설픈 영어로 간신히 참혹한 정보를 전달했다.

　"철도…… 망할 놈들. 망할 늑대들이 팠다, 다 먹어 치웠다…….
월룰라에서 월라 월라까지."

밀 추수기에 맞춰 텍사스 주에서 다코타 주로 이동하면서 쉽게 돈을 벌 수 있는 때가 있었다. 결속기로 베어 묶은 밀을 쌓아 올리고 탈곡하는 데에는 일손이 많이 필요했기 때문이다. 이곳 네브래스카 주까지 찾아오는 뜨내기 일손 중에 프랭크 맥다밋이라는 친구가 있었는데, 사람들은 그를 위대한 프랭크라 불렀다. 일이 있을 때면 프랭크는 밀단을 쌓는 일을 했다.

우리가 처음 만났을 때 위대한 프랭크는 내게서 100달러나 되는 돈을 대수롭지 않은 듯 쉽게 벌었다. 마침 6만 평의 밀을 벤 직후여서 나는 당장 밀단을 쌓아야 했다. 때마침 우기가 곧 시작될 시기였기 때문에 밀이 비에 젖어 썩을까 봐 걱정이 태산 같았다. 전에 없이 풍작을 이룬 밭 여기저기에 아무렇게 쌓인 밀단의 높이는 무려 1미터가 넘었다. 나는 마을에 가서 일손을 더 구해 올 생각이었다. 그런데 프랭크는 밀밭을 죽 둘러보고는 가래침을 뱉었다.

"나 혼자 할 수 있어요. 혼자서 하면 해질 무렵이면 마칠 수 있겠네요."

"지금 제정신으로 하는 소리인가?"

"그럼요. 혼자서 해질 무렵까지는 일을 마칠 수 있어요."

"이보게, 그건 불가능한 일이야."

"할 수 있어요."

나는 이놈이 어느 요양원에서 탈출한 정신이상자가 아닌지 의심하며 프랭크를 바라보았다. 프랭크는 자신 있게 말했다.

"할 수 있다는 쪽에 50달러 걸죠."

"그럼 난 할 수 없다는 쪽에 100달러 걸겠네."

위대한 프랭크는 손에 침을 뱉은 후 장갑을 끼고 일을 시작했다. 그렇게 빨리 밀단을 쌓는 사람은 난생 처음보았다. 나는 한 시간도 채 안 돼서 내기에 졌다는 것을 알았다.

위대한 프랭크는 두 사람이 한꺼번에 일하는 것보다도 빠른 속도로 밀단을 쌓았다. 위대한 프랭크는 원래 있던 곳에서 9미터 떨어진 곳으로 밀단을 던지는 것이 고작이었다. 이따금 프랭크는 10여 개 정도의 밀단을 한꺼번에 쌓았는데, 그렇게 밀단을 보기 좋게 쌓는 사람은 처음이었다. 강풍이 불어닥쳐도 프랭크의 밀단은 끄떡없었다. 밀단은 땅속 깊이 박혀서, 억지로 뽑으려 해도 잘 뽑히지 않았다. 탈곡을 하는 사람들은 종종 잘 뽑히지 않는 프랭크의 밀단을 모으면서 푸념을 늘어놓곤 했다.

프랭크는 그야말로 위대했다! 프랭크는 일당 대신 평당으로 임금을 계산했다. 그리고 혼자서 일했다. 다른 일손은 오히려 그에게 방해만 되었기 때문이다. 프랭크는 밀을 다 벤 후에 일을 시작했다. 밀을 베는 속도보다도 프랭크가 밀단을 쌓는 속도가 빨라서 늘 기다려야 했기 때문이다.

위대한 프랭크가 마을에 들어서면 많은 일손이 다른 곳으로 떠나야 했다. 프랭크 때문에 일거리를 좀처럼 구할 수가 없었기 때문이다. 프랭크를 안 좋아하는 농부는 없었다. 프랭크는 여자들에게도 인기가 있었는데, 그래서인지 이곳에는 유난히 프랭크라는 이름의 꼬마가 많다. 그런 프랭크에게도 단점이 하나 있었다. 매년 여름이면 프랭크는 사일로라는 곡물 저장 탱크를 털었다. 농부들은 몇 년이 지난 다음에야 이 사실을 알았다.

샘 베이츠가 아침 일찍 일어나 빨대를 입에 물고 사일로의 발치에서 잠든 프랭크를 발견했다. 빨대에는 다갈색 즙이 들어 있었다. 베이츠가 빨대를 빨아 보니 바로 옥수수 술이었다! 위대한 프랭크는 사일로의 밑바닥에 작은 구멍을 내서 술을 마셨던 것이다. 마침내 정신을 차린 프랭크는 나쁜 짓을 하다가 들킨 학생처럼 부끄러워했다. 그러나 그 다음 날 밤에도 프랭크는 몰래 술을 마셨다. 좀처럼 술을 못 끊었다. 처음에는 화를 내던 베이츠도 호기심에서 술을 한 모금 마셔 본 이후로는 더 이상 위대한 프랭크를 탓하지 않았다. 술을 마시다가 베이츠 역시 사일로 발치에서 잠이 들고 말았기 때문이다. 금주법이 시행 중이던 시기에 발효가 잘된 옥수수 주는 꿀맛 같았다. 곧 이웃 마을에서도 사일로에 구멍을 뚫지 않은 집이 없어질 정도로 이 버릇은 빨리 퍼져 나갔다.

이곳에 온 첫해에 프랭크는 밀단 쌓기를 끝내고 북부로 옮겨갔다. 다음 해에 프랭크는 이곳에 남아서 타작을 도왔는데 프랭크가 밀단을 시렁에 실어 나르는 광경은 정말 볼 만했다. 프랭크는 밀단을 통째로 들어서 시렁에 날랐는데 겨우 몇 분 안에 학처럼 목을 길게 빼고 봐야 할 정도로 밀단이 높이 쌓여 있었다. 베이츠와 나는 탈곡기를 맡았다. 베이츠가 탈곡기를 몰고 나는 기계에 불이 붙지 않도록 기름칠을 했다. 위대한 프랭크는 두 번 만에 탈곡된 밀을 부리고, 즉시 밀단을 탈곡기에 넣는 바람에 탈곡기는 왕겨와 지푸라기를 뱉어 내느라 숨이 막힐 지경이었다. 위대한 프랭크 혼자서 너끈히 일하는 것을 본 다른 일손들은 모두 다른 곳으로 떠났다. 탈곡기가 전속력으로 작동되는 동안 프랭크는 1.5킬로미터나 되는 밀단을 날랐다. 한마디로 그를 따라올 자가 없었다.

그해 여름, 나는 위대한 프랭크와 샘 베이츠와 한 조가 되어 이집 저 집 농가를 돌아다니며 밀을 탈곡했다. 우리가 움직이는 작은 기계 한 대가 탈곡한 곡물을 저장소로 옮기는 데에만 짐마차 스무 대가 필요했다. 그 다음 해에 우리는 좀 더 큰 탈곡기를 사서 서른 대의 마차를 부렸다. 그해 우리는 네브래스카 주 일곱 개 카운티와 사우스다코타 주의 두 개 카운티를 돌아다니며 탈곡했다.

위대한 프랭크는 날이 갈수록 실력이 늘었다. 프랭크는 탈곡기가 도저히 따라갈 수 없을 정도로 빠른 속도로 밀단을 날랐다. 베이츠와 나는 머리를 맞대고 상의를 한 결과 무슨 조치를 취해야 한다는 결론을 내렸다. 그 다음 해 우리는 시장에 나온 것 중 가장 큰 탈곡기를 샀다. 정말 대단했다! 아마도 믿기 힘든 이야기일지도 모른다. 그해 탈곡을 마친 밀을 실어 나른 마차가 자그마치 쉰 대였으니 말이다. 우리는 네브래스카 주 카운티와 열아홉 개 남북 다코타 주의 카운티 열다섯 개 이상에서 곡물을 탈곡했다. 위대한 프랭크는 탈곡기의 속도에 맞추느라 쉬지 않고 일했지만 힘든 내색을 전혀 하지 않았다. 근처에 사일로가 있는 한 위대한 프랭크는 만족했다. 밤이면 사일로 옆에서 몸을 웅크리고 옥수수 주를 빨아 마시고는 단잠을 잤다. 우리는 사일로가 다섯 개가 채 안 되는 카운티에서는 탈곡을 하지 않았다.

위대한 프랭크는 장난치기를 좋아했다. 대형 탈곡기를 구입한 이듬해 프랭크는 밀단을 나른 후 잠시 짬이 나는 시간을 이용해서 마부와 이른바 '던지기' 놀이를 했다. 프랭크는 이 놀이를 참 좋아했는데, 5킬로미터 밖에서도 그의 웃음소리가 울려 퍼질 정도였다. 프랭크는 뚱뚱한 보헤미안이나 몸무게가 90킬로그램이 넘는 독일인의 목덜미를 잡아 지푸라기 더미 위로 던졌다. 15미터가 넘는 지푸라기 더미에서 지푸라기를 걷어차고 허우적거리며 굴러 내려오는 마부의 모습은 정말 볼 만했다. 한번은 거리를 잘못 계산해서 마부를 탈곡기 바로 아래로 던진 적이 있다. 베이츠가 미처 탈곡기의 작동을 멈추기도 전에 가엾은 마부가 지푸라기를 뒤집어쓰는 바람에 지푸라기 더미 안에서 마부를 빼내는 데만도 꼬박 이틀이 걸렸다.

위대한 프랭크는 던지기 놀이에 점점 더 많은 시간을 보내려고 했다. 그러던 어느 날이었다. 프랭크가 밀단을 너무 빨리 탈곡기에 넣는 바람에 밀단이 기계에 걸려 버렸다. 이런 일처럼 탈곡기 운전자의 자존심을 구겨 놓는 일도 드물 것이다. 나는 탈곡기 안을 깨끗이 청소해야 했다. 청소를 하는 동안 위대한 프랭크는 던지기 놀이를 했다. 그후로 놀고 싶은 생각이 들 때면 위대한 프랭크는 여지없이 탈곡기를 걸리게 만들었다. 베이츠와 나는 일단의 조처를 취하기 위해 머리를 맞댔다.

그 이듬해 우리는 탈곡기를 한 대 더 샀다. 위대한 프랭크는 시렁을 두 대의 탈곡기 사이에 놓고 밀단을 분배해 각각의 탈곡기에 넣었다. 프랭크는 탈곡기 두 대의 속도를 맞추느라 부지런히 손을 놀렸다. 장난칠 짬이라고는 있을 수 없었다! 그렇게 빠른 속도로 밀단을 실어 나르다니 살아 있는 인간이라고는 도저히 믿을 수가 없었다! 탈곡한 밀을 싣는 데만 짐마차 아흔 대가 필요했다. 단 몇 주 만에 우리는 네브래스카 주의 마흔두 개 카운티에서 탈곡했다. 우리는 바로 사우스다코타 주로 가서 동부의 반을 탈곡하고 다시 서부로 이동했다. 서쪽으로 갈수록 밀의 작황이 좋지 않았다. 우리는 몇 년 동안이나 가뭄으로 고생하는 지방에 다다랐다.

나는 이렇게 제안했다.

"여기서 시간을 낭비하지 말고, 작황이 나은 북쪽으로 가자고."

그러나 위대한 프랭크는 가뭄에 시달리는 농부들에게 연민을 느끼고 대답했다.

"공짜로 탈곡을 해 주죠."

어쨌든 위대한 프랭크는 인정이 많은 인물이다. 밀단 사이의 거리가 멀었기 때문에 프랭크는 더욱 부지런히 일을 해야 했다. 밤이 되면 사일로를 찾아 65킬로미터를 걸어가야 했다. 프랭크는 술맛이 좋지 않다고 투덜거리곤 했다. 그러던 어느 날, 프랭크가 아침이 되어서도 돌아오지 않았다 이틀이 지난 후에야 우리는 폐히가 된 집에서 흔들거리는 사일로 옆에 누워 있는 프랭크를 찾을 수 있었다. 프랭크는 우리기 알아보지 못할 정도로 몰꼴이 엉망이었다. 눈빛은 들뜨고 입술에는 거품이 묻었다. 우리가 다가가자 프랭크는 뒤돌아서 달아났다. 달려가던 프랭크는 얼마 후에 몸을 구부리고 공처럼 굴렀다. 그렇게 빨리 굴러가는 것은 난생 처음 보았다. 한 농부가 말했다.

"프랭크가 회전초처럼 굴러가네."

"이곳에서는 사일로에 뭘 넣죠?"

베이츠가 물었다.

"가뭄이 든 이후로는 회전초, 로코초, 선인장을 넣었죠. 지난 3년 동안 옥수수 구경을 통 못 했거든요."

"맙소사!"

베이츠가 내뱉었다.

우리는 두 번 다시 위대한 프랭크를 보지 못했다. 프랭크에 관해 전해 들은 마지막 소식은 그가 캐나다의 서스캐처원 초원 지대를 지나 아직도 굴러가고 있다는 것이었다.

<h1 style="text-align:center">방울뱀 수프 만드는 법</h1>

올가미 장난을 한 잭은 야단을 조금 맞을 필요가 있다. 이 경우에는 파충류로 혼쭐을 내 주는 게 어울린다. 거기에는 별 볼일 없는 주제에 대해 진지하게 토론을 벌일 줄 아는 영리한 이야기꾼들이 필요하다. 다행히도 파이페이스, 하이에나 밥, 손더스, 그리고 피트 외에도 캠프에는 도망가는 말을 사로잡은 빅풋^{왕발이}과, 뱀을 가지고 온 더티 셔츠^{지저분한 셔츠}, 그리고 글렌다이브에서 오는 길에 그저 즐겁게 시간을 죽이러 쉬었다 가는 디시워터^{설거지물}와 팻밸리^{배불뚝이} 등이 있었다. 모두 곧 전개될 게임에 익숙한 사람들이었다.

파이페이스부터 시작했다.

"잭, 네 엄마는 방울뱀 수프를 아주 진하게 만드시지?"

처음에 잭은 그 질문을 허튼소리라고 생각했지만 팻밸리가 말을 덧붙이자 곧 현혹되기 시작했다.

"난 방울뱀 수프를 제일 좋아해요."

더티셔츠도 거들었다.

"설마 한번도 먹어 보지 못한 거 아냐? 거짓말이지! 서부 사람들이 방울뱀 수프를 얼마나 좋아하는데. 자주 먹을 수 없는 게 흠이지만. 만들기가 아주 어렵거든."

그 끔찍한 음식에 대한 잭의 마지막 의심은 빅풋이 끼어들었을 때 완전히 사라졌다.

"커틀, 당신 어머니가 이 지역에서는 제일 잘 만드셨지. 하지만 지금은 방울뱀 수프를 만들 시간이 없으시다지? 워낙 만드는 과정이 복잡해서 말이야."

잭은 완전히 올가미에 걸려들어 간청했다.

"손더스, 방울뱀 수프 만드는 법을 알려 줘."

커틀은 친구들과 이야기를 나눠 가면서 했다.

"우선, 양철 들통 두 개를 준비해야 해. 큰 거 하나, 작은 거 하나를 준비해. 음식을 섞어서는 안 돼. 들통의 안쪽은 자연스럽게 녹이 슨 게 좋은데 그렇지 않으면 수프가 맛있게 익지 않는단 말씀이야. 팻밸리, 제일 적당한 들통 크기가 어찌 됐었지? 음, 생각 좀 해 보고. 아! 보통 바비큐 파티나 정치 집회가 아닌 경우에 큰 방울뱀을 사용할 것 같으면 4리터 정도가 알맞고 작은 방울뱀을 사용할 것 같으면 빈 토마토 깡통 정도가 적당하지.

파이페이스, 뭐라고? 지금 녹 얘기를 하는 거야? 그렇지, 그러니까 양철의 바닥이 다 부식될 정도로 녹이 들어서는 안 되지. 최상의 수프가 새면 안 되거든. 녹은 사람들 몸속으로 들어가서 몸의 원기를 북돋는데 말이야. 그리고 디시워터! 들통이 꼭 둥글어야 할 필요는 없잖나. 들통 모양은 아무래도 상관없어. 왜냐면 말이야. 이 젊은이 힐튼에게 이야기하려던 건데, 방울뱀을 일부러 똬리를 틀게 할 필요가 없거든. 그냥 썰어서 넣으면 돼."

몇 분 동안의 대화가 끝나자, 잭을 놀리기 위한 준비가 완료되었다. 커틀은 한번 더 위협을 가했다.

"힐튼, 이제 수프 들통에 대해서는 다 알았겠지? 거기에 설탕, 소금, 후추, 제철 식품, 겨자와 산쑥을 조금 뜯어서 넣어도 좋아. 피트, 파이페이스, 뭐라고? 한 번에 하나씩만 얘기해. 피트가 전에 후추에 대해서 물었던가? 빨간 후추를 넣어야 할지 검은 후추를 넣어야 할지 말이야. 아마 피트는 좋은 멕시코 산 빨간 후추에 내기를 걸었지. 하지만 나는 대개 빨간 후추와 검은 후추를 2대1의 비율로 섞는다네. 그리고 파이페이스, 토끼풀은 어떠냐고 물었던가? 파이페이스, 토끼풀은 산쑥만큼 맛이 좋지는 않더군. 좀 밋밋하더라고. 어떤 사람들은 배를 약간 넣어야 좋다고도 해. 고마워, 빅풋. 식초와 함께 당밀 음료를 몇 숟가락 넣어야 한다고 말해 줘서. 난 그건 새까맣게 잊고 있었거든. 아냐, 하이에나, 나는 한번도 계피나 육두구를 써 본 적이 없어."

몇 가지 재료들을 더 언급하면서 적당한 토론이 이어졌다. 요리법에 대해서 더 이상 복잡하게 이야기하면 오히려 잭의 의심을 살 수 있다는 생각에 커틀은 다음 단계로 넘어갔다.

"그럼, 잭, 이제 맛과 향료에 관한 것을 다 배웠으니 다음은 뱀에 대해 알아볼까. 사람들은 뱀이 일정한 크기로 자랐을 때가 맛있다고 하는데 나는 그 말에 동의하지 않아. 물론, 팻밸리, 사실 너무 작은 것은 살이 부족할 테고, 너무 큰 것은 질길지도 모르지. 대개는 뱀 껍질을 벗겨서 요리하기도 하고 껍질째 요리하기도 하는데, 나는 껍질째 요리하는 것이 더 좋더라고.

디시워터, 뭐라고? 그 다음 단계 말이야? 아, 알았어. 우선 뱀을 평평하게 쭉 편 다음에 귀 바로 아래쪽에서 머리를 잘라 내는 거야.

잘라 낸 머리는 작은 들통에 넣고 물을 부은 다음 뚜껑을 덮어서 가까운 곳에 두도록 해. 장식할 때 쓰려면 찾기 쉬운 곳에 둬야 하거든. 그러면 잘 드는 칼로 뱀의 몸통을 8센티미터 길이로 비스듬히 썰어. 잘 드는 칼로 썰어야 뱀의 살에 거친 상처가 생기지 않는단 말씀이야. 아니, 더티셔츠. 세로로 썰면 안 돼. 세로로 썰면 힘줄 덩어리 수프가 된다니까."

이야기는 어느 지방에 가장 좋은 파충류가 살고 있는지에 대한 간단한 토론으로 넘어갔다. 이 과정에서 수프로 유명해진 텍사스 요리사와 수프로 낭패를 보게 된 오리건 요리사에 관한 이야기도 나왔다.

잭은 여전히 진지했고, 커틀은 황당한 거짓말을 계속했다.

"이제 들통 바닥에 산쑥을 깔고 거기에 썰어 놓은 뱀 조각들을 채워. 맨 아래에 세로로 썬 것을 놓고 두 번째는 가로로 썬 것을 놓고 이런 식으로 계속해서 들통을 채우는 거야. 마지막으로 향료를 넣으면 끝나는 거지."

커틀이 말을 멈추고 입에 담배를 한 입 가득 베어 물었다. 잭이 큰 소리로 말했다.

"그 다음은요?"

잭의 간청은 서부 사나이들이 모두 기다리던 종착역이었다. 커틀은 가래침을 뱉고 나서 잠시 깊이 생각하는 것 같더니 자못 진지하게 말했다.

"그게 전부야. 이제 잭, 너는 모자를 쓰고서 공손하고 위엄 있게 이 냄새나는 난장판을 떠나면 돼."

사람들의 웃음소리에 잭은 황당했다. 황당함은 지나치게 커다란 빌의 웃음소리로 배가 되었다. 잭의 원통함을 달래 주려고 파이페이스가 재빨리 나섰다.

"그만하게, 빌. 사촌을 너무 놀리면 쓰겠나. 자네가 3년 전에 무턱대고 믿어 버린 이야기를 생각해 봐."

빌은 자신의 기억을 떠올리고는 파이페이스가 잭의 편을 드는 것을 이해했다. 그는 자신이 얼마나 순진하게 상상 속의 도둑잡기 이야기에 한참 동안 숨도 쉬지 않고서 귀를 기울였는지 기억했다. 그 이야기는 서부 사람들이 돌림노래처럼 만들어 이야기하는 것으로 마지막 부분과 시작 부분이 똑같다. 빌은 소위 도요새 사냥을 한다는 말에 속아서 자신을 골려 주던 사람들이 거짓으로 잠을 자러 들어간 사이에 새 덫 주머니를 들고 밤새 바깥에서 기다렸던 일도 떠올렸다.

빌은 이제 카우보이들이 여행자를 가볍게 괴롭히는 세 가지 방법에 익숙해졌다. 그것은 다름 아니라 도요새 사냥과 돌고 도는 이야기 그리고 방울뱀 수프 요리법이다.

웨스트버지니아의 농장 이야기

　웨스트버지니아 주에는 구릉 지대가 많아서 다른 주에서 온 사람들이 보면 놀랄 만한 형태의 농장들이 있다. 곡물을 심은 밭이 가파른 언덕을 따라서 매달려 있는 것처럼 보이기 때문이다. 이 지방의 방문객들은 주민들이 언덕 위에서 옥수수 씨앗을 총으로 쏘아서 반대편 언덕에 파종한다는 이야기를 듣곤 한다. 호박은 자라기 시작하는 순간부터 재배할 때까지 옥수수 줄기에 덩굴을 매어 두어야 한다. 경사지에서 농사를 짓는 일이 너무 힘들어 써레질을 대충 할 수밖에 없다고 말하기도 한다.

　소를 방목하는 곳에서는 송아지의 한쪽 다리를 짧게 기르는데 그 이유는 소가 언덕에서 풀을 먹을 때 불편함을 덜어 주기 위해서라고 사람들은 전혀 웃지도 않고 이야기한다. 이 지역에는 오직 한 농가에서만 염소를 기르는데 염소들은 목초지로 나가기 전에 전화국 직원들이 전신주에 올라갈 때 신는 스파이크를 발에 착용한다.

　집 뒤쪽 언덕에 사과 밭을 둔 남자가 수확기에 하는 일이라곤 과수원 쪽으로 난 문을 열고 나무를 흔들어서 저장실로 사과가 굴러 들어오도록 하는 것밖에 없다.

언덕 꼭대기에 옥수수 밭을 둔 어떤 농부는, 옥수수는 껍데기를 벗겨서 바위의 경사면에 던져서 언덕의 맨 아래 바닥으로 떨어지게 하고, 옥수숫대와 껍질은 서로 분리해서 옥수숫대는 저장용 통에 넣고 껍데기는 화장실에서 화장지로 사용하도록 쌓아 놓기도 한다.

물론 웨스트버지니아에는 토지가 매우 척박한 곳도 있다. 웹스터 스프링스를 방문한 사람이 호텔에서 식사를 하고 난 후에 담배도 피우고 산책도 할 겸 밖으로 나왔을 때의 일이었다. 그때 고양이 한 마리가 획 하고 지나갔다. 그는 놀라서 고양이를 쳐다보았다. 계속 해서 두 마리의 고양이가 같은 방향으로 달려갔다. 거의 15분 동안 스물일곱 마리의 고양이가 같은 방향으로 달려간 것이다.

"이 고양이들은 모두 어디로 가는 겁니까?"

그가 그곳의 주민에게 묻자, 주민은 이렇게 대답했다.

"아유, 신경 쓰지 마세요. 날마다 그러는걸요, 뭐. 이 근처에서 쓰레기를 찾을 만한 곳이 단 한 군데밖에 없는데 여기에서 27킬로 미터 정도 떨어진 교차로에 있거든요."

버지니아 주에는 농촌의 자연 환경이 너무나 척박한 나머지 주민 들의 이빨이 남아나지 않는 마을이 한 곳 있다고 한다. 평지가 거의 없는 탓에 언덕을 굴러 내려온 자갈들이 경사면 바로 아래에 있는 집의 굴뚝으로 들어가서 벽난로에서 굽는 콩과 섞이기 때문이다. 사람들은 콩과 함께 자갈을 씹다가 이가 점점 닳아 버린다.

어떤 계곡은 아주 폭이 좁다. 등이 날카롭게 솟은 야생 돼지는 바 로 이 협곡에서 처음으로 생겨났다고 전해진다. 이 협곡의 벽에 긴 살찐 돼지가 빠져나오기 위해서는 살이 빠져야 하기 때문이다. 그리고 어떤 계곡은 너무나 비좁아서 개들이 꼬리를 옆으로 움직일 수 없고 위아래로 흔들어야만 하는 곳도 있다. 어떤 계곡은 폭이 너무 좁아서 누워서 위를 쳐다봐야 한다. 그러나 어떤 계곡은 정말 지독히도 폭이 좁아서 달빛이 손수레를 타고서 이른 아침에야 그곳을 다 돌아 나오게 되는데 그 뒤를 따라서 햇빛이 손수레를 타고 나오는 곳도 있다는 이야기가 전해진다.

피코스 빌의 모험

《센추리 매거진》 최근 호 기사의 주인공인 폴 번연미국 역사상 가장 전설적인 벌목공과 미국 남서부의 신화적인 카우보이인 피코스 빌이 친형제일 가능성은 상당히 높다. 그들에게 공통점이 있다면 그것은 두 사람의 아버지가 모두 거짓말쟁이라는 것이다.

남서부에서 피코스 빌은 전혀 새로운 인물이 아니다. 그의 대단한 활약은 여러 세대에 걸쳐 그 지역 수색대를 통해 노래로 전해졌다.

낙농 지역에 처음 온 사람들이 목축업에 쓸데없는 관심을 보이면 빌에 대한 이야기를 듣게 마련이다. 어떤 노인들은 안타까운 표정을 지으며 이렇게 얘기한다.

"빌이 뉴멕시코 주의 경계를 설치할 때만 해도 목축업이 이렇지는 않았지."

만약 방문객이 함정에 빠져 빌에 대한 얘기를 더 물어보면 목부들은 마음의 준비가 되지 않은 사람들에게 온갖 잘못된 정보를 쏟아 놓는다. 비록 많은 서부 이야기에서 빌이 언급되긴 하지만, 빌의 실제 행적이 책으로 쓰여진 적은 한 번도 없다.

빌은 목축업과 관련된 대부분의 것들을 발명했다. 그는 용맹스러운 사나이였고, 악당 처치 전문가였으며, 야생마를 길들일 줄도 알았다. 가뭄 때문에 멕시코 만에서 물을 날라 오다가 지친 나머지 그가 리오그란데 강을 팠다는 사실이 기록에 남아 있다.

대부분의 정직한 역사가들에 따르면, 샘 휴스턴이 텍사스를 발견했던 무렵에 빌이 태어났다고 한다. 그의 어머니는 빗자루 손잡이로 인디언 45명을 죽인 적이 있는 억센 개척자였는데, 젖을 막 뗀 세 살배기 빌에게 밀주를 주었다고 한다. 빌은 사냥칼로 이빨을 뽑았고, 어려서는 곰, 표범 같은 짐승들과 어울려 놀았다.

빌이 막 한 살이 되었을 때, 다른 가족이 그곳으로 이주해 와서 강 하류 쪽으로 80킬로미터 정도 떨어진 곳에 자리를 잡았다. 그러자 빌의 아버지는 그곳이 이제 너무 붐비기 시작한다며, 가족들을 짐마차에 태우고 서쪽으로 향했다.

피코스 강을 건넌 후 계속 여행하던 어느 날, 빌이 짐마차에서 굴러 떨어졌다. 16, 17명의 자녀를 둔 그의 부모님은 4, 5주가 지나도록 그가 없어진 것을 깨닫지 못했다고 한다. 빌이 없어졌다는 것을 알았을 때는 이미 너무 늦어 버렸다.

그렇게 해서 빌은 피코스 강 근처에서 코요테들과 함께 자라게 되었다. 빌은 곧 코요테들이 사용하는 언어를 배웠고, 그들과 사냥하는 데 익숙해졌으며 밤에는 언덕에 앉아 울부짖기도 했다. 사슴들이 지쳐 죽을 때까지 쫓아가 잡는 법을 배우기도 했다. 그는 너무 어렸을 때 길을 잃었기 때문에 항상 자신이 코요테라고 생각했다.

어느 날 열 살이 된 그가 커다란 회색 곰 두 마리와 싸우고 있을 때 카우보이 한 명이 길을 지나갔다. 빌이 곰을 끌어안아 으스러뜨려 죽이고, 뒷다리를 찢어 막 아침 식사를 하려는 찰나에 카우보이가 성큼성큼 다가와서는 왜 야수들 사이에서 발가벗고 뛰어다니느냐고 빌에게 물었다.

"왜냐면 내가 야수니까요. 난 코요테랍니다."

카우보이가 빌에게 너는 인간이라고 설득을 했지만 빌은 그의 말을 믿지 않았다. 그는 고집했다.

"내 몸엔 벼룩이 기어다녀요. 게다가 나는 코요테처럼 밤마다 아름답게 울부짖는단 말이에요."

"말도 안 되는 소리를 하는구나. 모든 텍사스 인들에게는 벼룩이 있어. 그리고 대부분이 울부짖는단다. 넌 꼬리 없는 코요테를 본 적이 있니? 그게 바로 네가 야수가 아니라는 증거란다."

빌은 자신의 몸을 살펴보았다. 물론 그에게 꼬리가 있을 턱이 없었다.

"당신 때문에 당황스럽군요. 전엔 모르고 살았는데 수준 높은 교육이 인간에게 어떤 영향을 끼치는지 알 것 같아요. 당신 말이 맞는 것 같아요. 날 인간 세상으로 데려가 줘요. 그 안에서 한번 살아 보고 싶어요."

카우보이와 함께 마을로 내려간 빌은 얼마 지나지 않아 인간들이 하는 모든 나쁜 짓을 즐기게 되었다. 그리고 자신이 인간이라고 확신하게 되었다. 그는 거친 사나이들과 어울리기 시작했고, 그 세계에 점점 더 빠져들어서 결국에는 카우보이가 되었다.

빌이 악당이라고 알려지는 데는 얼마 걸리지 않았다. 그는 권총을 발명하여 열차를 터는 법을 개발하고, 옛 서부에서 유행한 대부분의 범죄를 만들어 냈다. 그러나 소를 훔치는 법을 고안한 것은 빌이 아니다. 성경에 나오는 다윗 왕이 처음 발명하고 빌은 그 방법을 개선한 것뿐이다.

빌이 얼마나 많은 사람들을 죽였는지는 알 수 없다. 그러나 빌은 속마음이 아주 따뜻한 사람이어서 여자와 아이, 그리고 여행객은 절대로 죽이지 않았다. 희생자들의 머리 가죽을 벗긴 적이 없다는 점에서 빌은 개화된 사람이라 할 수 있다. 대신 그는 그들의 피부를 부드럽게 벗겨 내서 무두질하곤 했다.

빌은 얼마 지나지 않아 서부 텍사스의 악당을 전부 죽이고, 인디언을 대량 학살하고, 들소들을 전부 잡아먹었다. 그 후 그는 여전히 악당들이 설쳐 대는 새로운 지역으로 이주해야겠다고 결심했다.

그는 말을 타고 서부로 향했다. 어느 날 늙은 사냥꾼을 만난 그는 자신이 찾는 것에 대해 얘기했다.

"전 세상에서 가장 거친 소몰이꾼들을 찾고 있습니다. 소나 훔치는 평범한 무리나, 재미로 멕시코 놈들을 쏴 죽이는 친구들이 아니라, 살인을 정교한 예술로 승화시키고 자신이 한 살육에 대해 일종의 자부심을 느끼는 최고의 무법자로 이루어진 무리 말입니다."

사냥꾼이 대답했다.

"낯선 친구여, 자넨 제대로 가고 있다네. 오후까지 이 계곡을 따라 300킬로미터 정도 똑바로 내려가면 자네가 찾는 바로 그런 무리를 만날 수 있을 걸세. 그들은 맨발가락으로 부싯돌을 걷어차서 불을 일으킬 수 있을 정도로 거친 사람들이라네."

빌은 그날 오후 가뿐하게 150킬로미터를 달렸다. 그러던 중 사건이 일어났다. 산 위에서 말이 돌부리에 걸려 넘어져 다리가 부러지는 바람에 결국 빌은 걸어갈 수밖에 없었다.

빌은 안장을 어깨에 메고 계곡을 걸어 내려오면서 저주를 퍼붓고 욕지거리를 해 댔다. 욕설은 빌의 특기이기도 하다.

그런데 갑자기 길이가 3미터 정도 되는 커다란 방울뱀이 꼬리를 흔들어 소리를 내면서 길을 가로막았다. 마치 그와 겨뤄 보겠다는 듯했다. 빌은 공정한 싸움이 되도록 안장을 내려놓고 먼저 뱀이 자기를 세 번 물도록 내버려 두었다. 그 다음에 뱀에게 다가가 독을 빼 버렸다. 얼마 후 그 늙은 방울뱀은 살려 달라고 아우성을 치며 싸움에 관해서라면 빌이 자기보다 한 수 위라는 것을 인정했다. 빌은 안장을 둘러메고 다시 길을 떠났다. 뱀을 돌돌 말아 쥐고서.

80킬로미터 정도 더 가니 커다란 퓨마가 절벽에서 훌쩍 뛰어내려 빌의 목을 똑바로 덮쳐 버렸다. 그놈은 수소 세 마리와 한 살 된 말을 합쳐 놓은 것처럼 무거웠다. 옛 멕시코의 누에보 레온 주의 이름은 바로 퓨마의 이름을 딴 것이라고 한다.

혼자 낄낄거리며 비웃다가 빌은 안장과 뱀을 내려놓고 행동을 개시했다. 곧 계곡에는 퓨마의 털이 날리기 시작했고 해가 지고 날이 어두워지기까지 싸움이 계속되었다. 지나치긴 하지만 빌은 퓨마에게서 적개심까지 없애 버렸다. 3분 정도 흐른 뒤 퓨마가 외쳤다.

"내가 졌어, 빌. 자네한테는 장난도 칠 수 없나?"

빌은 퓨마를 일으켜 세워 안장을 채우고 올라타 소리를 지르면서 협곡 아래로 내려갔다. 퓨마는 한 번 도약하면 30미터씩 날아갈 수 있었고 빌은 방울뱀을 채찍 삼아 퓨마의 옆구리를 후려갈겼다.

얼마 지나지 않아 빌은 목장용 짐마차 주변에 쭈그리고 앉은 카우보이 한 무리를 보았다. 퓨마는 날카로운 포효를 지르고 방울뱀은 딸랑딸랑 방울 소리를 냈고, 빌은 전투 함성을 지르며 짐마차로 나아갔다.

모닥불 가에 도착한 빌은 퓨마의 귀를 뒤로 당겨 주저앉힌 다음

등에서 내렸다. 빌은 목에 방울뱀을 걸친 채 카우보이들을 둘러보았다. 카우보이들은 아무 말도 못하고 빌을 보았다.

빌은 배가 고팠는데 모닥불에 콩이 먹음직스럽게 익어 가고 있었다. 그는 콩을 몇 번 퍼서 주전자에서 끓던 커피와 함께 먹었다. 그러고는 가시투성이 선인장 열매를 집어 입을 쓱 닦고 나서 카우보이들을 바라보며 물었다.

"누가 여기 대장이오?"

권총 일곱 자루와 사냥 칼 아홉 자루를 허리띠에 꽂은 키가 2미터 50센티미터 정도 되는 덩치가 일어나 모자를 벗고 말했다.

"형님, 지금까진 제가 대장이었습니다만, 이제부터는 형님을 대장으로 모시죠."

빌은 이 카우보이 무리들과 함께 많은 모험을 했다. 이 무렵 빌은 말뚝을 박아 뉴멕시코의 경계를 정했고, 애리조나를 송아지 목초지로 사용했다. 그가 그 유명한 '과부 제조기'라는 말을 발견한 곳도 바로 이곳이었다. 니트로글리세린과 다이너마이트를 먹여 기른 그 말에 올라탈 수 있는 사람은 빌밖에 없었다고 한다.

빌이 언젠가 한번 말에서 떨어진 적이 있다고 들은 적이 있지만 빌이 타지 못하는 말은 없었다. 한번은 오클라호마 주의 토네이도와 길들이기 내기를 한 적도 있다.

빌은 캔자스 주 경계 근처에서 토네이도를 만났는데, 역사상 그렇게 강한 바람은 처음이었다. 그는 토네이도의 귀를 잡고 등에 올라탔다. 믿을 만한 증인이 많진 않지만 토네이도는 몹시도 요동을 쳤다고 한다.

바람은 텍사스를 가로지르며 민물고기를 잡고 공중제비를 돌고 산을 파헤쳐 놓고 땅에 구멍을 뚫었으며 강을 묶어서 매듭을 만들었다. 이 큰 바람이 나무들을 모조리 휩쓸어 버려서 나무가 빽빽이 들어찼던 대초원은 벌거벗은 초원이 되고 말았다.

빌은 바람을 타고 앉아서 어깨뼈를 쿡쿡 찌르고, 모자로 귀를 때려 가며, 한 손으로는 담배를 말았다. 빌은 말을 탄 채 세 개 주의 상공을 날아다녔다. 결국 애리조나에서 바람이 졌다.

바람은 빌을 내동댕이칠 수 없다는 것을 알고 그만 비가 되어 내렸다고 한다. 그때 내린 비가 그랜드 캐니언을 휩쓸어 버렸다는 이야기는 사실로 입증되었다. 빌은 캘리포니아에서 땅에 떨어졌다. 그가 떨어진 지점은 오늘날 '데스밸리'라고 알려진 곳으로, 그 일로 해수면에서 30미터 정도 깊이의 구멍이 뚫리고 말았다. 그곳에는 그의 바지 뒷주머니 자국이 아직도 그대로 남아 있다고 한다.

이 이야기의 세세한 부분이 사실인지는 아직도 의견이 분분하다. 어떤 역사가들은 빌이 내동댕이쳐진 것이 아니라고 주장한다. 혹자는 빌이 담뱃제도 떨어뜨리지 않고 빈개를 타고 미끄러져 내려왔다고 한다. 그랜드 캐니언은 빌이 일주일 동안 금광 탐사를 다니면서 파 놓은 것이라고 주장하는 사람들도 있다. 권위자들은 첫 번째 이야기가 보다 근거가 있다고 말한다. 빌이 늘 담뱃불을 붙일 때 번개를 사용했던 습관 때문에 번개에 미끄러졌다는 말이 생긴 것이라고 주장한다.

빌은 밧줄을 사용하는 데도 선수였다. 사실 밧줄 사용법을 알아낸 사람이 바로 빌이다. 그를 잘 안다는 노인들은 빌이 적도만큼이나 긴 밧줄을 사용했다고 증언한다. 하지만 좀 더 조심스러운 노인들은 그의 밧줄을 자세히 보면 한쪽이 다른 쪽보다 50센티미터 정도 짧았다고도 한다. 그는 밧줄을 던져서 한 번에 소 떼를 잡았다고 한다.

한번은 빌이 밧줄 던지는 기술로 친구의 목숨을 구한 일이 있다. 그 친구는 과부제조기 말을 한번 타 보려고 하다가 산꼭대기로 내동댕이쳐져 곤경에 빠지고 말았다. 그는 내려올 길 없는 높은 산꼭대기에서 서서히 죽을 수밖에 없었다. 빌은 송아지를 다룰 때 쓰는 짧은 밧줄을 가지고 구조에 나섰고, 밧줄을 친구의 목에 걸어 6000미터 아래 골짜기로 안전하게 던졌다. 그 친구는 빌에게 평생 고마워했으며, 빌이 뉴멕시코의 경계를 정할 때 빌의 말을 돌봐 주었다고 한다.

뉴멕시코에 거주할 당시 빌은 한가한 시간이면 나무에 가시를, 그리고 두꺼비에게는 뿔을 달아 주며 즐거워했다. 빌이 리오그란데 강을 파고 친구들에게 장난을 치려고 지네와 독거미를 만든 것도 이 목장에서였다.

낙농업 경기가 좋지 않으면 피코스 빌은 이따금씩 다른 사업에 뛰어들곤 했다. 빌이 S. P. 철도 회사에 목재를 공급하는 계약을 맺은 적이 있다. 그는 나무를 베어 철길까지 운반하는 작업을 위해 멕시코 인 수백 명을 고용했다. 이 작업에 대한 대가로 빌은 멕시코 인들 각자에게 자신이 운반한 나무의 4분의 1을 주었다.

이 멕시코 친구들은 참 재미있는 사람들이었다. 그들은 자신들의 몫으로 받은 나무로 무엇을 해야 할지 몰랐다. 그래서 빌은 그들에게서 다시 나무를 빼앗은 다음 단돈 1센트도 주지 않았다.

한번은 빌이 엘패소에서 태평양까지 경계선을 짓는 울타리를 만드는 일을 맡게 되었다. 그는 한 떼의 프레리도그^{미국 서부와 멕시코 북지에 서식하는 다람쥐 과 동물}를 모아 구멍을 파게 했다. 물론 프레리도그는 원래 구멍 파는 일을 좋아한다.

프레리도그가 근사한 구멍을 파 놓고 그 안에 들어가 자리를 잡으려 할 때마다 빌은 프레리도그를 끄집어내고 그 구멍에 말뚝을 박아 넣었다. 프레리도그를 제외한 모든 이가 빌의 선견지명에 감탄했다. 프레리도그가 어떻게 생각하는지는 우리가 상관할 일이 아니다.

빌은 언제나 진실했다. 이 견해를 증명하기 위해 카우보이들이 늘 이야기하는 일화가 있는데, 빌은 그 일이 실화라고 주장한다. 그의 말을 반박하는 사람은 아무도 없다. 지금 살아 있는 사람들 중에는 그의 말을 반박하는 이가 없다는 말이다.

한번은 그가 사냥 여행을 떠났다가 키오와 족 사람들과 운명을 같이 하게 되었다. 당시는 들소가 점점 귀해지는 시기였는데, 빌은 '노더'라는 사냥개를 데리고 사냥하고 있었다.

노더가 들소를 바싹 뒤쫓아서 귀를 꽉 물고 있으면 빌이 달려와 들소를 산 채로 껍질을 벗기곤 했다. 그런 후에 빌은 새로운 가죽이 생겨날 수 있도록 늘소를 놓아 주었다. 여름에는 그 계획이 잘 진행되었지만 겨울이 되자 들소들이 대부분 감기에 걸려 죽고 말았다.

빌의 연애 이야기는 특히 많다. 그중 하나만 이야기하자면, 빌의 신부, 그러니까 탐정 수라는 이름의 작고 귀여운 소녀에 관한 슬픈 이야기를 들 수 있다. 그녀는 뭐든지 타고 다니는 데 능했는데, 빌은 그녀가 끈 하나만 사용해서 메기를 타고 리오그란데 강을 내려가는 모습에 반했다. 리오그란데 강의 메기는 고래보다 훨씬 크고 힘도 두 배나 세기 때문이다.

그런 그녀가 통탄할 실수를 저지르고 말았다. 결혼식 당일에 과부제조기에 올라타겠다고 고집을 부린 것이다. 말은 그녀를 아주 높은 곳으로 내동댕이쳤는데 달이 지나갈 수 있도록 탐정 수가 머리를 홱 숙여야 할 정도였다고 한다. 불행히도 그녀는 웨딩드레스를 입고 있었다. 그 당시에는 웨딩드레스 안에 강철 용수철로 된 커다란 허리 받침을 착용했다.

그래서 그녀는 땅에 떨어지자마자 다시 튀어 올랐다. 떨어지면 다시 튀어 올랐다. 빌이 그녀에게 그만 튀어 오르라고, 그리고 너무 걱정하지 말라고 간청하는 모습은 보기에도 애처러웠다. 그러나 그녀는 계속해서 튀어 오르면서도, 흐느끼며 괴로워하는 애인에게 입맞춤을 보내며 신부가 마땅히 해야 할 행동을 했다.

그녀는 사흘 밤낮을 계속해서 튀어 올랐고, 마침내 빌은 그녀가 굶어 죽지 않도록 총을 쏠 수밖에 없었다. 정말 비극적인 이야기가 아닐 수 없다. 빌은 결코 그 쓰라린 경험을 잊을 수가 없었다. 물론 그 일이 있은 후 빌은 수많은 여자들과 결혼했고, 사실 이게 바로 그의 약점 가운데 하나다. 하지만 그들 중 어느 누구도 계속 튀어 올랐던 신부 탐정 수의 자리를 대신할 수는 없었다.

빌이 사망한 과정에 대해서는 완전히 상반된 견해가 있다. 많은 사람들은 술버릇 때문에 빌이 죽었다고 주장한다. 알다시피 빌은 웬만한 술로는 취하지 않았다. 그래서 빌은 스트리키닌^{신경흥분제}과 늑대잡이 미끼를 마시는 습관에 빠지게 되었다.

늑대 미끼도 아무런 소용이 없어지자, 그는 낚싯바늘과 가시 달린 철사를 위스키에 담가 마시기 시작했다. 그가 죽은 건 바로 가시 달린 철사 때문이라고 한다. 철사는 그의 몸 안에서 녹슬기 시작했고, 마침내 그는 소화불량에 걸린 것이다. 그는 해골처럼 야위고 쇠약해져 갔다. 얼마나 야위었던지 몸무게가 2톤도 채 되지 않았다. 그래서 결국 빌은 죽음을 맞이하여 지옥에 떨어졌다.

피코스 빌을 아주 잘 안다고 주장하는 국경 지대의 시인들 대부분은 그의 죽음에 대해 다르게 얘기한다.

어느 날 빌은 카우보이 의상을 입고 우편 배달을 하는 보스턴 출신 남자를 만났다. 남자가 빌에게 서부에 대해 아주 우스꽝스러운 질문들을 하자, 기력이 쇠하고 나이가 든 빌은 마구 웃어 대다가 그만 죽고 말았다고 한다.

　미국 대부분 지역의 기후가 외국에서 유래했다는 사실은 정말로 불명예스러운 일이다. 플로리다와 캘리포니아는 뻔뻔스럽게도 지중해성 기후의 햇살을 자랑한다. 애디론댁 산맥의 겨울 휴양지는 스위스에 있는 휴양 시설을 흉내낸 것에 지나지 않는다. 유명한 1888년의 눈보라조차도 시베리아에서 온 것이다. 실제로 진짜 미국 기후라고 할 수 있는 곳은 단 한 군데밖에 없다. 바로 미시시피 강과 로키 산맥 사이에 자리 잡은 대평원이다.

　옛날에는 날씨가 지금보다 더욱 미국적이었다. 현재 아흔 살이 넘은 버그스트롬 스트롬버그는 젊은 시절에 아주 굉장한 날씨를 겪었다고 한다. 또 옛날 기후에 대해 삼촌 피볼드 피볼드슨에게 직접 들었다고 한다. 피볼드는 미시시피 서부에 정착한 최초의 백인이었다. 프랑스 사람들은 원래 포함시키지 않으니까 정착민과는 무관하고, 스페인 사람만 빼면 피볼드가 최초의 정착민이라는 소리다.

　1848년에는 돌덩이 같은 눈이 내려 여름 내내 평야가 눈으로 뒤덮여 있었다. 그래서 캘리포니아로 금을 찾아가던 사람들은 꼼짝도 할 수 없었다. 그 사람들이 49년도에야 캘리포니아에 도착하게 된 이유가 바로 그것이다. 이런 이유로 이들을 포티나이너스[49ers]라고 부르기도 한다. 그 당시 피볼드는 샌프란시스코와 캔자스시티 사이를 왕복하는 황소 수송 열차를 운전했다. 눈 때문에 다른 일은 할 수가 없었다.

사람들은 평원 사람 중 유일하게 여행을 할 수 있는 피볼드에게 도움을 청했다. 그의 비결은 캘리포니아 죽음의 계곡에서 모래를 잔뜩 실어 오는 데에 있었다. 사막의 모래는 절대로 식는 법이 없기 때문에 피볼드와 그의 황소 역시 얼지 않았던 것이다. 그는 황금을 찾아 떠나는 사람들에게 이 모래를 한 통에 50달러를 받고 팔았다.

그 후 포티나이너스들은 포장마차를 타고 눈 덮인 대평원을 가로질러 모여들기 시작했다. 그러나 로키 산맥에 도착하기도 전에 짐마차들이 심하게 요동치는 바람에 모래가 흐트러져 돌덩이 같은 눈을 뒤덮고 말았다. 버그스트롬 스트롬버그는 대초원이 여름만 되면 지독하게 무더워지는 이유가 바로 이 일 때문이라고 이야기한다.

피볼드는 그 사람들에게 모래를 판 것에 대해 이후 20년 동안 하루에 스무 번씩 자신을 저주했다. 그 다음 20년 동안에는 기후를 누그러뜨리기 위해 여러 가지 방법을 시험해 보다가, 결국 그 일에 넌더리가 나서 캘리포니아로 이주해 버리고 말았다. 그래서 그의 행동은 훌륭한 중서부 사람들이 따르려는 선례로 남았다.

팝콘 이야기도 있다. 팝콘은 순수한 미국 토속 상품이다. 사람들은 누군가가 팝콘을 발명했을 것이라고 생각하지만, 실제로는 미국 날씨 때문에 생긴 상품이 바로 팝콘이다. 바로 피볼드가 주인이었던 그 옛날 버그스트롬 스트롬버그의 목장에서 팝콘이 저절로 생겨

난 것이나 마찬가지다.

홍수의 해와 찜통 더위의 해 사이에 낀 줄무늬 날씨의 해에 일어난 일이다. 그해에는 무더우면서도 비가 많이 내렸다. 1킬로미터의 땅에는 매우 뜨거운 햇살이 내리쬐었고, 다음 1킬로미터 정도에는 비가 내렸다. 피볼드의 농장에서도 마찬가지로 두 가지 날씨가 한꺼번에 나타났다. 사탕수수 밭에 내린 비는 사탕수수에서 달콤한 시럽을 말끔히 씻어 냈고, 옥수수 밭에서는 옥수수가 뻥뻥 터지기 시작할 때까지 해가 내리쬐었다.

사탕수수 밭은 언덕에, 옥수수 밭은 계곡에 있었다. 시럽은 언덕 아래로 흘러내려 튀겨진 옥수수에 입혀져서 커다란 팝콘 알맹이들이 탄생했다. 버그스트롬은 어떤 팝콘 알맹이들은 높이가 수십 미터 정도 되었는데 멀리서 보면 큰 테니스 공처럼 보였다고 말했다. 지금은 팝콘 알맹이들을 볼 수가 없는데, 1874년 7월 21일에 메뚜기 떼에게 몽땅 먹혀 버렸기 때문이다.

그러나 지금까지 거대한 평야를 강타했던 미국 기후 중에서 가장 강력했던 것은 대안개다. 대안개는 더티래그 인디언들과 폴 번연의 푸른 황소를 죽음으로 몰았던 찜통 더위의 해 다음 해에 발생했다. 버그스트롬 스트롬버그에 따르면 그 굉장했던 한 해가 끝나갈 무렵 비가 내리기 시작하더니 놀랍게도 40일 동안 밤낮으로 계속 내렸다고 한다.

"그러나 비는 단 한 방울도 땅에 닿지 않았다네."

버그스트롬은 이렇게 말했다.

"그럼 어떻게 되었죠?"

"그야 물론 전부 수증기로 변해 버렸지. 마치 자네가 용광로에 침을 뱉을 수 없는 것과 같은 이치랄까."

버그스트롬은 이 수증기가 차가워지면서 안개로 변했다고 말했다. 나라 전체가 짙은 안개로 뒤덮였다. 안개가 너무 두터워서 사람들은 둘씩 짝을 지어 외출해야 했다. 한 사람이 안개를 통과하는 동안 다른 한 사람은 안개를 붙잡았다. 농장주들은 가축에게 물을 먹일 필요가 없었다. 소가 그냥 안개를 마시면 되었다. 돼지들이 물고기와 개구리를 찾으려고 코를 쳐들고 대기를 파헤치는 모습은 정말 재미있는 구경거리였다. 그러나 가축을 키우는 사람들과는 달리 땅을 파는 농부들은 정말 미칠 지경이었다. 안개 때문에 해가 비치지 않으니 씨앗들이 어느 방향으로 자라야 할지를 몰라 땅속으로 자랐기 때문이다.

문제는 점점 심각해졌다. 피볼드가 안개로부터 그들을 구해 주러 돌아와 보니 농부들은 모두 캘리포니아로 이주하기로 막 결정을 내린 참이었다. 그 순간 영국제 안개 절단기를 런던에서 수입하면 된다는 생각이 떠올랐다. 그렇지만 영국 사람들은 너무나 느려서 안개 절단기는 추수 감사절이 되도록 도착하지 않았고 안개는 질척거리기 시작했다. 그래서 피볼드가 드디어 작업에 착수했다. 피볼드는 밭을 망치지 않기 위해서 안개를 기다란 조각으로 오려서 그 안개 조각을 도로에 깔았다. 시간이 지나면서 흙이 안개 깔린 도로를 뒤덮어, 오늘날에는 대안개가 어디 묻혔는지 찾아볼 수 없다.

그렇지만 많은 시골 우체부들은 피볼드와 그의 영국제 안개 절단기를 저주한다. 매해 봄에 비가 오거나 눈이 녹을 때면, 그 오래된 안개가 스멀스멀 기어 나와서 시골길 전체를 진흙 구덩이로 만들어 버리기 때문이다.

피볼드가 캘리포니아에 간 까닭은?

왜, 그리고 언제 피볼드가 캘리포니아에 갔는지, 또 영영 이주하러 간 건지, 아니면 단순한 방문이었는지 아는 사람은 아마 아무도 없을 것이다. 버그스트롬 스트롬버그는 피볼드가 그저 한번 방문하려고 캘리포니아에 갔을 거라고 생각한다. 엘다드 존슨도 같은 의견이지만 버그스트롬의 면전에서는 항상 반대 의견을 내세워서 고향인 대초원에 대한 염증과 캘리포니아에 대한 억눌린 동경심을 해소한다. 두 사람의 말싸움을 보고 싶다면 무관심한 어조로 언제 피볼드가 돌아오게 될지 묻기만 하면 된다. 엘다드는 결코 가볍지 않은 목소리로 이렇게 대꾸할 것이다.

"아저씨는 절대로 돌아오지 않을 겁니다."

버그스트롬은 그 말에 또 이렇게 물을 것이다.

"당신이 그걸 어떻게 알죠?"

"피볼드 아저씨처럼 생각이 있는 사람이라면 인간을 못살게 구는, 신이 버린 땅에 돌아오진 않을 테니까요. 여기 와 봤자 지옥 불처럼 뜨거운 가뭄과 바람에 타죽거나, 겨울 바람과 우박 폭풍에 동태가 되지 않으면, 메뚜기 떼, 투기업자, 정치가들에게 잡아먹혀 버리기밖에 더하겠어요. 피볼드 아저씨는 이 땅을 백인이 살기에 적합한 곳으로 만들기 위해 죽을힘을 다했어요. 하지만 성공하지는 못했잖아요. 그리고 나는 그가 정신이 올바로 박힌 사람들과 캘리포니아로 떠난 것에 대해 비난하고 싶지 않아요."

"흠, 대단하네요. 잊지 마요. 피볼드 아저씨는 당신처럼 겁 많은 살살이가 아니란 말입니다. 이곳 평원은 거친 곳이죠. 거친 사람들만이 이곳에 살 수 있어요. 피볼드 아저씨는 결코 포기하지 않는 사람이죠."

"어쨌든 피볼드 아저씨는 캘리포니아로 갔고 아직까지 돌아오지 않았고 앞으로도 돌아오지 않을 겁니다. 시간과 돈이 있다면 나도 갔을 텐데, 젠장할. 피볼드 아저씨는 강한 사람이고 대단한 일을 많이 했지만 자신이 언제 손을 들고 물러서야 할지 아는 사람이죠."

"물러서다니 말도 안 되지. 아직 싸움을 시작하지도 않았는데. 피볼드 아저씨가 전에 보여 준 멋진 묘기들은 다시 돌아와서 할 일들에 비하면 아무것도 아니거든. 왜 피볼드 아저씨가 캘리포니아에 갔는지 정말로 알고 싶소?"

"알고 싶냐고요? 이미 알아요. 조금이라도 눈치가 있는 사람이라면 다 알죠. 피볼드 아저씨가 먹고 사느라 망할 놈의 땅과 싸우지 않으면서 노년을 즐기고 싶어서 이곳을 떠났다는 사실을 말입니다. 피볼드 아저씨가 승마 묘기로 돈을 모을 때까지 티아 후아나에서 바텐더로 일했다는 말을 들었어요. 그러고 나선 중국인가 어딘가와 무역을 하는 증기선을 샀다죠. 과일 농장도 경영했다가 언젠가는 영화에도 손을 댔다더군요."

"바보 같은 소리 하지 마요. 당신은 피볼드 아저씨가 그 따위 일들을 할 사람이 아니라는 걸 정말 모릅니까? 경마 증기선에 과일 농장에, 게다가 영화라니, 흥! 정말 피볼드 아저씨가 그런 일들을 했다고 생각해요? 절대 아닙니다. 아저씨가 캘리포니아에 간 이유는 바로 공부하기 위해서였어요."

"무슨 공부를요?"

엘다드는 항상 무시하는 듯한 어조로 묻는다.

"관개와 삼림학에 대해서죠. 과학 말입니다. 이제는 모든 것이 바뀌었어요. 피볼드 아저씨가 돌아오면 이 광야에 물을 대고 나무를 심을걸요, 농담이 아닙니다."

"말도 안 되는 소리."

"두고 봐요."

그래서 버그스트롬과 엘다드는 유명한 자기네 아저씨의 재림 여부에 대해 밤이 깊도록 토론하곤 한다. 그러나 왜, 그리고 언제 피볼드 아저씨가 캘리포니아에 갔는지, 그리고 영영 이주하러 간 건지, 아니면 단순한 방문이었는지는 아마도 영원히 아무도 모를 것이다.

기관사 케이시 존스

1928년 4월의 마지막 날은 케이시 존스가 사망한 지 28년째 되는 기일이다. 아마도 그는 한 손에는 경적기, 다른 한 손엔 공기 제동기 손잡이를 쥔 채 근무지에서 세상을 떠난 많은 기관사 영웅 가운데 가장 유명한 사람일 것이다. 케이시 존스의 명성은 시라고 부르기는 어려운 일련의 운문에 실려 있다. 그 시들은 케이시 존스의 막역한 친구였던 흑인 기관차 청소부 월러스 선더스가 지어서 자신이 작곡한 지그 춤 음악^{빠른 춤곡} 가락에 맞추어 노래를 부른 것들이다.

케이시 존스의 미망인은 여전히 테네시 주의 잭슨에 살고 있는데 슬하에 아들 둘과 딸 하나를 두었다. 둘째 아들인 찰스 존스도 잭슨에 살고, 큰아들인 로이드는 멤피스에서 자동차 대리점을 한다. 그리고 딸 조지 매켄지는 앨라배마 주의 터스컬루사에 살았다.

제니 브래디라는 이름의 아가씨가 "맹세합니다."라고 말하고 케이시 존스의 신부가 된 뒤 41년이란 세월이 훌쩍 지났는데도 존스 부인은 그 행복했던 순간을 아직까지도 생생하게 기억한다. 이제 곧 예순 살이 되지만 여전히 풍성한 금발에 유쾌한 미소를 짓는 부인은 오늘 남편이 어떻게 해서 죽었는지, 그리고 어떻게 해서 윌러스 선더스가 서사시 같은 철도원 노래를 작사·작곡하여 수년 동안 그 지역을 휩쓸었는지를 자세히 얘기했다.

"내 남편의 진짜 이름은 존 루터 존스입니다. 그인 아주 매력적인 젊은이였어요. 키는 193센티미터에다 머리는 검고 눈은 회색이었지요. 그인 항상 즐거워했고 아일랜드 사람답게 마음도 큰 몸집만큼이나 넓었어요. 철도원들은 모두 케이시를 좋아했어요. 그이의 기관차를 닦아 주었던 윌러스 선더스는 그이가 지나다니는 땅을 성지로 생각할 정도였으니까요."

남편이 어떻게 해서 케이시라는 별명을 얻게 되었는지 질문을 받자 존스 부인은 놀라며 대답했다.

"이런, 난 다들 그 이유를 알고 있는 줄 알았어요! 그이의 고향 근처인 켄터키 주 케이스라는 마을에서 얻은 별명이랍니다. 그 지역에서는 마을 이름을 '케이시'라고 발음했죠."

비록 존스 부인은 윌러스 선더스를 수년 동안 보지 못했지만 그에 대해 아주 잘 기억했다.

"케이시를 향한 윌러스의 존경심은 우상숭배에 가까웠어요. 그 사람은 케이시가 화물차 기관사를 할 때에도 그이 자랑을 하고 다녔죠."

케이시 존스는 기관차 경적을 울리는 독특한 기술 때문에 철도원들 사이에서 널리 알려진 사람이었다.

존스 부인은 이렇게 말했다.

"아시다시피 그이는 누구도 흉내낼 수 없는 방법으로 경적을 울렸어요. 일종의 등록 상표 같았죠. 그인 길게 늘어지는 경적음을 개발했어요. 부드럽게 시작해서 높아진 다음 거의 속삭임에 가까울 정도로 낮은 소리를 내는 거지요. 잭슨과 워터 밸리 사이에 사는 사람들은 늦은 밤 침대에서 돌아누우며 이렇게 말하죠. '케이시 존스가 포효하며 가고 있구나.'"

잭슨과 워터 밸리 사이를 운행하는 화물차와 여객차의 기관사로 몇 년간 근무한 후, 케이시는 1900년 초 미시시피 주의 멤피스와 캔턴 노선에서 일리노이 센트럴 사의 최고급 '탄환 열차' 기관사 자리로 옮겼다.

케이시와 그의 화부인 심 웹은 캔턴을 출발해서 4월 29일 일요일 밤 10시에 멤피스에 도착했다. 그들이 사무실에 가서 보고하고 집으로 돌아갈 준비를 하고 있을 때였다. 케이시는 누군가가 외치는 소리를 들었다.

"조 루이스가 갑자기 위경련을 일으켜서 오늘 밤 기차를 운행할 수 없게 되었습니다."

"내가 돌아가서 루이스의 638호를 운전하겠네."

케이시가 자원했다.

비가 내리는 일요일 밤 11시에 케이시와 심 웹은 커다란 기관차에 올라타서 차를 역사에서 몰고 나가 남부 멤피스를 통과했다.

모든 전철수들은 기관차의 경적 소리를 듣고서
기관사가 케이시 존스라는 것을 알 수 있다네.

4월 30일 오전 4시에 케이시가 운전하는 기관차는 미시시피 주의 본이라는 작은 마을을 통과했다. 이 마을 바로 위쪽으로는 길게 휘어지는 선로가 있고 그 끝에는 임시 정차를 위해 본선에서 갈라지는 짧은 궤도의 측선이 있었다.

"측선에 화물차가 있어."

케이시는 심 웹에게 외쳤다. 그곳의 측선 길이를 이미 알고, 그곳에 정차한 화물차를 지나친 적도 많았던 까닭에 케이시는 그날 밤도 그렇게 하리라고 생각하였다.

그러나 그날 밤 측선에 있던 것은 두 부분으로 나뉜 아주 긴 화물차였다. 게다가 화물차의 뒷부분은 너무 길어서 측선으로 완전히 들어가지 못하고 본선까지 튀어나왔다. 화물차의 승무원은 '톱질하기' 방식을 생각해 냈다. 객차가 첫 번째 화물차의 앞부분을 통과하여 지나가면 뒤쪽 화물차가 따라 움직여 본선을 비워 주는 방식이다.

그렇지만 시속 80킬로미터쯤 되는 케이시의 기차의 속도는 승무원이 계산한 것보다 더 빨랐다.

638호가 측선 끝 부분의 30미터 전방에 이르자 케이시 존스와 심 웹은 어둠 속에서 몇 대의 유개화차가 본선에서 측선 쪽으로 움직이는 것을 보았다. 짧은 순간 두 사람은 인간의 힘으로는 충돌을 막을 방법이 없음을 알았다.

"뛰어내리게, 심. 살아야 해."

케이시가 자신의 화부에게 내린 마지막 명령이었다. 케이시 자신은 엔진을 후진으로 돌려놓고 공기 제동기를 작동시켰다. 이것은 기관사라면 누구나 할 수 있는 일이다. 그리고 638호를 타고 굉음을 내며 돌진했다. 심 웹은 기차에서 뛰어내려 수풀 속으로 떨어졌지만 다치지는 않았다.

사람들이 잔해 속에서 케이시의 시체를 찾았는데, 한 손에는 경적기 줄이, 다른 손에는 공기 제동기 손잡이가 쥐어져 있었다.

심 웹은 나중에 케이시의 미망인에게 말했다.

"제가 기억나는 건, 제가 뛰어내리자 케이시가 길고 날카로운 비명처럼 경적을 울렸다는 겁니다. 제 생각이지만 승무원 칸에 있는 화물차의 차장이 뛰어내릴 수 있도록 경고하기 위해서 그러셨던 것 같아요."

그 슬픈 소식을 듣고 케이시의 가족 다음으로 충격을 받은 사람은 월러스 선더스였다.

며칠 뒤 그는 자신이 만든 노래를 부르기 시작했다. 명랑하고 쾌활한 가락이어서 누구나 그 노래를 좋아했다. 그렇지만 진실된 영혼의 월러스가 그 노래를 부르는 이유는 오로지 자신의 백인 친구를 추모하기 위해서였다.

어느 날 한 작사가가 잭슨의 집 앞을 지나가다가 그 노래와 그 노래에 얽힌 케이시의 비극적인 죽음에 대해서 자세히 듣게 되었다. 그는 가사 내용을 바꿨지만 쾌활한 후렴구와 케이시 존스의 이름은 그대로 남겨 두고 노래를 발표했다. 그때가 1902년이었다.

● ● ●

존스와 친분이 있거나 함께 일했던 철도원들 중 많은 사람들이 아직도 생존해 있다. 존스가 모든 친지들로부터 사랑을 받은 것은 그의 놀라운 성격 때문인 듯하다.

일리노이 센트럴 사에서 함께 일했던 기관사 친구 R. E. 에드링턴은 이렇게 썼다.

"케이시가 누리는 명성은 창의력과 기술, 솔직한 용기 등의 다양한 장점 덕에 얻은 것입니다. 그는 유명한 자신의 638호를 몰면서 같은 등급의 기관사가 똑같은 기관차를 몬다 해도 쉽게 이룰 수 없는 공적을 남겼습니다. 그의 화부 노릇은 등이 휘고 머리가 곤두서는 일이지만 혼혈아 심 웹은 존스의 지시를 철저하게 이행했으며, 평생을 존스가 운행하는 노선마다 반드시 동행하며 그를 거의 우상처럼 떠받들었습니다."

케이시가 운전했던 열차와 638호의 차장으로 근무했던 A. J. '뚱보' 토머스는 이렇게 썼다.

"나는 가끔 케이시 존스에 관한 노래를 듣습니다. 하지만 가사 중에 남태평양이니, 산타페, 방랑자, 샌프란시스코 등의 말이 들어 있고, 또 '솔트레이크 노선을 다니는 또 다른 아빠' 라는 말 때문에 그 노래가 일리노이 센트럴 사에서 함께 일했던 바로 그 케이시를 위한 것이라고는 꿈에도 생각하지 못했습니다. 왜냐하면 그는 방랑자가 아니라 기관사였으며 그중에서도 최고였으니까요. 내 주변엔 빠른 속도로 열차를 운행할 수 있는 사람은 꽤 있습니다. 전 수많은 훌륭한 기관사들과 함께 다양한 서부 철도를 다녀봤죠. 그렇지만 케이시 존스만큼 빠른 사람은 없었습니다. 그 노래 가사 중에 '애처로운 경적 소리' 라는 표현은 딱 맞는 말입니다. 케이시는 경적으로 멜로디를 연주할 수 있었죠. 그의 경적 소리를 들으면 등에 냉기가 스멀거리는 듯한 느낌이 났답니다. 그리고 그는 항상 싱글싱글 웃었어요. 솔트레이크 노선 가까이 사는 사람들은 모두들 케이시 존스의 경적 소리를 압니다.

나는 그가 입을 다물고 있는 것을 본 적이 없어요. 그는 항상 미소를 짓거나 환하게 웃었죠. 자신의 기관차가 더 빨리 움직이면 움직일수록 그는 훨씬 더 행복해했답니다. 그는 운전수들을 바라보기 위해 기관사실 창문에 기대곤 했죠. 기관차가 빨리 움직이면 그는 처음으로 빨간 부츠를 신은 소년처럼 함박 웃음을 지었답니다. 하지만 그는 안전하게 운행하는 기관사로도 유명했어요. 차가 전속력으로 질주할 때에도 그는 단 한 번도 추돌 사고를 낸 적이 없었죠. 한두 번 탈선한 적은 있지만 추돌 사고는 결코 없었답니다. 아마도 무척 운이 좋았거나, 최선의 판단을 내렸던 거겠죠."

케이시 존스를 아는 또 다른 차장인 에드 패이시는 이렇게 썼다.

"철도가 건설되던 초창기에 철도는 아주 매력적인 존재였지. 탄환 열차의 기관사였던 케이시는 철도 일에 아주 제격이었어. 키가 엄청 큰 거인에다, 훌륭한 철도 가족의 자손이었으니까. 그의 별명은 테네시 주 케이스라는 고향 마을에서 얻은 거라지. '케이시'라고 발음했다더군.

존스는 두 가지로 유명했어. 하나는 술을 안 마시는 사람이 거의 드문 시절이었는데 그는 확고한 금주주의자였다는 거고, 두 번째는 그가 모든 기관사들 중에서 가장 용감했다는 거지. 그 당시는 말이야, 스케줄이라는 게 아주 단순했어. '기차를 시간에 맞춰 도착시키고, 사무실에 와서 네 시간을 기저리.' 이런 식이었지."

패이시는 그 유명한 노래 가사에 있는 '너에겐 솔트레이크 노선을 다니는 또 다른 아빠가 있지.'라는 구절에 이의를 제기했다. 왜냐하면 케이시 존스의 미망인과 아버지를 여윈 자식들 때문이었다. 패이시는 존스 부인을 경멸하는 듯한 암시가 담긴 구절에 대해 화를 냈다.

"솔트레이크 노선이든 다른 노선이든 간에 또 다른 아빠는 있을 수 없어. 대신에 평생 살림을 꾸리고 세 아이를 키우느라 힘든 미망인이 있을 뿐이지."

존스가 죽음을 맞이한 열차 사고에 대해 공통적으로 알려진 이야기는 케이시가 측선으로 비껴 나기에는 너무 길었던 두 대의 화물 열차와 충돌했다는 것이다. 명확하지는 않지만 어떤 이유에선지 케이시는 열차를 정지하는 데 실패하면서 맨 뒤의 차장 칸, 그리고 본선에 걸친 차량과 충돌해서 대형 사고가 일어나고 말았다.

R. E. 에드링턴은 상황이 더욱 복잡했다고 말한다.

"철도 산업이 발달하던 시기에 무모한 열차 운행 때문에 일어난 전형적인 사고였지. 기관차의 덩치는 급속히 커지는 데 비해 측선이나 안전 장비, 그밖의 설비들은 거기에 발맞추어 좋아지지 않았어. 기차는 두 대가 아니라 세 대였어. 이들 가운데 두 대가 북쪽 행이었고 측선에 정차해 있었지. 세 번째 기차는 탄환 열차를 앞질러 달리고 있었어. 이 기차가 측선으로 이동했을 때 신호 기수가 내렸지. 그러나 기차가 정차한 후에 이 신호 기수는 기관차가 탄환 열차에 부딪히겠다고 생각하고 다시 기차를 탄 거라네. 하지만 다른 기차의 승무원은 그 신호 기수가 아직 바깥에 있다고 생각한 채 깃발로 신호를 보내지 않은 거야. 그래서 케이시는 핸들을 돌리자마자 밑으로 추락하고 만 거고. 철도 역사상 최악의 사고라는 기록을 남긴 채 말일세……."

테네시와 미시시피의 종소리 귀신

　남북전쟁이 일어나기 훨씬 전 노스캐롤라이나 근방에 존 벨이라는 사람이 살았다. 벨은 상당히 큰 농장을 경영했으며 유복한 편이었다. 십여 명의 흑인 노예를 거느리고 대농장에서 노새와 소, 돼지를 많이 키웠다. 벨에게는 부인과 열서너 살쯤 되는 딸, 그리고 두세 명의 아이가 더 있었다. 벨의 딸은 누가 봐도 매혹적이었다. 그자를 감독관으로 고용하기 전까지 벨은 만사가 형통했다.

　문제의 감독관은 사이먼 레그리라는 사람으로 인간관계, 특히 흑인 노예들과 관계가 원만하지 않았다. 심지어 레그리는 고용주인 벨에게도 심한 욕설을 늘어놓을 정도였다. 벨이 이 불한당 같은 친구를 해고하고 대신 다른 사람을 고용하려고 했다는 소문도 돌았다. 그러나 사업에 소질이 있고 특히 여자를 다루는 데 능숙했으며 벨의 딸 메리를 마음에 두고 있던 레그리는 벨 여사가 편을 들어 준 덕분에 농장에 계속 머무를 수 있었다. 그는 시간이 지날수록 점점 더 오만해졌다. 벨과 언쟁이 일어나면 레그리는 밖으로 뛰쳐나가서는 가차 없이 서너 명의 흑인에게 가죽 채찍을 휘둘렀다. 유일하게 뒤탈 없이 맘껏 폭력을 휘두를 수 있는 존재가 바로 흑인 노예였기 때문이다. 이들의 언쟁은 시간이 지날수록 커지고 또 잔인해졌다. 사실 레그리는 악당 중에서도 최고 악당이자 성질이 더러운 인간으로, 양키 이야기에 흔히 등장하는 평범한 감독관일 뿐이었다.

벨 역시 성깔 있는 사람이어서, 벨과 레그리는 상대방의 등을 두드려 준다거나 서로의 장점을 칭찬하는 데 아주 인색했다. 둘 사이에 치고받는 싸움이 일어나리라는 것은 자명했다.

그러다가 정말 싸움이 벌어졌다. 어떤 사람은 레그리가 흑인 노예를 가혹하게 매질하는 것에서 싸움이 비롯하였다고 하고, 다른 이들은 벨이 소문으로만 듣다가 실제로 목격한 일에서 싸움이 시작되었다고들 했다. 애기인즉, 벨이 목화 창고 뒤에서 레그리가 일단의 흑인 노예를 부리고 있던 밭 사이로 메리가 말을 타고 지나가는 것을 보았다는 것이다. 벨은 자기 총구에서 나오는 연기를 입으로 불며 쓰레기 같은 백인 놈 어쩌고 하면서 가 버렸다고 한다. 레그리는 아무 데도 갈 수 없었다.

물론 벨은 법정에 섰지만 정당방위가 인정되어 곧 석방되었다. 벨은 집에 돌아와 다른 감독관을 고용하고 모든 일이 원만히 해결되었다고 자부했다. 사실 해결된 것은 아무것도 없었다.

그해와 이듬해, 그 이듬해에도 벨의 농장은 흉작이 거듭되었다. 3년 동안 연이어 목화 밭은 호박벌에 쑥대밭이 되고 담배는 말라비틀어지고 옥수수는 제대로 자라지 않았다. 노새는 복통이나 그밖의 이상한 병으로 죽었고 소와 돼지들도 치료가 불가능한 병을 앓았다. 벨은 유모 한 명만 남기고 흑인 노예를 모두 팔아야 했고 마침내 파산을 한 벨은 땅을 팔아 가족을 데리고 테네시로 건너갔다. 벨이 정착한 테네시 주의 벨은 그의 이름을 딴 것이라는 설도 있다. 어쨌든 벨은 앤드루 잭슨의 집 근처에 조그만 밭이 딸린 집을 샀다. 전직 대통령 잭슨은 당시 암자라 불리는 대저택에서 살았다.

테네시로 이주한 지 얼마 되지 않아 벨의 집에서는 이상한 일이 일어나기 시작했다. 아이들은 넘어지기 일쑤여서 적어도 일주일에 한 번은 침대에서 굴러 떨어져 뒹굴었고, 아침에 일어나 보면 잠옷이 뜯기고 머리가 산발이 되었다. 이 일에 대해 벨 부부는 뭔가 이상하다고 생각했다. 바닥에 떨어지기까지는 잠들어 있었기 때문에 아이들은 도대체 무슨 일이 일어났는지 설명하지 못했다. 이상하지만 깨어 있을 때는 한 번도 떨어진 적이 없었다.

흑인 유모는 벨에게 살해된 레그리가 아이들을 괴롭히는 것이라고 주장했다. 여느 흑인과 마찬가지로 미신을 믿었던 유모는 레그리의 유령이 일을 내고 말 거라고 믿었다. 그러던 어느 날 유모는 용기를 내어 자신의 판단이 옳은지 알아보고자 아이들 방 침대 밑에서 하룻밤을 보내기로 했다. 그날 한밤중에 벨 부부는 살쾡이의 것으로 느껴지는 비명을 듣고 방에서 뛰쳐나왔다. 벨 부부가 램프를 켜 들고 아이들 방에 가 보니 유모가 식은땀을 줄줄 흘리며 방바닥 한가운데에서 버둥대고 있었다. 눈은 퀭하고 얼굴은 사탕수수 껍질처럼 잿빛이었다. 유모는 사지를 움직이지도, 말을 하지도 못했다. 겨우 몸을 추스리고 혀가 풀리자 유모는 소리를 질러 댔다.

"바로 그자예요! 그자란 말이에요! 맙소사! 그자가 틀림없어요! 그자가 날 꼬집고 찌르고 때렸어요. 얼마나 많이 맞았는지 몰라요. 온몸이 뻣뻣해질 때까지 맞았으니까요. 그자가 틀림없어요. 다시는 그 시절로 돌아가고 싶지 않아요. 다시는 돌아가고 싶지 않단 말이에요."

　두려움에 떨던 벨 가족은 이웃에 사실을 털어놓았다. 내막을 들은 앤드루는 벨 가족을 방문하기로 했다. 귀신의 존재를 믿지 않았던 앤드루는 대문을 지나가면서 유령에 관한 흑인의 이야기를 믿는 사람은 바보들이라며 거리낌없이 얘기하기 시작했다. 그러나 앤드루가 미처 말을 끝내기도 전에 무엇인가가 앤드루의 머리를 쳐서 모자가 2, 30미터쯤 날아가 버렸다. 앤드루는 입을 다물 수밖에 없었다. 앤드루는 시중을 들던 흑인 소년에게 모자를 집어 오라고 손짓하고는 바로 그 자리를 떠났다.

　귀신도 산 사람처럼 허기를 느끼고 먹을 것을 탐한다. 그것도 최상의 음식만. 어느 날 유모는 벨 부인이 이불을 누비던 문간방에 울면서 들어왔다. 그리고 귀신이 부엌에 들어와 우유를 죄다 먹어 버렸다고 호들갑을 떨었다.

　벨 여사는 소스라치게 놀라면서 거짓말은 그만두라고 했다.

　"마님, 직접 한번 보세요. 직접 보시라니까요. 비스킷을 만들려고 우유를 따라 놨는데, 세상에나! 우유가 든 컵이 공중에 두둥실 뜨더니 우유가 그 아래로 떨어지는 거예요. 그런데 우유가 감쪽같이 사라졌단 말이에요. 우유가 어디로 갔는지 도무지 모르겠어요. 컵에서 우유가 떨어지긴 했는데 금세 사라졌다니까요."

　"그게 틀림없는 사실이야?"

　"아무렴, 사실이고말고요. 믿지 못하시겠으면 부엌에 한번 가보세요. 가서 직접 보세요. 아니오, 마님. 전 안 갈래요. 다시는 부엌에 가지 않을래요."

　벨 부인이 부엌에 가서 살펴보았더니 유모의 말대로 우유가 들어 있던 컵이 텅 비어 있었다. 벨 부인은 유모만큼이나 놀라서 밭에서 일하던 남편을 부르러 사람을 보냈다.

벨의 가족은 어떻게 귀신이 우유를 먹을 수 있는지, 또 귀신이 먹은 우유는 어떻게 되었는지 도무지 알 도리가 없었다. 귀신의 몸속에 들어간 우유는 말라 버린 걸까? 그게 아니라면 귀신이 삼켜 버린 우유는 도대체 어디로 간 걸까? 귀신을 직접 볼 수는 없지만 어디 있는지는 알 수 있는 법인데, 귀신의 몸속에 들어간 우유는 왜 볼 수 없는 걸까? 컵에서 나온 우유가 사라졌다는 유모의 말을 듣고 롤러 신부는 우유가 인간보다 고귀한 족속이라고 장담했다. 인간은 곧 썩어 버릴 육체를 뒤에 남기는 데 반하여 우유는 영혼 자체로 변화하여 아무것도 남기지 않는다는 말이었다. 사람들은 여름에는 발코니에서, 겨울에는 화롯가에서 귀신에 대해 토론을 벌이곤 했지만 결코 벨의 집을 방문하지 않았다. 귀신에 대해 일장 설교를 늘어놓은 신부 역시 벨의 집을 두 번 다시 찾아오지 않았다.

귀신은 지치지도 않고 벨 가족의 음식을 끊임없이 먹어 댔다. 물론 귀신이 먹는 것을 직접 목격한 사람은 없었다. 다만 가속들은 음식물이 찬장이나 접시에서 떨어지고 튀어 오르는 것을 수차례 목격했다. 귀신은 크림을 제일 좋아했다. 귀신이 저장고에 둔 우유에서 크림을 걷어 죄다 먹어 치우는 바람에 벨의 집에는 버터를 만들 우유도 남아 있지 않았다.

벨은 아이들이 편안하게 쉴 수 없고 유모가 부산을 떠는 것은 참을 수 있었지만 귀신이 집과 가정을 파괴하는 것은 참을 수가 없었다. 그래서 가족을 불러 모아 다시 이사하기로 했다. 이번에는 값도 싸고 비옥한 미시시피로 가기로 했다. 그런데 벨 부인이 이의를 제기했다.

"지금까지 우린 잘 견뎌 왔잖아요. 그리고 이사한들 무슨 소용이 있겠어요? 거기까지 귀신이 따라오지 말라는 법이 없잖아요?"

그때 방구석에 놓인 의자에서 소리가 들려왔다.

"암, 그렇고말고. 어디를 가든지 끝까지 너희들을 따라갈 테다. 너희들이 이곳에 남는다면 가만히 있겠지만, 미시시피로 떠나면 후회하게 될 거야."

벨은 소스라치게 놀라고 당황했지만 고심 끝에 용기를 내어 왜 원하는 곳에서 살 수 없는지 귀신에게 물어보았다. 그렇지만 귀신은 대답하지 않았다. 벨이 질문을 몇 가지 더 했지만 의자는 본연의 모습대로 침묵을 지켰다.

벨의 딸 메리는 어느덧 어른들과 입씨름을 할 정도로 성숙했다. 메리는 점박이 강아지처럼 예쁘면서도 용감했다. 아버지를 잘 따랐던 메리는 당연히 아버지의 편을 들었다. 그리고 대개 여자 아이는 이사를 좋아하는 법이다. 말하는 의자에 대한 공포심이 어느 정도 사라지자 벨의 가족은 이사 여부에 대해 토론하기 시작했다. 결국 귀신의 엄포 덕분에 승자는 벨 부인이 되었다. 벨과 메리는 적어도 당분간은 미시시피로 이사하는 것을 포기할 수밖에 없었다.

한동안 귀신은 벨의 가족들에게 너그러웠다. 심지어 선행을 베풀기까지 했다. 그러던 어느 날 벨이, 온 가족이 병치레를 하는 이웃 집으로 문병을 가야겠다는 말을 하던 중이었다.

"그 집에서 오는 길이야."

시계 안에서 목소리가 들려왔다. 귀신은 환자 가족들이 회복 중이라는 소식도 전해 주었다. 나중에 벨이 문제의 가족을 만나 확인해 보니 귀신이 말한 그대로였다.

귀신은 벨 부인에게 우호적이었는데 물론 미시시피로 이사하지 않도록 자신을 옹호해 준 대가였다. 유모는 조금 생각이 달라서 노스캐롤라이나에서 벨 부인이 레그리를 두둔하여 해고를 면하게 해 주어서 귀신이 벨 부인에게 우호적이라고 했다.

크리스마스가 되었다. 벨의 가족은 모두 태피 과자 만들기 파티에 초대받았다. 그런데 벨 부인은 몸이 좋지 않아 파티에 갈 수가 없었다. 가족들은 아픈 벨 부인을 혼자 두고 파티에 가야 하는지 토론을 벌였다. 메리를 비롯한 아이들은 벨에게 파티에 데려다 달라고 애원했다. 벨 부인 역시 자기는 괜찮으니 파티에 다녀오라고 했다. 그래서 벨 부인을 빼고 벨의 가족은 마차를 타고 파티가 열리는 곳으로 향했다.

그런데 출발한 지 얼마 안 되어 바퀴 하나가 빠지는 바람에 쿵 소리를 내며 마차가 도로에 내려앉았다. 평범한 사고라 생각하고 벨은 바퀴를 바퀴 축에 원래대로 끼우고 핀으로 고정시켰다. 다른 바퀴들도 살펴봤는데 아무 이상이 없었다. 그런데 얼마 못 가서 다른 바퀴가 빠져 버렸다. 가족들은 빠져나간 핀을 아무래도 찾을 수가 없었다. 벨은 임시방편으로 핀을 만들이시 바퀴를 세자리에 끼우려고 했다. 그런데 원래의 핀이 제자리에 있는 것이 아닌가? 벨은 바퀴를 고정시키고 서둘러 출발했다. 물론 아이들에게 조심하라는 당부도 잊지 않았다. 그러나 얼마 못 가서 화살 비슷한 것들이 마차를 향해 돌진하더니 바퀴 네 개가 모두 떨어져 나가고 마차는 그만 진흙 구덩이에 빠져 버렸다. 결국 벨 가족은 바퀴를 제자리에 끼우고 방향을 돌려 집으로 향했는데, 돌아오는 길은 그렇게 편하고 조용할 수가 없었다.

벨 가족이 집에 도착해 보니 벨 부인은 어느 정도 몸이 회복되어 크리스마스 트리 옆에 앉아서 딸기를 한 접시나 먹고 있었다.

귀신의 장난은 여기서 그치지 않았다. 벨이 밭을 갈거나 이웃 마을로 출타하려고 하면 말벌에 쏘인 것처럼 말과 노새가 귀를 뒤로 젖히고 사납게 날뛰기 일쑤였다. 어느 날은 말과 노새가 온몸이 진흙투성이가 된 채 병아리만 한 크기로 줄어 있기도 했다. 이따금씩 이웃 주민들은 안장도 얹지 않고 재갈도 물지 않은 말이 길을 멈추고 말 위에 탄 투명인간이 말을 걸어서 혼비백산했다는 둥 이상한 말을 했다.

귀신은 엄마보다도 아빠 편을 많이 든 메리에게 누구보다도 가혹하게 대했다. 메리는 무언가 차갑고 무거운 것이 가슴을 타고 앉아 숨을 빨아들이면서 목숨을 거두어 가는 듯한 현상에 시달리며 비명을 지르고 한밤중에 깨어나곤 했다.

언젠가 파티에 가려고 친구 몇 명이 거실에서 메리를 기다리고, 메리는 방에서 준비하던 때였다. 삼단 같은 검은 머리를 빗는데 갑자기 오이가 머리에 다닥다닥 붙어 버렸다. 메리는 오이를 잡아당겼지만 오히려 빗만 부러지고 말았다. 손을 쓸 수 없을 정도로 머리가 헝클어지자 메리는 화장대에 기대 울음을 터뜨렸다. 거울 안에서 귀신의 목소리가 흘러나왔다.

"내가 그랬지. 파티에 갈 생각일랑 그만두고 나랑 집에 있자고. 내가 재미있는 이야기를 해 줄게."

메리가 비명을 지르자 친구들이 방 안으로 뛰어 들어왔다. 거울에서 흘러나오는 목소리에 관한 이야기를 듣고 메리의 친구들은 총으로 거울을 쏘아 댔다. 그런데 거울은 전혀 깨지지 않았다. 귀신은 총알을 죄다 잡아서 친구들의 주머니에 던져 넣고는 껄껄대고 웃었다. 메리의 친구들은 귀신과 무승부가 났다고 선언하고 집을 나섰다. 물론 메리는 집에 남을 수밖에 없었다.

아름다운 숙녀로 성장한 메리에게는 관심을 갖는 남자들이 많았다. 그런데 남자들이 용기를 내어 사랑을 고백하려 할 때면 목구멍

이 막히고 얼굴과 귀가 달아오르는 일이 다반사였다. 젊은이들에게
는 이러한 일이 기이한 징조로 여겨졌지만 매번 이런 식이었다. 메
리가 청혼을 받기란 불가능해 보였다. 남자들은 귀신을 탓하면서
결국엔 벨의 집에 찾아오지 않았다.

가드너만은 예외였다. 영리하고 낙천적이고 솔직한 데다가 잘생
긴 가드너는 모든 여성에게 선망의 대상이었다. 게다가 가드너는
비옥한 토지와 상당한 흑인 노예, 크고 흰 기둥이 있는 대저택을 소
유한 지주였다. 가드너는 메리에게 반했고 메리도 가드너에게 호감
을 가졌다.

귀신은 가드너에게 특이하게 반응했다. 메리가 가드너에게 호감
을 느끼고 있음을 알아챈 귀신은 가드너를 다소 사무적으로 대했
다. 그러던 어느 날 밤, 메리를 만나러 가던 가드너가 벨의 앞마당
을 지나고 있을 때였다. 마당에 있던 커다란 소나무에서 보이지 않
는 물체기 다가와 가드니의 어깨를 잡았다.

"잠깐."

가드너는 귀신의 말에 따르는 것이 섬뜩했지만 도망가는 것은 더
섬뜩한 결과를 초래할 것 같았다. 그래서 가드너는 그 자리에 멈추
어 섰다.

"메리에게 가지 않는 게 좋을 거야."

"왜죠?"

가드너가 물었다.

"이곳에서 일어난 일들을 잘 생각해 보면 알 수 있을 걸세. 이 몸
이 메리를 사랑하거든. 물론 메리의 허락을 얻기란 쉽지 않을 거야.
벨은 더 더욱 어림도 없을 테고. 여하간 메리는 자네하고 결혼을 할
수가 없다네. 내가 장담하지. 만일 이 일을 발설하면 날이 새기 전

에 쥐도 새도 모르게 죽을 테니 그리 알고."

가드너는 잠시 고민하다가 대답했다.

"모습을 드러내 봐요. 그러면 시키는 대로 하지요."

소나무가 걸어와서 가드너의 모자를 낚아채고는 이리저리 흔들었다.

"그럼 당분간은 아무 말도 하지 않겠습니다. 하지만 난 메리를 진심으로 사랑합니다. 세상이 끝난다 하더라도……."

"그때까지 갈 필요가 뭐 있어. 자네에게 이로울 것도 없고 말이야. 메리를 진정으로 사랑한다면 자네가 포기하게. 그게 메리를 구하는 유일한 방법이라네. 자네가 계속 메리 주위를 맴돈다면 내가 본때를 보여 줄 테니 여기서 그만두는 게 좋아. 하루 속히 짐을 싸서 이곳을 떠나. 그리고 두 번 다시 나타나지 말게. 벨이 자네를 찾을 수 없는 곳으로, 날이 새기 전에 당장 떠나야 해. 아무런 소란을 피우지 않고 떠난다면 내 다시는 자네를 귀찮게 하지 않겠네. 그리고 결혼 선물로 평생 자랑스러워할 만한 신발을 주겠어."

가드너는 신발이 왜 목숨만큼이나 소중한지 전혀 알 수가 없었지만 꼬치꼬치 따질 처지가 아니었다. 그래서 그저 모자를 들고 조용히 말을 타고 사라졌다.

가드너는 벨에게 일절 소식을 알리지 않았다. 무섭기도 했지만 무엇보다도 자신이 부끄러웠기 때문이었다. 날이 밝기 전에 마을을 떠난 가드너는 서부에 정착했다. 가드너가 정착한 곳은 추후에 가드너가 존경스러운 인물로 추앙받게 되자 그의 이름을 본 따 가드너라고 불리게 되었다.

가드너는 얼마 후에 한 아가씨와 사랑에 빠져 곧 약혼하게 되었다. 그런데 이상하게도 결혼식 당일에 신으려고 준비해 둔 신발을 도무지 찾을 수가 없었다. 가드너는 신발이 있을 만한 곳은 물론이고 없을 만한 곳까지 샅샅이 뒤져 보았지만 신발은 아무 데도 없었다. 가드너는 포기하고 양말만 신은 채 식장에 입장하기로 했다. 그런데 바로 그때, 침대 밑이 아니라 침대 안을 보라는 목소리가 들렸다. 과연 침대보 사이에 번쩍번쩍 빛나는 새 신발이 있는 게 아닌가? 귀신의 약속이 생각난 가드너는 즐거운 비명을 질렀다. 가드너는 이 신발이 곧 닳아 없어질 신발인지 아니면 동화 속 괴물이 신는 축지 신발인지 무척이나 궁금했다.

귀신이 보낸 신발은 평범해 보였다. 가드너는 몇몇 친구들에게 새 신발을 얻은 사연에 대해 얘기했지만 아무도 그의 이야기를 믿지 않았다. 그러던 어느 날 우연히 가드너의 이야기가 진실임이 밝혀졌다. 하인이 실수로 귀신이 준 신발을 수선공에게 맡겼던 것이다. 가드너의 신발을 본 수선공은 감탄을 금치 못하면서 인간의 힘으로는 도저히 만들 수 없는 완벽한 신발이라고 칭찬을 아끼시 않았다.

가드너가 메리를 점점 잊어 갈 무렵, 벨은 미시시피로 다시 한 번 이사하기로 결심했다. 노스캐롤라이나에서 테네시로 이주했다가, 작은 재앙을 피하려다가 큰 재앙을 만난 격이 되었지만, 벨은 그래 봐야 지금보다 더 고통스럽지는 않을 거라고 믿었다. 가드너가 떠난 후 결혼을 못 하고 있는 메리를 보면 가슴이 미어졌다. 구르는 돌에 이끼가 끼지 않는다며 벨 부인은 이사를 반대했다. 물론 여기에 귀신이 가세했다. 당시 귀신의 존재에 익숙해진 벨의 가족들은 귀신과 자유롭게 그리고 공손하게 대화를 나누었다. 안건이 제기될 때마다 벨과 메리, 그리고 벨 부인과 귀신은 서로 같은 편이 되어 언쟁을 벌였다. 귀신이 테네시에 머무르려는 이유를 미시시피의 무당 때문이라고 유모는 주장했다. 미시시피의 무당은 귀신 잡기로 유명한 사람이었다.

2년 연속으로 흉년이 든 해 겨울, 벨은 땅을 헐값에 처분했다. 유모는 기다렸다가 봄에 이사하자고 제안했다. 부활절이 예년보다 일러서 농사를 한 번 더 지을 수 있었던 것이다. 유모는 성 금요일에 이사를 하자고 강력히 제안했다. 그동안 귀신은 사흘이나 땅속 무덤 안에 있어야 하는 데다가 그후 며칠 동안은 힘이 약해지기 때문이다. 게다가 일이 순조롭게 진행되면 한 번에 두세 곳을 들렀다가 눈 깜짝할 사이에 그중 한 곳에 정착할 수도 있었다. 벨은 시간을 벌기 위해 이 일을 숨기기로 했다. 성 금요일 아침이 되자 벨은 두 대의 마차에 가구와 옷을 실었다. 벨은 뒷 마차에 유모와 장남을 태우고 자신은 메리가 있는 앞 마차에 올라타고는 부인에게 말했다.

"함께 갈 거면 유모와 같이 타구려. 아이들이 있다는 사실을 명심하오."

이렇게 해서 벨의 가족은 미시시피로 오게 되었다. 벨은 옥스퍼드 로 베이츠빌에서 동쪽으로 16킬로미터 떨어진 곳에 위치한 파놀라 카운티에 작은 땅을 샀다. 벨은 초자연적인 힘의 간섭을 받지 않고 새로운 인생을 시작할 만반의 준비를 마쳤다.

그러나 벨의 가족이 파놀라에 도착하여 새 집을 장만하기 전에 귀신은 서둘러 돌아왔다.

지금은 베이츠빌에 편입되었지만 당시에는 파놀라였던 곳에 도착한 벨은 가족들을 남겨둔 채 혼자 땅을 둘러보러 다녔다. 좋은 장소를 발견한 벨은 가족과 짐을 찾으러 파놀라에 되돌아갔다. 그런데 마차가 고장이 나는 바람에 벨의 가족은 저녁 늦게나 출발할 수 있었다. 마차가 천천히 마을을 벗어날 무렵, 시커먼 구름이 남쪽과 서쪽에서 뭉게뭉게 솟아오르더니 폭우가 내리기 시작했다. 태양이 구름에 가려 평소보다 일찍 어둠이 깔리기 시작했고 세찬 비가 마차 덮개에 떨어졌다. 길 양쪽에 늘어선 나무들은 바람에 이리저리 흔들렸고, 눈 뜨고는 볼 수 없을 정도로 사방에 흙먼지가 날리고 도로에도 흙탕물이 가득 찼다. 이따금씩 번개가 칠 때를 제외하고 사방은 칠흑같이 어두웠다. 일행은 아무 말도 할 수가 없었다. 들리는 소리라고는 세차게 몰아치는 비바람 소리와 천둥 소리, 진흙 속에서 허우적대는 말발굽 소리와 마차 바퀴 소리뿐이었다.

그런데 갑자기 번개가 치면서 뒤에 있던 마차가 길가로 미끄러지더니 진흙 속에 박혀 버렸다. 마차는 진흙 속에 너무 깊이 박혀서 꿈쩍도 하지 않았다. 위험하지는 않더라도 여간 불편한 상황이 아니었다.

바로 그때 귀신이 손을 내밀었다. 마차 옆 어둠 속에서 목소리가 들려왔다.

"마차를 꺼내 줄 테니 그만두고 마차로 돌아가게. 어서!"

벨은 간신히 진흙에서 빠져나왔다.

말과 마차, 가구와 사람, 마차 밑에 있던 개와 뒤에 묶어 놨던 송아지, 한마디로 진흙만 빼고 마차가 통째로 2.5미터 높이로 날아올라 둥둥 뜨더니 앞 마차 바로 뒤에 사뿐히 내려앉았다. 그 이후로 벨 가족은 편안하게 여행할 수 있었다.

벨의 가족은 삼나무가 즐비한 옥스퍼드 로에 위치한 2층짜리 오두막집에 짐을 풀었다.

며칠 후, 귀신은 벨 부부에게 메리에 대한 사랑을 고백했다. 메리와 결혼하고 싶다는 말도 잊지 않았다. 벨은 충격을 받았을 뿐만 아니라 놀라움을 금치 못했다. 그리고 제아무리 가장 고귀한 귀신이라 할지라도 딸과 혼인을 허락할 수 없다고 공손하지만 강한 어조로 거절했다.

"존 벨, 이건 명령이야. 난 자네뿐만 아니라 자네의 재산을 가질 권리가 있어. 다시 한 번 말하지만 이건 명령이야."

장작 받침에서 낮고 굵은 귀신의 목소리가 울려 퍼졌다.

귀신의 말을 더 이상 듣고 싶지 않았던 벨은 일침을 놓았다.

"메리하고는 얘기해 봤나?"

"아직. 아직 얘기 안 했어."

"메리가 자네와 결혼할 거라고 생각하는 거야?"

"아직 몰라. 그렇다고 메리가 나를 사랑하지 않을 거라고 믿어야 할 이유도 없잖나. 메리가 날 본 적이 없으니 말이지. 메리 자신도 자신의 감정을 모를 거야. 유령과 결혼하는 걸 영광으로 생각할는지도 모르지. 자네도 알다시피 이건 흔한 일이 아니잖나. 내 덕분에 유명세를 탈걸."

"그런 식으로 내 딸이 유명해지는 건 바라지 않네. 게다가 태어날 애는? 사람이 태어날까, 귀신이 태어날까? 혹시 반쪽만 보이고 나머지 반쪽은 보이지 않는 게 아닌가? 아니면 눈에 띄지 않게 여기저기 돌아다니면서 사고를 치고 다닐지도 모르지. 강둑에 핀 새싹이나 난로 장작을 가리킬 때마다 비누 거품처럼 바람에 날려 버리는 손자를 내가 좋아할 것 같나? 어림도 없는 소리지. 메리의 짝은 살과 피가 있는 사람이어야 하네."

"하지만, 벨. 내 말 좀 들어 봐. 내가 메리를 사랑한다는 사실을 잊지 말게. 꼭 잊지 말게."

"나도 딸아이를 사랑하네. 그래서 자네와 메리의 결혼을 허락할 수 없는 거야. 메리가 나이가 들어 볼품없어지면 자네는 젊은 여자를 찾아 떠날 게 아닌가. 자네라면 쉽게 그럴 능력이 있으니까. 메리는 지금까지 고생을 많이 했어. 나도 마찬가지고. 여하간 메리는 몸이 있는 사람과 결혼해야 해."

"벨, 내가 메리에게 구애하는 걸 자네가 반대하는 이유는 알겠네. 하지만 당사자는 메리야. 메리에게 직접 얘기하겠어. 분명 내가 자네 사위가 될 테니 두고 보라고. 그렇지 않으면 결국 애도하는 일이 생길거야."

그때 벨 부인이 끼어들었다.

"어떤 결혼식을 올릴 거지요? 생각해 봐요. 메리가 신부님 앞에 서 있고 신부님이 꽃병을 향해 물어보시겠죠. '이 여자를 네 아내로 맞이하겠는가?' 그러면 반지가 전등에서 미끄러지듯 내려와 메리의 손가락에 들어가든지 아니면 의자 아래에서 솟구치겠죠. 그건 말도 안 돼요. 지금까지 많은 것을 참아 왔어요. 아무리 내가 당신 친구였다고 해도 메리가 웃음기리가 되고 이 집안을 모욕하는 일은 정말 참을 수가 없어요."

벨이 말을 이었다.

"가족이 느는 일이야. 가족이 느는 일인데 우린 자네가 어떻게 생겼는지도 모르지 않나."

"내가 어떻게 생겼는지 알려 주지. 그리고 자네하고 악수도 하겠어. 손목을 꽉 쥐지 않겠다는 약속만 해 주게. 귀신은 무척이나 예민하거든. 특히 사람들과 접촉할 때면 더욱 예민해지지. 이쪽으로 손을 내밀어 봐. 그럼 내가 손을 잡지."

벨은 손을 내밀어 무엇인가 손에 닿는 것을 움켜잡았다. 벨은 나중에 갓난아이의 손이었다고 말했다. 그가 움켜잡은 건 부드럽고 쪼글쪼글하고 따뜻하고 아주 작은 갓난아이의 손이었다.

“도대체 자네 키는 얼마나 되나?”

벨이 물었다.

“그건 비밀이야.”

“알고 싶은 게 하나 더 있네. 문이며 창문이며 모두 문단속을 잘 했는데도 불구하고 어떻게 아무 때고 수시로 이 집에 들어올 수 있는 건가? 벽을 통과하는 건가?”

“아니. 그것보다 더 쉽지. 저쪽 천장 구석을 잘 봐. 그럼 알 수 있을 거야.”

귀신 말대로 보았더니 천장 한쪽 구석이 1미터 정도 들렸다가 다시 내려앉았다. 그런데 아무런 소음도 나지 않았다. 벨은 남은 생애 내내 천장이 움직이는 것을 목격했다.

“설마 그 손으로 지붕을 드는 것은 아니겠지?”

“아니긴. 바로 맞혔어. 그런데 메리에 관한 건데 말이야. 지금 당장 메리에게 얘기하겠어.”

“아니, 하지 마. 메리가 실성하는 걸 보고 싶은 건 아니겠지?”

귀신은 대답하지 않았다. 회의가 끝나고 장작불도 꺼지자 난로 받침도 다시 흑색으로 변했다.

이 대목에서는 전해 오는 이야기가 다소 빈약하다. 귀신이 메리에게 어떻게 고백을 했는지, 메리가 어떻게 답변했는지 아는 사람이 전혀 없다.

그 다음 날이 되자 메리는 축 늘어져서 세상에 대한 관심을 잃었다. 그리고 한동안 몽유병 환자처럼 삼나무가 있는 마당을 이리저리 거닐면서 집 주위를 배회했다. 얼굴에서 생기가 사라지고 눈은 휑했다. 메리는 마치 존재하지 않는 것을 보려고 애쓰는 것처럼 보였다. 메리는 매일매일 점점 더 일찍 자고 늦게 일어났다.

그러던 어느 날 결국 메리는 잠에서 깨어나지 못했다. 저녁이 되자 소적새 한 마리가 발코니 옆에 있는 삼나무에 앉아서 울부짖었다.

그날 밤 내내 고열에 시달리던 메리는 자정이 되자 종잡을 수 없는 말을 하기 시작했다.

"진작에 의사를 불렀어야 했어요."

벨 부인이 탄식했다.

"어쩔 수 없었잖아. 가는 데 두 시간, 오는 데 두 시간이나 걸리니 말이야. 날이 밝기 전에 돌아오기가 힘들잖아. 여하간 당신 말이 맞아. 안장이 준비되는 대로 의사를 불러오지."

벨이 대답했다. 귀신의 목소리가 들렸다.

"소용없어. 이 세상의 약으로 고칠 수 있는 병이 아니야. 제아무리 훌륭한 의사라도 소용없어. 하지만 의사를 원한다면 내가 모셔 오지. 그 편이 빠를 거야."

정확히 1시가 되자 의사가 도착했다. 개업한 지 얼마 안 된 젊은 의사였다.

"한밤중에 창문 밖에서 누군가가 저를 찾는 소리를 듣고 나가 봤는데 아무도 없더라고요. 어쨌든 이리로 와 달라기에 그편이 좋을 것 같아 왔습니다. 도대체 이런 험악한 날씨에 누구를 보낸 겁니까? 지난 크리스마스에도 이곳에 왔는데 그때는 정말이지 최악의 날씨였거든요. 도로 옆 진흙 구덩이에 카우보이 모자가 있길래 그걸 주웠어요. 그런데 그 안에 웬 남자가 있는 겁니다. 그래서 제가 그랬죠.

'정말 상황이 안 좋으십니다그려.'

그랬더니 그 남자가 그러더군요.

'두말하면 잔소리죠. 그래도 제 아래에 깔려 있는 노새보다는 나

아요.'

전 진흙 구덩이에 빠지지 않으려고 서둘러 발을 뺐습니다. 제가 탄 말은 벌써 허리까지 구덩이에 빠져 있었거든요. 그런데 오늘 밤은 웬일인지 이놈의 말들이 마치 하늘을 나는 것 같더라니까요. 꼭 한 시간 만에 도착했네요. 그건 그렇고 환자는 누구죠?"

의사는 메리를 진찰하고 벨 부부에게 이것저것 물어봤다.

"신경쇠약입니다. 숨기지 않고 말씀드리지요. 따님은 상태가 아주 좋지 않습니다. 약으로도 치료할 수가 없어요. 그러니 따님을 따스하게 잘 보살펴 주세요. 재미있는 말도 해 주시고요. 진통제를 드릴 테니 따님이 많이 힘들어하면 사용하시고, 따님을 잘 지켜보시고 절대로 혼자 두지 마세요. 따님은 젊고 강하니까 시간이 되면 건강을 회복할 수 있을 겁니다."

그렇지만 메리는 건강을 회복하지 못했다. 메리는 무엇인가를 보려는 듯 허공을 응시한 채 한 달 동안이나 침대에 누워 있었다. 저 멀리 있는 것을 갈구하는 사람처럼 보였다. 밤이면 벨 부부는 돌아가며 메리를 간호했다. 부부는 이웃 사람들의 문병도 원치 않았다. 그후로도 몇 번 의사가 다녀갔지만 그때마다 의사는 고개를 저으며 희망이 없다고 말했다. 벨 부부는 방도를 궁리하며 메리를 지켜봤지만 아무런 소용이 없었다.

벨 부인이 간호를 하던 어느 날 밤이었다. 부인은 메리의 손을 잡고 머리를 쓸어 내렸다. 그런데 갑자기 메리가 벨 부인을 밀쳐 내더니, 마치 누군가 거기 있다는 듯이 벌떡 일어나 침대 발치를 바라봤다. 그리고 나지막이 말했다.

"엄마, 엄마, 그 사람이 보여요. 결국엔…… 난 말이에요, 난, 그 사람을…… 사랑해요."

이 말을 남기고 메리는 숨을 거두었다. 그녀는 세상에서 가장 행복한 표정을 짓고 있었다.

사람들은 메리의 기이한 죽음을 나름대로 해석하려 들었다. 혹자는 지속적으로 귀신에게 고문을 당한 메리가 고통을 이기지 못하고 심약해진 거라고 설명했다. 명목상 학교 선생인 복화술사가 메리의 전 애인 가드너를 시기하여 메리와 가족을 상대로 장난을 쳤다가, 메리에게 사랑을 거절당하자 고문하고 겁을 주어 결국 세상을 뜨게 만들었다고 해석하는 사람도 있었다. 또 어떤 사람들은 첫눈에 반해 버린 감독관이 죽자 메리는 귀신과 사랑에 빠져서 결국 숨을 거둔 것이라고 했다. 죽지 않는 한, 귀신과 행복한 삶을 누릴 수 없다는 것을 메리 본인이 누구보다도 잘 알았기 때문이라는 말이었다.

메리의 장례식 날, 관을 마차에 싣자 커다란 검은 새가 하늘에서 내려와 마차 주위를 뱅뱅 맴돌았다. 새의 목에 걸린 종은 가장 구슬픈 소리로 메리의 죽음을 애도했다. 맨 앞에서 장례 행렬을 묘지까지 안내한 커다란 새는 장례식이 진행되는 동안 여전히 구슬픈 종을 울리면서 내내 무덤 주위를 돌았다. 흙을 덮자 새는 하늘로 치솟아 오르더니 서쪽으로 서쪽으로 날아갔다. 저 멀리 가지 끝에 걸린 작은 점처럼 보이던 새는 얼마 후 어느덧 시야에서 사라져 버렸다. 새가 사라진 후에도 구슬픈 종소리가 장례식을 지켜보던 사람들 주위를 오랫동안 맴돌았다.

악마와 톰 워커

　매사추세츠 주 보스턴에서 몇 킬로미터 떨어진 곳에 깊은 해협이 있다. 이 해협은 찰스 만에서 시작하여 내륙 깊숙이 들어가, 마지막에는 숲이 많이 우거진 늪 지대에 이른다. 이 해협 한쪽에는 아름다운 숲이 우거지고 반대편에는 땅이 물가에서 가파르게 솟아오른 높다란 능선이 있는데 그곳에는 어마어마하게 크고 오래된 참나무가 여기저기 자랐다. 전해 오는 이야기에 따르면, 해적 키드가 엄청나게 많은 보물을 참나무 아래에 숨겨 놓았다고 한다. 한밤중에 아무도 모르게 보트를 타고 언덕까지 접근하기가 쉽고 지대가 높아 망을 보기가 쉬울 뿐만 아니라 나무들 덕분에 장소를 알아보기 쉽기 때문이다. 게다가 일설에 의하면 숨겨 놓은 돈, 특히 부정한 방법으로 번 돈은 마귀가 지킨다고 했다. 흔히 그렇듯 키드는 보스턴에서 체포된 직후 해적 행위에 대한 벌로 교수형에 처해졌기 때문에 숨겨 놓은 돈을 찾지 못할 운명이었다.

　때는 바야흐로 뉴잉글랜드 지방에 지진이 빈번하게 일어나 많은 죄인들이 무릎을 꿇고 참회를 하던 1727년이었다. 지독하게도 욕심이 많은 데다가 볼품없이 비쩍 마른 톰 워커라는 사람이 살았다. 워커의 부인도 워커 못지않게 탐욕스러운 인물이어서, 두 사람은 서로를 속이면서까지 상대방의 재산을 탐했다. 워커 부인은 손에 넣을 수 있는 것이면 남편 몰래 모두 빼돌렸다. 심지어 망을 보고 있다가 암탉이 울기도 전에 갓 낳은 달걀을 가로챌 정도였다. 끊임없이 상대방의 물건을 탐하는 워커와 부인 사이에는 재산권에 대해 격렬한 분쟁이 그칠 날이 없었다.

외따로 떨어진 워커 부부의 집은 황량하기 그지없었다. 한 번도 사람의 손길이 닿지 않은 향나무 관목이 황폐함을 그대로 드러냈다. 굴뚝에서는 연기가 솟아오른 적이 한 번도 없으며 나그네들마저도 그냥 지나치는 황량한 집이었다. 갈비뼈가 그대로 드러날 정도로 야윈 말은 가엾게도 몸을 움직이지 못하고 머리를 울타리에 기댄 채 지나가는 행인을 애처로운 눈길로 쳐다보았다. 그 모습이 마치 기근의 땅에서 도움을 구하는 것 같았다.

워커 부부는 악명이 높았다. 워커 부인은 장사였을 뿐만 아니라 화를 잘 내고 입이 험한 수다쟁이였다. 부부 싸움을 할 때면 어김없이 부인의 입에서 욕지거리가 터져나왔다. 워커의 얼굴을 보면 이 부부의 싸움이 단순한 말싸움에 그치지 않는다는 사실을 금방 알 수 있었다. 그렇지만 어느 누구도 나서서 워커 부부의 싸움을 말리려 하지 않았다. 요란한 욕지거리와 치고 받는 소리를 들은 여행자들은 어깨를 움츠리고 불협화음 가득한 집구석을 곁눈질하며 발걸음을 재촉했다. 독신인 사람은 아직 미혼인 것을 기뻐했다.

그러던 어느 날, 워커는 때마침 먼 곳으로 출타했다가 서둘러 귀가하고 싶은 마음에 늪지를 지나기로 했다. 대부분의 지름길이 그렇듯이 워커는 잘못된 선택을 했다는 걸 알아차렸다. 늪지는 25미터가 넘는 소나무와 솔송나무가 우거져, 한낮에도 앞이 보이지 않는 올빼미의 소굴이었다. 사방에 퍼진 수렁과 구덩이는 잡초와 이끼에 덮여서 나그네의 눈을 속이기 충분했다. 썩은 물이 고인 물 웅덩이에는 올챙이와 식용 개구리, 물뱀이 득실거렸다. 소나무와 솔송나무가 반쯤 잠긴 수렁에서는 악어가 당장이라도 나올 듯했다.

워커는 조심스레 숲 속을 걸어갔다. 이따금씩 갑자기 울어 대는 야생 오리 때문에 화들짝 놀라기도 하면서 워커는 수렁에 빠질세라 골풀 더미 위를 한 발짝씩 조심스레 디뎠고, 쓰러진 나무 사이에서는 고양이처럼 조심스럽게 걸었다. 드디어 워커는 단단한 땅이 늪지 한가운데까지 반도처럼 뻗은 곳에 도착했다. 이 땅은 인디언이 최초의 정착민들과 전쟁할 당시 인디언들의 요새였다. 인디언들은 이곳에 난공불락의 요새를 구축하여 부녀자와 어린아이들을 피신시켰다. 지금은 참나무로 뒤덮여 점점 가라앉는 제방 몇 개 말고는 인디언 요새의 흔적이 남아 있지 않았다.

땅거미가 지는 어스름한 저녁 무렵에야 인디언 요새에 도착한 워커는 잠시 앉아 쉬기로 했다. 보통 사람이라면 인디언 전쟁에 관한 흉흉한 소문 때문에라도 이렇게 음산한 곳에서 혼자 쉴 생각은 꿈에도 하지 않았을 것이다. 인디언이 마법을 부리고 악령에게 제사를 지냈다는 이야기가 전해 오는 곳이었다.

그렇지만 톰 워커는 그런 소문에 겁먹을 사람이 아니다. 워커는 쓰러진 솔송나무에 기대고 앉아 기분 나쁜 두꺼비 울음소리를 들으면서 발 밑에 있는 시커먼 둔덕을 지팡이로 헤집기 시작했다. 예상치 않게 무엇인가 단단한 것이 지팡이 끝에 닿았다. 워커가 파헤쳐 보니 손도끼와 함께 반으로 갈라진 인디언의 두개골이 나왔다. 녹이 슨 손도끼를 보면 흘러간 세월의 양을 미루어 짐작할 수 있었다. 또한 이곳이 인디언 전사들이 치열하게 싸웠던 격전지라는 사실을 알 수 있었다.

"에잇!"

워커는 발로 차서 두개골에 있는 먼지를 떨어냈다.

"해골을 내버려 둬!"

퉁명스러운 목소리가 들렸다. 워커가 눈을 들어보니 바로 맞은편에 형체를 알아볼 수 없는 거구의 남자가 나무 그루터기에 앉아 있었다. 누군가가 곁에 있으리라고는 전혀 생각지 못한 워커는 무척 당황했다. 게다가 그가 흑인도 인디언도 아니라는 사실에 더 더욱 놀랐다. 그는 붉은색 띠를 온몸에 두르고 인디언 의상을 입어서 언뜻 보면 인디언처럼 보였지만, 자세히 보면 대장간에서 일하고 온 사람처럼 검댕이 묻었을 뿐 흑인의 피가 전혀 섞이지 않은 사람이었다. 머리는 산발한 채 어깨에 도끼를 멨다.

그는 시뻘건 눈을 부라리며 워커를 노려보았다. 그리고 새된 소리로 물었다.

"내 땅에서 뭐 하는 짓이냐?"

"당신 땅이라고? 내 땅은 아니지만 당신 땅이라니 말도 안 되지. 이 땅은 피바디 사제의 땅이야. 왜 이래?"

워커는 코웃음을 쳤다.

"피바디 사제는 죽었어. 내 장담하지만 죽은 목숨이나 다름없지. 자기 죄는 나 몰라라하고 남의 죄나 들쑤시니, 원. 저기 좀 봐. 피바디 사제가 어떤 위인이지 알 수 있을 테니."

그는 그렇게 말하며 외관은 멀쩡했지만 안이 썩을 대로 썩은 나무를 가리켰다. 밑둥이 거의 잘려 나간 나무는 거센 바람이 불면 금방이라도 쓰러질 것처럼 보였다. 나무껍질에는 피바디 사제의 이름이 새겨져 있었다. 피바디 사제는 명망이 높았지만 실상은 교활한 방법으로 인디언과 거래하여 재산을 늘린 인물이었다. 주위의 나무들에는 독립 이전에 활약한 위인들의 이름이 죽 새겨져 있었다. 워커가 기대고 앉은 나무에도 크라우닝실드라는 이름이 새겨져 있었다. 크라우닝실드는 해적질로 어마어마한 갑부가 된 인물이었다.

그는 승리의 환호성을 질렀다.

"피바디는 화형을 당해야 해! 겨울을 대비해 장작을 많이 준비해 놨겠다, 화형을 하는 데 아무 지장이 없지."

"도대체 무슨 권한으로 피바디 사제의 나무를 벤 거요?"

"선취권이라는 것이 있지. 이 숲은 자네 같은 백인들이 발을 들여놓기 훨씬 전부터 내 땅이었다고."

"당신은 대체 누구요?"

"난 여러 개의 이름으로 통하지. 어떤 곳에서는 야생 사냥꾼으로, 또 어떤 곳에서는 시껌둥이 광부로 통한다네. 이곳에서는 시꺼먼 나무꾼으로 알려져 있는데, 바로 이 장소에서 인디언들이 백인을 제물로 삼아 받들어 모신 분이 바로 나란 말씀이야. 인디언들이 흰둥이들에게 말살된 이후에는 퀘이커 교도와 재침례 교도를 괴롭히면서 인생을 즐기고 있고. 나로 말할 것 같으면 노예 무역의 후원자이자 세일럼 마녀의 단장이라고도 할 수 있지."

"내가 잘못 이해한 게 아니라면, 요점은 당신이 악마라는 거 아니오?"

"맞아. 좋을 대로 생각하셔."

워커의 말에 그는 꽤 공손하게 고개를 끄덕이며 대답했다.

너무 뻔한 이야기라 믿기 어렵겠지만, 전해 내려오는 이야기에 의하면 악마와 워커의 대화는 이렇게 시작되었다고 한다. 대개 위험한 곳에서 혼자 그렇게 대단한 사람을 만난다면 혼비백산하여 나자빠지는 것이 상례이지만, 잔소리가 심한 마누라와 오랫동안 살아온 워커는 정신이 강인하고 용감하여 악마도 두려워하지 않았다.

이렇게 시작한 워커와 악마의 진솔한 대화는 워커가 귀가할 때까지 오랫동안 계속되었다. 악마는 늪에서 그리 멀지 않은 곳에 키드라는 해적이 많은 돈을 숨겨 놓았다는 이야기를 늘어놓았다. 자신이 몸소 그 돈을 관리하고 있으며 자신의 도움을 받는 자만이 돈을 찾을 수 있다는 이야기도 덧붙였다. 악마는 자신에게 친절을 베푼 워커에게 돈이 숨겨진 장소를 알려 주겠다고 제의했다. 단, 악마는 특별 조건을 제시했다. 비록 워커가 사람들 앞에서 이야기하지는 않았지만 악마가 제시한 조건이 무엇인지는 쉽게 추측할 수 있다. 돈이 걸린 일이라면 아무리 사소한 것이라도 주저하는 법이 없는 워커가 망설인 것을 보면 만만한 조건이 아닌 게 분명하다. 늪 가장자리에 도착해서 악마가 잠시 발걸음을 멈추자 워커가 물었다.

"당신의 말이 진실이라는 것을 어떻게 믿지요?"

"그럼 서명을 해 주지."

악마는 손가락으로 워커의 이마를 눌렀다.

전설로 전해 내려오고 워커가 증언했듯이, 악마는 곧바로 늪지 주변의 땅속으로 사라져 버렸다.

귀가하여 보니 워커의 이마에 불에 덴 듯한 손가락 자국이 나 있었다. 그 자국은 워커가 아무리 지우려 해도 지워지지 않았다.

워커를 보자마자 부인은 갑부 해적 압살롬 크라우닝실드가 급사했다는 소식을 전해 주었다. 신문에서는 여느 때처럼 '위대한 인간이 이스라엘에 잠들다.'라는 미사여구를 사용하여 그의 죽음을 공표했다.

워커는 악마 친구가 화형식을 위해 잘라 놓은 나무가 생각났다.

"해적을 화형한댔지? 알 게 뭐야!"

그러나 워커는 자신이 보고 들은 것이 단순한 환영이 아니라는 확신이 들기 시작했다.

큰일을 혼자 간직하기가 부담스러웠던 워커는 악마에 관한 비밀을 부인에게 자발적으로 털어놓았다. 숨겨 놓은 금이면 평생 부유하게 지낼 수 있다는 워커의 말에 탐욕스러운 부인은 악마의 요구에 무조건 응하라고 워커를 부추겼다. 그렇지만 악마에게 자신을 판다는 사실이 영 내키지 않았던 워커는 악마의 조건을 수락하지 않을 작정이었다. 워커는 부인의 청을 단호하게 거절했다. 이 문제로 워커 부부는 치열한 싸움을 벌였지만 부인의 청이 간곡할수록 워커의 결심도 단호해졌다.

마침내 워커 부인은 혼자 힘으로 악마와 거래하기로 했다. 만일 일이 성공하면 돈은 모두 그녀의 차지가 될 터였다. 워커만큼이나 두려움이 없는 워커 부인은 해가 질 무렵 인디언의 요새를 찾아 길을 떠났다. 그러나 시큰둥한 얼굴로 돌아왔다. 워커 부인은 어둑어둑해질 무렵 커다란 나무 뿌리를 자르고 있는 악마를 만났지만 악마가 자신과는 계약을 하지 않으려고 했다고 전했다.

그 다음 날 저녁, 워커 부인은 앞치마를 가지고 다시 늪지에 갔다. 워커는 부인을 기다렸지만 부인은 돌아오지 않았다. 자정이 되고 날이 밝고 하루가 지나도 워커 부인은 돌아오지 않았다. 부인이 은주전자와 은숟가락 등 비싼 물건을 죄다 앞치마에 싸 간 사실을 알고 워커는 더 더욱 걱정이 앞섰다. 하루가 더 지났지만 여전히 워커 부인은 나타나지 않았다. 소리 소문도 없이 사라진 것이다.

많은 사람들이 아는 척을 했지만 사실 워커 부인이 어찌 되었는지 아는 사람은 없다. 혹자는 미로 같은 늪지에서 길을 잃은 워커 부인이 수렁에 빠진 것이라 하고, 좀 더 무정한 이들은 워커 부인이 값나가는 물건을 훔쳐서 숨겨 놓은 애인과 함께 달아난 것이라고 했다. 그 밖의 다른 사람들은 악마의 유혹으로 워커 부인이 도저히 빠져나올 수 없는 수렁에 빠졌다고 했다. 그 수렁 위에는 부인의 모자만 덩그러니 남았다는 것이다. 이 이야기를 입증이라도 하듯이, 어깨에 도끼를 멘 거구의 시커먼 사나이가 그날 밤 늦게 체크 무늬 앞치마에 싼 보따리를 들고 의기양양하게 늪지에서 나오는 것을 목격한 사람이 있다고 한다.

그렇지만 가장 그럴듯한 이야기는 이렇다. 부인과 재산의 안전을 염려하던 워커는 인디언 요새로 가서 한여름의 기나긴 낮 동안 내내 어둑어둑한 곳까지 샅샅이 찾아보았다. 하지만 부인은 아무 데도 없었다. 워커는 부인의 이름을 계속해서 불렀지만 옆에 있는 웅덩이에서 황소개구리가 구슬프게 울어 대고 해오라기만이 응답할 뿐, 사람의 목소리는 들리지 않았다. 어스름이 짙어지자 올빼미들이 울어 대고 박쥐들이 이리저리 날아다니기 시작했다. 워커는 까악까악 울며 삼나무 주위를 배회하는 까마귀를 발견했다. 그 삼나무 가지 위에 체크 무늬 앞치마로 싼 보따리가 있었고 커다란 독수리가 옆에서 보따리를 지키고 있었다. 귀중한 살림살이가 든 부인의 보따리를 알아본 워커는 뛸 듯이 기뻤다.

"저걸 가져와야 해. 설마하니 여편네가 없다고 못 살겠어?"

워커는 스스로를 위로했다.

워커가 나무 위로 기어올라 가자, 독수리는 커다란 날개를 펼치고 어두운 숲 속으로 사라졌다. 워커는 앞치마를 펼쳐 보았다. 그 안에는 심장과 간이 들어 있었다!

믿을 만한 자료에 따르면 이것이 워커 부인의 종말이다. 워커 부인은 워커에게 하듯이 악마와 대결하려 했던 것 같다. 흔히 사람들은 악마의 적수로 여자의 잔소리를 거론하지만, 이번 경우에는 워커 부인이 패배하고 그 대가로 죽음을 맞이한 것이다. 전설에 의하면 워커는 나무 주위에서 악마의 발자국과 머리카락을 발견했다고 한다. 워커는 경험으로 부인의 싸움 실력을 익히 아는 터라, 여기저기 할퀸 자국을 보고 어깨를 으쓱했다.

"저런, 악마도 고생 좀 했겠군!"

참을성이 많은 워커는 부인이 사라진 것으로 재산 손실의 아픔을 위로했다. 오히려 선행을 베풀어 준 악마에게 감사했다. 그후로 워커는 악마와 관계를 회복하려고 했지만 아무런 진전이 없었다. 악마가 수줍음을 많이 탄다고 생각할 수도 있다. 하지만 뭐라고 생각하건, 원한다고 해서 악마가 무조건 나타나는 것은 아니다. 악마는 게임이 승산이 있을 때 확실한 패를 던지는 법이다.

악마의 응답이 지연되자 초조해질 대로 초조해진 워커는 약속한 보물을 얻기 위해서라면 어떤 조건이든 받아들이기로 마음먹었다. 그러던 어느 날 저녁 드디어 악마를 만났다. 악마는 여느 때처럼 나무꾼 복장을 하고 어깨에 도끼를 둘러 멘 채 노래를 흥얼거리며 늪지를 따라 산책하고 있었다. 악마는 자신에게 접근하려는 워커를 보고 관심이 전혀 없는 척 대답을 짧게 하고는, 계속 흥얼거렸다.

그러자 워커가 일 이야기를 꺼냈고 두 사람은 해적의 보물을 건네주는 조건에 대해 입씨름을 하기 시작했다. 악마가 호의를 베푼 조건이야 언급할 필요 없을 테지만 또 하나 악마가 뜻을 굽히지 않은 조건이 있다. 악마는 자신의 도움 덕분에 생긴 돈이니만큼 자신을 위해 그 돈을 사용해야 한다며 그 일환으로 워커에게 흑인 수송에 협조할 것을 당부했다. 워커에게 노예선을 준비하라고 한 것이다. 그러나 워커는 단호하게 거절했다. 아무리 워커가 양심의 가책을 느끼지 않는 사람이어도 노예 상인이 될 수는 없었다.

워커가 노예 상인을 끝까지 거부하자 악마는 그 대신 고리대금 업자를 제안했다. 악마는 고리대금 업자를 자신의 선민으로 간주했기 때문에 고리대금 업자의 수가 증가하는 데에 열을 올렸다.

워커는 구미가 당기는 제안을 거절할 이유가 없었다.

"내달에 보스턴에 전당포를 내 주지."

"당장 내일이라도 좋은데요."

"이자는 매달 2할이야."

"저런, 4할로 하겠어요!"

"보증금과 저당권은 뺏어 버려. 그러면 상인들이 파산할 거야."

"사람들을 악마에게 바치겠습니다."

"내 돈을 불려 놓으라고!"

워커의 말에 악마는 기쁨에 젖어 말했다.

"돈은 언제 줄까?"

"오늘 밤에요."

"좋아!"

"좋아요!"

워커와 악마는 기분 좋게 악수하고 계약을 맺었다.

며칠 후 워커는 보스턴에 있는 회계 사무소에 자리를 잡았다. 곧 물건을 잘 쳐주고 때를 가리지 않고 돈을 빌려 준다는 워커의 명성이 널리 퍼졌다. 많은 사람들은 아직도 벨처 주지사의 재임 시절을 잊지 못했다. 당시 좀처럼 돈을 구경하기가 쉽지 않았던 탓에 전국은 신용 거래와 정부에서 발행한 어음이 넘쳐났었다. 유명한 토지 은행이 설립되고 투기 열풍이 불자 사람들은 새로운 땅을 찾아 황야에 도시를 건설할 계획에 혈안이 되어 있었다. 투기꾼들은 양도 증서와 도시 계획 지도를 들고 다녔다. 모든 사람이 매입하고 싶어 하지만 어디에도 존재하지 않는 이상향 엘도라도 지도도 꼭 따라붙었다. 한마디로 말하자면 전국이 일확천금을 꿈꾸는 사람들로 투기 열기가 과열되어 위험 수준에 이른 상태였다. 그러다가 투기 열기가 어느 정도 가라앉고 일확천금의 단꿈도 시들해졌다. 열병을 앓았던 사람들은 비참한 상황에 처했고 전국에서는 '못살겠다.'는 울부짖음이 끊이지 않았다.

워커는 대중들이 곤궁에 처한 호기를 놓치지 않고 보스턴에 전당포를 차렸다. 워커의 전당포에는 고객들이 넘쳐 났다. 곤궁한 사람과 투자가, 도박꾼과 땅 투기꾼, 흥청망청 돈을 낭비하는 상인, 신용불량자를 위시하여 희생을 치르고서라도 수단과 방법을 가리지 않고 돈을 벌어 보려고 하는 사람들은 모두 워커에게 모여들었다.

이렇게 해서 워커는 '어려운 사람들의 친구'로 알려졌고 또 그렇게 행동했다. 워커는 담보물과 지급 액수에 한 치의 오차도 없었다. 고객이 처한 상황의 어려움에 비례하여 계약 조건을 내세웠던 것이다. 워커가 확보한 담보물과 저당권은 날로 늘어났다. 워커는 조금씩 서서히 고객을 압박하다가 결국엔 고객의 돈을 한 푼도 남김없이 모두 빨아들였다.

이런 방식으로 워커의 돈은 하루가 다르게 늘었다. 영향력 있는 갑부가 된 워커는 자신의 모자를 증권 거래소에 자랑스레 걸어 놓았다. 워커는 허세를 부려 대저택을 직접 지었지만 인색한 성격 때문에 상당 부분을 미완의 상태로 내버려 두었다. 워커는 호사스러운 마차도 장만했지만 마차를 끄는 말에게는 먹이를 제대로 주지 않았다. 기름칠을 하지 않은 탓에 마차 바퀴가 귀에 거슬릴 정도로 삐걱거렸는데, 그 소리는 마치 워커가 가엾은 채무자의 영혼을 쥐어짜는 소리처럼 들렸다.

그러나 나이가 들면서 워커는 신중해졌다. 세상에서 좋은 것을 모두 가지자 미래에 대해 걱정하기 시작한 것이다. 워커는 악마와 맺은 계약을 후회하고는 기지를 발휘하여 감쪽같이 계약을 위반했다. 갑자기 교회에 열심히 다니기 시작했을 뿐만 아니라 세상을 집어삼킬 정도로 큰 목소리로 기도했다. 주일을 향한 열정이 어느 정도인지 보면 그 사람이 범한 죄의 정도가 어떠한지를 알 수 있는 법이다. 겸손하게 조용히, 천국으로 꾸준히 다가가던 기독교도들은 새로운 개종자에 압도당해 자책할 정도였다. 워커는 종교 생활에서도 사업에서처럼 완고했다. 주도면밀하게 주위 사람들을 지켜보다가 가혹한 비난을 퍼부어서, 마치 그들이 범한 죄를 자신의 장부책에 기입하는 것처럼 들렸다. 심지어 워커는 퀘이커 교도와 재침례 교도들에 대한 박해를 부활해야 한다고까지 주장했다. 단적으로 말해 워커의 열정은 그의 재산만큼이나 악명이 높았다.

지나칠 정도로 형식에 집착했음에도 워커는 언젠가는 악마의 손에 죽게 되리라는 두려움을 떨쳐 버릴 수가 없었다. 그래서 워커는 갑작스러운 죽음을 모면하기 위해 작은 성경책을 항상 외투 주머니에 넣고 다녔다. 워커는 사무실 책상 위에도 2절판 크기의 대형 성경책을 펼쳐 놓고 수시로 읽었다. 고객이 찾아오면 초록색 안경으로 읽던 곳을 표시해 놓고 일이 끝난 후 마저 읽는 식이었다.

어떤 사람들은 워커가 늙어서 노망이 났다고 말했다. 죽음이 임박하자, 워커가 편자와 안장, 고삐를 새로 단 말을 거꾸로 매장했다는 것이다. 최후의 날에 세상이 뒤집히면 제대로 서 있는 말을 탈 수 있을 테고, 최악의 상황에 처하면 애마를 타고 한바탕 달릴 심산에서 한 일이라고 했다. 그렇지만 이런 이야기는 여인네들이 지껄이는 부질없는 이야기일 뿐이다. 워커가 그런 예방 조처를 취했다는 것은 이치에 맞지 않는 말이다. 믿을 만한 이야기에 따르면 워커의 종말은 다음과 같다.

더위가 기승을 부리던 어느 여름날 오후였다. 워커가 흰색 린넨 모자를 쓰고 인도 산 실크 가운을 입고서, 저당권을 행사하여 공공연히 우정을 과시했던 부동산 업자의 파멸에 종지부를 찍으려는 순간이었다. 가엾은 부동산 업자는 몇 달의 말미를 달라고 애원했지만 워커는 화를 내며 그의 부탁을 일언지하에 거절했다.

"부양해야 할 가족들을 봐서라도 한 번만 더 기회를 주세요. 더 이상 우리 가족이 의지할 곳이 없습니다."

부동산 업자의 애원에 워커가 대답했다.

"사랑은 가정에서 시작되는 법이지. 이렇게 어려울 때에는 나도 먹고 살아야 하지 않겠나."

"저 때문에 번 돈도 많잖아요."

신심이 사라진 워커는 더 이상 참지 못하고 말했다.

"내가 당신 덕에 조금이라도 돈을 벌었다면 악마에게 잡혀가도 싸지."

바로 그때, 현관문을 두드리는 소리가 크게 세 번 들렸다. 워커가 나가 보니 악마와 검은 말이었다. 말은 히힝 하고 울며 사정없이 발을 굴렀다.

"워커, 때가 됐네."

악마가 퉁명스레 말했다. 워커는 뒷걸음질을 쳤지만 이미 때가 늦었다. 작은 성경책은 외투 주머니에 있고 책상 위에 올려놓은 큰 성경책 역시 그가 막 행사하려는 저당 문서 아래에 깔려 있었다. 이 보다도 갑작스레 봉변을 당하는 죄인은 없을 터였다. 악마는 워커 를 마치 어린아이 다루듯 안장에 태우고 채찍을 내려쳤다. 워커를 태운 말은 천둥과 폭우를 뚫고 전속력으로 달렸다. 서기는 귀에 펜 을 꽂은 채 창문 너머로 워커를 바라보았다. 워커는 길 아래로 돌진 했다. 워커의 모자는 들썩거렸고 가운은 바람에 날렸다. 말이 발굽 을 내디딜 때마다 도로에서는 불이 치솟아 올랐다. 물론 악마는 이 미 눈 깜짝할 사이에 사라진 후였다.

워커는 저당권을 행사할 운명이 아니었다. 늪지 주변에 살았던 사람이 증언한 바로는 천둥과 돌풍이 세차게 몰아치는 와중에 말발 굽 소리와 말울음 소리가 나서 창 밖을 보니 지금까지 본인이 묘사 힌 것과 동일한 인물이 말을 타고 있더랬다. 말은 들판을 지나 언덕 을 넘어 검은 솔송나무 늪지에 있는 인디언 요새로 미친 듯이 질주 하고 있었다고 했다. 그리고 바로 요새가 있는 쪽에 벼락이 떨어지 고 온 숲이 불길에 휩싸였다.

보스턴의 선량한 사람들은 이 이야기를 믿지 않지만, 실상은 식 민지에 정착한 이래 마녀, 도깨비, 악마 등 온갖 종류의 흉악한 이 야기에 적응해서, 기대한 것만큼 놀라지 않는 것일 수도 있다. 워커 의 재산을 관리할 사람이 임명되었지만 관리할 재산이 없었다. 금 고에 있던 담보물과 저당권은 모두 재로 변했고, 금과 은 역시 나무 토막과 톱밥으로 변했다. 마구간에도 아사 직전의 말 대신에 두 개 의 해골만 놓여 있었다. 그 다음 날 워커의 저택은 화염에 완전히 잿더미가 되었다.

워커와 부정한 방법으로 축적한 돈은 이런 결말을 맞았다. 돈에 노심초사하는 중개인들은 모두 이 이야기를 명심해야 할 것이다. 추호의 거짓이 없는 진실한 이야기이기 때문이다. 워커가 참나무 아래에서 키드의 돈을 파낸 구멍은 아직까지도 남아 있다. 비바람이 몰아치는 밤이면 가운을 입고 하얀 모자를 쓴 형체가 말을 타고 늪지와 인디언 요새를 헤맨다고 한다. 그 형체가 고리대금 업자의 고통스러운 영혼이라는 것을 부정할 사람은 없을 것이다.

　1820년 여름에 어떤 사람이 사업차 보스턴에 갔었다. 정기 여객선을 타고 프로비던스에 도착했을 때는 이미 마차에 빈자리가 하나도 없었다. 몇 시간을 더 기다려야 할 것 같아 난감해하는데 친절하게도 마부가 자기 옆자리에 앉으라고 권했다. 옆자리에 앉아 대화를 해 보니 마부는 이야기를 좋아하는 지적인 사람이었다. 15킬로미터 정도 갔을 때였다. 갑자기 말들이 토끼 귀처럼 귀를 뒤쪽으로 바짝 눕혔다. 갑자기 마부가 물었다.

　"외투는 가지고 계시지요?"

　"아니오! 그건 왜요?"

　"곧 외투가 필요해질 겁니다. 말의 귀가 어떤지 보이시죠?"

　손님이 막 그 이유를 물어보려고 하자 마부가 말을 이었다.

　"폭풍이 곧 불어닥칠 거예요. 두고 보시면 알 겁니다."

　그러나 하늘에는 구름 한 점 없었다. 다만 얼마 후 도로에 작은 점이 나타났다.

"저게 바로 폭풍을 몰고 올 거예요. 항상 짙은 안개를 동반한답니다. 그럴 때면 대개 옷이 흠뻑 젖어요. 저 불쌍한 양반은 한참 고생하겠군."

곧 커다란 검정말이 끄는 이륜마차가 시속 20킬로미터의 빠른 속도로 지나갔다. 덮개도 없는 마차의 빛 바랜 의자 위에는 남자 한 명과 어린아이 한 명이 타고 있었다. 고삐를 꽉 쥔 것으로 보아 남자는 속도를 더 낼 것처럼 보였다. 남자는 낙담한 표정으로 걱정스레 마부와 손님을 바라보았다. 그가 지나치자마자 말은 서로 부딪칠 정도로 두 귀를 구부렸다.

"저 남자는 누구죠? 무슨 문제가 있는 것 같군요."

"저 남자의 정체를 아는 사람은 없어요. 하지만 저자의 성품과 저 아이는 잘 알고 있답니다. 100번은 족히 만났거든요. 저자는 만날 때마다 보스턴으로 가는 방향을 물어요. 보스턴에서 오면서도 보스턴 가는 길을 물어보잖아요. 그래서 최근에는 대답을 안 했더니 저렇게 노려봅니다그려. 그리고 저자는 잠깐 보스턴에 가는 길을 물을 때 빼고는 가던 길을 멈추는 법이 없답니다. 아무 데서나 한번 붙잡고 물어보세요. 그러면 오늘 밤에 보스턴에 가야 한다며 잠시도 쉴 수 없다고 할걸요."

마차는 이제 월폴에 있는 높은 언덕에 올랐다. 손님은 구름 한 점 없는 아름다운 하늘을 보고, 외투를 준비하라던 마부를 놀려 주고 싶어졌다.

"저자가 온 방향을 한번 보세요. 볼 만할 겁니다. 폭풍우가 저자를 항상 따라다니거든요."

마부가 대답했다.

두 번째 언덕의 꼭대기에 다다랐을 때, 마부가 동쪽을 가리키며 모자만 한 크기의 검은 점을 보라고 했다.

"저기 보이죠? 저게 바로 폭풍의 씨앗입니다. 폭풍이 일기 전에 폴리 여관에 도착하겠어요. 하지만 아까 본 방랑자와 아이는 천둥번개가 치는 빗속을 뚫고 프로비던스를 지나야 할 겁니다."

그러자 동물의 직감이었는지 말들이 속도를 내기 시작했다. 시커먼 구름은 도로 위를 굴러오면서 크기가 두세 배로 커졌다. 승객들은 모두 점점 커져 가는 구름을 주시했다. 구름은 크기가 커지면서 더욱 단단해지고 검게 변했다. 지그재그 모양의 번개가 연달아 치자 구름은 성긴 그물처럼 변하더니 천여 가지의 환상적인 구도를 보여 주었다. 마부는 특히 구름의 멋진 형상에 관심이 많았다. 마부의 말인즉, 구름 한가운데에 번개가 치면 검정말이 끄는 마차를 탄 남자의 형상이 보인다는 거였다. 그런데 사실 아무리 봐도 손님은 그런 것이 보이지 않았다. 마부의 환상에 문제가 있는 것 같았다. 가시의 세계에서든 비가시의 세계에서든 상상력이 감각에 그림을 그리는 것은 흔한 일이니 말이다.

멀리서 들리는 천둥 소리로 곧 소나기가 한바탕 오리라는 것을 알 수 있었다. 아니나 다를까 마차가 폴리 여관에 도착하자마자 장대 같은 비가 퍼붓기 시작했다. 곧 구름이 프로비던스 쪽으로 물러가고 비도 그쳤다. 얼마 후 이륜 마차를 탄 점잖아 뵈는 신사가 여관 문 앞에 멈추어 섰다. 승객들은 덮개가 없는 마차에 탄 남자와 어린아이를 동정하던 터라 신사에게 혹시 그 두 사람을 보지 않았는지 물어봤다. 신사는 그들을 만났으며, 남자가 당황한 표정으로 보스턴으로 가는 길을 물었다는 것, 폭풍을 따돌리려는 듯 엄청난 속도로 마차를 몰았다는 것, 남자가 지나가자마자 천둥 소리가 바로 남자의 머리 위에서 터져 나왔다는 것, 아무래도 천둥이 남자와 아이, 말과 마차를 감싸고 있었던 것 같다는 이야기를 전했다.

"그가 번개에 맞은 것 같지는 않습니다. 무슨 급한 일이 있는지 말이 점점 더 빨리 달리기 시작합디다. 적어도 내가 보기엔 말이지요. 그 사람은 뇌운만큼이나 빨리 마차를 몰더군요."

신사가 말하는 도중에, 양철로 만든 상품을 한가득 수레에 실은 행상인이 비를 뚝뚝 흘리며 여관 안으로 들어섰다. 같은 질문이 행상인에게 쏟아졌다. 행상인은 보름 동안 네 개의 주에서 그 남자를 만났는데 그때마다 보스턴으로 가는 길을 물었다고 대답했다. 그런데 매번 지금 같은 폭풍이 몰아쳐서 수레며 물건이며 뭐든 가리지 않고 물에 다 젖고 둥둥 떠내려갔다는 것이다. 행상인은 미래를 대비해 해상보험을 들어야겠다고 하소연을 했다. 그런데 무엇보다도 행상인의 관심을 끈 것은 말의 기이한 행동이었다. 의자 위에 앉은 남자를 미처 알아보기도 전이었는데 행상인의 수레를 끌던 말이 길 한복판에서 움직이지 않고 가만히 서서는 귀를 뒤로 젖히더라는 것이다. 행상인은 이렇게 푸념을 늘어놓았다.

"그냥 다시는 그놈의 말이랑 그 작자를 만나지 않으면 원이 없겠습니다. 여하간 이 세상 사람이 아닌 것 같다니까요."

당시 여행하던 손님이 알 수 있는 그 사람에 대한 정보는 이게 전부였다. 하트퍼드 베넷 호텔의 현관 앞에서 한 남자의 외침이 없었다면 곧 잊혀졌을 사건이었다.

"저기 피터 럭과 아이가 간다! 흠뻑 젖어서 지쳐 보이지? 보스턴에서 제일 멀리 왔는걸."

피터 럭이라는 사람이 3년 전에 만난 바로 그자가 분명하다는 생각에 그는 무척이나 기뻤다. 피터 럭을 한 번이라도 본 사람은 절대로 그를 잊지 못했다.

"피터 럭이라고 했나요? 피터 럭은 어떤 사람인가요?"

"피터 럭이 누구인지 정확하게 말할 수 있는 사람은 없어요. 피터는 유명한 방랑자라고 할 수 있는데 여관 주인들은 피터를 별로 좋아하지 않아요. 피터는 여관에 들러 먹지도 마시지도 않고 잠을 자는 일이 없거든요. 정부에서는 왜 피터를 우편 배달부로 기용하지 않는 건지 모르겠단 말이에요."

"아, 그건 한쪽 면만 보고 하는 소리입니다. 보스턴에 편지 한 통을 보내는 데 얼마나 걸릴 것 같아요? 내가 알기에 피터는 20년 동안 줄곧 보스턴으로 가고만 있다고요."

옆에서 지켜보던 사람이 말했다.

"그런데 피터는 정말 가던 길을 멈추지 않고 줄곧 달리기만 합니까? 그리고 사람들하고 대화도 안 한다는 말이 사실이에요? 난 3년 전 프로비던스 근방에서 피터를 봤습니다. 그런데 사람들이 피터에 대해서 이상한 얘기를 하더군요. 그러니 제발 누가 피터라는 사람에 대해 이야기 좀 해 주십시오."

손님이 말했다.

"글쎄요. 피터에 관해 가장 많이 알고 있는 사람이라지만 역시 말하기가 쉽진 않군요. 전에 이런 이야기를 들은 적이 있습니다. 하느님이 인간을 심판하시거나 시험에 들게 하실 때 표시를 해 둔다는 이야기였는데, 확실하진 않지만 피터 럭이 바로 그런 사람이라더군요. 그러니까 비판을 하기 전에 동정이 앞서는 게 사실이랍니다."

"자비로운 분이군요. 그렇게 오랫동안 피터를 알고 계셨다면 그에 대해서 좀 알려 주세요. 그 사이에 피터의 모습이 변하지는 않았나요?"

"아무렴요. 피터는 먹지도 마시지도 않고, 잠도 안 자나 봐요. 그런데 아이는 아비보다도 더 나이가 들어 보이더군요. 피터를 보면 영겁의 시간이 쉴 곳을 찾아 잘려져 나온 것 같아요."

"그러면 말은 어때요?"

"말은 20년 전보다 더 살이 오르고 기분도 좋은 것 같아요. 전보다 활력도 넘치고 더욱 용감해졌고요. 그때에도 피터는 보스턴에 가는 방향을 물었지요. 그래서 꼭 150킬로미터만 더 가면 된다고 일러주었더니 뭐랬는지 아세요?

'왜 절 속이죠? 나그네에게 잘못된 길을 알려 주다니 참 잔인하군요. 길을 잃었단 말입니다. 그러니 제발 보스턴에 가는 지름길을 알려 주세요.'

다시 150킬로미터만 더 가라고 대답했죠.

'어떻게 그러실 수 있죠? 어제 저녁에는 80킬로미터만 가면 된다고 했단 말입니다. 밤새 달려왔는데 어째서 150킬로미터를 더 가라는 겁니까?'

'이봐요. 당신은 지금 보스턴에서 오는 길이라고요. 그러니 되돌아가세요.'

'맙소사! 돌아가라니요! 보스턴이 바람에 나부끼는 건가요? 아님 보스턴이 사방에 있는 건가요? 어떤 사람은 동쪽으로 가라고 하고 어떤 사람은 서쪽으로 가라고 하니 말이죠. 그러고 보니 이정표도 죄다 틀렸네요.'

'좀 쉬었다 가지 그래요? 온몸이 비를 맞은 데다가 무척 지쳐 보이는데.'

'그러게요. 집을 나서자마자 날씨가 엉망이 되어 버리더군요.'
'그럼 좀 쉬었다가 원기를 회복해요.'
'그럴 수 없어요. 가능하면 오늘 밤에 보스턴에 돌아가야 하거든

요. 하지만 아무래도 보스턴까지 150킬로미터나 남았다니 당신 말
이 틀린 것 같군요.'

　말을 마친 피터는 어렵게 말 고삐를 잡더니 눈 깜짝할 사이에 사
라졌답니다. 며칠 후였어요. 유니티 언덕을 돌아 크레어몬트 쪽으
로 말을 달리는 남자가 있더라고요. 그런데 그 속도를 믿을 수가 없
었죠. 시속 20킬로미터는 족히 됐으니까 말입니다."

　"피터 럭이 그 사람의 본명인가요? 아니면 우연히 얻게 된 이름
인가요?"

　"그건 모르겠지만 그 이름을 거부할 사람은 아닌 것 같군요. 당
신이 한번 물어보지 그래요. 그건 그렇고 그 남자가 내 쪽으로 다가
오는데……."

　그런데 갑자기 기운이 충천한 검정말이 다가오더니 휙 지나갔다.
손님은 피터 럭이라는 사람에게 말을 걸기로 작정하고 거리로 나와
말을 세우라는 신호를 보냈다. 남자는 바로 고삐를 늦추었고 그는
다가가서 물었다.

　"잠깐만요. 혹시 럭 씨 아닙니까? 전에 만난 것 같아서요."

　"내가 피터 럭이오. 그런데 그만 길을 잃어버렸어요. 비에 젖어
지치네요. 친절하신 양반 같은데 보스턴에 가는 길을 좀 알려 주시
겠습니까?"

　"보스턴에 사는 거 맞죠? 보스턴 어디에 삽니까?"

　"중앙로에 살아요."

　"보스턴은 언제 출발했나요?"

　"정확하지는 않지만 꽤 됐나 봐요."

　"어쩌다가 그렇게 흠뻑 젖었어요? 오늘 이곳에는 비가 오지 않
았거든요."

"강 상류 쪽에는 폭우가 내렸어요. 이렇게 지체하면 오늘 밤 안으로 보스턴에 가기 힘들겠어요. 시골길로 가야 하나요, 아니면 포장도로로 가야 하나요?"

"시골길로 가면 200킬로미터는 더 가야 하고 포장도로로 가면 155킬로미터만 가면 됩니다."

"말도 안 돼! 어떻게 내게 그런 거짓말을 할 수 있습니까? 나그네를 갖고 장난하면 안 되죠. 뉴베리포트에서 보스턴까지 65킬로미터밖에 안 된다는 걸 부인하지는 않겠죠?"

"그렇긴 하지만 여긴 뉴베리포트가 아니라 하트포드라고요."

"거짓말하지 마세요. 메리맥 강을 따라서 이곳 뉴베리포트에 왔단 말이에요."

"아닙니다. 당신은 코네티컷 강을 따라 하트포드에 온 거예요."

피터는 믿을 수 없다는 표정으로 손을 흔들었다.

"강줄기가 바뀐 건가요? 아니면 도시가 장소를 옮긴 건가요? 으악! 남쪽에 구름이 몰려오고 있으니 오늘 밤에도 여지없이 비가 오겠구먼."

피터는 더 이상 지체하지 않았다. 피터의 말은 엉덩이를 날개처럼 올리고 껑충 뛰어올랐다. 성미 급한 말의 형상은 마치 앞에 있는 것을 모두 삼켜 버리고 뒤에 남은 것은 죄다 비웃는 것 같았다.

그제야 피터 럭 이야기의 실마리를 찾았다는 생각이 든 손님은 얼마 후 지난 20년 동안 보스턴에서 죽 살아온 크로프트 노부인에게서 피터에 관한 자세한 정보를 얻을 수 있었다. 노부인의 이야기는 이랬다.

"지난여름이었는데, 땅거미가 질 무렵이었어. 남자 한 명이 이젠 고인이 된 럭 부인의 집 앞에서 마차를 세우는 게야. 나가 보니 한 남자가 어린아이와 함께 있더라고. 아이는 검정말이 끄는 낡은 마차에 타고 있었지. 남자가 럭 부인의 안부를 물었어. 그래서 나는 럭 부인이 노환으로 운명을 달리한 지 벌써 20년이 넘었다고 했지. 남자가 그러데.

'거짓말하지 마시고. 럭 부인보고 빨리 나오라고 하세요.'

'이봐요, 젊은이. 럭 부인이 이곳에 안 산 지 벌써 20년이 됐다우. 이 집에는 나 혼자뿐이야. 그리고 내 이름은 벳시 크로프트라네."

남자는 잠시 망설이더니 도로 위아래를 살펴보더구먼.

'페인트칠이 좀 바래긴 했지만, 이 집은 분명 내 집이오.'

'예, 우리 집 맞아요. 내가 여기 문 앞에 있는 돌에 앉아 빵이랑 우유랑 먹었단 말이에요.'

어린아이도 거들었지.

'잠깐만요. 도로가 이렇지 않았는네, 모든 게 이상해요. 도로도 변했고 사람도 마을도 다 변했어요. 캐서린 럭이 남편과 자식을 버리다니! 도저히 믿을 수 없군요. 존 포이는 여행에서 돌아왔습니까? 포이는 내 친척입니다. 포이를 만날 수만 있다면 아내에 대한 소식을 알 수 있을 텐데요.'

'처음 듣는 이름인데. 그 사람은 어디 살았수?'

'여기서 조금 떨어진 곳이오. 오렌지 나무 레인이라는 뎁니다.'

'여긴 그런 데는 없다우.'

'뭐라고요? 지금 도로가 사라졌다는 말입니까? 펨버튼 언덕 근처 하노버 거리가 시작하는 곳이 바로 오렌지 나무 레인이라고요.'

'지금 그런 곳은 없다네.'

'할머니! 설마 농담은 아니시죠? 그럼 윌리엄 럭은 아세요? 킹

가 근처 로열 익스체인지 레인에 사는 내 형이오.'

'그런 데도 못 들어 봤네. 여기에 킹가라는 데는 없다우.'

'킹가가 없다고요! 할머니, 제발 저 좀 그만 놀리십쇼. 할머니는 조지 왕도 없다고 하겠군요. 할머니, 비를 맞은 데다가 너무 지쳤습니다. 쉬어야겠어요. 시장 근처에 있는 하트 여관에 가야겠어요.'

'어느 시장 말이우? 헷갈리나 본데 여기엔 시장이 예닐곱 개나 된다우.'

'무슨 말씀이세요. 타운 부두 근처에 있는 시장 하나밖에 없잖아요.'

'아, 그 재래 시장 말이우? 근데 사람들이 그 시장에 안 간 지 벌써 20년이나 됐는데 대체 무슨 말을 하는 게야.'

상황이 이쯤 이르자 남자는 무척 당황했는지 큰 소리로 중얼댔어.

'뭔가 큰 착오가 있는 게 분명해! 보스턴하고 어쩜 이렇게 비슷할 수가 있어! 정말 너무 많이 닮았어. 내가 잘못 온 거야. 엉뚱한 곳에서 아내와 중앙로를 찾다니.'

그러더니 물었어.

'할머니, 그러면 보스턴에 가는 길을 알려 주시겠어요?'

'여기가 바로 보스턴 시라네. 여기 말고 보스턴이라는 데가 또 있다는 얘기는 들어 보지 못했네만.'

'여기가 보스턴 시라는 것은 알겠습니다. 그런데 제가 살던 보스턴은 아닌 것 같군요. 지금 생각해 보니 제가 살던 보스턴에는 다리 대신 나루터가 있거든요. 저 다리는 이름이 뭡니까?'

'찰스리버 다리라우.'

'제가 잘못 알았습니다. 보스턴에서 찰스타운까지는 나루터라면 몰라도 다리는 없어요. 예, 제 실수예요. 여기가 보스턴이라면 말이 제 집을 몰라 볼 리가 없잖습니까. 저 말은 낯선 장소에 가면 초조해하거든요. 이곳을 내 고향 보스턴이라고 착각하다니, 말도 안 돼! 여기가 훨씬 멋지네요. 내 고향은 참 오래된 마을이거든요. 여기에서 꽤 멀리 떨어진 곳에 내 고향 보스턴이 있나 봅니다. 할머니가 모르는 곳이에요.'

이 말이 떨어지자마자 말이 앞발을 서로 비비더니 도로를 차기 시작하더라고. 남자는 좀 당황한 것 같았어.

'오늘 밤엔 집에 갈 수 없구나.'

남자는 말을 타고 도로 위쪽으로 사라져서는 두 번 다시 나타나지 않았지. 피터 럭 가문이 아예 사라진 것이 틀림없어."

이것이 크로프트 노부인에게서 들은 이야기의 전부다. 하지만 노부인은 제임스 펠트 할아버지에게 가 보라고 했다. 근방에 사는 펠트 할아버지는 지난 50년 동안 일어난 수요 사선에 대해 기록을 해 두었다고 한다. 할아버지는 젊었을 때부터 이미 피터를 알았다고 했다. 그러다 갑자기 피터가 사라져서 놀랐단다. 하지만 당시에는 남자들이 도망을 가거나 사라지는 게 흔한 일이었다. 피터는 아이를 데리고 갔는데 말과 의자도 함께 없어졌다고 했다. 채권자들이 들이닥친 것도 아닌데 말이다. 곧 이 사건은 망각의 흐름에 묻혀 피터와 아이, 말과 의자는 모두 잊혀졌다. 할아버지가 말했다.

"피터에 관한 소문이 무성했지. 사실인지 아닌지는 알 수 없지만 말이야. 그때에는 신문에도 나지 않는 이상한 일이 많았다네."

"할아버지, 피터 럭은 아직 살아 있답니다. 얼마 전에 피터 럭과 아이, 말과 의자를 분명히 봤거든요. 그러니 그에 관해 아는 것이 있으면 좀 말씀해 주세요. 부탁드립니다."

"어이, 피터가 살아 있다는 자네 말을 부인하지는 않겠네. 하지만 자네가 피터 럭과 그 아이를 봤다는 것은 있을 수 없는 일이야. 어린아이라면 더 더욱 그렇지. 살아 있으면 적어도, 어디 보자, 보스턴 학살이 있던 1770년에 사라졌으니까 제니 럭은 지금 예순이 넘었지. 피터 럭이야 나보다 고작 열 살 위니까 살아 있을 법하지. 내가 아직 여든밖에 안 됐으니 말이야. 나로 말하자면 보통 사람들보다도 20년은 더 살 수 있을 만큼 건강하거든."

손님은 할아버지가 노망이 났다고 판단했다. 더 이상 할아버지에게 피터에 관한 정보를 얻는 것을 포기한 손님은 크로프트 노부인에게 작별을 고하고 짐을 풀어놓은 말보로 호텔로 돌아갔다.

피터가 보스턴 학살 사건이 있던 해부터 지금까지 방랑을 하는 것이라면 영겁의 시간 동안 방랑할지도 모른다는 생각이 들었다. 현 세대가 피터에 대해서 아는 바가 거의 없으니 다음 세대는 더할 것이고 그리 되면 피터와 아이는 이 세상에서 부여잡을 끈이 하나도 없게 되니 말이다.

밤이 깊어지자 손님은 중앙로에서 있었던 일을 이야기했다.

"저런! 정말 피터 럭을 봤다는 겁니까? 할아버지가 피터에 관해 말씀하시는 걸 들은 적은 있지만요. 할아버지는 피터의 이야기가 사실이라고 믿으셨지요."

일행 중 한 사람이 웃으며 말했다.

"그럼 당신 할아버지 이야기하고 내 이야기하고 어디 한번 비교해 봅시다."

"할아버지 말씀이 사실이라면, 피터 럭은 보스턴 중앙로라는 곳에 살았답니다. 부인과 딸 하나를 둔 피터는 유복하고 품행이 방정해서 널리 존경을 받았다나 봐요. 그런데 불행하게도 가끔 통제할 수 없을 만큼 화가 날 때면 말을 험하게 했다지요. 화가 나면 문을 발로 걷어차서 부숴 버리고 욕설을 퍼부으며 신발을 머리 위로 던지는 일이 다반사였고요. 이렇게 해서 공중제비라는 것이 탄생했고 그 이후에는 재미 삼아, 그리고 돈벌이를 위해 공중제비를 배우는 사람이 생겼다고 하더군요. 한번은 화가 난 나머지 피터가 큰 못을 이빨로 끊었더래요. 당시에는 애 어른을 가리지 않고 모든 사람이 가발을 썼잖습니까. 그런데 감정이 격해지면 피터의 가발이 머리에서 붕 떴다는 겁니다. 이걸 보고 피터가 퍼붓는 욕설 때문이라는 사람도 있고 좀 더 철학적으로 설명하는 사람도 있었다더군요. 감정이 격해지면 혈관과 머리가 커지고 그 결과 머리 가죽이 팽창해서 그런 현상이 벌어진다는 거지요. 화가 극도로 치닫게 되면 피터에겐 보이는 게 없었답니다. 이것만 빼면 그렇게 선량한 사람이었다는데 말입니다. 화가 누그러지면 둘째가라면 서러워할 정도로 온화했대요.

어느 늦가을 아침이었대요. 피터는 우량 품종의 커다란 적갈색 말에 의자를 올려놓고 딸을 태우고 콩코드에 갔는데, 집으로 돌아오는 길에 세찬 폭우를 만났다는군요. 날이 어두워지자 피터는 지금은 웨스트 케임브리지가 된 메노토미에 사는 친구 집에 들렀어요. 친구 커터는 피터에게 하룻밤 묵고 가라고 강력하게 권했다죠.

'이보게, 피터. 폭우가 심해. 밤도 깊어가지 않나. 어린 딸을 잃고 싶은 건 아니겠지? 마차 덮개도 없이 이 빗속을 뚫고 가겠다는 건가?'

피터는 험한 말로 대답했다는군요.

'몰아치려면 몰아치라고 해. 최후의 폭풍이 불어닥친다 하더라도 난 반드시 오늘 밤에 집에 갈 거야. 그렇지 않으면 평생 집에 가

지 못할 거라고!'

  말을 끝내자마자 피터는 의기충천한 말에 채찍질을 하고는 눈 깜짝할 사이에 사라졌답니다. 그렇지만 피터는 그날 밤에도 그 다음 날 밤에도 집에 가지 못했다는군요. 그렇게 해서 피터는 실종되었대요.

  그후 시간이 많이 흘렀다나 봅니다. 폭풍이 몰아치던 어두운 날 밤이었는데 채찍 소리하며 말이 지나가는 소리, 마차가 덜거덕거리는 소리가 문 밖에서 나더래요. 피터 부인뿐만 아니라 이웃 사람들도 그 소리를 들었다더군요. 도로 위에 난 자국들이 낯익어서 피터의 말이 지나간 것이라고 확신한 사람들도 있었다고 해요. 그후로도 이 소리는 반복적으로 들렸다고 합니다. 결국엔 사람들이 등불을 들고 밖에 나가 봤는데, 글쎄, 진짜 피터 럭이 지나가더라는 겁니다. 말 위에 올려놓은 의자에 딸을 태운 채 자기 집 앞을 곧장 지나가더래요. 피터는 고개를 돌려 집을 바라보면서 말을 멈추려 했지만 못했답니다.

  그 다음 날 피터의 친구들이 모여 피터와 아이를 찾아봤대요. 친구들은 보스턴에 있는 술집이며 마구간을 모조리 뒤졌지만 허사였죠. 피터가 왜 자기 집 앞을 그냥 지나치게 되었는지 아는 사람은 아무도 없었다는군요. 피터의 말과 마차가 도로 위를 지나는 소리에 도로 양쪽에 있는 집이 흔들렸다는 것을 빼고 말이지요. 정말 피터의 말과 마차가 그날 밤에 그곳을 지나간 것이 맞다면 집이 흔들렸다는 것은 있을 수 있는 일이지요. 왜, 지금도 짐을 잔뜩 실은 트럭이 지나갈 때면 지진이라도 난 것처럼 집이 흔들리니 말입니다. 그렇지만 그후론 피터가 나타나지 않았대요. 이 모든 것을 망상에 사로잡혀서 일어난 일로 간주하고 더 이상 관심을 두지 않는 사람들이 있는가 하면, 이와 의견을 달리하는 사람들은 고개를 저으며 침묵을 지켰다고 하더군요. 사람들은 피터에 관한 일을 곧 잊었고 더 이상 피터나 아이, 말이나 의자에 관한 말을 하지 않았대요.

그후에 피터가 엄청나게 빠른 속도로 서필드와 하트퍼드 사이를 지나갔다는 소문이 돌았다는군요. 그래서 피터의 친구들이 나서서 좀 더 조사를 했대요. 그런데 조사가 진행될수록 친구들은 당황하지 않을 수 없었죠. 코네티컷에 있다던 피터가 그 다음 날에는 뉴햄프셔에 나타나는가 하면, 조금 후에는 피터와 외모가 일치하는 사람이 의자에 어린아이를 태우고 로드아일랜드에서 보스턴으로 가는 길을 묻더라는 겁니다.

피터 럭의 이야기에서 가장 불가사의한 건 뭐니뭐니해도 찰스턴 다리에서 생긴 일이랍니다. 통행료 징수원에 의하면, 마침 피터가 실종된 즈음이었는데, 폭풍이 몰아치는 칠흑같이 어두운 밤에 마치 부대 하나가 지나가는 것 같은 소리가 나더래요. 그래서 밖에 나가 보니 통행료가 무색할 정도의 빠른 속도로 말과 마차가 다리를 지나가더라는 겁니다. 이런 일이 종종 일어나자 통행료 징수원은 정체를 밝혀 보기로 다짐했대요. 얼마 지나지 않아 문제의 말과 마차가 찰스타운 광장 쪽에서 다리로 달려오기에, 통행료 징수원은 커다란 삼각다리 의자를 손에 들고 다리 한가운데에 서서 만반의 준비를 했다는군요. 말과 마차가 지나가자마자 징수원은 말을 향해 의자를 던졌대요. 그런데 의자가 다리 아래로 떨어지는 소리만 날 뿐 아무 소리도 들리지 않더라는 거죠. 바로 다음 날에 징수원은 자기가 말을 정통으로 맞혔다고 호언장담을 늘어놓았는데 지금까지도 자신의 호언장담을 사실로 믿고 있다나 봐요. 그런데 또다시 문제의 말과 마차가 지나가지 않았냐는 질문에는 애써 답변을 회피했

다는군요. 그래서 아직까지 피터 럭과 아이, 말과 마차는 베일에 싸
여 있는 거지요."

노상강도 루이스의 오른손

1820년 초가을 날씨가 화창한 어느 월요일 아침, 빨래를 하는 날이었다. 여관의 부엌문 옆, 삼발이 위에 놓인 낡은 구리 솥에서는 물이 펄펄 끓고 있었다. 회반죽을 칠한 건물 한쪽 벽에는 이 여관의 이름을 나타내기라도 하듯 엄청나게 큰 백마가 그려져 있었다. 안주인 로자나 캐슬먼은 양동이가 놓인 쪽문 주위에서 수선을 떨고 딸 다우사벨은 우물에서 물을 길어 솥에 붓고 있었다. 사랑스러운 다우사벨은 사슬이 달린 긴 막대기를 깊은 우물 안에 넣어 오래된 참나무 양동이에 물을 길었다.

이때 말을 탄 청년 한 명이 남쪽으로 난 도로에서 다가왔다. 청년이 흘러넘치는 샘물을 받아 놓은 말구유 앞에서 말고삐를 당겼을 때 가을 햇살은 안개를 걷어 내고 있었다. 서른 살가량 되어 보이는 청년은 독수리의 금빛 깃털을 꽂은 챙 넓은 모직 모자를 눈을 덮을 정도로 눌러썼다. 그래서 청년의 얼굴 윤곽은 잘 드러나지 않았지만 모자 밑으로 멋진 구레나룻이 살짝 보였다. 점점 기온이 상승하는 날씨 탓에 청년은 당시에 카디날이라 불리던 망토의 맨 윗 단추를 풀어 놓았다. 청년이 탄 흑마 풀버혼은 컴벌랜드 수의사의 암말과 톱갤런트와의 사이에서 태어나 아직 거세하지 않은 명마였다. 아버지 톱갤런트는 볼티모어에서 웨일본을 상대로 한 5킬로미터 경주에서 접전 끝에 승리한 '철마'였다. 유명한 조련사인 히램 우드러프는 일찍이 탑갤런트를 두고 '세상에 둘도 없는' 명마라고 칭찬을 아끼지 않았다.

모자를 만지작거리며 청년은 다우사벨에게 물 한잔을 청했다. 풀버혼은 단단한 흰 소나무를 잘라 만든 구유에서 갈증을 달랬다. 외모에 끌려 청년을 뚫어지게 쳐다보던 다우사벨은 우물에 물이 가득 찬 양동이를 받쳐 놓고 현관으로 달려가 컵을 가져왔다. 그리고 웃으면서 찰랑찰랑 넘칠 정도로 표주박에 물을 가득 담아 울타리 너머에 있는 청년에게 건넸다. 비정하지만 아름다운 여성을 알아볼 줄 알았던 그는 다우사벨의 따듯한 마음에 끌렸다.

짧은 고수머리가 검은 빛이 아니라 구릿빛이 도는 금발이라는 것만 제외하면, 선조들의 전형적인 특징을 모아 놓은 다우사벨 캐슬먼은 펜실베이니아 산맥이 자랑하는 미인이었다. 검은 펜실베니아 산맥에 사는 수천 명의 소녀들 사이에서 빨강 머리의 빼어난 미인이 한두 명 태어난다는 사실은 참으로 신기한 일이 아닐 수 없다. 중키를 조금 웃도는 다우사벨의 피부는 새하얀 석고처럼 투명했지고 눈은 적갈색이나 호박색을 띠는 검은색이었다. 무릎 위로 올라오는 치마 아래로 드러나는 다우사벨의 다리는 무척이나 매끄럽고 우아한 곡선을 그렸다. 다우사벨의 환대에 만족한 청년은 곧 다시 찾아오겠다는 약속을 남기고 현재 소머셋이라 불리는 브루너스타운 쪽으로 길을 떠났다. 다우사벨은 그후 미지의 청년과 재회하는 백일몽에 사로잡혔다.

"당장 물을 긷지 못해. 빨리 하지 않으면 귀를 잡아 뜯어 놓을 줄 알아. 느려 터진 게 공연히 히죽히죽 웃어 대는 꼴이라니."

귀가 따갑도록 늘어놓는 어머니의 잔소리에 다우사벨은 현실로 돌아오곤 했다.

며칠 후 다우사벨이 여느 때와 마찬가지로 저녁 식탁에 놓을 물을 긷던 때였다.

어디서 왔는지, 누구인지 알 수 없는 노인이 울타리 너머로 다가왔다. 키가 작은 노인의 머리는 구유에 가려 좀처럼 보이지 않았다. 독수리 깃털로 장식한 챙이 넓은 검은 모자를 눌러쓴 탓에 노인의 오뚝한 코와 푸른색의 커다란 눈 역시 보이지 않았다. 노인의 얼굴은 절반 이상이 커다란 턱수염에 가려 있었다. 노란 빛이 도는 은발의 구불구불한 수염은 허리 아래까지 내려왔다. 머리는 너무 크고 무거워서 건장한 몸이라도 지탱하기가 힘는 듯 한쪽 어깨로 쏠렸다. 노인은 넝마가 다 된 큰 갈색 외투를 입고, 한 손에는 포도 덩굴처럼 가지가 돌돌 말린 자두나무 지팡이를, 다른 손에는 화로를 들고 있었다. 직업이 떠돌이 가구 수선공인 노인은 추운 헛간이나 딴 채를 전전하며 지낼 때 방한용으로, 그리고 가구 수선용 접착제를 녹이는 데 화로를 사용했다. 노인은 사뭇 정중하게 구겨진 모자를 살짝 들어 보이며 말했다.

"색시, 실례지만 물 한잔만 얻어 마실 수 있겠소?"

티없이 예쁜 다우사벨은 한참 동안이나 노인의 얼굴을 응시하더니 경멸의 빛을 역력히 띠며 짧게 대답했다.

"이보세요, 할아버지. 내가 왜 할아버지한테 물을 가져다 줘야 하죠? 게다가 잔도 없군요. 정 목이 마르면 저기 구유에 있는 물을 마셔요."

방랑 노인은 당황했지만 기운차게 말했다.

"내가 만일 젊은 처자의 애인이라면 그런 식으로 말할 수 있겠소? 그랬다면 처자의 목을 비틀어 버렸을 거요."

다우사벨은 얼굴을 붉히며 대답했다.

"난 애인이 없다고요. 그리고 보시다시피 잔도 없잖아요."

"집어치우게나, 빨강 머리 아가씨."

노인은 돌아서며 말했다.

"색시는 연애를 벌써 열두 번이나 해 봤고 지금 열세 번째가 진행 중이지. 그 일이 잘못되면 아마 색시는 평생 독신으로 지내야 할 거야. 그럼 다음에 보지. 두 번은 더 만나게 될 테니."

때마침 뭘 꾸물거리냐는 로자나의 말이 들려와 다우사벨은 더 이상 아무 말도 하지 못하고 양동이에 물을 가득 채워 집 안으로 들어갔다. 로자나는 다우사벨에게 소리를 질러 댔다.

"이런 굼벵이 같으니. 노인네랑 뭔 애기를 그렇게 오래 하는 거야?"

그러나 다우사벨은 노인의 기분 나쁜 말을 잊을 수 없던 탓에 하루 종일 우울함을 떨치지 못했다.

며칠 후 잘생긴 청년이 소머셋에서 돌아와 거의 일주일 동안이나 여관에 머물렀다. 표면상으로는 풀버혼의 '갈비뼈'가 좋지 않다는 핑계를 댔다. 그동안 청년은 사랑스러운 다우사벨에게 끊임없이 구애했다. 다우사벨은 청년의 구애를 순순히 받아들였다. 젊고 잘생긴 데다 넓은 세계를 편안히 살아가는 청년은 다우사벨 같은 소녀들에게 거부할 수 없는 매력을 가진 사람이었다. 청년이 길을 떠나려 하자 아름다운 다우사벨은 울고 불며 곧 다시 돌아와 달라고 애원했다.

"그만 울어요. 곧 돌아오겠소."

말을 남긴 채 청년은 풀버혼을 타고 길을 떠났다.

몇 주 후 백마 여관을 다시 찾은 청년은 여관에 오랫동안 머물렀다. 청년은 기다란 창문으로 내다보이는 전경이 아름다운 동쪽 방에 머물렀죠. 미국을 두 번째 방문한 윌리엄 메이크피스 새커리가 창턱에 다이아몬드로 자신의 이름을 새기고 펜실베이니아 산맥의 아름다운 경관을 영원불멸의 시로 읊은 방이었다. 청년은 지난 초가을 우물가에서 사랑스러운 다우사벨을 처음 본 순간부터 생각해 온 계획을 조심스레 되짚어 보았다. 다우사벨은 집에서 전혀 행복하지 않았다. 다우사벨의 옆방에 기거했던 청년은 로자나에게 꾸중을 들은 다우사벨이 고통과 짓눌린 자존심에 거의 매일 밤마다 눈물을 흘린다는 것을 알았다.

청년이 다우사벨에게 한동안 만나지 못하리리고 이야기하자 다우사벨은 다시 울음을 터뜨렸다. 현관과 복도에서, 정원과 마구간에서 우연한 만남을 지속하면서 때가 되었다고 판단한 청년은 다우사벨에게 자신의 이름과 신분을 털어놓았다. 청년의 본명은 데이빗 페브르페리로, 행동과 성격이 괴팍하기로 유명한 '노상강도 데이비드 루이스'를 닮았다고 해서 여행자들 사이에서는 '젊은 루이스'로 알려진 범죄자였다. 데이비드 루이스는 시네마호잉의 드리프트우드에서 치명적인 상처를 입고 민병대에 잡힌 후 벨레폰테 감옥에서 죽음을 맞이하여 1820년 7월 13일 밤 감옥 마당에 묻힌 인물이다.

"그만 울음을 그쳐요. 나 같은 노상강도랑 같이 지낼 용기가 있다면 당신을 데리고 가겠소."

다우사벨은 자신의 용기를 증명할 수 있는 일이라면 뭐든지 할

수 있다며 데이비드 루이스의 연인이었던 댈리 샌리와 같은 인물이
되겠다고 다짐했다.

"첫눈에 반한걸요. 남자 옷을 입고서라도 지구 끝까지 당신을 따
라가겠어요."

다우사벨은 끊임없이 애원했다. 그러자 젊은 루이스는 벨레폰테
감옥 마당에 안치된 데이비드 루이스의 시체에서 오른손을 잘라 오
라고 했다.

처형당한 유명한 강도의 오른손이 지닌 마력에 대한 이야기는 펜
실베이니아와 메릴랜드뿐만 아니라 유럽의 노상강도 사이에서 널
리 알려져 있었다. 유명한 강도의 오른손을 가진 사람은 마법 덕분
에 온 집안 식구를 잠재워서 편하게 집을 뒤질 수 있을 뿐만 아니라
체포될까 두려워할 필요가 없다는 것이었다. 1816년 하퍼 페리에서
대대적으로 노상강도를 처형했을 때에도 인디언 살인마의 오른손
을 주머니에 가지고 있던 사람만이 민병대의 추격을 피해 그곳을
빠져나올 수 있었다고 한다. 그렇다면 아무런 죄도 없는 다우사벨
이 어떻게 감옥 안에 들어가 마당에 묻힌 시체에서 손을 꺼내 올 수
있을까? 젊은 루이스는 제2의 댈리 샌리가 될 수 있는 자격 조건으
로 다우사벨의 아버지가 아끼는 덮개 있는 이륜마차와 놋쇠로 장식
한 마구를 훔쳐 벨레폰트 근교 얼리스벅까지 가는 데 협조할 것을
내세웠다. 다우사벨은 벨레폰테까지 걸어가 베너 여관에 묵고, 그
동안 젊은 루이스는 다우사벨을 현상 수배한다는 포스터를 만들어
서 모든 술집의 눈에 띄는 기둥마다 붙이기로 했다.

흥미진진하게 젊은 루이스의 계획을 들은 다우사벨은 즐거운 비
명을 억누르기 힘들었다. 비가 일주일이나 내리던 어느 칠흑같이
어두운 밤, '젊은 루이스'는 다우사벨의 부모에게 약을 탄 술을 먹

인 후, 마차와 마구를 풀버혼에 매달아 어둠 속을 뚫고 파이크에서 1킬로미터가 채 안 되는 곳까지 내달렸다. 사랑이라는 감정에 도취되어 해가 저물자마자 부모님 몰래 집을 빠져나온 다우사벨은 파이크의 오래된 흰 소나무 숲에서 젊은 루이스를 기다렸다. 한때 역마차를 몰았던 풀버혼은 장거리 여행에는 안성맞춤이었다. 풀버혼은 젊은 루이스와 다우사벨을 태우고 잠시도 멈추지 않고 진흙탕으로 변한 산을 넘고 넘어 얼리스벅까지 달렸다. 당시 얼리스벅은 두세 개의 주 소식지를 제외하고는 전보를 비롯한 다른 통신 수단이 없는 데다가 소문도 아주 서서히 퍼지는 오지였다. 정신을 차린 존 캐스파 피터 캐슬먼은 브루너스타운에 가서 딸과 덮개 마차, 놋쇠로 장식한 마구, 노상강도와 악마로부터 지켜 준다는 마가목으로 만든 자루를 잃어버렸다고 신고했다. 이즈음 아름다운 빨강 머리 다우사벨은 벨레폰테의 널찍한 베너 여관에서 그곳을 종종 방문하는 남자들에게 둘러싸여 찬미와 경탄의 대상이 되어 편히 지내고 있었다. 그동안 젊은 루이스는 루이스타운에서 다음과 같은 내용의 포스터를 인쇄했다.

포상금 금화 100달러

1820년 9월 14일 밤, 다우사벨 우어캇 캐슬먼이 소머셋 주 백마 여관에서 사라짐. 캐슬먼은 165센티미터의 키에 45킬로그램이 나가는 18세 여성임. 인디언 스타일의 빨강 머리와 검은 눈, 흰 피부가 특징임. 흰색 스웨터, 진한 초록빛의 벨벳 치마를 입고, 검정 면 양말, 굽이 낮은 신발을 신고 있음. 캐슬먼을 보는 사람은 즉시 아버지 J. C. P. 캐슬먼에게 연락 바람.

베너 여관에서 저녁을 먹은 후 젊은 루이스는 아무도 눈치 채지 않게 홀에 있는 대형 괘종시계에 포스터를 붙여 놓았다. 보상금에 눈먼 사람이 다우사벨을 감옥에 이양하는 형식적인 절차 없이 브루너스타운으로 곧장 갈 경우를 대비해 그는 진짜 데이비드 루이스가 자주 출몰했던 '일곱 형제'라는 바위에 매복했다가 다우사벨을 구출하기로 계획을 세웠다. 젊은 루이스는 '노상강도 루이스의 유령이 다우사벨을 잡아갔다.'라는 소문이 퍼질 것이라고 다우사벨에게 속삭였다. 그러나 무엇보다도 소식을 접한 가족이 찾아와 보안관과 간수, 그리고 정보 제공자에게 포상금을 나눠 줄 때까지 다우사벨이 감옥에 있을 수 있느냐가 관건이었다.

그러나 가장 큰 난관은 다우사벨이 루이스의 시체를 파내서 오른손을 잘라낸 다음에 6미터나 되는 감옥의 벽을 넘어 자유를 찾는 일이었다. 다우사벨이 벽을 오르지 못할 경우를 대비하여, 젊은 루이스는 앞서 진술한 대로 다우사벨이 정보 제공자와 함께 브루너스타운으로 가는 길목에 매복하기로 했다. 베너 여관의 주인은 시계에 이상하게 붙은 포스터에 그려진 인물이 자신의 손님이라는 것을 재빨리 알아차렸다. 탐욕에 불타는 사람들은 구슬프게 울면서 다우사벨을 어두컴컴한 벨레폰테 감옥으로 보내 버렸다.

벨레폰테 감옥의 안마당에 묻힌 불운아의 무덤은 감방을 마주한 곳에 있었다. 강도나 중범죄인이 수용되는 감방은 쇠창살이 쳐진 문으로 둘러싸인 반면, 나머지 감방은 창살도 없이 칸막이처럼 나무 판자로 문을 만들어 댄 것이 고작이었다. 감방의 뒤쪽 창문은 모두 가로장으로 막혀 있었다. 다우사벨은 가로장을 잘라 낼 작은 톱을 젊은 루이스에게 받아 옷에 달린 꽃장식 안에 숨겨 놓았다. 단순한 가출로 체포된 다우사벨은 구속되기 전까지 소환될 이유가 달리 없었고, 감방 대신 나무 문이 달려 있는 칸막이 방에 갇혀 있었다. 감방 동료로부터 루이스가 묻힌 무덤의 정확한 위치도 알아낼 수 있었다. 그렇지만 이것으로 문제가 해결된 것은 아니었다. 밤이 되면 경찰견의 전신이라 할 수 있는, 늑대에 가까울 정도로 커다란 개가 마당을 지켰다. 다우사벨은 젊은 루이스에게 받은 수면제를 아직 가지고 있었다. 다우사벨은 백마 여관에서 도망치는 과정에서 강아지에게 수면제를 먹였는데, 악귀를 내쫓는다는 뜻의 바써라는 이름이 무색하게 강아지는 그만 목숨을 잃고 말았다.

다우사벨은 이틀째 되는 날 밤에 도주하기로 미리 약속해 두었다. 그런데 다우사벨이 잠자리에 들기도 전에, 아론스벅 출신의 간수 닉 판카로스는 애교를 떨어 대는 늑대개 디에츠를 다우사벨 옆에서 자도록 허락했다. 당시 감옥에는 다우사벨 외에 세 명의 죄수가 더 있었는데 모두 노인이었고, 그중 한 명이 바로 백마 여관에서 다우사벨이 무례하게 굴었던 가구 수선공 가스통 이소로츠였다. 가스통과 다우사벨은 서로 모르는 척했다. 그러나 가스통을 본 후 다우사벨은 초조해지고 우울해졌다.

약속한 날 밤 8시가 되었다. 도로를 마주한 보안관의 홀에서는 보안관과 부관, 교도관과 간수 닉이 합세한 카드 게임이 한창 진행 중이었다. 자신이 선택한 남자에게 돌아가려는 위대한 사랑의 힘과 가스통으로부터 도망쳐야겠다는 열망으로, 다우사벨은 오래되어 녹슨 자물쇠를 교묘히 부수고 조용히 마당으로 걸어 나왔다. 디에츠도 다우사벨의 손을 핥으면서 따라 나왔다. 다른 감방 문은 단단하게 닫혀서 불빛이 있더라도 다우사벨을 볼 수 있는 사람은 없었다. 밤 공기는 음산했고 눈송이도 날리기 시작했다. 다우사벨은 마당 한쪽 구석에 세워진 곡괭이와 삽을 들고 반은 얼어붙은 데이비드 루이스의 무덤을 파기 시작했다.

한때 강도의 제왕이었던 루이스는 1미터 깊이에 묻혀 있었다. 앞이 제대로 보이지 않는 어둠 속이었지만 다우사벨은 곧 루이스의 썩어 가는 오른손을 발견했다. 다우사벨은 능숙한 솜씨로 손목을 비틀어 루이스의 손을 잘라 냈다. 시체에서 나는 석회 냄새로 눈이 따끔거렸다. 다우사벨은 석회와 흙으로 시체를 다시 덮었다. 디에츠는 내내 다우사벨 옆에 앉아서 만족스러운 듯이 단단한 땅에 꼬리를 퍼덕거렸다. 디에츠가 미처 눈치 채기도 전에 다우사벨은 데이비드 루이스가 남긴 끔찍하지만 귀중한 유물을 꼭 껴안고 교도소장 사택 문과 현관을 지나 거리 밖으로 나왔다. 연인이 누구의 추적도 받지 않고 법망에서 벗어날 수 있도록 지켜줄 루이스의 오른손은 다우사벨에겐 매력적인 유품이 아닐 수 없었다.

마을에서 빠져나오는 가파른 도로의 길목에서 젊은 루이스가 다우사벨을 기다렸다. 젊은 루이스는 마구가 놋쇠로 장식되어 번쩍번쩍 빛나는 덮개 마차를 타고 있었다. 다우사벨과 젊은 루이스는 동쪽에서 불어오는 눈바람을 뚫고 전속력으로 팬 계곡을 달려 내로우즈에 도착했다.

다우사벨이 사라진 후 우울과 초조라는 마법에 걸린 디에츠는 사방을 뛰어다니며 무섭게 짖어 대기 시작했다. 술기운이 오른 채 카드 게임에 너무나 열중한 나머지 간수들은 디에츠가 다우사벨과 같이 있겠거니 생각하고 짖어 대는 디에츠를 내버려 두었다. 간수들은 아침이 되어서야 금화 200달러짜리 다우사벨이 사라진 것을 발견했다. 밤사이에 내린 눈으로 루이스의 무덤이 도굴된 흔적은 말끔히 사라졌으며 개미 한 마리가 들어오거나 나간 흔적도 남지 않았다. 다우사벨이 탈옥하는 것을 본 죄수들도 없었다. 간수들은 죄수들을 심문하지 않았다.

닷새 후, 커다란 흑마가 이끄는 덮개 마차가 밀러스타운 경계에 자리잡은 석조 여관 앞에 멈추었다. 사실 그 지역 관리들은 아름다운 탈옥범을 다시 잡아 포상금을 나누어 가지려고 다우사벨의 탈옥 소식을 은폐했던 터라 탈옥범의 체포 포고는 센터 카운티의 경계선을 넘지 않았다. 센터 카운티를 갓 벗어난 젊은 루이스와 다우사벨은 모츠와 하틀리 홀 사이의 좁은 숲 동편에 위치한 여관에 조용히 접근했다. 이곳은 사기꾼과 도박꾼이 자주 드나드는 여관이었다. 데이비드 루이스를 마음의 스승으로 모시는 젊은 루이스는 다우사벨에게 여관에 들어가서 숙박이 가능한지 알아보고 오라고 시켰다. 젊은 루이스의 사소한 요구에도 기꺼이 응하는 다우사벨은 유일하게 불이 켜져 있는 부엌으로 서둘러 들어갔다. 난로 옆에 노인 한 명이 앉아 있다가 다우사벨을 보더니 일어나서 무거워 보이는 자두나무 지팡이를 휘둘렀다. 다우사벨의 두 눈은 놀라움과 분노로 이글거렸다. 노인은 다름 아닌 가구 수리공 가스통 이소로츠였기 때문이었다. 가스통이 소리를 질렀다.

"벨레폰테 감옥에서 탈옥한 젊은 계집이 여기 있다. 200달러의 현상금이 걸려 있는 계집이야. 이봐. 이리들 와서 이 계집을 잡게나. 어서!"

가스통의 외침에 온 집안 식구들이 부엌으로 몰려들었다. 다우사벨은 도망치려 했지만 가스통이 이미 문을 지팡이로 막고 서 있었다. 손을 쓸 겨를도 없이 사람들에게 붙잡힌 다우사벨은 도움을 청하는 비명을 질렀다. 그러나 그녀의 비명은 오히려 마차에 앉아 있는 밤의 기사 젊은 루이스에게 경고의 비명이 되고 말았다. 으스스한 데이비드 루이스의 오른손이 드디어 효험을 발휘하고 있다고 판

단한 젊은 루이스는 연인이자 노예인 다우사벨을 포상금의 노예가
된 자들에게 버려두고 마치 유령처럼 어둠 속으로 사라졌다.

가스통이 지시하는 대로 건장한 여관 주인과 그 아들들은 다우사
벨의 손과 발을 묶었다.

"귀엽기는 하지만 번개처럼 빠른 계집이야."

가스통이 말했다. 여관 주인은 다우사벨을 난방이 되지 않는 차
가운 방에 밀가루 포대처럼 내동댕이쳤다. 가스통은 전에 들고 다
니던 냄비를 등불처럼 높이 들고 다우사벨에게 다가왔다.

"자, 예쁜이. 이제 상황이 역전됐군그래. 벨레폰테 감옥에서 널
봤을 때 다짐했지. 아무 말도 하지 않기로 말이야. 우리가 세 번째
만날 때 기회가 오리라고 생각해서 네가 도망가도록 순순히 놔둔
거야. 그럼 어디 볼까. 빚진 걸 되갚아 주지. 아무렴, 그렇고말고."

여관 주인과 상의한 끝에 벨레폰테 감옥에서처럼 젊은 루이스의
도움으로 또다시 다우사벨이 탈출하지 못하도록 누군가가 불침번
을 서기로 했다. 1812년부터 1815년까지 3년간 영국과 전쟁을 벌이
느라 전국이 피폐해진 뒤라 금화 200달러는 적지 않은 돈이었기 때
문이었다.

"그 잘난 놈은 여기에 나타나지 않을 거야. 내 그런 유형의 인간
을 겪어 봐서 알지. 하지만 내 저 꾀많은 계집은 기꺼이 지켜보지.
확신하건대 집으로 간다고는 안 할 거야."

가스통이 말했다. 가스통은 외투 밑자락에서 커다란 화승총을 꺼
내 휘휘 휘두르면서 다우사벨을 위협했다.

"이봐요, 노인장만 믿고 이만 갑니다."

여관 주인은 이 말을 남기고 방으로 돌아갔다. 가스통은 구석에
놓인 의자에 몸을 축 늘어뜨리고 앉았다.

　가스통은 총을 무릎 위에 올려놓고 불명예스러운 상황에 빠진 가엾은 다우사벨을 바라보았다. 다른 사람들이 모두 잠자리로 돌아가고 가스통과 단둘이 남게 되자 다우사벨은 가스통에게서 눈을 떼지 않았다. 백마 여관에서처럼 가스통을 매혹시킬 속셈이었다. 화로 불빛에 드러난 다우사벨의 황홀한 아름다움에 취한 가스통은 고난과 불의의 무게가 자신을 옥죄기 전 희망에 찼던 과거를 회상하면서, 다우사벨에 대한 경계심이 누그러졌다. 살아오는 내내 많은 여성들로부터 학대를 받은 가스통은 자신을 낳아 주신 어머니를 제외하고는 어떤 여성에게도 호의를 품은 적이 없었다. 그렇다고 가스통이 여성들을 이용하여 잇속을 채운 적은 없지만 말이다. 그런 가스통도 빨강 머리 다우사벨의 아름다움에 완전히 넋을 잃고 말았다.

　수많은 아름다운 여성을 지켜보았던 가스통은 버건디의 필립 공이 금양털이라는 신분을 만들어 칭송해 마지 않았던 네덜란드의 빨강 머리 소녀의 미모에 다우사벨을 견수었다. 마침내 가스통은 직은 소리로 속삭였다.

　"이런 난처한 지경에 빠뜨리게 해서 정말 미안하오. 그렇지만 백마 여관에서 당했던 수모가 생각나서 나도 어쩔 수 없었다오."

　다우사벨은 대답하지 않았다. 마치 자신의 마력에 이끌려 앞으로 가스통이 어떤 일을 할지 꿰뚫고 있는 것처럼 보였다. 가스통은 의자에서 일어나 외투 밑자락에서 단검을 빼들고 다우사벨의 아름다운 손목과 발목을 묶었던 밧줄을 풀었다.

　"가시오. 당신이 어디로 가는지 상관하지 않겠소. 부모님이 계신 집으로 돌아가든지, 아님 당신을 속인 애인에게 돌아가든지 맘대로 하시오. 그것도 아니면 평생 혼자 살든가. 난 상관하지 않겠소."

　천성적으로 버릇이 없는 데다가 힘든 시간이 지났다는 생각에 다우사벨은 대답하지 않았다. 그저 몸을 꼿꼿이 세워 발꿈치를 들고 조용히 방을 나왔다.

가스통은 단검과 총을 제자리에 놓고 의자에 앉아 불길이 꺼져 가는 냄비 앞에서 손을 녹이고 있었다. 다우사벨이 앉아 있던 곳을 멍하니 응시하던 가스통의 마음속에 이상향이 펼쳐지기 시작했다. 가스통이 그리는 이상향은 나이의 장벽이 무너지고 마음먹기에 따라 가난과 신체의 결함이 사라지는 곳, 그리고 사랑이 실현되는 곳이었다. 이와 같은 숭고한 성찰은 그가 오랫동안 추구해 왔던 행복한 인간상이었다. 그때가 부엌 한구석에 놓인 커다란 시계가 정확히 세 번 울리기 직전이었다. 수탉들이 울어 대기 시작하자 가스통은 의자에서 일어나 쪽문으로 살짝 나가서 안개 속으로 사라져 버렸다. 반 시간 후 아래층으로 내려온 여관 주인과 그 가족들은 어젯밤 일을 한 편의 요란한 꿈처럼 생각할 수밖에 없었다.

악마 강의 늑대 소녀

　동업자 사이인 존 덴트와 윌 말로는 조지아 주 치카마우가 강의 상류를 따라 덫을 놓아 짐승의 모피를 모으는 일을 했다. 모피가 풍부했기 때문에 덴트와 말로는 사이좋게 지냈다. 그러니 몇 년 후 겨울에 잡은 수확물 분배를 놓고 덴트와 말로가 말다툼하는 일이 벌어졌다.

　산사람의 딸 몰리 퍼틀이 화근이었다. 퍼틀의 집 근처에서 덫을 놓던 덴트가 몰리와 사랑에 빠졌고 곧 두 사람은 약혼했다. 애초에 덴트와 말로는 거둬들인 모피를 한꺼번에 처분하여 돈을 공평하게 나누기로 했었다. 계절이 두 번 바뀌는 동안 이 규정은 아무런 문제가 없었다. 그런데 갑자기 덴트가 모피를 미리 나누고 처분도 각자 알아서 하자고 제안했다. 결혼과 더불어 가족을 부양해야 할 책임을 느끼고 돈을 더 벌어 볼 생각에서 한 말이었다.

　치열한 말다툼이 끝나고 말로는 덴트의 의견에 따르기로 했다. 이와 거의 동시에 말로는 자신이 덴트에게 사기를 당했다는 소문을 내고 다니기 시작했다. 두 사람의 싸움은 2주 동안이나 지속되었고 그러던 와중에 말로가 덴트의 칼에 찔려 목숨을 잃고 말았다. 여론은 덴트에게 불리하게 작용했고 덴트는 그 고장을 떠날 수밖에 없었다. 떠나기 전에 덴트는 몰리를 만나 두 사람이 함께 살 수 있는 장소를 찾아내면 반드시 돌아오겠다고 약속했다.

여러 달이 지나고 사람들은 덴트의 일에 관심을 잃기 시작했다. 그동안 몰리 역시 살인자 애인으로부터 아무런 소식도 듣지 못했다. 말로가 죽은 지 꼭 1년이 되는 1834년 4월 13일이었다. 석양이 질 무렵 여느 때와 마찬가지로 소의 젖을 짜러 간 몰리가 돌아오지 않았다. 몰리의 귀가가 예상보다 많이 늦어지자 부모님은 무슨 일인지 알아보러 갔다. 젖소 우리에는 젖을 짠 흔적이 전혀 없고 빈 우유통의 손잡이에는 피가 말라붙은 사냥칼만 있었다. 사슴뿔 모양의 손잡이가 달린 특이한 사냥칼은 누가 봐도 덴트가 말로를 살해할 때 사용했던 칼이었다.

한밤중에 몰리의 부모가 몰리를 찾아 사방으로 다녔지만 몰리는 어디에도 없었다. 날이 밝자마자 몇몇 산사람이 모여 몰리의 흔적을 추적했다. 곧 치카마우가 강으로 향하는 남녀 한 쌍의 발자국을 발견할 수 있었다. 강둑에는 누군가가 최근에 카누를 정박했던 흔적이 있었다. 그걸로 끝이었다. 몰리 퍼틀은 아무런 설명도 준비도 없이 사라지고 말았다. 몰리가 지닌 것이라고는 입고 있던 옷이 전부였다.

여섯 달이 지난 어느 날 몰리의 어머니에게 텍사스 주 갤비스턴 지방의 소인이 찍힌 편지가 왔다. 편지의 내용은 다음과 같았다.

사랑하는 어머니 보세요.

텍사스 주에는 악마가 모든 것을 지배하는 악마의 강이 있어요. 이곳에는 어른들만 살 수 있어요.

사랑하는 몰리 드림

당시만 하더라도 조지아 주의 주민들은 텍사스 주의 강이나 이름에 친숙하지 않았다. 사실 텍사스에 사는 사람들 중에도 악마의 강에 대해 아는 건 극소수였다. 악마의 강은 샌안토니오의 서쪽 끝에 위치한 개척자들의 변경 지대로, 스페인 어를 사용하는 사람들이 살았다. 퍼틀 부부와 이웃 사람들은 단순히 텍사스 어딘가에 덴트가 독점하여 덫을 놓은 강이 있을 것이라고 생각했다. 그들은 덴트가 틀림없이 악마일 거라고 여겼기 때문이다. 다만 몰리가 이 사실을 인정한다는 것이 이상할 뿐이었다.

악마의 강은 텍사스 주 역사에서 잘 알려지지 않은 이야기가 얽힌 곳이었다. 1834년 악마의 강에 정착한 영국인들은 정착지를 돌로레스라 명했다. 대부분의 정착민들은 인디언에게 살해되었기 때문에 돌로레스는 오래 버티지 못했다. 살아남은 소수의 사람들은 멕시코로 건너갔다. 돌로레스를 탈환하고자 남았던 열네 명의 어른과 세 명의 아이들은 카리조 연못 근처에 있는 에스판토자 호수에서 코만치 족의 인디언에게 모두 몰살당했다. 코만치 족은 이들의 시체와 수레를 호수에 던져 넣었다. 에스판토자라는 호수의 이름이 '무서운' 이라는 뜻인 것에서도 알 수 있듯이 이러한 이유 때문에 멕시코 인들은 아직도 에스판토자 호수에 유령이 나타난다고 생각한다.

덴트와 그의 신부는 돌로레스에 정착했다. 악마의 강과 악마의 강이 흘러 들어가는 리오그란데 강에 비버가 많았기 때문이다. 덴트는 영국인 무리에 섞여서 살기보다는 자신의 늑대 기질에 맞게 사람들과 멀찌감치 떨어져 독립적으로 살았던 것으로 보인다. 인디언과 협정을 맺고 지낸 건 말할 것도 없다. 말을 타고 서쪽으로 꽤 멀리 가면, 멕시코 인 두세 가구가 페코스 협곡에서 인디언처럼 생활하며 염소를 키웠다.

1835년 5월 어느 날 오후였다. 지쳐서 비틀거리는 말을 탄 남자가 염소 목장에 다가왔다. 남자는 목동에게 악마의 강 지류인 드라이 하천에 잠시 거주하고 있는 사람이라고 자신을 소개한 뒤 아내의 해산을 도와달라고 청했다. 목동은 즉시 말에 안장을 얹었고 그의 부인 역시 동행하겠다고 선뜻 응했다. 때마침 그 지방 특유의 천둥과 번개를 동반한 먹구름이 다가왔다. 남자는 그만 번개에 맞아 목숨을 잃고 말았다.

갑작스러운 남자의 죽음으로 멕시코 인 부부의 출발은 상당히 지체될 수밖에 없었다. 목동은 죽은 남자의 설명을 토대로 곧 오두막집의 위치를 알아냈지만, 악마 강의 경계선을 미처 넘기도 전에 날이 어두워지는 바람에 다음 날 아침이 돼서야 오두막집을 발견했다. 남자의 부인은 정자나무 아래에 혼자 죽어 있었다. 흔적으로 보아 해산 도중에 죽은 듯했는데, 아기는 흔적도 없이 사라져 찾을 수 없었다. 다만 정자나무 주위에 어지럽게 난 발자국으로 미루어 목동은 갓난아이가 잿빛 늑대에게 잡아먹힌 것이 분명하다고 생각했다.

가구라고는 거의 찾아 볼 수 없는 오두막집에서 멕시코 인들은 편지 한 통을 발견하여 영어를 읽을 수 있는 사람에게 보여 주었다. 나중에 밝혀졌듯이, 그 편지는 몰리 퍼툴 덴트가 죽기 몇 주 전에 조지아 주에 있는 어머니에게 보내는 것이었다. 편지 덕분에 몰리와 남편의 신분을 확인할 수 있었다. 몰리와 덴트의 로맨스는 여기서 막을 내렸다.

　그로부터 10년이 흘렀다. 텍사스 주를 가로질러 엘패소까지 이어졌던 마차길은 샌펠리페 스프링스까지 확장되었다. 소수의 멕시코 인만이 사는 샌펠리페 스프링스에서 20킬로미터 떨어진 곳에 악마의 강이 있었다. 이따금씩 무장한 여행자들이 이 길을 횡단하곤 했다. 1845년, 샌펠리페 스프링스에 거주하는 한 소년이, 일단의 잿빛 늑대와 긴 털이 거의 온몸을 덮은 전라의 소녀가 염소 떼를 공격하는 장면을 목격했다. 지나가다가 이 이야기를 들은 미국인들은 소년에게 꼬치꼬치 캐물었다. 그렇지만 이들은 잿빛 늑대에 관한 정보보다는 전라의 소녀의 생김새에 더욱 관심이 있는 것처럼 보였다. 잿빛 늑대와 전라의 소녀에 관한 이야기는 사람들에게 조롱거리가 되었지만, 이 이야기는 정착민들 사이에 널리 퍼졌다.

　그로부터 1년이 지났다. 멕시코 여성 한 명이 두 마리의 잿빛 늑대와 전라의 소녀가 갓 잡은 염소를 먹어 치우는 장면을 보았다고 했다. 증언에 따르면 소녀는 염소가 눈치 채지 못하게 접근하여 늑대 두 마리와 함께 달리기 시작했다고 했다. 전라의 소녀는 처음에는 네 발로 달리다가 나중에는 일어서서 두 발로 뛰었다. 멕시코 여성은 자신이 목격한 것이 사실이라고 믿었다. 악마의 강 유역에 살던 멕시코 인들은 소녀를 찾는 데 혈안이 되었다. 죽은 몰리의 사라진 갓난아이를 떠올린 것이다. 남자들은 어미 늑대가 상처를 내지 않고 목덜미를 물어 새끼를 운반하는 방법을 설명하며 모성 본능이 강한 어미 늑대가 갓난아이를 굴에 데려다 키웠을 거라고들 했다. 인디언들은 강가의 모래사장에서 이따금씩 사람의 발자국과 손자국이 함께 발견된다고 알려 주었다.

　악마 강의 늑대 소녀를 생포하기 위한 수색대가 조직되었다. 수색은 주로 멕시코 출신의 카우보이를 중심으로 이루어졌다. 카우보이들은 로마를 창설한 로무루스와 레무스가 늑대 젖을 먹고 자랐다는 이야기나 키플링의 모글리처럼 인도에 늑대 소년이 있다는 이야기는 철석같이 믿었지만, 이렇게 외따로 떨어진 황량한 변경에서 늑대와 함께 사는 인간에 관해서는 믿을 수 없다는 표정을 지었다.

수색 사흘째 되던 날이었다. 수색 대원 두 명이 측면 협곡 근처에서 늑대 소녀를 발견했다. 늑대 소녀는 같이 다니던 커다란 늑대와 떨어져 협곡 틈새로 몸을 숨겼다. 사람들은 늑대 소녀를 포위했다. 늑대 소녀는 토끼처럼 몸을 움츠리더니 이내 침을 뱉고 들고양이처럼 쉿소리를 내면서 할퀴고 물어뜯으며 격렬하게 저항했다. 카우보이에게 포박되는 동안 늑대 소녀는 애처로우면서도 공포에 질린 듯한 기괴한 비명을 질렀다. 그 소리는 여자의 비명과 늑대의 울음 소리를 합한 듯하면서도 둘 중 어느 쪽도 아니었다. 늑대 소녀가 비명을 지르자 거대한 늑대가 갑자기 나타나 사람들에게 덤벼들었다. 늑대 소녀와 함께 다니다가 흩어진 수놈 늑대인 것 같았다. 늑대가 강력한 이빨을 사용할 수 있을 정도로 가까이 오기 전에 대원 중 한 사람이 늑대를 발견하여 다행히 사람들은 목숨을 건질 수 있었다. 늑대는 권총에 맞고 그 자리에서 숨졌다. 그 순간 야생의 소녀는 기절하고 말았다.

수색대는 생포한 늑대 소녀를 철저하게 결박하고 자세히 살펴보았다. 온몸에 털이 무척 많은 것만 빼면, 곡선이 아름다운 가슴을 비롯한 다른 부분은 늑대 소녀가 인간이라는 사실을 입증하고도 남았다. 균형 잡힌 손과 팔의 근육 역시 놀라울 정도로 발달되었다.

실신 상태에서 깨어난 늑대 소녀는 말에 태워 가까운 목장으로 옮겨졌다. 그곳에서 사람들은 늑대 소녀의 결박을 풀고 외딴 방에 들여보내 밤을 지내도록 했다. 사람들은 친절하게 늑대 소녀에게 덮을 것과 음식, 물 등을 주었지만, 늑대 소녀는 사람들을 경계하고 두려워할 뿐이었다. 하늘의 제왕인 독수리도 정글을 누비는 사자도 늑대 소녀만큼 경계하고 두려워하지는 않았을 것이다. 늑대 소녀는 어두운 구석에 처박힌 채 밝은 곳으로 나오려 하지 않았다. 방문은 잠긴 상태였고 유일한 출구인 창문 역시 판자를 대고 못을 박아 놓은 터였다.

늑대 소녀가 갇힌 목장은 인적이 드문 황야 한가운데에 외따로 떨어진 2층짜리 오두막집이었다. 날이 어두워지면 너댓 명의 남자들이 목장에 모여들었고 방에 갇힌 야생 소녀는 소름 끼치는 소리를 질러 대곤 했다. 야생 소녀가 울부짖는 소리는 통나무 벽에 난 틈을 뚫고 밤 공기를 타고 저 멀리 퍼졌다. 곧 늑대들이 화답하는 긴 울음소리가 들려왔다. 늑대들의 울음소리는 사방에서 들려왔고 이들의 절망적인 울음소리에 점점 더 많은 늑대가 동참했다 서부 지역에 사는 늑대란 늑대는 모두 다가오는 것처럼 보일 정도였다. 평생 늑대들의 울음소리를 들어 온 목동들 역시 이렇게 많은 늑대가, 그것도 이렇게 처량하고 구슬프게 울어 대는 것은 처음 겪는 일이었다. 늑대의 무리가 조금씩 가까이, 빽빽하게 모여들었다. 일제히 울부짖는 늑대의 울음소리는 인간이 도저히 흉내내지 못할 잔인함과 암흑, 절망을 담은 저음의 합창이었다. 늑대의 무리가 잠잠해지면 어두운 골방에 갇힌 늑대 소녀 역시 사람인지 짐승인지 분간하기 힘든 기괴한 소리로 화답했다.

얼마 후, 엄청난 수의 늑대 무리가 목장으로 돌진하여 염소와 젖소, 말을 공격했다. 가축이 내는 소리, 그중에서도 말이 고꾸라지는 소리를 듣고 사람들이 달려 나왔다. 목동들이 합세하여 소리를 지르면서 어둠 속을 향해 총을 쏘자 늑대 무리가 퇴각했다.

늑대 소녀는 그 와중에 사라졌다. 혼란을 틈 타 창문에 댄 판자를 뜯어내고 도망쳐서 늑대 무리에 합류한 모양이었다. 그날 밤 이후 늑대 울음소리는 더 이상 들리지 않았다. 그후 한동안 그 지역에서 늑대의 모습을 본 사람은 없었으며 늑대 소녀의 흔적 또한 보이지 않았다.

6년 동안 악마 강의 늑대 소녀에 관한 소문은 더 이상 들리지 않았다. 때마침 캘리포니아에서 금이 발견되어 많은 사람들이 서부로 향했다. 1852년 양질의 관개 수로를 찾기 위해 엘패소에 이르는 길을 탐색하던 일단의 탐험대가 리오그란데 강을 따라 내려가다가 악마 강 어귀 위쪽으로 갑자기 강이 굽이치는 곳에 다다랐다.

탐험대는 하마터면 기이한 장면을 미처 보지 못하고 강물을 따라 내려갈 뻔했다. 모래톱에서 새끼 늑대 두 마리가 여인의 풍만한 가슴을 잡아당기고 있었다. 탐험대는 가까운 곳에 있었기 때문에 전라의 젊은 여인을 똑똑히 보았다. 곧 여인은 늑대 새끼를 각각 한 팔로 안고서는 두 발로 서서 엄청나게 빠른 속도로 달리기 시작했다. 누가 봐도 그 여인은 악마 강의 야생 늑대 소녀였다.

아파치 족이라면 몰라도 그후로 늑대 소녀를 봤다는 사람은 없다. 아직까지 늑대 소녀, 아니 늑대 여인의 운명을 아는 사람은 없다. 그러나 서부에 40년 동안 산 사람 이야기로는 늑대 중에 인간의 특징이 강한 얼굴을 여러 번 보았다고 한다.

그레첸과 백마

설화에서 흰색 야생마는 온화하고 인정이 많은 동물로 그려진다. 검은 악마는 싸움꾼이며 살인자였는데, 백마를 살인마라고 지목하는 여론은 모두 검은 악마에 관한 기억과 혼동된 데서 비롯한 것이다. 갤버스톤 출신의 J. O. 다이어 씨는 내게 흰 박새의 유순함과 총명함에 관한 이야기를 들려주었다. 다이어는 이 이야기를 그레첸이라는 노파에게서 70년대에 들었다고 한다. 1848년 당시 어린 소녀였던 그레첸은 텍사스 주에서 독일 이주민들과 함께 살았다고 한다.

다른 독일 이주민들과 함께 그레첸의 가족은 광활한 과달루페 강 유역에 정착하려고 했다. 독일 이주민들은 짐마차를 타고 한 줄로 늘어서서 이동했다. 그레첸 가족은 맨 끝에 있었다. 그레첸 가족에게는 늙은 잿빛 암말이 한 마리 있었는데, 밧줄이나 굴레에 전혀 묶여 있지 않은 이 말은 이따금씩 걸음을 멈추고 싱싱한 풀을 뜯어먹으면서 기분이 내키는 대로 마차를 따라왔다. 이 말은 우둔하고 게

으른 데다가 귀가 발랑 뒤로 젖혀져 있지만 매우 충직했다. 말 등에
는 안장처럼 두 자루의 옥수수가 실려 있었다.

마차에는 침대와 침구류, 그릇과 프라이팬, 서랍장, 화분이 실리
고 어린아이들이 타고 있었다. 열 살이 채 못 된 그레첸은 그중 가
장 생기발랄한 아이였다. 그러던 어느 날, 그레첸은 그 늙다리 말을
타고 싶다고 아버지를 졸랐다. 아버지는 별로 위험하지 않을 거라
여기고 그레첸을 말 등에 놓인 옥수수 자루 위에 태운 뒤 떨어지지
않도록 밧줄로 꼭 묶었다. 무엇보다도 아버지 생각에 그레첸이 없
으면 마차 안이 조용해질 것 같아서 말을 들어 준 것이었다. 늙은
암말은 눈 하나 깜박거리지 않고 그레첸을 등에 태운 채 여느 때와
마찬가지로 마차 뒤에 처져서 풀을 뜯어 먹었다.

바로 그날 오후였다. 마차 바퀴 하나가 수렁에 빠지는 바람에 그
레첸 가족은 마차를 끌어내느라 많은 시간을 허비했다. 그레첸 가
족이 법석을 떠는 동안 그레첸은 옥수수 자루 안장에 앉아 꾸벅꾸
벅 졸았다. 그래서 늙은 암말이 가족이 보이지 않을 정도로 멀리 도
랑 아래까지 가는 데도 아무도 몰랐다. 그레첸의 아버지는 마차를
손보느라 분주했고 어머니는 아이들이 워낙 많은 탓에 아이들을 일
일이 챙기지 못했다. 그레첸의 부모는 아이들을 수리가 끝난 마차
에 태우고 서둘러 출발을 한 후에야 그레첸이 없어졌다는 사실을
알았다. 늙은 암말도 보이지 않았다. 변경에 익숙하지 않은 독일인
들이 미로 같은 길을 더듬어 가며 늙은 암말의 발자국을 찾기란 쉽
지 않았다. 밤이 되어도 그레첸은 나타나지 않았다. 이틀이 지난 후
에도 나타나지 않던 그레첸은 사흘째 되던 날 아침, 드디어 모습을
드러냈다. 그리고 나중에 그동안 겪은 일을 이야기했다.

깜짝 놀라 잠에서 깬 그레첸은 그 사이에 얼마나 멀리 왔는지 알

수가 없었다. 게으른 암말은 껑충껑충 경쾌하게 걸어가는 백마의 뒤를 요란한 소리를 내며 쫓아가고 있었다. 말을 정지시키려 했지만 그레첸에게는 고삐도 굴레도 없었다. 말에서 뛰어내리려고 해도 묶인 상태여서 밧줄의 매듭에 손이 닿지 않았다.

해 질 녘이 다 되어서 그레첸을 태운 늙은 암말은 흔들의자처럼 껑충거리는 백마를 따라 대규모의 암말이 모인 곳에 이르렀다. 당시 그레첸은 알 수 없었지만, 이 암말 무리는 백마의 부인들이었다. 암말들은 호기심에서 새로 온 자매를 진심어린 마음으로 환대해 주었다. 사실 말만큼 상대방을 진심으로 대하는 인간은 어디에서도 찾아보기 힘들다. 두 마리의 말은 서로 떨어져 있다가도 가까이 다가가 코와 입을 부비고 목을 쓰다듬고 즐겁게 웃으면서 최고로 신실하고 진심어린 애정을 표현하니 말이다.

백마의 부인들은 그레첸의 존재를 전혀 알아보지 못한 것처럼 보였다. 정성스레 늙은 암말에게 애정을 표현하는 과정에서 부인 말들의 코가 옥수수 자루에 닿았다. 그리고 어쩌다 짭짤한 옥수수가 자루에서 빠져나와 부인 말들의 입으로 들어갔다. 아마도 이렇게 해서 말들이 처음으로 옥수수를 시식하게 되었을 것이다.

부인 말들은 옥수수 자루를 열심히 물어뜯다가 그레첸의 맨 다리를 물어뜯고 말았다. 그레첸은 비명을 질렀다. 일부러 그러는 게 아니라도 그레첸은 말들에게 잡아먹힐 것 같아 두려웠다. 그레첸의 비명을 듣고 백마가 한달음에 달려왔다. 백마는 총명했을 뿐만 아니라 사려가 깊었다. 그래서 먼저 그레첸을 묶어 놓은 밧줄을 이빨로 끊었고, 어미 고양이가 새끼 고양이를 들어 올리듯이 그레첸의 목덜미를 살짝 잡아 땅에 사뿐히 내려놓았다.

어둠이 깔리기 시작하자 코요테가 울어 대기 시작했다. 위험한 것은 없었지만 어린 그레첸도 울부짖었다. 잠시 후 울다가 지친 그레첸은 풀밭 위에 누워 잠이 들고 말았다.

해가 중천에 떴을 때 그레첸이 눈을 떠 보니 말이 한 마리도 보이지 않았다. 그레첸은 배가 고파서 근처에 있는 옹달샘에 가서 물을 마셨다. 대초원에서 길을 잃은 사람은 혼자 힘으로 길을 찾거나 다른 사람에게 발견될 때까지 한 장소에 있어야 한다는 말이 생각났다. 자신의 위치를 파악할 능력이 없는 그레첸은 아버지가 자신을 찾으러 곧 오리라는 희망에 옹달샘 근처에 있기로 했다.

그렇지만 아무리 기다려도 사람은커녕 말도 나타나지 않았다. 무엇보다도 배가 고파 죽을 지경이 된 그레첸은 근처의 까치밥나무 열매를 따먹었다. 그러나 손가락을 찔러 대는 가시 돋힌 잎사귀 때문에 굶주린 배를 미처 채우지 못한 채 그만두어야 했다. 저녁이 되어도 그레첸은 여전히 혼자였다. 그레첸은 옹달샘 아래에 있는 애기수영^{마디풀 과에 속하는 다년초}을 모아 둥지를 만들어 놓고 물을 좀 더 마셨다. 어둠이 찾아오고 별이 하나 둘 나타나자 코요테도 다시 구슬프게 울부짖기 시작했다. 그레첸은 새로 만든 보금자리에 누워 울음을 터뜨렸다. 그리고 울다 지쳐 잠이 들었다.

그 다음 날 그레첸이 눈을 떠 보니, 귀를 벌러덩 뒤로 젖히고 아랫입술을 볼품없이 늘어뜨린 늙은 암말이 그레첸을 쳐다보고 있었다. 그레첸은 뛸 듯이 기뻤다. 그레첸은 세수를 하고 말을 향해 달려갔다. 그러나 말에 올라타려고 해도 키가 작아 닿지 않았다. 그래서 그레첸은 갈기를 붙잡고 근처에 통나무가 있는 곳까지 말을 끌고 갔다. 통나무를 발판으로 삼으려고 한 일이었는데 우둔한 늙은 암말이 한 발짝도 움직이려 하지 않았다. 잡아당겨도 보고 달래도 보고 뛰어도 보았지만 모든 노력이 허사로 돌아가자 그레첸은 끝내

울음을 터뜨렸다.

그레첸이 암말의 어깨에 기대어 소리내어 울고 있으려니 경쾌하고 빠른 말발굽 소리가 들렸다. 고개를 드니 아름다운 백마가 숲 속에서 걸어 나오고 있었다. 햇빛에 비친 백마는 눈이 부실 지경이었다. 백마는 고개를 활처럼 구부리고 야생마 황제의 위엄을 보이면서 다가왔다. 그레첸은 백마가 전혀 무섭지 않았다. 오히려 팔을 벌려 '오!'를 연발 외치며 환영의 뜻을 표했다. 그러자 백마가 그레첸의 목덜미를 부드럽게 잡아 암말에 태웠다. 그리고 늙은 암말에게 집에 가라고 명령을 한 모양이었다. 비록 옥수수 자루를 잃긴 했지만 적어도 암말은 그레첸을 태우고 돌아왔으니 말이다.

그레첸의 가족은 마차가 빠졌던 수렁에 머물러 있었다. 그레첸의 부모님은 잃었던 딸을 다시 보게 되어 너무 기쁜 나머지 옥수수 자루는 신경 쓰지 않았다. 그동안의 모험담을 애기하고 나서 그레첸은 다리에 생긴 이빨 자국을 보여 수었다.

그후 그레첸은 여러 번 반복해서 자신의 모험담을 들려주었다. 손주들이 자신의 모험담을 의심하면, 그레첸은 양말을 벗어 야생마에게 물어뜯긴 생채기를 보여 주었다. 그러면 손주들도 그레첸의 이야기를 믿어야 했다. 우연하게도 그레첸 가족이 자작농장으로 이주하던 시기는 독일인 과학자 페르디난드 로에머가 산마르코스와 콜도라도 강 사이에서 멋진 백마가 야생마 무리 한가운데로 돌진하는 장면을 목격한 시기와 같다고 한다.

　와일리의 아버지는 보잘것없는 사람이었다. 달밤에 수박을 서리하고, 잡초의 키가 목화를 훌쩍 넘어 버려도 쿨쿨 잠이나 자고, 매장할 시체의 물건을 훔치는 악당이었다. 와일리의 아버지가 죽자 사람들은 한결같이 그런 악당은 요르단 강을 건너지 못할 거라고 생각했다. 털북숭이 사나이가 그가 오기를 기다리며 요르단 강을 지키고 있을 거라고들 했다.

　사람들의 생각은 사실이었다. 와일리의 아버지가 물살이 빠르다는 홀리 부두 근방에서 나룻배 밖으로 떨어진 이후 시신을 찾지 못했기 때문이다. 사람들이 물살이 잔잔한 모래톱 사이는 물론이고 강을 따라 내려가면서 하류까지 샅샅이 수색했지만 그의 시신은 온데간데없었다. 그런데 강 건너편에서 거구의 사나이가 웃는 소리가 들려 왔다. 사람들은 일제히 "털북숭이야."라고 속삭이고는 수색을 중단했다.

　"와일리, 털북숭이가 아버지를 데려간 게 분명하구나. 너마저 잡아갈지 모르니 조심하렴."

"알았어요, 엄마. 조심할게요. 그리고 사냥개를 항상 데리고 다닐게요. 털북숭이라도 사냥개를 당해 낼 수는 없을 거예요."

어머니의 당부에 와일리는 자신 있게 대답했다.

와일리는 어머니가 말씀해 주셨기 때문에 알고 있었는데, 톰빅비 강의 늪지 출신이었던 와일리의 어머니는 주술을 알았다.

어느 날이었다. 와일리는 닭장을 만드는 데 필요한 나무를 베러 사냥개들을 데리고 늪지에 갔다. 사냥개들은 새끼 돼지를 쫓아 어디론가 멀리 가 버려서 짖는 소리조차 들리지 않았다.

"저런. 제발 털북숭이가 이 근처에 없어야 할 텐데."

와일리는 도끼를 들고 나무를 베기 시작했다. 그런데 털북숭이가 나무들 사이로 씩 웃으면서 다가오는 것이 아닌가? 털북숭이의 추한 인상은 웃는다고 나아지지 않았다. 털북숭이라는 이름이 말해 주듯 그는 온몸이 털로 덮여 있었다. 털북숭이의 눈은 이글이글 불탔고 커다란 이빨 사이로 침이 고여 넘쳤다.

"날 그런 눈으로 보지 마요."

와일리가 이렇게 부탁했는데도 털북숭이는 계속 씩 웃으며 다가왔다. 털북숭이의 발이 사람과는 달리 소의 발을 닮았다는 것을 확인한 와일리는 도끼를 내팽개치고 월계수를 타고 올라갔다. 소는 월계수 나무를 오르지 못하리라는 것을 알아서였다.

"나무에는 뭐 하러 올라간 거야?"

털북숭이는 월계수 아래에 와서 물었다.

거의 꼭대기까지 올라간 와일리는 아래를 내려다보고는, 결국 꼭대기까지 올라갔다. 털북숭이가 다시 물었다.

"나무에는 왜 올라갔냐니까?"

"엄마가 아저씨 가까이 가지 말라고 했어요. 그 자루 안에는 뭐가 들었어요?"

"아무것도 없단다."

"제발 딴 데로 가 주세요."

와일리는 월계수가 좀 더 높으면 좋았을 걸 생각했다.

"좋아."

털북숭이는 와일리의 도끼를 집어 들었다. 털북숭이가 도끼를 세차게 휘두르자 나무 조각들이 날렸다. 와일리는 월계수 나무에 단단히 매달려 나무 줄기에 배를 문지르면서 주문을 외쳤다.

"날아라, 나무 조각들아. 날아서 원위치로 가거라."

나무 조각이 붕붕 날아다니자 털북숭이 아저씨는 욕설을 퍼부었다. 털북숭이 아저씨가 도끼를 다시 휘두르자 와일리는 좀 더 빠른 속도로 주문을 외웠다. 그런 식으로 와일리는 주문을 외우고 털북숭이 아저씨는 도끼를 내리치며 두 사람은 서로의 실력을 겨뤘다. 와일리는 목이 쉬도록 주문을 외쳤지만 털북숭이에게 점차 세가 밀리고 있다는 것을 알았다.

"아저씨가 이 나무 둘레를 두 배로 늘려 주시면 내려갈게요."

"싫어."

털북숭이는 계속 도끼를 휘둘렀다.

"못 하니까 그러죠?"

"하기 싫을 뿐이야."

털북숭이가 대답했다.

와일리와 털북숭이는 원점으로 다시 돌아갔다. 와일리는 소리 높여 주문을 외웠고 털북숭이는 도끼를 휘둘렀다. 큰 소리로 주문을 외우는 동안 와일리는 저 멀리서 개 짖는 소리를 들었다.

“여기야. 나의 충견아, 여기야.”

와일리는 큰 소리로 말했다.

“개는 안 와. 내가 돼지 새끼로 유인했거든.”

“여기야, 나의 충견아.”

와일리는 소리 높여 사냥개를 불렀다. 두 사람 모두 사냥개들이 짖으며 가까이 다가오는 소리를 들었다. 털북숭이는 불안한 기색을 보였다.

“이리 내려오면 주문 거는 법을 알려 줄게.”

“엄마한테 배우면 돼요.”

털북숭이의 말에 와일리가 대답했다.

털북숭이는 욕설을 퍼붓더니 도끼를 내팽개치고는 재빨리 늪지 사이로 사라졌다.

와일리는 집에 돌아와서 어머니에게 털북숭이가 개도 쫓아 버리고 자신을 죽이려고 했던 일을 얘기했다.

“자루가 있었다고 했지?”

“예.”

“다음번에 또 털북숭이가 쫓아오면 다시는 월계수 나무에 올라가지 마라.”

“그럴게요. 월계수는 둘레가 너무 얇아요.”

“어떤 나무에도 올라가서는 안 된다. 그냥 그 자리에 서서 ‘안녕, 털북숭이.’라고 해. 알았니, 와일리?”

“예, 그러겠어요.”

“털북숭이는 절대로 널 해치지 못한단다. 엄마가 방법을 알려 줄 테니 털북숭이를 진흙 구덩이에 빠뜨려야 한다.”

“내가 털북숭이를 진흙 구덩이에 빠뜨리면 털북숭이는 나를 자루 안에 넣을 텐데요. 엄마, 그건 못 하겠어요."

"넌 엄마가 하라는 대로만 하면 돼. 네가 '안녕, 털북숭이.' 라고 인사하면 털북숭이도 '안녕, 와일리.' 하고 인사를 할 거야. 그럼 너는 '털북숭이, 아저씨가 최고의 주술사라면서요?' 하고 말해. 털북숭이가 그렇다고 하면 '그래도 기린으로는 변신할 수 없을걸요.' 라고 해. 계속 변신하지 못할 거라고 놀려 대면 털북숭이는 분명히 기린으로 변신할 거야. 그러면 이번엔 '그래도 역시 악어로는 변신할 수 없을 거예요.' 라고 말하렴. 그럼 털북숭이는 악어로 변신할 거야. 그런 다음에는 '사람만큼 큰 동물로 변신하는 것은 누구나 할 수 있는 거잖아요. 최고의 주술사도 주머니쥐처럼 작은 동물로는 변신하지 못할 거야, 틀림없어.' 라고 말해. 그러면 털북숭이가 주머니쥐로 변신을 할 거야. 그때를 놓치지 말고 주머니쥐를 잡아서 자루 안에 넣어."

"효과가 있을지는 모르겠지만 그렇게 할게요."

와일리가 대답했다. 와일리는 털북숭이를 쫓아 버리지 않도록 말뚝에 사냥개들을 단단히 매어 놓고 늪지로 갔다. 얼마 지나지 않아 털북숭이가 씩 웃으면서 다가왔다. 털북숭이의 커다란 이빨은 전보다도 더 커 보였다. 털북숭이는 와일리가 사냥개를 데리고 오지 않았다는 것을 알았다.

와일리는 털북숭이가 든 자루를 보는 순간 나무에 올라갈 뻔했지만 꾹 참고 인사했다.

"안녕, 털북숭이."

"안녕, 와일리."

털북숭이는 어깨에 둘러맸던 자루를 내려 풀기 시작했다.

"털북숭이, 아저씨가 최고의 주술사라면서요?"

"맞아."

"그렇더라도 기린으로는 변신할 수 없을걸요."

"무슨 소리. 그야 식은 죽 먹기지."

"틀림없이 변신하지 못할 거예요."

털북숭이는 몸을 비틀어 기린으로 변했다. 와일리가 어머니 말대로 하자 기린은 몸을 비틀어 악어로 변했다. 변신하는 내내 털북숭이는 와일리가 도망가지 못하도록 주시했다.

"사람만큼 큰 동물로 변신하는 것은 누구나 할 수 있는 거잖아요. 최고의 주술사도 주머니쥐처럼 작은 동물로는 변신하지 못할 거야, 틀림없어."

악어가 몸을 비틀어 주머니쥐로 변신하자 와일리는 주머니쥐를 잡아 자루에 넣고, 있는 힘껏 꼭 묶어서 강물에 던졌다.

그러고 나서 늪지를 지나 집에 가는데 나무 사이로 털북숭이가 씩 웃으며 다가왔다.

"바람으로 변해서 자루를 빠져나왔지. 와일리, 네가 배가 고파 저 월계수에서 떨어질 때까지 여기에 꼼짝하지 않으마. 그리고 네게 주술을 좀 더 가르쳐 주지."

와일리는 털북숭이에 대해, 그리고 1킬로미터 떨어진 곳에 밧줄에 묶여 있는 사냥개에 대해 생각했다.

"글쎄요. 아저씨는 묘기가 대단하지만 물건이 사라져서 아무도 모르는 곳으로 가게 할 수는 없잖아요."

"뭐라고, 그건 내 전문이야. 저기 나뭇가지 위에 있는 새 둥지 보이지. 봐, 사라졌지?"

"그게 원래부터 저기에 있었는지 어떻게 알아요? 아저씨는 제가 아는 장소에 있는 것을 사라지게 할 수는 없을 거예요."

“하하하. 네 셔츠를 보렴.”

털북숭이가 웃으면서 말하자 셔츠가 없어졌다. 와일리는 조금도 개의치 않았다. 바로 와일리가 원했던 일이었기 때문이다.

“그냥 낡은 셔츠에 불과한걸요. 이 바지를 둘러맨 끈은 주문을 걸어 놓은 거라 아마 어림도 없을 거예요.”

“뭐라고? 이 나라에 있는 끈이란 끈은 다 사라지게 해 주마.”

“하하하.”

와일리의 웃음에 털북숭이는 화가 나서 가슴을 내밀고는 입을 크게 벌리고 큰 소리로 외쳤다.

“이 순간 이후, 이 나라에 있는 끈이란 끈은 모두 사라질지어다.”

와일리는 한 손으로 바지를, 그리고 다른 한 손으로는 나뭇가지를 움켜잡고 몸을 일으켰다.

“여기야, 나의 충견아.”

와일리는 1킬로미터 밖에서도 들릴 만큼 큰 소리로 사냥개를 불렀다.

와일리가 개를 데리고 집에 도착하자 어머니는 털북숭이 사나이를 자루에 넣었는지 물어보았다.

“예, 그런데 털북숭이가 바람으로 변하는 바람에 자루에서 빠져나왔어요.”

“저런, 안됐구나. 하지만 너는 두 번이나 털북숭이를 골탕먹였잖니. 한 번만 더 그럴 수 있다면 털북숭이도 더 이상 너를 건드리지 못할 거야. 세 번째는 그리 만만하지 않을 텐데.”

“어쨌든 방법을 생각해야죠, 엄마.”

“그러자꾸나.”

와일리의 어머니는 난롯가에 앉아서 두 손으로 턱을 괴고는 골똘히 생각에 잠겼다. 반면 와일리는 털북숭이를 쫓아 버릴 방법만 고민했다. 와일리는 뒷문과 앞문에 사냥개를 한 마리씩 묶어 놓고 창문에 빗자루와 도끼자루를 교차해 고정시키고 난로에 불을 지폈다.

잠시 후에 어머니가 말했다.

"와일리, 돼지우리에 가서 새끼 돼지를 데려 오렴."

어머니는 새끼 돼지를 와일리의 침대에 내려놓았다.

"이젠 됐다. 와일리, 다락방에 가서 숨어 있으렴."

잠시 후 거센 바람에 나무가 흔들리고 개들이 짖어 대기 시작했다. 와일리는 판자에 난 틈새로 밖을 내다보았다. 앞문에 매어 놓았던 사냥개가 털을 곧추세운 채 늪지 쪽을 바라보고 있었다. 그러자 머리에 뿔이 달린 노새만한 짐승이 늪지에서 나와 와일리의 집을 지나갔다. 사냥개는 휙 뛰어 올랐지만 밧줄에 묶인 몸이라 쫓아갈 수 없었다.

다음에는 이빨이 크고 코가 긴 커다란 짐승이 늪지에서 나와 와일리의 오두막집을 향해 으르렁거렸다. 이번에는 사냥개가 밧줄을 풀고 쫓아갔다. 그 짐승은 다시 늪지로 돌아갔다. 와일리는 다른 틈새로 뒷문 쪽을 내다보았다. 뒷문에 매어 놓았던 사냥개도 밧줄을 풀고 주머니쥐처럼 생긴 동물을 추격하고 있었다. 와일리는 중얼거렸다.

"저것 좀 봐. 털북숭이가 이쪽으로 오는 게 분명해."

얼마 안 있어 소가 지붕 위를 돌아다니는 소리가 들렸다. 뜨거운 굴뚝에 몸이 닿자 욕설을 퍼붓는 소리로 와일리는 털북숭이가 왔다는 것을 알았다. 난로에 불이 지펴진 것을 확인한 털북숭이는 지붕에서 뛰어내려 앞문을 있는 힘껏 두드렸다.

"네 아들을 잡으러 왔다."

“절대로 그렇게는 안 될걸.”

어머니의 대꾸에 털북숭이가 다시 소리쳤다.

“아들을 내놔라. 그렇지 않으면 풍선껌 씹듯이 잘근잘근 씹어 버릴 테다.”

“누가 할 소리.”

“아들을 내놔라. 그렇지 않으면 번갯불로 집을 날려 버릴 테다.”

“우유도 많은데 불 끄는 것쯤이야 별거 아니지.”

“아들을 내놔라. 그렇지 않으면 우물물을 바닥낼 테다. 그럼 소젖이 생길 리 없지. 그리고 딱정벌레를 수백 마리 풀어서 네 목화를 다 망쳐 놓을 테다.”

“털북숭이, 네가 그렇게 비열한 놈인지 몰랐다.”

“아무렴. 나만큼 비열한 사람도 보기 드물지.”

“아들을 내주면 아무것도 건드리지 않고 이곳을 떠날 테냐?”

“내 맹세하지.”

털북숭이의 맹세에 어머니는 문을 열었다.

“저기 침대에 있어.”

씩 웃는 털북숭이의 모습은 어느 때보다도 더 비열해 보였다. 털북숭이는 침대로 다가가서 이불을 젖혔다.

“이봐, 돼지 새끼잖아.”

“어떤 아들을 준다고는 얘기하지 않았잖아. 저 돼지 새끼도 엄연히 내 자식이야. 그러니 돼지 새끼를 가져가.”

털북숭이는 분노에 가득 차서 이를 갈며 집 안을 돌아다녔다. 결국 털북숭이는 돼지를 움켜잡고 늪지로 향했다. 나무를 발기발기 찢은 후에 털북숭이는 늪지를 떠났다.

다음 날 아침이 되자, 늪지에 회오리바람이 지나간 것처럼 나무들이 뿌리째 뽑혀 땅에 쓰러져 있었다. 털북숭이가 사라진 후에 와일리가 다락방에서 내려와 물었다.

"정말 털북숭이가 사라진 거예요, 엄마?"

"그렇단다, 애야. 털북숭이는 두 번 다시 널 괴롭히지 않을 거야. 우리가 세 번이나 이겼잖니."

　로즈와 블랑시라는 두 딸을 둔 어머니가 있었다. 로즈는 못됐고 블랑시는 착했지만 어머니는 로즈를 편애했다. 로즈가 어머니를 국화빵처럼 꼭 닮았기 때문이다. 로즈가 안락의자에 앉아서 편히 쉬고 있을 때 블랑시는 쉬지 않고 일을 해야 했다. 그러던 어느 날 블랑시는 어머니 말대로 물을 길러 우물에 갔다가 웬 노파를 만났다. 노파는 블랑시에게 물을 달라고 청했다.

　"이봐요, 내게 물 좀 주구려. 목이 무척 마르구려."

　"예, 할머니. 여기 있어요."

　블랑시는 양동이를 깨끗이 씻은 다음 물을 담아 할머니에게 건넸다.

　"고마워요, 색시 마음이 착하니 복을 받을 거야."

　며칠 후, 어머니의 꾸지람을 피해 블랑시가 숲 속으로 도망치는 일이 생겼다. 블랑시는 어디로 가야 할지 몰라 울음을 터뜨렸다. 그렇다고 집에 돌아가고 싶지는 않았다. 그때 전에 우물가에서 만난 노파가 블랑시에게 다가갔다.

"오, 저런. 또 만났네그려. 그런데 왜 그렇게 우는고? 누구한테 맞았누?"

"예, 할머니. 엄마한테 맞았어요. 집에 돌아가기가 무서워요."

"자, 아가야. 날 따라오려무나. 그럼 이 할미가 먹을 것도 주고 잠도 재워 주지. 단 절대로 웃지 않겠다고 약속만 해 주려무나."

노파는 블랑시의 손을 잡고 숲 속으로 걸어 들어갔다. 블랑시와 노파가 지나가려 하자 가시덤불이 길을 열어 주었다가 둘이 지나간 다음에는 곧 닫았다. 조금 더 가자, 두 개의 도끼가 결투를 벌이는 광경이 보였다. 모든 것이 신기했지만 블랑시는 아무 말도 하지 않았다. 계속 걸어 깊은 숲 속에 다다르자 이번에는 두 개의 팔이 싸우는 게 아닌가? 그 다음에는 서로 싸우고 있는 두 개의 다리와 머리가 차례로 나타났다. 심지어 머리는 블랑시에게 안부 인사까지 건넸다.

"안녕, 블랑시. 복을 받을 거야."

마침내 노파와 블랑시는 오두막집에 다다랐다.

"저녁을 해야 하니 불을 지피려무나."

노파는 난롯가에 앉아 머리를 떼어 내어 무릎 위에 올려놓고 이를 잡기 시작했다. 블랑시는 모든 것이 신기하고 두려웠지만 아무 말도 하지 않았다. 노파는 머리를 제자리에 올려놓고 블랑시에게 저녁으로 먹을 커다란 뼈다귀를 냄비에 넣으라고 했다. 그런데 할머니가 하라는 대로 뼈다귀를 냄비에 넣자 순식간에 먹음직한 고기가 냄비에 넘치는 것이 아닌가?

노파가 블랑시에게 쌀 한 톨을 주면서 절굿공이에 넣고 찧으라고 했다. 시키는 대로 하자 쌀이 절굿공이에 가득 찼다. 저녁을 먹은 후에 노파가 말했다.

"애야, 내 등 좀 긁어 주렴."

블랑시는 노파의 등을 긁다가 그만 손을 베고 말았다. 노파의 등이 온통 깨진 유리 조각으로 뒤덮여 있었기 때문이다. 블랑시의 손에서 피가 나는 것을 본 노파는 블랑시의 손을 후 불었다. 그러자 블랑시의 손이 씻은 듯이 나았다.

다음 날 아침 블랑시가 눈을 뜨자 노파가 말했다.

"이제 집에 돌아가려무나. 착한 네게 말하는 달걀을 선물로 주마. 닭장에 가거라. '날 집어요.' 하는 달걀만 꺼내고, '날 집지 마요.' 하는 달걀은 내버려 두도록 하렴. 달걀은 집에 가는 길에 등 뒤로 던져서 깨뜨려야 한다."

블랑시는 그 말대로 말하는 달걀을 꺼내서 걸어가면서 던졌다. 달걀 안에서 예쁜 것들이 나왔다. 다이아몬드, 금, 멋진 마차, 예쁜 옷들이 줄지어 쏟아졌다. 블랑시가 집에 도착하자 집은 온갖 멋진 것들로 넘쳐 났다. 어머니도 블랑시를 반겼다. 다음 날, 어머니는 로즈를 불러 말했다.

"지금 당장 숲 속에 가서 그 노파를 찾아. 너도 블랑시처럼 멋진 옷을 가져와야 한다."

로즈도 숲 속에서 노파를 만났다. 노파는 로즈를 집으로 초대했다. 그러나 도끼와, 팔, 다리, 머리가 서로 싸우고 노파가 머리를 떼어 내어 이를 잡는 것을 보고 로즈는 깔깔 웃어 대고 심지어 비아냥거리기까지 했다. 노파가 말했다.

"넌 정말 돼먹지 못한 애구나. 넌 벌을 받아야겠다."

그 다음 날 노파는 로즈에게 말했다.

"내 너를 빈손으로 보내지는 않으마. 닭장에 가거라. 가서 '날 집어요.' 하는 달걀을 갖고 가도록 해."

로즈가 닭장에 가자 닭장 안의 달걀이 일제히 소리쳤다.

"날 집어요."

"날 집지 마요."

"날 집어요."

"날 집지 마요."

로즈는 기분이 상했다.

"'날 집지 마요.'라고 했겠다. 하지만 널 꼭 가져가지."

로즈는 "날 집지 마요."라고 외치는 달걀을 모두 집어 들고 집으로 향했다.

집으로 돌아가는 길에, 로즈는 달걀을 깼다. 그런데 달걀 안에서 뱀, 두꺼비, 개구리가 끊임없이 쏟아져 나오더니 로즈를 따라오기 시작했다. 달걀에서 나온 회초리는 사정없이 로즈를 때렸다. 로즈는 비명을 지르며 달렸다. 십에 도착한 로즈는 너무 지쳐서 아무런 말도 할 수 없었다. 로즈를 뒤쫓는 수많은 짐승과 회초리를 보고 화가 난 어머니는 마치 개를 쫓듯이 로즈를 숲 속으로 쫓아 버렸다.

미주리 강 너머의 땅이 아직 개척되지 않았을 때의 일이다. 뉴멕시코 포트유니언의 군 주둔지는 근방에서 유일하게 문명의 흔적을 찾을 수 있는 곳이었다. 그곳에 있는 숙녀 중에 어느 대위의 처제가 있었다. 그녀는 황야에서 찾을 수 있는 다양한 모험의 짜릿함과 젊은 장교들의 연정을 만끽했다. 거친 황야에서 여성이 사랑받기란 결코 쉬운 일이 아니었다. 그녀에게 반한 젊은 중위는 사랑을 고백하고 청혼했지만, 세상 경험이 많지 않은 중위는 성숙한 여성의 사랑과 단순한 불장난을 구별할 줄 몰랐다.

그러던 어느 날이었다. 아파치 족의 공격에 역습을 준비하라는 명령이 떨어졌다. 전장으로 출발하기 전에 중위는 그녀에게 사랑을 다짐했다. 그녀는 중위의 사랑을 받아들이고, 중위가 목숨을 잃는 한이 있더라도 절대로 다른 남자와 결혼하지 않겠다고 약속했다. 중위는 이렇게 말하며 그녀에게 작별을 고했다.

"좋소. 그 누구도 당신과 결혼할 수 없을 거요. 꼭 돌아와서 내

권리를 찾겠소."

며칠 후 원정대가 돌아왔지만, 중위는 실종된 상태였다. 그녀는 그다지 슬퍼하지 않았다. 그녀가 동부에서 온 다른 남자와 결혼을 발표했을 때에도 사람들은 놀라지 않았다.

결혼식 날이 되었다. 모두들 들뜬 분위기에서 저녁이 되자 식당은 무도회장으로 탈바꿈했다. 한창 분위기가 무르익어 갈 무렵, 갑자기 쿵 소리가 나더니 문이 열렸다. 열린 문으로 들어온 바람에 불빛이 약해졌다. 인간의 목소리라고는 할 수 없는 이상한 소리가 집 안에 울려 퍼졌다. 모든 사람이 문을 바라보았다. 몸이 퉁퉁 부은 시체가 문 앞에 서 있었다. 시체는 더러운 장교복을 입고, 관자놀이는 인디언의 손도끼 자국이 선명하게 났으며 머리 가죽은 날아간 데다 불에 그을린 눈을 부릅뜨고 있었다.

시체는 신랑에게 안긴 신부를 빼앗아 가슴에 끌어안고는 왈츠를 추기 시작했다. 신랑은 다른 사람들과 마친가지로 너무 놀라 나머지 몸을 움직일 수가 없었다. 귀신이 들린 것 같은 연주자들의 왈츠에 맞춰 시체와 신부는 무대 위를 빙빙 돌았다. 신부의 안색은 점점 창백해졌다. 신부의 늘어진 턱과 퀭한 눈을 보면 마치 숨이 붙어 있지 않은 것처럼 보였다. 시체는 신부를 바닥에 내려놓고 한참 동안 서 있더니 소름 끼치는 절규를 내뱉고는 사라져 버렸다. 며칠 후 아파치 족과 전투를 벌였던 병사들이 중위의 시체를 안고 돌아왔다.

제 2 부

· · · · · · · · ·

데 이 비 크 로 켓

데이비 크로켓과 마이크 핑크

크로켓 연감에는 데이비 크로켓과 마이크 핑크미국 개척 시대의 전설적인 총잡이의 사격 시합에서 크로켓이 기권패를 한 이야기가 나온다. 먼저 크로켓은 150미터 정도 떨어진 핑크의 감자 밭 울타리 꼭대기에 앉은 고양이를 겨냥했다. 총알은 늙은 고양이의 두 귀를 날려 버리고 마치 면도를 한 것처럼 머리의 털을 밀어 버렸다. 고양이는 전혀 움직이지 않았는데 귀를 긁적일 때까지 귀가 없어진 줄도 몰랐다. 마이크는 엄청나게 멀리 떨어진 곳에 새끼들과 함께 있는 어미 돼지를 겨냥하고 총을 발사해 꼬리를 잘라 버렸다. 크로켓은 마이크의 뒤를 이어 마무리했다. 크로켓은 꼬리가 얼마 남아 있지 않은 돼지에게 총을 발사하여 마치 망치로 두들겨서 안에 집어넣은 것처럼 흔적도 없이 돼지 꼬리를 날려 버렸다.

화가 난 마이크는 호리병에 물을 뜨러 우물에 가는 자기 아내를 향해 총을 쏘았다. 총알은 그녀의 정수리에 꽂힌 빗의 절반을 날려 버렸다. 그녀의 머리카락은 한 올도 흩어지지 않았다. 마이크는 아내에게 그 자리에 꼼짝 말고 서 있으라고 소리친 뒤 크로켓에게 나머지 반쪽을 날려 보라고 요구했다. 천사처럼 마음씨 고운 마이크의 아내는 오랜 세월 남편의 장난기를 보아 왔던 터라 옥수수 밭 가운데 허수아비처럼 서 있었다. 크로켓은 "여자 근처에만 총부리를 대도 손이 떨려서 쏠 수가 없네. 내가 졌어."라고 외쳤다.

우스운 이야기와 정치 이야기

"우리 마을 주민들은 오리 강이라는 곳에서 이틀 동안 다람쥐 사냥대회를 열었습니다. 주민들은 모여서 각자의 가죽을 세어 본 후 바비큐 파티와 축제를 열기로 했습니다. 저녁 만찬용 음식은 다람쥐 가죽이 제일 적은 쪽이 내기로 했습니다. 나는 사냥꾼이 한 사람 빠진 팀에 가담하여 사냥 준비를 했습니다. 나는 꽤 많은 다람쥐를 잡았고, 가죽의 수를 세어 보니 우리 팀이 승리하였습니다.

새로운 정착촌에는 먹고 마실 것이 풍부했고 마을 사람들은 우습고 재미있는 놀이를 즐겼습니다. 그런데 본 연회인 무도회가 시작되기 전에 나는 후보로서 연설을 하라는 요청을 받았습니다. 연설로 치자면 나는 아프리카에서 막 도착한 검둥이만큼도 말주변이 없었습니다.

나는 연설문이라는 것을 본 적이 없을뿐더러 그런 것이 있는지조차 몰랐습니다. 또 연설을 어떻게 시작해야 하는지도 몰랐습니다. 나는 여러 차례 미안하다는 말을 하고 사퇴할 생각이었습니다. 왜냐하면 그 자리엔 연설을 기가 막히게 잘하는 상대가 있었고 적당히 해서는 그를 이길 수 없다는 것을 잘 알았기 때문입니다. 나만큼이나 나의 무식함을 잘 아는 사람이었습니다. 그는 나에게 연설을 빨리 하라고 재촉했습니다. 솔직히 말하면 그 사람은 내가 후보라는 사실을 재미있는 놀이 정도로 여기며 흥미롭게 바라보았습니다. 숲에서 온 곰 사냥꾼에게 자신이 위협을 당하리라고는 단 한 순간도 생각하지 않았던 것입니다. 나는 사퇴할 수 없다는 것을 알았습니다. 그래서 한번 해 보기로 마음먹고 말이 나오는 대로 운에 맡기고 연설하리라 생각했습니다.

나는 일어나서 사람들에게 내가 왜 여기 나왔는지 알 것이라고 말하고, 만약 모른다면 그 이유를 말해 주겠다고 했습니다. 나는 사람들의 표를 구하러 왔으며 아주 주의하지 않으면 표를 가져가 버릴 것이라고 말했습니다. 그런데 견딜 수 없었던 것은 내가 정부라는 것에 대해서 아는 것이 전무하다는 점이었습니다. 나는 무엇인가 말하려고 노력했습니다. 마른 옥수수 죽에 목이 막힌 것처럼 더 이상 말을 할 수 없을 때까지 아무 생각 없이 나오는 대로 지껄였습니다. 사람들은 그 자리에 서서 눈, 귀, 입을 모두 열어 놓고 나를 뚫어지게 바라보면서 내 말을 들었습니다.

마지막으로 나는 내가 어떤 사람과 닮았다는 말로 연설을 마무리했습니다. 그 사람은 길가에서 텅 빈 드럼통 주둥이를 손으로 치고 있었습니다. 마침 길을 지나가던 여행객이 그 사람에게 무엇을 하는 중이냐고 묻자 그 사람이 이렇게 답했습니다.

'며칠 전에 이 통 안에 있던 과일 주스가 오늘도 남았는지 보려는데, 나오게 할 방법을 도무지 모르겠소.'

나는 앞에 선 청중들에게 조금 전까지 나에게 연설할 것이 좀 있있는데 그걸 나오게 할 방법을 모르겠다고 말했습니다. 사람들은 모두 박장대소하였습니다. 나는 사람들에게 우스운 이야기를 하나 더 해 주었습니다. 그리고 그들의 관심을 완전히 끌었다고 생각될 때 경청해 주셔서 감사하다는 말과 함께 연단을 내려왔습니다. 내려오면서 나는 뿔로 만든 화약통처럼 내가 목이 마르니 다 함께 목을 축이는 게 좋을 것 같다는 말을 빼놓지 않았습니다.

내가 연단에서 내려와 술 파는 곳으로 자리를 뜨자 군중은 대부분 나를 따라왔습니다. 나는 이렇게 할 필요가 있었다고 생각합니다. 왜냐하면 내 경쟁자는 정부에 대해 잘 알고 있을 뿐만 아니라 사람들에게 자신이 할 일에 대해 쉽게 설명할 수 있기 때문입니다. 나는 그의 연설이 끝날 때까지 사람들과 어울려 한 잔씩 마시며 재미있는 이야기를 계속해 주었기 때문에 그의 연설을 듣는 사람은 몇 명 없었습니다."

크로켓이 입법 의원이던 시절 하나의 카운티를 창설하는 법안을
다루게 되었다. 그 법안을 만든 의원은 자신의 인기를 높이기 위해
경계선을 몸소 긋겠다고 주장했다. 크로켓 대령은 이에 반대하였
다. 내버려 둘 경우 자신의 이익이 침해당하기 때문이었다. 두 사람
은 한참 동안 논쟁을 벌였다. 법안을 제안한 의원이 아무리 그럴듯
한 주장을 들고 나와 자신의 입장을 옹호해도 크로켓 대령은 토론
을 원점으로 되돌려 놓았다. 마침내 크로켓 대령이 일어나 다음과
같은 연설을 하면서 토론은 막을 내렸다.

"의장님, 저 사람의 법안이 어떤 생각을 연상시키는지 아십니
까? 모르실 것 같으니 가르쳐 드리겠습니다. 의장님, 제가 처음 이
지방에 왔을 때는 대장장이가 드물었습니다. 다행히 제 이웃에 대
장장이가 한 사람 있었지요. 그런데 그 친구에게는 일꾼이 없어서,
볼일이 있는 사람은 대장장이를 찾아가 직접 일해야 했습니다. 어
려운 시절이었죠. 하지만 의장님, 저희들은 그런대로 최선을 다하

며 살았습니다.

　한번은 도끼가 필요한 이웃이 있었습니다. 그 사람은 쇳덩이를 들고 대장장이한테 갔습니다. 쇠를 달구고 제 이웃은 일을 시작했습니다. 거의 하루 종일 쇳덩이를 두들겼다더군요. 그런데 대장장이는 그 쇳덩이가 도끼는 될 수 없고 대신 곡괭이는 될 수 있다고 결론지었습니다. 이웃에게는 곡괭이가 없던 터라 곡괭이를 만들기로 마음먹었습니다. 그래서 다음 날 또 대장간에 가서 하루 종일 열심히 일했습니다. 그런데 밤이 가까워지자 대장장이는 그 쇳덩이로는 곡괭이를 만들 수 없고 대신 쟁기는 만들 수 있다고 말했습니다. 집에 쟁기가 없던 이웃은 하는 수 없이 쟁기를 만들기로 하고 추후에 다시 오기로 했습니다. 그리고 마찬가지로 대장간에 찾아가서 열심히 일했습니다. 그런데 대장장이는 밤이 되어 가자 그 쇳덩이로는 쟁기를 만들 수 없고 그 대신 좋은 '칙칙!' 소리는 만들 수 있다고 말했습니다. 지칠 대로 지친 제 이웃은 그럼 '칙칙' 소리라도 만들어 달라고 말했습니다. 그러자 대장장이는 빨갛게 달구어진 쇳덩이를 가까이 있는 물통에 던졌습니다. 쇳덩이는 물통에 떨어지면서 '칙칙!' 소리를 냈습니다. 의장님, 저 의원의 주장은 바로 이와 같습니다. 저 사람은 아무 성과도 없이 우리를 하루 종일 붙잡아 두지만 결국 그의 법안은 '칙칙' 소리를 내면서 없어져 버릴 것입니다. 그렇게 되나 안 되나 두고 보십시오."

크로켓 대령이 선거 운동에서 풍자의 이점을 적절히 이용할 줄 안다는 것은 다음의 일화로 알 수 있다. 18××년의 국회의원 선거 운동 당시 크로켓 대령의 경쟁자인 아무개 씨는 무척 붙임성 있고 호의적인 신사로 누구와 만나건 간에 호감이 가는 미소로 대하였다. 크로켓 대령은 이 멋진 미소의 영향을 차단할 생각으로 선거 유세 때 이렇게 말했다.

"신사 숙녀 여러분, 그 사람은 미소로 표를 좀 얻을 것입니다. 사실 그 사람이 저보다 더 잘 웃는 것이 사실입니다. 저는 아시다시피 느린 사람이 아닙니다. 그리고 제가 느리지 않다는 것을 증명하는 일화를 말씀드리겠습니다. 모두 아시겠지만 저는 사냥을 좋아합니다. 저는 오래전에 너구리가 제 웃음을 견디지 못한다는 것을 알았습니다. 저는 가장 높은 나무의 꼭대기에 앉은 너구리를 웃음으로 떨어뜨렸답니다. 너구리를 잡을 때는 납덩이와 화약을 쓸 필요가 전혀 없었습니다.

어느 날 밤 집 밖으로 나가니 약 2-300미터 밖에 있는 고목의 가장 높은 가지에 너구리 한 마리가 앉아서 한가로이 저를 바라보았습니다. 그날 밤은 달이 밝고 하늘이 청명했답니다. 저는 래틀러라는 이름의 개를 데리고 있었습니다. 래틀러는 너구리를 보면 짖지 않는답니다. 그런 점에서 보면 이상한 개라고 할 수 있지요. 그래서 웃음으로 너구리를 나무에서 떨어뜨리겠다고 생각하고 작업에 돌입하여 웃기 시작했습니다. 그런데 웬일인지 한참을 웃어도 너구리가 떨어지지 않았습니다. 저는 이유가 무엇일까 궁금해하면서 다시 한 번 웃음을 던졌습니다. 그런데 그 녀석은 여전히 그 자리에 앉아 있었습니다. 좀 화가 나더군요. 저는 주위를 둘러보고 약 1미터 반 정도 되는 나무를 주워서 땅에 짚고 턱을 그 위에 괸 다음 가만히 있었습니다. 그러고 나서 최선을 다해 5분간 웃었습니다. 그런데도 그 망할 너구리가 그대로 매달려 있는 겁니다.

저는 그 웃기는 너구리 녀석을 기필코 잡고야 말겠다고 다짐하고 집에서 도끼를 가져와 나무를 찍기 시작했습니다. 그제야 녀석이 떨어지더군요. 그런데 달려가서 보니 사리에 떨어져 있던 건 너구리가 아니었습니다. 제가 너구리로 알았던 건 나뭇가지 위에 있는 커다란 옹이였습니다. 그런데 그걸 자세히 들여다보고 나서야 제 웃음 때문에 옹이의 껍질이 모두 벗겨져서 아주 부드러운 부분만 남았다는 걸 알았습니다.

자, 시민 여러분. 저는 웃는 데는 누구 못지않게 신속합니다. 하지만 저의 상대편 후보 얼굴을 보면 그분이 저보다 한 수 위라는 걸 인정하지 않을 수 없습니다. 여러분들도 모두 인정하셔야 합니다. 그리고 정신 바짝 차리고 경계를 늦추지 말아야 합니다. 그 사람이 웃음으로 당신의 표를 벗겨 갈 테니까요."

●——미국 민담　　223

너구리 가죽의 비밀

　"선거 이야기가 나온 김에 동부 사람들에게 서부에서 선거가 어떻게 치러지는가를 보여 주는 일화를 한 가지 소개할까 합니다. 물론 나와 관련된 일화입니다. 내가 처음으로 의원 선거에 출마했을 때였습니다. 그때 나는 앤드루 잭슨을 지지했답니다. 잭슨이 테네시 의회에 보낸 서한에서 자신의 공약을 너무 아름답게 포장했기 때문에 사람들은 잭슨이야말로 훌륭한 후보라고 생각했던 거죠. 나도 그런 이유로 그를 지지했습니다. 선거 후에 등장하는 괴물에 대해서는 아무도 예측하지 못하는 법이랍니다. 나중에 가서야 후보들이 내세운 장밋빛 약속에 속았음을 알고 후회하는 거죠.

　자, 이제 본론으로 들어가 볼까요. 나는 사냥용 셔츠를 입고 총을 어깨에 멘 채 술집으로 갔습니다. 후보자들의 자질을 테스트하기 위해 상당수의 유권자들이 술집에 모였습니다. 내가 도착하기 전에 이미 많은 유권자들이 모였고 내 경쟁자는 연설과 선심으로 이미 상당한 성과를 거두었습니다. 내가 들어서자 그들은 아무 관계 없는 사람처럼 어슬렁거리는 나를 발견하고 소리쳤습니다.

'크로켓 씨가 온다.'

또 한 사람은 이렇게 말했습니다.

'대령의 연설을 들어 보자.'

나는 그런 경우를 대비하여 마련해 놓은 나뭇등걸에 올라서서 온 갖 몸짓을 해 가며 연설을 하기 시작했습니다.

연설을 시작한 지 얼마 되지 않아 군중 속에서 시끌벅적한 소리가 나기 시작했고, 곧 나조차 내 목소리를 들을 수 없는 지경에 이르렀습니다. 일부 유권자들은, 국가의 복지와 같은 딱딱한 주제에 관한 연설은 뭔가 마시면서 들어야겠다며 술을 한잔 사라고 권했습니다. 그래서 나는 나뭇등걸에서 내려와 '크로켓 씨 만세! 크로켓 씨 만세!'를 외치는 유권자들을 데리고 술집 안으로 들어갔습니다.

우리가 술집 안에 들어갔을 때 주인장 욥은 무척 바쁜 듯이 열심히 주문받은 술을 나누어 주었습니다. 나는 최상급 럼주를 1리터 달라고 했죠. 그런데 그 빌어먹을 친구는 쳐다보지도 않고 벽에 붙은 게시판을 가리키는 것이었습니다. 분필로 크게 '오늘은 현찰, 외상은 내일.'이라고 씌어져 있더군요. 정말 화가 치밀어 오르고 참 난처했습니다. 서부에서 현금을 내고 술을 마시라니, 더구나 선거 운동을 하고 있는 나에게 그런 말을 하다니 있을 수 없는 일이었습니다.

내가 곤경에 빠진 것을 보자 유권자들은 즉시 다른 편으로 가 버리더군요. 나는 혼자 외톨이가 되었습니다. 여론이 나에게 불리하게 돌아가고 있고, 신속하게 럼주를 구하지 못하면 이번 선거에서 질 것이 불을 보듯 뻔하다는 결론이 나왔습니다. 서둘러야 했습니다. 나는 술집 밖으로 나갔습니다. 하지만 이번에는 나를 따라나오는 사람도, '크로켓 만세.'라고 외치는 사람도 없었습니다. 인기는 때때로 무척 사소한 것에 좌우됩니다. 이번 경우에는 1리터 정도의 뉴잉글랜드 럼주가 해결할 것입니다.

위기에 처한 나는 이런 때 가장 좋은 친구인 장총을 어깨에 메고 숲으로 들어갔습니다. 운이 좋으면 다 그렇듯이 15분 정도 지나자 살찐 너구리 한 마리가 나무 위로 올라가는 것이 보였습니다. 나는 그놈을 총으로 쏘아 단박에 내 발 앞으로 떨어뜨렸습니다. 그 녀석의 복슬복슬한 털옷을 잽싸게 벗겨서 술집으로 향했습니다. 나는 술집에 들어서자마자 카운터로 갔습니다. 이번에는 혼자가 아니라 나의 유권자 대여섯 명이 내 뒤를 따랐습니다. 나는 너구리 가죽을 카운터에 내던지며 럼주 1리터를 달라고 말했습니다. 욥은 바쁘게 술을 돌리고 있었지만 이번에는 벽에 붙은 게시판을 가리키지 않았습니다. 서부에서 너구리 가죽은 화폐와 다름없는 가치를 지녔기 때문입니다.

유권자들은 이제 내 주위로 모여들어 다시 '크로켓 만세.'를 외쳤습니다. 이제 전세가 역전되고 있다는 것을 눈치 챈 나는 그들에게 재미난 이야기를 여러 토막 들려주었습니다. 술을 다 마신 다음 나는 밖으로 나가 아무런 이의 없이 나뭇등걸에 올라가 연설을 시작했습니다. 많은 유권자가, 내가 나라를 위해서 어떤 일을 할 것인지 듣기 위해 따라왔습니다. 연설을 절반 정도 마치자 유권자 한 명이 연설의 후반부는 술집에 돌아가 술을 한잔 더 하고 나서 듣는 게 어떻겠느냐고 제안을 했습니다. 그 제안은 찬성과 반대를 따지거나 할 필요도 없이 즉각 만장일치로 받아들여져서 우리는 회합을 중단하고 술집으로 돌아갔습니다. 술집으로 들어가면서 나는 나라를 위해 일할 기회를 얻느냐 마느냐는 너구리 한 마리를 더 잡아 오느냐 마느냐에 달렸다고 생각했습니다.

욥의 게시판 규정을 떠올리고 의기소침해진 나는 카운터 아래로 눈을 깔았습니다. 그 순간 카운터 밑의 받침 기둥 사이로 너구리 꼬리가 살짝 나온 것이 보였습니다. 일이 바쁜 나머지 욥이 너구리 가죽을 그곳에 급히 던져 놓았던 것입니다. 나는 그것을 휙 잡아당겨 다시 너구리 한 마리를 손에 넣었습니다. 나는 가죽을 카운터에 내동댕이쳤고 욥은 눈곱만큼도 의심하지 않고 다시 럼주 1리터를 내주었습니다. 유권자들은 다시 신나게 술을 해치우고 우리는 다시 밖으로 나가 정치 이야기를 하였습니다.

어쩐 일인지는 모르지만 유권자들이 다시 목이 마르다고 했습니다. 그래서 우리는 하는 수 없이 회의를 중단하고 술집으로 들어갔습니다. 그런데 앞서의 경우처럼 너구리 가죽이 처음에 놓였던 자리로 돌아가 받침 기둥 사이로 꼬리를 내밀고 있었습니다. 마치 욥이 나를 희롱하기 위해 고의로 장난을 치는 것이 아닌지 의심이 들 정도였습니다. 나는 너구리 가죽을 집어 들고 조금 전처럼 카운터에 내동댕이쳤습니다. 그러자 욥은 럼주를 1리터 내놓았고, 결국 날이 어두워질 때까지 너구리 가죽 한 장으로 럼주 10리터를 강철 덫처럼 날카롭기로 그 지역에서 유명한 친구로부터 뺏어 마실 수 있었습니다.

이 일화로 인하여 나는 선거에서 당선되었습니다. 왜냐하면 그 이야기가 유권자들 사이에 연기처럼 소리 없이 퍼져 나갔기 때문입니다. 사람들은 욥 스넬링을 정정당당하게 혼내 줄 수 있는 사람이라면 의회로 보내야 한다고 말했습니다. 욥은 평판이 좋지 않았습니다. 자기만큼 머리가 빨리 돌아가는 사람은 없다고 늘 자랑했으며 자기를 속일 재간이 있는 사람은 언제든지 그렇게 해도 좋다고 으스대곤 했었답니다. 욥의 가문은 특이하게도 한 눈은 뜨고 나머지 눈은 반만 감고 자는 핏줄이라고들 했습니다.

내가 양키 상인을 골려 먹었다는 소문은 선거일 전까지 모든 사람들에게 퍼졌습니다. 나의 상대는 표를 얻기 위해 돌멩이에게조차 휘파람을 불어 줄 만큼 수단이 좋았지만 나는 압도적인 표 차로 그를 이기고 말았습니다. 상대편은 흔적도 남기지 않고 사라져 버렸습니다. 선거가 끝나고 나서 나는 욥 스넬링에게 술값을 보내 주었습니다. 하지만 유권자들에게는 그 일을 알리지 않았습니다. 욥은 돈을 거절하고 가끔씩 속는 것이 자기가 정신을 바짝 차리는 데 도움이 된다고 말했습니다. 그런데 욥은 나중에 가서야, 자신이 속아 넘어 가고 있다는 사실을 알고 상대편 계산서에 그 액수를 모두 더해서 받아 냈다는 사실을 고백했습니다. 상대편은 자신의 공약을 말하면서 신이 난 나머지 쩨쩨하게 술값을 따질 정신이 없었다는 거죠."

현명한 짐승

숲을 잘 이해하는 사람들은 거의 모두 데이비 크로켓이 절대 화약과 실탄을 잃어버리는 일이 없다는 것을 익히 안다. 그는 탄약을 버리는 것은 죄악이라고 교육받았으며 그것이 바로 올바른 교육의 혜택이라고 확신하는 사람이었다. 어느 날 크로켓이 오후에 숲 속을 걷다가 대협곡이라고 불리던 곳에 도착하였을 때였다. 나무에 혼자 앉은 너구리를 발견한 크로켓은, 그 녀석의 가슴팍에 총알을 한 방 박아 줄 생각으로 총을 어깨에 걸쳤다.

그런데 이 녀석이 앞발을 번쩍 들더니 이렇게 묻는 게 아닌가.

"댁이 데이비 크로켓 씨 맞아요?"

"그래 자네 말이 맞네. 내 이름이 데이비 크로켓일세."

"그렇다면 그렇게 수고하실 필요 없습니다. 군소리 없이 댁한테 가죠."

녀석은 총을 맞은 걸로 친다며 나무에서 제 발로 걸어 내려왔다.

크로켓은 허리를 굽혀 녀석의 머리를 쓰다듬어 주고는 이렇게 말했다.

"내 평생 이런 찬사는 들어 본 적이 없네. 자네 같은 친구를 잡느니 차라리 내가 총을 맞고 말겠네."

그러자 녀석이 말했다.

"그렇게 말씀하시니 이번만은 댁의 마음이 변하기 전에 얼른 사라지겠어요."

늑대를 나무에 묶어 놓기

눈이 많이 쌓인 어느 날, 크로켓은 친구인 루크 트위그를 만나러 집을 나섰다. 루크는 대략 25킬로미터밖에 안 떨어진 곳에 살았기 때문에 크로켓은 루크의 집까지 걸어가기로 했다. 브러시 할로라는 곳을 지날 즈음에는 눈이 허리에 찰 정도로 깊이 쌓여 있었고 바람이 무척 거세게 불었다. 크로켓은 몸을 녹일 겸 근처의 움푹 들어간 나무에 가서, 총을 나무에 걸어 놓고 손을 비비기 시작했다.

그때 늑대 한 마리가 다가오더니 나무 안을 들여다보았다. 그리고 마치 그의 몸 중 가장 맛있어 보이는 부분을 베어서 아침 요기를 할 테니 허락해 달라는 듯이 그의 얼굴을 빤히 쳐다보았다. 크로켓은 녀석의 건방진 태도에 너무 놀라서 1분가량 꼿꼿이 서 있었다. 그러자 늑대가 돌아서서 떠나려다가 그만 꼬리 끝이 나무 옹이 구멍에 걸리고 말았다. 크로켓은 잽싸게 늑대의 꼬리를 붙잡아 끌어당겼다. 녀석은 빠져나가려고 몸부림치며 죽어 가는 올빼미처럼 비명을 질렀지만 크로켓은 녀석의 꼬리로 큰 매듭을 만들어 끈으로

옹이에 고정시켜 꼬리가 빠지지 않도록 해 놓고 와 버렸다. 루크 트
위그의 집에 도착할 때까지 늑대 녀석이 울부짖는 소리가 계속 들
렸다.

여 우

어느 날 데이비 크로켓이 총을 들고 숲으로 들어갔다. 숲에는 눈이 많이 쌓여 있었다. 크로켓 눈앞에서 길을 가로지르는 여우가 보였는데 녀석은 눈 속에서 뛰어 오르며 신속하게 달아나려 했지만 여의치 않았다. 크로켓은 개에게 조용히 하라고 하고 여우를 못 본 척하며 지나갔다. 데이비 크로켓은 상대가 인간이건 동물이건 위험에 빠진 상황을 이용하는 사람이 아니다.

곰 가 죽 벗 기 기

　　어느 날 오크 윙의 누이가 음식 보따리를 들고 세례식에 가던 중이었다. 그런데 나뭇등걸 속에서 큰 곰이 걸어나와 길을 가로막았다. 곰은 어느 것을 먼저 먹어야 할지 모르겠다는 듯이 처음엔 오크 윙의 누이를 쳐다보다가 그 다음엔 음식 보따리를 쳐다보았다. 곰은 주둥이를 내밀어 곰 고기 소시지와 악어 간으로 만든 저녁 보따리의 냄새를 맡았다. 그녀는 곰이 창피하게 느끼고 가 버리기를 기다리며 1분 동안이나 서서 곰을 쳐다보았다. 그런데 이번에는 곰이 다가와 누이의 냄새를 맡았다.

　　오크 윙의 누이는 슬슬 몸을 풀어야겠다고 생각하고 음식을 곰의 발 앞에 던졌다. 곰이 음식에 코를 들이대고 한입 먹으려는 찰나 누이가 몸을 던져 곰의 목덜미를 물었다. 왜냐하면 누이의 이는 못처럼 길고 날카로웠기 때문이다. 곰은 빠져나가려고 안간힘을 썼지만 오크 윙의 누이가 놓지 않아서 그만 가죽이 몽땅 벗겨지고 말았다. 곰이 갓 태어난 아기처럼 벌거벗은 상태가 되었는데도 오크 윙의 누이는 꼬리까지 완전히 벗겨질 때까지 곰을 놓지 않았다. 곰은 일주일 후 머스크랫할로에서 몸에 아무것도 걸치지 않은 채 발견되었다고 한다. 한편 오크 윙의 누이는 그 가죽으로 아주 따뜻한 외투를 만들어 입었다.

길들여진 곰

인간과 마찬가지로 숲 속 동물에도 여러 부류가 있다. 어떤 동물은 미련하고 또 어떤 동물은 말귀를 잘 알아듣는다. 내가 본 동물 중에서 가장 영리한 녀석은 딸 피네타가 숲에서 데리고 온 곰이다. 그 녀석은 피네타를 따라 교회를 다니다가 마침내 완전히 길들어서는 집 안으로 들어와 벽난로 근처 한쪽 구석에 앉아 불을 쬐곤 한다. 나는 그 녀석에게 파이프 담배 피우는 법을 가르쳐 주었다. 그 녀석은 한쪽 구석에 쭈그리고 앉고 나는 다른 쪽에 앉아 각자의 파이프 담배를 피운다. 서로 말은 통하지 않았지만 나는 그 녀석을 바라보고 있으면 눈빛으로 녀석이 뭘 말하고 싶어하는지 알았다.

녀석은 내가 늦게까지 외출 중일 때는 밤인데도 자지 않고 있다가 문을 열어 주었다. 곰은 우유를 저어 버터를 만드는 일을 아주 잘해서 그 일을 도맡아 하기도 했다. 나중에 그 녀석은 너무나 길이 든 탓인지 백일해에 걸려 죽고 말았다. 아내는 곰의 장례식을 기독교 식으로 치러 주려고 목사님을 찾아갔다. 그런데 심보가 워낙 비뚤어진 탓인지 그 재수 없는 목사가 거절하기에 "당신보다 그 곰이 훨씬 훌륭한 기독교인이오."라고 소리쳐 주었다.

"친구들, 시민 여러분, 형제 자매 여러분. 이번 화요일에 여러분은 자유인의 가장 중요한 의무 중 하나를 수행할 예정입니다. 그날 여러분은 미합중국 상원과 하원의 의원들을 선출하게 됩니다. 요즘과 같은 정치적 격변기에 여러분은 훌륭한 대표를 뽑아야 할 필요가 있으며, 나는 주저하지 않고 여러분처럼 고귀하고 아량이 넓은 백인들의 대표자로 나 자신을 추천합니다.

친구들, 시민 여러분, 형제 자매 여러분. 캐럴 씨는 정치가입니다. 잭슨 씨는 영웅입니다. 그런데 크로켓은 말입니다.

나를 간통 혐의로 비난하는 사람들이 있더군요. 그러나 그 말은 사실이 아닙니다. 나는 결코 어느 누구의 부인과도 달아난 적이 없습니다. 본인이 원하지 않는다면 말입니다. 나를 노름꾼이라고 비난하는 사람들이 있습니다. 그러나 이것 역시 사실이 아닙니다. 나는 언제나 돈을 돌려줍니다.

친구들, 시민 여러분, 형제 자매 여러분. 나를 주정꾼이라고 비

난하는 사람들이 있습니다. 그건 말도 안 되는 거짓말입니다. 위스
키는 나를 취하게 만들지 못하기 때문입니다.”

제 3 부

와일드 빌 히콕

와일드 빌 히콕, 그는 과연 누구인가?

서부 영웅들의 행진은 결코 중단되지 않는다. 본명이 제임스 버틀러 히콕인 와일드 빌은 일리노이 주의 라살 카운티에서 데이비 크로켓이 죽은 다음 해에 태어났다. 그는 소년 시절 상금을 타기 위해 여우 사냥을 즐겼다. 히콕은 킷 카슨을 숭배하고 존경했는데 나중에 킷 카슨은 히콕의 용맹심을 칭찬히었다고 한다. 사격술과 싸움판에서 와일드 빌이 보인 용맹은 마이크 핑크를 연상시킨다.

빌의 첫 일자리는 일리노이-미시간 운하에서 배를 끌고 가는 것이었다. 그때 빌은 한 시간 넘게 주먹 싸움을 하여 이긴 적이 있는데 싸움은 강가의 배를 끄는 길^{배를 끌기 위해 운하, 하천을 따라 만든 길}에서 시작하여 강물 속으로 들어가서야 끝났고, 상대방은 익사할 뻔했다고 한다. 살인자로서 와일드 빌은 늘 논쟁거리였다. 와일드 빌은 깨끗하게 싸우는 투사일까, 아니면 단순한 총잡이일까.

험난한 변경 지대에 사는 킬러에겐 총이 생존 법칙이며, 죽이느냐 죽느냐 하는 절체절명의 상황이 되면 방아쇠를 당기게 마련이다. 적의 가슴에 총알을 박느냐 아니면 내가 당하느냐는 눈 깜짝할 사이에 결정된다. 그러므로 냉철한 판단에 따라 재빨리 총을 뽑아 방아쇠를 당기기 위해서는 민첩성과 침착함을 모두 갖추어야 한다.

와일드 빌은 이렇게 말했다.

"싸움을 하게 되면 너무 빨리 쏘지 마시오. 여유를 가지시오. 나는 너무 서두르다가 당하는 사람을 많이 봤답니다."

권총의 법칙은 인간의 생명을 철저히 경시하는 풍조에서 비롯된 것으로 살인을 냉혈적인 과학의 경지로 끌어올렸다.

"사람 죽이는 일에 대해서라면 나는 절대로 깊이 생각하지 않습니다. 사람을 죽일 경우 대부분은 이쪽이냐 저쪽이냐죠. 그럴 경우엔 행동을 멈추고 생각하는 일이 없습니다. 다 끝난 후 생각해 봐야 무슨 소용이 있습니까?"

어떻게 하다 싸움이 붙는지 이유를 물었더니, 와일드 빌이 이렇게 대답했다.

"글쎄요. 남자라면 자기 명예를 지켜야 하죠. 사람을 죽인 건 인정합니다. 그러나 언제나 정당방위이거나 공무 수행 중에 일어난 일이랍니다. 평생 동안 절대로 적을 이용한 적은 없습니다. 하지만 이 점은 알아 두세요. 나는 상대가 먼저 총을 뽑게 내버려 둔 적이 없다는 것을 말입니다."

양손에 권총을 든 무법자를 만나면 빌은 손을 들고 뒤로 물러서서 이렇게 소리쳤다.

"쏘지 마시오. 그냥 농담 한마디 한 걸 가지고."

그러자 멀비는 뒤에서 접근하는 다른 적을 상대할 생각으로 돌아섰다. 멀비의 주의가 흐트러진 순간 빌은 재빨리 총을 뽑았고 멀비는 머리에 총알이 박혀 쓰러지고 말았다.

비록 1873년에 네드 번트라인의 '황야의 정찰병'에 함께 출연한 버팔로 빌처럼 노련한 배우는 아니었지만 와일드 빌은 '어울려서 좋을 게 없는 사람'이라는 초창기의 별명에 걸맞은 일을 많이 했다. 역마차 마부, 저격수 겸 남북전쟁의 스파이, 인디언 소탕군, 정찰병, 길잡이, 장교 등으로 일한 기간 동안 와일드 빌은 어느 정도의 쇼맨십과 나름대로의 소명의식을 결합하여 자신의 전설을 만들어 냈다.

함께 어울리지 말아야 할 악당 와일드 빌의 명성은 그가 뛰어난 총잡이였기 때문에 얻은 것이다. 와일드 빌은 두 자루의 총을 허리에 찬 채 바로 총을 쏜다거나 아니면 한 손으로 총을 잡고 반대편 손바닥을 이용해 노리쇠를 쓸며 총을 발사하는 따위의 멋진 묘기를 부릴 줄 알았다. 그의 재주와 현란한 묘기가 용기에서 비롯된 것인지 아니면 그 반대인지는 모르지만 와일드 빌은 모험을 하지 않으면서도 자신의 재주를 최대한 이용했다. 그 결과 '매칸레스 대학살'의 신화가 만들어졌고 음식점 양쪽 문으로 들어오는 두 명의 적을 동시에 처치하는 묘기가 나온 것이다. 그가 그린 묘기를 부릴 수 있었던 것은 머리 뒤에 눈이 있다거나 육감이 뛰어나서가 아니라 눈 깜짝할 사이에 동시에 두 자루의 총을 뽑아서 한 자루로는 앞에 있는 사람을 쏘고 다른 총으로는 거울을 통해 앞문으로 들어오는 뒷사람을 어깨 너머로 쏘았기 때문이다.

그의 잘생긴 외모와 기사도 정신은 화려한 옷에 대한 기호와 함께 바람둥이라는 명성도 안겨 주었다. 그를 만난다는 생각만으로도 두려움에 떨던 코디 부인이 정작 그를 직접 만나고 나서는 그에게 반했다는 일화도 있다. 코디 부인은 다음과 같이 말했다.

"나는 춤을 추고 싶었어요. 살인마를 만날 거라고 생각했는데 그렇게 신사적인 사람을 만나서 정말 행복했죠. 본능적으로 나는 총이 어디 있는지 찾아보았어요. 그렇지만 찾을 수 없더군요. 그 남자가 입은 프린스 앨버트 코트의 뒷주머니 부분도 평평했어요. 난 정말 즐거웠어요. 우리는 춤추었죠. 고백하건대 빌이 웃으면서 그만두라고 할 때까지 계속 추었답니다.”

놀라운 일은 그뿐만이 아니다. 전쟁 중 그가 보여 준 기막힌 묘기 중에는 잘 훈련된 그의 말 블랙 넬이 그의 목숨을 여러 번 구해 준 이야기도 포함된다. 권총 사격술의 대가인 와일드 빌은 용맹스러운 도전과 아슬아슬한 전투, 기적적인 탈출뿐만 아니라 비극적인 운명 때문에 다른 영웅시대의 전사와 추장들과 같은 반열에 속한다.

와일드 빌과 첫 만남

나는 남북전쟁이 끝난 지 몇 달 후 미주리 주 남서부의 스프링필드 시를 방문했다. 스프링필드는 대도시는 아니지만 그 지역에서는 가장 큰 도시로, 모든 도로가 만나는 지점이어서 전쟁 중에 군사 작전을 위한 기본 기지와 거점 역할을 했다.

더운 여름날 넓은 차일 아래 앉아 있자니, 기묘하고 다소 미개해 보이는 사람들이 시골길을 따라 들어와서는 장사와 무역을 하고 가는 광경이 보였다. 남녀 모두 이상한 옷차림이었다. 남자들의 가죽 바지와 외투는 너무 심하게 기름과 먼지에 절어서 설사 살아 있다 손 치더라도 그 상태로는 무슨 동물의 가죽으로 옷을 해 입었는지 알 수 없을 정도였다. 다른 사람들은 차림이 남루했고 일부는 그나마 많이 기운 옷을 입었다. 무리 중 상당수는 말이나 당나귀를 탔고 나머지는 짐이 많아 삐걱거리는 마차에 소를 메어 힘겹게 몰았다.

간선도로 양쪽의 상점들 앞과 광장 주변에는 여러 무리의 사람들이 기둥에 기대거나, 목재 보도에 눕거나, 의자에 앉아 있었다. 이들은 임시 또는 영구 거주자들로, 하는 일 없이 빈둥거렸다. 성격상 꼼지락거리기조차 싫어하는 이들의 가장 큰 야심은 수염과 머리카락이 자라게 내버려 두는 것이었다.

거리 여기저기에 청색 군복이 눈에 띄어 북부 연합군이 돌아온 것을 알 수 있었다. 군인들의 쾌활하고 당당한 모습은 이 지역 특유의 게으름과 뚜렷이 대조를 이루었다. 이 게으름의 도시에 사는 사람들의 움직임은 너무나 느리고 어설펐다. 서두르는 사람은 어디에도 없었다. 커다란 돼지 한 마리가 만족한 표정으로 킁킁거리며 길가의 진흙탕 속에서 한가로이 뒹굴고, 내 발 앞의 마당에는 큰 사냥개 한 마리가 한쪽 눈만 뜬 채 졸았다. 개조차도 느릿느릿 흘러가는 세월에 만족한 것 같았다. 유일하게 활력을 나타내는 것은 여자를 제외한 모든 사람들이 차고 다니는 총이었다.

나까지도 느슨한 시간 관념과 게으른 정신에 사로잡혔다. 나는 앉아서 멍한 표정으로 담배를 피웠다. 잠에 취한 도시와 나는, 무서운 속도로 광장을 가로지르며 거리를 내달리는 말발굽 소리에 깨어났다. 기수는 평원을 달리는 준마의 움직임에 따라 유연한 몸놀림을 보이며 말 위에 곧게 앉아 있었다. 그와 함께 온 무리가 곧 말을 멈추었기 때문에 그의 자태를 찬찬히 바라볼 시간은 별로 없었다. 말을 탄 사나이가 껑충 뛰어내려 내 주변에 모인 사람들을 향해 걸어왔다.

"대령님, 이 사람이 와일드 빌입니다."

육군 장교인 어네스티 대위가 나를 향해 말했다.

"빌 씨, 인사하세요. 이분이 당신을 만나고 싶어한 니콜스 대령입니다."

나를 평가하려는 듯이 맑은 회색 눈동자를 내 눈에 고정시키고 이쪽으로, 평원의 정찰병, 그러니까 와일드 빌이라 불리는 윌리엄 히콕이 걸어왔다.

그의 외모를 결과적으로 말하자면 수려하다고 할 수 있다. 와일드 빌은 솔직하고 열린 태도로 작은 근육질 손을 내밀었다. 나는 그렇게 체격이 멋진 사람은 처음 보았다. 그의 몸은 고대 미술품을 연상시킬 정도로 아름다웠다.

밝은 노란색 모카신을 신은 빌의 키는 1미터 85센티미터였다. 그는 어깨에 사슴 가죽 셔츠를 기분좋게 걸쳐서 넓고 우람한 가슴을 드러냈다. 로키 산맥의 공기를 20여 년 동안 마시면서 성장한 가슴이었다. 작고 둥근 허리에 벨트를 감고 거기에 콜트 해군 권총 두 자루를 꽂았다. 허벅지는 단단하고 다리는 곧았다. 그의 작은 발은 걸을 때마다 끝이 안쪽을 향했다.

그의 태도에는 어디에서 만나든 사람의 주의를 끌 만한 고유의 풍채와 품위가 배어 있었다. 큰 중절모 아래에 조용하고 남자다운 얼굴이 자리잡고 있었다. 인사를 나눌 때의 표정은 너무나 부드러워서 그의 전력을 완전히 숨길 수 있을 정도였다. 그러나 와일드 빌의 얼굴은 가볍게 대할 얼굴은 아니었다. 얇고 예민한 입술, 너무 각이 지지 않은 턱, 약간 튀어나온 광대뼈에 풍성한 검은 머리카락이 어깨까지 드리웠다. 대화를 나누자 그의 눈은 여자처럼 부드러워졌다. 여성적인 성품을 시종일관 두드러지게 나타내는 빌이 수백 명의 남자들을 황천으로 보낸 자라고는 도저히 믿기지 않았다. 그렇다. 와일드 빌은 자신의 손으로 수백 명의 사람을 죽였다. 그 점은 의심할 여지가 없다. 국경 지방 사람들 말마따나 그가 총을 쐈다 하면 사람이 죽었다.

나는 와일드 빌의 얼굴을 들여다보며 살인적 성향을 드러내 줄

증거를 찾으려 했지만 성공하지 못했다. 빌의 얼굴은 부드러웠다. 특이한 점이라면 눈의 각도가 날카롭다는 것이었다. 골상학적으로 증명할 수는 없지만 그가 정확하게 조준할 수 있는 비결은 바로 이 날카로운 눈의 각도에 있는 게 아닐까 하는 생각이 들었다. 하지만 빌은 자신의 입으로 이렇게 말했다.

"내 사격 솜씨에 관해 말하자면 좋은 편이라고 할 수 있죠. 산에서 한 번에 50센트 내기를 걸고 10센트짜리 동전 맞히기 시합을 하면서 사격이 완벽해졌죠. 그리고 전쟁이 나기 전에는 술 담배를 전혀 입에 대지 않았어요."

그러고는 우울한 목소리로 이렇게 덧붙였다.

"전쟁은 정말 사람을 타락시키죠."

데이브 텃과 빌의 결투

　와일드 빌은 일리노이 주에서 태어났다. 그는 소년 시절에 가출하여 평원과 산악 지대를 돌아다녔다. 15년 동안 사냥꾼들과 살면서 사냥과 낚시를 하며 지냈다. 남북전쟁이 발발하자 빌은 문명 세계로 돌아와 북부군에 들어갔다. 정찰 임무를 빌처럼 완벽하게 수행할 수 있는 사람은 없었다. 빌은 임청난 괴력의 소유지이면서 말타기의 명수였다. 또한 완벽한 사격수였다. 눈은 날카롭고 지구력은 무한대라 해도 지나치지 않았다. 뻔뻔스러울 정도로 침착했고 무모할 정도로 용감했으며 위험한 상황에서도 이성을 잃지 않았다. 그리고 무엇보다도 나무 조각의 달인이어서 과학의 경지에 이를 정도의 솜씨를 자랑했다. 군인에게 그런 기술은 아주 중요했다. 이제부터 전쟁 중에 빌이 겪은 모험을 몇 가지 얘기해 볼까 한다.

　결투 이야기의 주요 부분을 나에게 전해 준 사람은 비교적 편견이 없는 어네스티 대위였다. 그의 말을 여기에 그대로 옮기겠다.

　"사람들은 빌이 거칠다고 말하더군요. 그렇지 않아요. 내가 그 사람을 안 지 10년이 되어 가는데, 이 근방에서 그렇게 예의바른 사람을 찾기도 쉽지 않답니다. 하지만 빌은 조롱당하는 건 싫어하지요. 어떻게 그 사건이 일어났는지 말씀드리죠. 사무실로 들어갑시다. 이 지방에는 텃 씨와 가까운 사람들이 많이 있죠. 죽은 사람 말이에요. 하지만 상대가 되지 않는 싸움이었죠. 위스키 좀 하시겠어요? 괜찮으시다고요? 좋아요. 그러면 혼자 한잔 하겠습니다."

대위는 빈 잔을 테이블 위에 놓으면서 계속해서 말했다.

"빌은 자기 방에서 세븐 카드인가 뭔가 하는 카드놀이를 하던 차였답니다. 그는 전문 도박꾼인 텃 씨와는 게임을 하지 않겠다고 말했어요. 빌은 전쟁 중 우리 북군의 정찰병이었고 텃 씨는 남부군의 정찰병이었거든요. 빌은 텃 씨의 전우를 사살했죠. 두 사람 사이에는 좋지 않은 감정이 흐르고 있었답니다.

전쟁에서 돌아온 후 텃 씨는 어떻게 해서든지 빌과 한 판 붙을 구실만 찾았어요. 그래서 빌은 그와 카드놀이를 하지 않겠다고 한 거죠. 하지만 텃 씨는 빌과 노름을 하는 사람에게 돈을 빌려 주었답니다. 그런데 빌이 200달러가량 돈을 따자 텃 씨는 화가 치밀었죠. 그래서 이렇게 말했어요.

'빌, 이제 돈이 많으니 말 거래에서 내게 빚진 40달러를 갚게나.'

빌이 돈을 주자 텃 씨가 다시 말했죠.

'35달러 더 내놔. 요전 날 밤 나와 카드 치면서 잃었잖아.'

텃 씨는 아주 시비조였죠. 하지만 빌은 철저히 신사적으로 대답했습니다.

'그렇지 않소. 25달러죠. 아래층에 내가 적어 놓은 것이 있습니다. 거기에 35달러라고 적혀 있으면 그 돈을 드리지요.'

마침 빌의 시계가 탁자에 놓여 있었답니다. 텃 씨는 시계를 집어

들어 호주머니에 넣고 이렇게 말했어요.

'35달러를 갚을 때까지 이 시계는 내가 보관하지.'

이 말에 빌은 굉장히 화가 났습니다. 생각해 보십시오, 대령님. 이건 빌의 명예에 관한 일이잖아요. 빌은 자리에서 일어나 텃 씨의 눈을 쏘아보며 그에게 말했답니다.

'이 가게에서 소란을 피우고 싶지 않소. 이 집은 점잖은 가게란 말이오. 주인에게 폐를 끼치고 싶지 않소. 시계를 탁자에 내려놓으시오.'

그러나 텃 씨는 빌을 향해 징그러운 표정으로 웃으며 시계를 가지고 가서 며칠 동안 주지 않았습니다. 그러는 동안 내내 텃 씨의 친구들은 빌에게 싸움을 걸어 왔고 이야기들이 끝없이 오갔습니다. 그들은 빌을 간접적인 방법으로 괴롭혔고 시비를 걸기 위해 온갖 수단을 동원했습니다. 그들은 결국 빌을 해치울 수 있을 거라고 생각했죠. 빌은 사방이 온통 석으로 둘러싸여 있었거든요. 그는 이 근방의 많은 사람들과 묵은 원한을 해결해야 했습니다. 이곳은 아마 미주리 주에서 남부군들이 돌아와서 다시 살 수 있는 유일한 곳일 겁니다. 그리고, 대령님, 사실을 말씀드리면."

대위는 권총 벨트를 끌어올리고 나서 마지못한 듯 이렇게 말했다.

"그 사람들 여기서 그리 오래 머물지는 않는답니다. 말씀드린 것처럼 이 남부 반군들은 전쟁 중에는 자기들 편인 줄 알았는데 나중에 우리 편으로 밝혀진 빌이 거리를 활보하는 것을 고운 눈으로 보지 않았어요. 빌은 정보를 우리에게 제공해 주었고 때로는 팝 프라이스 장군의 사령부에서 직접 정보를 가지고 오기도 했거든요. 그렇지만 어느 누구도 빌에게 싸움을 걸지는 못했습니다. 빌은 화가 나면 어떻게 행동할지 몰라 자신도 두려워할 정도로 무서운 사람이니까요. 그래서 외출할 때면 빌은 늘 무기를 집에 두고 다녔지요. 어느 날 이 사람들이 빌에게 총을 뽑아들고 싸움을 걸어왔습니다. 텃 씨가 다음 날 정오에 빌의 시계를 광장 밖으로 던져 버릴 거라고 하면서요.

길거리에서 만나는 사람들마다 모두 그 이야기를 하는 덕에 나도 그 이야기를 들었답니다. 그래서 빌을 찾아갔더니 자기 방에서 총을 닦고 기름칠을 하고 있더라고요.

'빌, 한판 붙을 생각이군.'

'대위님은 신경 쓰지 마세요. 처음 하는 싸움도 아닌걸요. 저 친구들 약올리는 거 참을 만큼 참았어요. 제게 명예를 포기하라고 하시진 않겠죠?'

'물론 명예는 지켜야지.'

다음 날 정오경 빌은 광장으로 내려갔어요. 텃 씨가 세상이 두 쪽이 나는 한이 있더라도 자기 시계를 광장 밖으로 못 던지게 하겠다고 말했지요.

빌은 광장으로 나가면서 군중들이 거리 모퉁이에 모인 것을 보았습니다. 그 모퉁이를 통과하여 광장으로 향하면서 보니 군중들 가운데 텃 씨의 친구가 많았어요. 일부는 남부군에서 막 돌아온 그의 사촌들이었는데, 빌을 놀리며 텃 씨가 반드시 약속대로 빌의 시계를 광장 밖으로 던져 버릴 것이라고 자랑했지요.

그때 빌은 텃 씨가 법원 근처에 서 있는 것을 보았습니다. 아시다시피 법원은 서쪽에 있어서 빌은 군중과 법원 사이에 서 있는 셈이었죠.

혼자 법원 건물을 나온 텃 씨가 광장으로 걸어 들어오자 빌은 군중들과 떨어져서 광장의 서쪽으로 움직였습니다. 다섯 걸음 정도

가자 두 사람은 50미터 정도 떨어진 채 마주 보고 서게 되었죠.

순간적으로 텃 씨가 총을 뽑았습니다. 그러나 텃 씨가 총을 겨누기 전에 빌은 이미 그를 날카롭게 관찰하다가 총을 뽑은 상태였습니다.

그 순간 광장은 바늘이 떨어지는 소리도 들릴 정도로 조용했죠. 텃 씨와 빌 모두 총을 발사했는데 두 발의 총성이 너무 좁은 간격으로 연달아 들렸기 때문에 어느 것이 먼저 발사되었는지 분간을 못하겠더군요. 텃 씨는 명사수로 알려졌지만 이번만은 맞히지 못했습니다. 그의 총알은 빌의 머리 위로 지나갔지요. 빌은 총을 발사하자마자 상대가 맞았는지 보지도 않고 한 바퀴 빙글 돌아 텃 씨의 친구들을 겨누었습니다. 텃 씨의 친구들은 이미 총을 뽑고 있었죠.

'신사 여러분, 이제 됐습니까? 총을 집어넣으시오. 안 그러면 사망자 수가 늘어날 거요.'

빌이 악어처럼 침착하게 소리치자 그들은 총을 집어넣고 공정한 싸움이었다고 말했습니다."

"텃은 어찌 됐소?"

나는 이 대목에서 이야기를 멈추고 아주 느긋하게 빈 잔을 채우는 대위에게 물었다.

"아, 데이브 텃 말입니까? 총잡이치고 그렇게 담력이 센 사람은 처음 봤어요. 하느님 맙소사. 그러면 뭐 합니까. 아무 소용없는걸. 빌은 같은 사람에게 한 발 이상 쏘는 적이 없거든요. 그의 총알이 데이브의 가슴팍을 꿰뚫었어요. 데이브는 1, 2초 동안 미동도 않다가 서너 걸음 비틀거리더니 쓰러져 죽었습니다.

빌과 데이브의 친구들은 이 사건을 정식으로 처리하고자 함께 판사에게 갔어요. 빌은 자수했습니다. 배심원이 선정되었고 다음 날

재판이 열렸죠. 그리고 무죄 방면되었지요. 정당방위였음이 입증되었거든요. 대령님, 그렇죠?"

나는 왜 그런지 정확하게 모르겠다고 대답했다.

대위가 동정적인 어조로 말했다.

"어어, 위스키를 안 드셨군요. 그게 대령님의 문제예요."

그러고 나서 절반은 신비로운, 그리고 절반은 의식적인 표정으로 이렇게 속삭였다.

"사실은, 그 싸움엔 여자가 관련되어 있었죠."

• • •

(다음 대화는 그날 오후 호텔에서 있었던 것이다.)

나는 와일드 빌이 텃 씨와의 결투에 대해 뭐라고 말하는지 듣고 싶었다. 그래서 이렇게 물었다.

"텃 씨를 죽인 걸 후회하지 않습니까? 당신은 사람 죽이는 걸 좋아하지 않죠?"

그가 대답했다.

"사람 죽이는 일에 관해서는 별로 생각하지 않습니다. 내가 죽인 사람들은 대부분 주변 사람들이고, 그런 경우에 곰곰이 생각하지 않아요. 이미 다 끝난 후에 생각하면 뭐 하겠습니까? 텃 씨라면 죽이고 싶은 생각은 없었어요. 이곳에 조용히 정착하고 싶었거든요. 그렇지만 그와 나 사이엔 오랫동안 감정의 골이 있었죠. 그 싸움에 말려들고 싶지는 않았지만 그가 나의 명예를 더럽혔기 때문에 더 이상 견딜 수 없었죠. 아시다시피 나는 투사거든요."

말을 잇는 빌의 얼굴 위로 잠시 구름이 지나갔다.

"그리고 우리에겐 이곳 사람들이 모르는 싸움의 이유가 있습니다. 우리 둘 중 하나는 죽어야 했고, 비밀은 그 사람과 함께 죽었답니다."

"왜 기다려서 당신의 총알이 그를 맞혔는지 보지 않았죠? 왜 그렇게 신속하게 돌아섰나요?"

빌은 승마 채찍으로 말의 다리를 때리면서 회색 눈을 내게 고정시켰다. 그리고 이렇게 대답했다.

"나는 그가 이미 죽은 몸이라는 걸 알고 있었어요. 나는 한번도 실수하는 적이 없지요. 그가 쓰러지는 걸 보면 군중들이 나에게 총을 들이댈 것을 알고 돌아선 겁니다."

"이곳 사람들은 당신이 조용하고 예의바른 사람이라고 말하던데 어쩌다가 이런 싸움을 하게 되었죠?"

"나도 몰라요, 젠장."

그는 자신도 궁금하다는 표정으로 대답하고는 이내 자부심 가득하고 도전적인 어조로 계속 말했다.

"하지만 남자라면 자신의 명예 정도는 지켜야죠."

나는 약간 주저하는 태도로 "맞습니다."라고 대답했다. 그리고 내가 지금 보스턴이 아닌 변경 지대에 머물고 있으며 장소마다 배상의 수단이 조금씩 다르다는 것을 되새겼다.

　비명 소리와 웅성거리는 소리 탓에 주의가 집 밖으로 쏠렸다. 밖을 내다 보니 와일드 빌이 빠른 속도로 말을 타고 올라오는 중이었다. 호텔 반대편에 도착하자 그는 오른팔로 동그라미를 그렸다. 블랙 넬이 즉시 정지하더니 마치 포탄을 맞은 것처럼 그 자리에 주저앉았다. 빌은 땅에 쓰러진 말을 그대로 두고 호텔 현관에 서 있는 사람들에게 갔다.

　그들 중 한 사람이 말했다.

　"당신 말의 묘기는 여전하군요."

　빌이 말했다.

　"그뿐 아닙니다. 하느님이 보우하사, 제 말은 제가 아는 인간들보다 더 현명하고 진실하죠. 제 말은 제가 원하는 것은 뭐든지 합니다. 그렇지, 넬?"

　말은 우리 쪽을 보는 눈으로 그렇다는 듯이 윙크해 보였다.

　"현명하죠!"

빌이 계속 말했다.

"넬은 웬만한 판사보다 아는 게 더 많아요. 계단을 걸어 올라가 안으로 들어간 다음 당구대에 올라가 누울 수도 있어요. 여러분 모두를 상대로 술 내기를 해도 좋아요."

내기 제안은 즉시 받아들여졌다. 하지만 그것은 말의 재주를 의심해서라기보다 연습도 하지 않고 정말로 블랙 넬이 과연 그 일을 할 수 있는가에 관한 관심 때문이었다.

빌이 나지막이 휘파람을 불었다. 넬은 즉시 일어나더니 빌에게 걸어가 주둥이를 다정하게 빌의 겨드랑이에 갖다 대고는 그를 따라서 건물 안으로 들어가더니 당구대에 올라갔다. 넬이 세련된 모습으로 당구대에서 내려오자 빌은 넬의 등에 올라타고 넓은 입구를 향해 내달았다. 넬은 단 한 걸음에 계단을 넘고 거리의 한복판에 가 있었다. 빌이 말에서 내려 채찍을 휘두르자 넬은 몹시 만족해서는 껑충껑충 뛰면서 거리를 달려 내려갔다. 낯선 사람이 멈추어 있는 넬을 보고 도망 중인 말인 줄 알고 잡으려 하자 넬은 그의 관심이 기분 나쁘다는 듯이 뒷발질을 하고서 조용히 마구간으로 걸어 들어가 버렸다.

빌이 내 숙소로 나와 함께 걸어가며 말했다.

"나는 블랙 넬을 타고 위험한 곳을 많이 다녔죠. 지금까지 이렇게 훈련을 잘 받아들이는 말을 본 적이 없어요. 아까 당신이 보았던, 주저앉는 기술로 넬은 여러 번 내 목숨을 구했죠. 평원이나 숲에서 정찰을 할 때 남부 반군들을 만나면 적들에게 발견되기 전에 갑자기 풀숲 속으로 숨어 버리거든요. 어느 날 나를 추격하던 남부 반군 일당이 약 50미터 앞에서 내 발자국을 찾았다고 생각하고 반 시간가량 매복을 한 상태로 기다리던 적이 있어요. 넬은 반군들이 냄새를 잘못 맡았다고 믿고 가 버릴 때까지, 귀찮게 달려드는 파리를 꼬리를 흔들어 쫓지도 않고 토끼처럼 납작하게 누워 있었어요. 넬은 내가 휘파람을 불면 나타나서 충성스러운 개처럼 따라다니죠. 다른 사람들에게는 아예 관심도 안 보이고 못 타게 해요. 뿐만 아니라 만약 대령님이 넬을 마차에 묶으려고 한다면 발길질을 하고 난리를 피울 거예요. 훌륭한 친구죠, 대령님."

빌은 말에 대한 애정이 가득한 눈으로 나를 바라보며 이렇게 덧붙였다.

와일드 빌이 강을 헤엄쳐 건넌 이야기도 재미있을 것이다. 그러나 정작 내가 듣고 싶었던 것은 빌이 전쟁 초기에 악당들과 피비린내 나도록 싸운 끝에 혼자서 열 명을 죽인 사건이었다. 나는 그 이야기를 사건이 일어난 지 한 시간이 경과한 후에 빌과 열 구의 시체를 목격한 장교로부터 들었다. 시체들 일부는 총에 맞아 죽고 일부는 칼에 찔린 상태였다.

황당무계해서 약간 걸리긴 하지만 이 끔찍한 사건을 빌의 입에서 나온 말 그대로 옮기도록 하겠다. 그의 이야기를 듣는 동안 나는 삼손이 당나귀 턱 뼈로 1000명을 죽였다는 성경 이야기를 상기했다. 이 인간의 용기와 힘의 놀라운 실례를 보면서 나는 빌을 삼손과 헤라클레스의 능력이 합쳐진 인간으로 보았으며, 그가 가진 능력에 한계가 없을 것이라는 생각까지 하게 되었다. 게다가 나는 전쟁 중에 용감무쌍한 행동과 영웅적 행동을 많이 목격했기 때문에 빌의 이야기를 진실로 받아들일 수 있는 마음의 자세가 되어 있다. 빌의 이야기가 사실이건 아니건 나는 빌이 한 말을 모조리 믿었으며 지금도 믿는다.

내 질문에 빌이 이렇게 말했다.

"매칸레스 사건에 대해서는 말하고 싶지 않습니다. 그 생각을 할 때마다 이상하게 소름이 끼쳐요. 때로는 그 꿈을 꾸고 식은땀을 흘리며 잠을 깨기도 한답니다.

매칸레스는 무법자, 말도둑, 살인자의 우두머리로, 국경 지대에서는 늘 공포의 대상이었죠. 그 친구들이 나타날 때마다 우린 산악 지대를 헤매며 고생했어요. 나는 그 친구들에 대해서 알아요. 겉으로는 짐승 사냥을 하는 것처럼 가장했지만 사실은 교수형을 당하지 않기 위해 숨어 지내는 친구들이었죠. 매칸레스는 그중에서도 가장 흉악한 악당이었는데 늘 잘났다고 뻐기곤 했어요. 어느 날 내가 과녁 맞히기 시합에서 이긴 후에 그를 숲으로 집어던졌더니 그 친구는 불같이 화가 나서 언젠가 꼭 복수를 하고 말겠다고 맹세하더군요. 그렇다고 내가 그 친구를 어린아이 내려놓듯이 내던진 것도 아닌데 말입니다.

그게 남북전쟁 발발 직전의 일이었어요. 그리고 그때 우리는 이미 산속에서 남부군과 북부군으로 패가 갈려서 편싸움을 하던 판이었어요. 매칸레스 일당은 물론 남부군 편이었죠. 얼마 후 그 친구는 읍내를 떠났던 터라, 내게 시비만 걸지 않았어도 그 친구를 다시 생각할 이유가 없었을 겁니다. 지나고 보니 그 친구는 나를 잊지 않았나 봅니다.

1861년이었죠. 캠프 플로이드에서 오는 기병대를 안내해서 네브래스카 땅에서 캔자스 국경 쪽으로 가던 중이었어요. 어느 오후 나는 캠프를 벗어나 옛 친구인 월트먼 부인를 찾아갔어요. 전쟁이 발발했다고는 해도 총을 두 자루 다 가지고 갈 필요는 없다는 생각에 총은 한 자루만 가지고 갔습니다. 그리고 대개 싸움판에서는 제대로 쏠 줄 안다면 총 열두 자루보다 한 자루가 더 나은 법이잖습니까. 길을 가다가 보니 야생 칠면조가 여러 마리 있더군요. 저녁거리로 한 마리를 잡았습니다.

나는 월트먼 부인의 집에 도착하자 말에서 뛰어내려 집 안으로 들어갔습니다. 그 집은 평원에 있는 다른 통나무 집과 마찬가지로 문이 앞에 하나, 뒷마당을 향하여 하나, 이렇게 두 개가 있는 탁 터놓은 형태의 통나무 집이었습니다.

'안녕하십니까, 월트먼 부인?'

나는 즐거운 마음으로 말했죠.

부인은 나를 보자마자 얼굴이 백지장처럼 하얗게 변해서 비명을 질렀어요.

'당신이 빌이죠? 오, 하느님! 그들이 당신을 죽일 거예요. 달아나요. 달아나요. 당신을 죽일 거예요.'

나는 물었어요.

'누가 나를 죽인다는 겁니까? 길고 짧은 건 대 봐야죠.'

'매칸레스와 그의 일당이오. 열 명이나 돼요. 그 사람들, 바로 5분 전까지 여기 있다가 이제 막 옥수수 창고에 갔어요. 매칸레스는 슈플리 목사님의 목에 밧줄을 걸어 땅에 끌고 다녔어요. 숨이 막히고 말에 짓밟혀서 목사님이 돌아가시기 직전이에요. 매칸레스는 당신이 북군 기병대를 이끌고 온 것을 알아요. 당신의 심장을 파내겠다고 벼른다고요. 빌, 달아나요. 달아나요. 그런데 너무 늦었군요. 그 사람들이 올라오고 있어요.'

그녀가 말하는 사이에 나는 총이 한 자루밖에 없는 데다 총알 한 발은 이미 써 버렸다는 것을 기억했습니다. 식탁 위에는 화약과 약간의 납덩이들이 있었습니다. 나는 총의 빈 약실에 화약을 채워 넣고 거기에 납덩이를 집어넣었습니다. 내가 거기에 뇌관을 달고 있을 때 매칸레스가 소리쳤습니다.

'저기에 빌어먹을 와일드 빌의 말이 있다. 그 녀석이 여기 있다. 산 채로 껍질을 벗기자!'

이제 달아나기는 틀렸고 그 집을 나의 성, 아니 일종의 요새로 이용하는 수밖에 없었습니다. 거기서 살아 나갈 수 있을 거라는 기대는 없었습니다."

그러더니 빌은 이야기를 멈추고 자리에서 일어나 상당히 흥분한 상태에서 이리저리 걸어 다녔다.

잠시 후 빌이 말을 계속했다.

"대령님, 말씀드리죠. 이 근방의 친구들과 한판 붙는 것은 좋습니다. 한둘쯤 쏘면 나머지는 도망가죠. 하지만 매칸레스 패거리는 무모하고 피에 굶주린 악당들이에요. 이 친구들은 방아쇠를 당길 힘이 있는 한 싸웁니다. 전 궁지에 몰린 적이 많았어요. 그러니까 그때야말로 제가 기도를 했던 몇 안 되는 경험 중의 한 번이었죠.

매칸레스가 소리쳤어요.

'집을 포위하고 절대 살려 보내지 마라.'

그 소리를 들으니 오히려 교회에 있는 것처럼 조용하고 차분해지더군요. 방 안을 둘러보니 침대 위에 호킨스 장총이 걸려 있었어요.

나는 월트먼 부인에게 물었습니다.

'장전되어 있습니까?'

불쌍한 여인이 대답했어요.

'예.'

부인은 너무 놀란 나머지 큰 소리로 말할 수가 없었죠.

'정말이죠?'

나는 침대 위로 뛰어올라 고리에서 총을 내리면서 물었습니다.

문에서 한시도 눈을 떼지 않았지만 부인이 다시 고개를 끄덕이는 것이 보였습니다. 나는 권총을 침대에 내려놓았습니다. 바로 그때 매칸레스가 문 안쪽으로 고개를 들이밀었다가 내 손에 장총이 들린 것을 보고 놀라서 도망갔어요.

'이리 들어와, 이 비겁한 개자식아! 들어와서 나한테 덤벼 봐!'

매칸레스는 악당이긴 하지만 겁쟁이는 아닙니다. 그 친구는 총을 겨눈 채 집 안으로 뛰어 들어왔어요. 하지만 빠르지는 않았습니다. 이미 나의 총알이 그의 가슴을 관통했죠. 그는 집 밖으로 나가 떨어졌는데 나중에 보니 총을 단단히 붙잡고 있더군요.

그 친구가 사라지자 일당 중에서 누군가가 소리를 질렀습니다. 그러고 나서 정적이 흘렀죠. 나는 장총을 내려놓고 권총을 뽑았습니다. 그리고 혼잣말을 했습니다.

'총알은 여섯 발 남았는데 숙여야 할 사람은 아홉이야. 탄약을 아껴 써야 해. 죽음의 포옹이 시작될 테니 말이야.'

대령님, 왜 그랬는지는 모르겠습니다만."

빌은 질문하듯이 나를 쳐다보고는 계속 말했다.

"그 순간 모든 게 분명하고 날카롭게 느껴지더군요. 대담하게 생각했죠. 몇 초 동안 견디기 어려울 정도의 정적이 흐른 뒤 패거리들이 양쪽 문으로 쏟아져 들어왔습니다. 취한 패거리들이 벌겋게 된 얼굴과 충혈된 눈으로 고래고래 욕설을 뱉을 때 얼마나 난폭해 보였는지 모릅니다. 제 평생 그렇게 정확하게 조준한 적은 없었죠.

하나, 둘, 셋, 넷. 그리고 네 명이 쓰러졌어요.

그렇다고 나머지 패거리가 싸움을 포기한 건 아니었죠. 둘이 나에게 엽총을 겨눴고 무언가가 나를 찔렀습니다. 방에는 연기가 가득 찼죠. 두 녀석이 연기 속에서 눈을 부라리며 내게 다가오더라고요. 나는 한 놈을 주먹으로 눕혔어요. '잠시 저리 비켜 있어.'라고 생각하면서 말이죠. 두 번째 녀석은 사살했어요. 나머지 세 놈이 나를 붙들고 침대 위로 끌고 가더군요. 죽을 힘을 다해 싸웠습니다. 내 목을 쥐고 있던 사람은 손으로 내 팔을 부러뜨렸습니다. 나는 일어서려다가 장총 개머리판으로 가슴을 맞았어요. 피가 코와 입으로 쏟아져 나오는 게 느껴지더군요. 그러면서 정신이 이상해지기 시작했어요. 칼을 집어 든 것까지는 기억해요. 그리고 모든 것이 흐릿해졌죠. 그자들이 모두 죽었다는 것을 확인할 때까지 방 이쪽에서 저쪽으로, 그리고 구석까지 미친 듯이 따라가며 치고 베었죠. 갑자기 심장에 불이 난 것처럼 느껴지더군요. 온몸에서 피가 흘렀어요. 나는 우물가로 가서 양동이의 물을 마시고 기절해 버렸죠."

나는 이 희한한 이야기에 너무 집중한 나머지 숨이 찰 정도였으며 더구나 주인공이 그날의 피비린내 나는 사건을 다시 경험하는 것처럼 정신이 나간 듯 야만적인 몸짓을 거침없이 쓰는 것을 보며 더욱더 기묘한 흥분 상태를 경험했다. 그제야 나는 요전 날 아침에는 주의 깊게 관찰했으면서도 부드러운 외모 이면에 숨은 호랑이를 발견하지 못했음을 알았다.

나는 말했다.

"당신은 치명적인 부상을 입었군요."

"산탄 총알이 열한 개나 몸에 박혔죠. 그중 몇 개는 아직도 그대로 있어요. 열세 군데나 칼에 찔렸고요. 하나만 생겨도 보통 사람은 목숨을 잃을 정도로 심각한 상처들이죠. 그런데 훌륭한 의사이신

밀스 선생님이 나를 구해 주셨어요. 여러 주 동안 침대에 누워 지내야 했죠."

"빌, 당신의 기도는 생각보다 당신의 안전에 큰 도움이 되었는지도 모르겠군요. 하느님께 감사드려야겠습니다."

묵직한 표정을 한 빌이 엄숙한 어조로 이렇게 대답했다.

"대령님, 솔직히 말씀드리건대 난 이런 이야기를 이곳 사람들에게 하지 않습니다. 하지만 곤경에서 살아 나오면 항상 감사드리죠."

나는 물었다.

"위험천만한 모험들을 하면서 두렵다고 느낀 적은 없었나요? 당신은 오감이라는 걸 압니까? 내 질문을 잘못 이해하지는 않겠죠? 우리 군인들은 도덕의식이 육체의 약점을 극복할 때 나타나는 용기야말로 가장 고귀하다고 생각합니다."

"무슨 말씀인지 압니다. 너무나 무서워서 얼굴이 백지장처럼 질리고 마치 힘과 피가 몸에서 완전히 빠져나가 버린 것처럼 느낀 적도 있지요. 하지만 그게 부끄럽지는 않습니다. 월미 샛강에서 벌어진 싸움에서였는데, 전 총을 쉰 발도 더 쏘았어요. 총을 쏠 때마다 명중이었죠. 전초전을 치르면서 남부군을 향해 전진하는데 갑자기 바로 앞에서 무언가가 불을 뿜기 시작하는 겁니다. 소리가 어찌나 크던지 총 마흔 자루가 발사되는 것 같았죠. 그리고 모든 총과 포가 바로 코앞에서 일제히 불을 뿜었어요. 대포 세례를 받아 본 것은 생전 처음이었죠. 나는 너무 놀라서 한 1, 2분 동안 꼼짝할 수가 없었어요. 귀환 후에 친구들이 내게 귀신이라도 보았느냐고 묻더군요. 열댓 명의 적과 서로 마주 보고 사격을 하는 건 그런대로 재미있어요. 하지만 대포 소리만 들리면 저는 불안해지죠."

"사격하는 걸 보고 싶군요."

"보시겠습니까?"

빌이 총을 뽑아 들면서 말했다. 그리고 창문 가까이 가더니 길 건너편 건물의 벽에 붙어 있는 간판의 O자를 가리켰다.

"저 간판까지는 50미터가 넘습니다. 나는 이 여섯 발을 사람의 심장 정도의 크기밖에 안 되는 저 O자 안에 맞히겠습니다."

빌은 총을 눈으로 조준하지도 않고 대충 여섯 발을 발사했다. 나중에 나는 여섯 발이 모두 동그라미 안에 들어갔다는 걸 알았다.

총에 실탄을 재장전하면서 빌은 다소 순진한, 그러나 확신에 찬 말투로 말했다.

"싸움에 말려들 때는 절대로 성급하게 총을 쏘아서는 안 됩니다. 여유를 가져야죠. 나는 많은 사람들이 서둘러서 총을 쏘다가 당하는 걸 봤답니다."

이 대단한 친구의 모험담을 모두 나열하자면 아마 책 한 권쯤은 쉽게 만들 수 있을 것이다. 나는 그저 우리 나라를 지키면서 위험에 처했던 사람들 중 가장 훌륭한 사람에 관한 작은 기록을 남기는 것에 만족한다.

어느 날 오후 스미스 장군과 함께 동부로 떠나려고 말에 올라타는 것을 보고 빌은 내게 다가와 인사했다. 나는 그에게 이렇게 말했다.

"별 이의가 없으시다면 당신의 모험담을 글로 써서 출판하고 싶군요."

"좋으실 대로 하십시오. 나야 이제 공공의 재산인걸요."

내 말 안장에 기대어 말하는 그의 목소리가 부드럽게 떨렸다. 또한 외면하는 듯한 눈에는 약간의 물기가 배어 있었다.

"대령님, 일리노이에는 늙고 연로하신 내 어머니가 계십니다. 나는 요 몇 년 동안 어머니를 뵙지 못했고 자식 노릇을 하지 못했습니다. 나는 이 세상에서 어머니를 가장 사랑합니다. 사람들이 나에 관해 무어라 하건 상관없습니다. 그렇지만 나는 자객도 방랑자도 아닙니다. 어머니께서 자랑스러워하실 이야기를 들려드리고 싶습니다. 당신의 집 나간 아들이 진짜 사나이처럼 북부 연합군을 위해 싸웠다는 것을 알려 드리고 싶습니다."

총잡이들의 왕자

콜로라도 찰리라는 별명을 가진 찰스 어터와 와일드 빌이 캔자스 주의 위치토에서 보급품을 실어 나를 때의 일이다. 어터는 약간 짓궂은 데가 있는 친구인데, 마부를 어찌나 약을 올렸던지 마부가 그에게 큰 바위를 던져 버렸다. 만약 어터가 그 바위에 맞았더라면 즉사했을 것이다. 그런데 이야기에 따르면 바위가 마부의 손을 떠나는 순간 와일드 빌의 총이 불을 뿜었다고 한다. 총알은 바위를 강타했고, 그 결과 바위는 궤도를 비껴갔다. 와일드 빌의 총 솜씨는 너무나 훌륭해서 모두의 찬사를 받았다.

충분히 그럴 수 있는 일이다.

배우인 고 조지프 필락 씨는 자신이 젊었을 적에 와일드 빌이 두 개의 전신주 사이에 서서 쌍권총을 동시에 발사해 두 개의 전신주를 모두 명중시키는 것을 보았다고 말한 적이 있다. 와일드 빌의 실력은 쉰 걸음 떨어진 곳에서 총을 쏘아 닭의 목에 상처를 내는 데에서도 돋보인다. 닭의 머리나 몸에는 아무런 상처도 나지 않았고 목도 부러지지 않았다. 그는 총을 쏘아 병은 깨뜨리지 않고 코르크 병마개만 병 속으로 집어넣는 묘기로 친구들을 즐겁게 하곤 했다. 그는 쉰 걸음 떨어진 곳에서 10센트짜리 동전을 쏘아 열에 아홉 번을 명중시킬 수 있었다. 이런 묘기들은 그가 총을 뽑아 조준하지 않고 발사했다는 것을 감안하면 더욱 놀라운 일이다.

헤이즈 시의 노인들은 빌의 총 솜씨에 관한 일화들을 많이 안다. 하루는 빌이 거리를 걷다가 나무에 잘 익은 사과가 달린 것을 발견했다. 빌은 쌍권총을 뽑아 왼쪽 총으로 사과의 꼭지를 맞혔다. 그리고 오른손의 총을 발사하여 떨어지고 있는 사과를 관통시켰습니다. 또 한번은 빌이 카스터 장군과 요새에서 말을 타고 돌아오는 중이었다. 빌은 전신주의 옹이를 가리키더니 말을 타고 지나가면서 총을 쏘아 몇 발이나 옹이를 맞힐 수 있는지 궁금해했다. 그는 여섯 발을 발사해서 모두 옹이에 명중시켰다. 전신주 옹이 일화는 빌의 멋진 총 솜씨를 드러내 주는 예로서 여러 해 농안 주민들의 입에 오르내렸다.

엘리스 피어스에 따르면 말년에 빌은 방아쇠가 없는 콜트 45구경 권총을 사용했다고 한다. 그는 감각적인 총잡이였다. 그가 총의 손잡이를 붙잡으면 그의 엄지손가락은 바로 공이치기에 가고 총을 총집에서 완전히 뽑는 순간 총 자체의 무게로 공이치기가 뒤로 당겨진다. 빌이 엄지손가락을 치켜들기만 하면 사람이 죽어 나갔다. 빌은 공이치기를 부드럽게 쓸어 내린다. 누르는 힘이 없어지면서 공이치기가 엄지손가락 밑에서 부드럽게 미끄러지는 것이다.

한번은 이런 사건이 있었다. 데드우드 마을 밖 3, 4킬로미터 지점에서 포장마차를 만나자 빌은 말에서 내려 포장마차의 마부 옆자리에 나란히 앉았다. 마차가 이동하는 동안 승객들을 즐겁게 해 주려고 빌은 다람쥐들을 향해 여덟 발을 쏘았다. 그러고 나서는 주변에 노상 강도들이 있다는 것을 잊고 실탄을 재장전하지 않았다. 강도들은 상당한 액수의 현금이 웰스 파고 운송 대리인 앞으로 위탁된 포장마차 금고에 있다는 것을 알아냈다. 중무장을 하고 복면을 쓴 다섯 명의 말 탄 사나이들이 갑자기 빌과 마부 앞을 가로막았다. 사나이들은 말에서 내렸다. 그중 한 사람이 맨 앞에 있는 말의 재갈을 붙잡고 "전부 손 들어!"라고 소리쳤다. 이때 빌의 손이 번개같이 올라갔다. 네 발의 총성과 함께 네 사람의 무법자가 쓰러졌다. 실탄이 떨어진 빌에게 나머지 한 명이 총을 겨누고 마차에서 내려오라고 명령했다. 빌은 그 목소리의 주인공이 누구인지 알아챘다. 과거에 알던 술집 종업원 미키 로즈였다.

"미키, 자네지? 그렇지?"

빌은 좌석에서 일어나며 실탄이 없는 총 한 자루를 미키를 향해 던졌다. 총은 무법자의 머리에 정확하게 맞아 그만 그의 머리 뼈를 부수고 말았다. 빌은 무법자들의 시체를 조사하며 이렇게 말했다.

"내가 자경단의 일거리를 조금 덜어 주었군."

　　1874년 7월 카스터 장군의 정찰병인 호레이쇼 로스가 블랙힐에서 금을 발견했다. 카스터 장군은 이 소식을 국무성에 보고했다. 그러나 블랙힐 지방이 수 족의 영토 안에 있었고, 정부와 인디언들의 영토 협상이 진행 중이었으므로 금광을 발견했다는 소식은 1875년 6월까지 비밀에 부쳐졌다.

　　그러나 비밀이 새어 나갔는지 금광 발견 후 6개월 만에 블랙힐 지방의 하천은 금덩어리와 금가루를 찾으려는 사람들로 북새통을 이루었다. 블랙힐 지방은 수 족의 영토에 속했기 때문에 인디언들은 당연히 백인들의 침입을 못마땅하게 생각했다. 이 사건과 인디언들을 보호구역으로 이주시키려는 정부의 노력 때문에 수 족 반란이 일어나 카스터 장군과 그의 부대가 리틀 빅 혼 지역에서 몰살당했다. 데드우드는 1874년에 치외법권 지역이었다. 인디언의 땅이었으므로 정부는 그곳을 백인 정착촌으로 인정할 수 없었다. 1877년 6월이 되어서야 정부는 그 지역을 정착촌으로 인정했다. 그러나 와일드 빌이 거기에 도착했을 때 그곳은 모든 사람이 허리에 총을 차고 어깨에는 금덩이 자루를 지고 다니던 자유로운 마을이었다. 와일드 빌과 찰리 어터는 체옌을 거쳐서 데드우드 마을에 왔다.

'칸 만의 살롱'이라는 술집의 바텐더 해리 영은 데드우드에 와일드 빌이 나타난 순간을 실감나게 이야기해 주었다. 해리 영이 헤이즈 시티에 거주하던 시절 와일드 빌과 친구 사이였다는 것은 앞서 이야기한 바 있다.

다음은 영의 증언이다.

"6월 중순경 내 옛 친구 와일드 빌이 데드우드에 도착했다. 같이 온 친구는 보통 콜로라도 찰리라고 알려진 찰리 어터였다. 그들은 말을 타고 왔는데, 말을 탄 와일드 빌의 모습은 비길 데 없이 멋있었다. 이 사람은 체옌의 북쪽으로는 가 본 적이 없었다. 데드우드에서 와일드 빌을 아는 사람은 많았다. 많은 사람들, 특히 몬태나 출신들은 명성을 듣고 그를 알아보았다. 몬태나 출신 중에서 쓸 만한 친구들이 많았다. 내가 쓸 만한 친구들이라고 말하는 사람들은 총잡이를 말한다. 그래서 와일드 빌의 도착은 마을 전체에 상당한 파문을 일으켰다.

전부터 칼 만을 알던 그 친구들은 내가 일하는 술집에 찾아왔다. 칼 만은 와일드 빌의 막역한 친구였으므로 당연히 두 사람은 그를 만나러 온 것이었다. 그들이 말에서 내려 술집 안으로 들어가자 많은 사람들이 운집하여 그들을 따라왔고 마침내 술집은 사람들로 가득 찼다. 많은 손님들이 빌을 다정하게 맞아들이고 마음 편히 지내라고 친절하게 말했다. 사람들은 모두 즐거워했다. 만에게는 빌이 손님을 끄는 좋은 수단이었고 그의 출현은 돈벌이에 적당한 기회였다. 빌의 도착으로 인한 흥분이 조금 가라앉은 후에 빌은 나를 바라보면서 이렇게 말했다.

'헤이, 친구. 자네는 쓸모없는 1센트짜리 동전처럼 아직도 여기 있군. 하지만 이렇게 만나서 반갑네그려.'

그러더니 칼 만을 향해 돌아서서 또 이렇게 말했다.

'캔자스 주 헤이즈 시티에서 이 친구를 처음 만났지. 그런데 내가 가는 곳마다 이 친구가 먼저 와 있단 말이야. 하지만 괜찮은 친구지. 믿을 만해. 정말이야.'"

영의 증언은 여기서 끝난다.

와일드 빌은 금을 찾기 위해서가 아니라 노름을 하기 위해서 그곳에 간 거라고 말하는 사람도 있지만 그것은 사실이 아니다. 1922년 11월 3일자 데드우드의 《텔레그램》의 필자는 이렇게 적고 있다.

'와일드 빌은 땅을 파서 금을 찾기보다 카드 게임으로 금을 모으기를 원했다.'

하지만 부엘은 확신에 차서 이렇게 말했다.

"빌은 돈을 벌 기회를 찾기 위해 데드우드에 정착했지요. 실제로 그는 여러 가지 수입을 올릴 수 있는 이권을 찾아냈어요."

이러한 주장은 빌이 블랙힐에서 노름만 즐긴 게 아니라는 주장이 설득력 있음을 암시한다. 물론 다른 일거리가 없을 때 빌이 제일 좋아하는 포커 게임을 하면서 시간을 보낸 것은 사실이다. 당시에 빌은 아내에게 두 통의 편지를 보냈다. 1876년 7월 19일자 소인이 찍힌 편지에 따르면 빌이 금광 사업에 전혀 관심이 없었다는 주장은 그르다는 것을 알 수 있다. 편지의 내용은 다음과 같다.

사랑하는 아그네스에게

편지를 쓸 시간이 많지 않구려. 나는 내가 무척 즐거운 시간을 보내고 있다고 생각하고 있지만, 당신이 나를 보면 웃고 말 거요. 광산을 시굴하다가 막 들어왔거든. 내일 다시 떠날 예정이라오. 아침에 다시 쓰겠소. 하지만 언제 다시 편지를 쓰게 될지 알 수 없는 일이오. 내 친구가 이 편지를 체옌으로 가지고 갈 것이오. 당신이 나를 찾아오리라고 기대하지는 않소. 하지만 변한 건 없소. 당신은 나의 아그네스이고, 나는 당신을 위해 살고 있소. 나의 귀여운 강아지, 머지 않아 우리의 보금자리를 꾸미게 될 것이오. 그러면 정말 행복해지겠지. 나는 여기에서 성공할 거라고 믿고 있소. 친구가 급히 오라고 하는군. 안녕, 사랑하는 아내여. 에마에게 사랑한다고 전해 주오.

빌

빌이 담력이 강한 사람이 아니었더라면 일찌감치 비극적 최후를 맞이했을지도 모른다. 그가 도착할 무렵 데드우드에는 몬태나 출신 총잡이들이 많이 있었다. 빌은 적수들을 모두 때려눕히는 직업 싸움꾼으로 명성이 자자했기 때문에 이 사나이들에게는 선망의 대상이었다. 당시의 총잡이들은 유명한 총잡이를 그냥 놓아두지 않고 그를 죽인 다음 스스로 챔피언의 자리에 앉고 싶어했다. 어느 날 밤 몬태나의 술집에서 빌의 용맹성을 부러워하던 여섯 명의 총잡이들이 욕을 하면서 그를 제거하겠다고 공공연히 선언했다. 빌의 친구 한 사람이 이 이야기를 엿듣고 빌에게 알려 주었다. 빌은 즉시 총을 준비하여 몬태나 술집으로 가서 그 사나이들에게 다가갔다.

"듣자하니 몬태나 출신의 별 볼일 없는 총잡이 지망생들이 나에 대해서 이야기하고 있다던데, 즉시 그만두지 않으면 데드우드에서 곧 여러 건의 장례식이 열릴 테니 그렇게 알게. 내가 이 마을에 온 것은 악명을 떨치기 위해서가 아니라 평화롭게 살고 싶어서일세. 그리고 자네들의 모욕을 참고 지내지는 않을 걸세."

빌은 여섯 명의 사나이들을 벽에 세우고 총을 내놓으라고 명령했다. 그들은 온순하게 하라는 대로 했다. 빌은 그러고 나서 뒤로 물러나 술집을 나갔고, 챔피언이 되려던 몬태나 친구들은 어디론가 사라져 버렸다.

와일드 빌은 이제 헤이즈와 애빌렌의 악당들과의 불화에서 벗어나 데드우드에 정착하여 모든 사람들과 함께 평화롭게 지냈다. 블랙힐 역사가인 O. W. 코지는 그 당시의 블랙힐 지방에 관해 연구한 결과 빌이 데드우드 마을에 들어오면서 자신의 죽음이 멀지 않았다는 것을 알았다고 했다. 브레이크넥힐의 정상에 올라 처음으로 데드우드 계곡을 내려다볼 때 그는 동료인 콜로라도 찰리 어터에게 이렇게 말했다고 한다.

"마지막 캠프에 온 것 같아. 여기서 여생을 마칠 것 같네."

"꿈 깨게."

어터가 말했다.

"꿈을 꾸는 게 아냐."

와일드 빌이 대꾸했다.

"나도 갈 때가 되었다는 소리가 들려. 나를 죽이고 싶어하는 사람들 중에는 이제 산 자가 없는데 그 소리가 어디서 들려오는지는 모르겠어."

살해당하기 전날 저녁, 빌은 우울한 표정으로 다음 날 자신이 죽게 될 건물의 문지방에 기대 섰다.

톰 도지어가 물었다.

"빌, 오늘 밤 왜 그렇게 우울한 거야?"

"톰, 이제 내 운명도 다했고 곧 살해될 것 같은 예감이 들어."

"자, 자. 이상한 소리하지 말게. 멀쩡한 사람이 왜 그래?"

빌이 그날 저녁 아내에게 쓴 편지를 보면 이러한 이야기가 사실임을 입증해 준다.

사랑하는 아그네스

우리가 앞으로 다시 만나지 못한다면 나는 부드럽게 당신의 이름을 부르면서 강물에 뛰어들어 당신이 있는 쪽으로 헤엄쳐 갈 것이오.

다음 날 오후, 즉 1876년 8월 2일, 빌은 칼 만과 제리 루이스가 경영하는 술집에서 포커 게임을 하고 있었다. 와일드 빌의 옆에는 칼 만, 찰스 리치, 미주리 강 정찰병 출신의 매씨 대위가 앉아 있었다. 네 사람은 농담을 섞어 게임을 진행하면서 즐거운 시간을 보내고 있었다. 와일드 빌은 앞문을 마주보고 있었지만 그의 등 뒤로 뒷문이 열려 있었다. 빌이 자리를 바꾸자고 졸랐지만 게임에서 빌을 괴롭히는 역할을 고수하겠다며 찰스 리치가 벽을 등지고 빌의 옆자리에 앉았다. 나중에 찰스는 빌의 죽음이 자신의 탓이라고 말했다.

저격범 잭 매컬은 다른 사람들이 자신의 비열한 의도를 전혀 눈치 채지 못하게 하기 위해 아주 무관심한 태도로 술집에 들어왔다. 그는 해리 영이 술을 따르고 있는 카운터로 걸어간 다음 와일드 빌이 앉아 있는 자리의 뒤로 이동했다. 그 다음 잽싸게 45구경 콜트 권총을 꺼내 발사했다. 총알은 빌의 머리를 관통하고 오른쪽 광대뼈 아래로 튀어나와 매씨 대위의 왼쪽 팔을 뚫고 들어갔다. 그때가 오후 4시 10분이었다.

임시 장의사 역할을 맡아 유품을 관리하고 장례를 주관했던 닥 피어스는 당시의 정황을 가장 잘 아는 사람이다.

"사람들이 문을 열었을 때 빌은 마치 등 없는 걸상에서 미끄러져 내려온 것처럼 무릎을 구부린 채 옆으로 누워 있었습니다. 그 당시에는 아직 의자라는 게 없었어요. 손가락은 카드를 쥐었던 모양 그대로 구부러져 있었지요. 저격범의 45구경 콜트 권총은 여섯 개의 실탄이 모두 장전된 상태에서 한 발만 발사되었습니다. 만약 매컬이 몰래 다가와 공포탄을 한 방 발사하고 나서 빌의 머리에 총을 갖다 대었다면 어떤 일이 벌어졌을까요? 그는 아마 와일드 빌에게 죽은 서른일곱 번째 사나이가 되었을 겁니다."

빌의 숙소는 데드우드 시의 벌링턴 보급창 근처의 숲 속에 있는 작은 오두막이라고 알려져 있다. 하지만 닥 피어스는 빌이 포장마차 덮개로 만든 천막 안에서 살았다고 했다. 콜로라도 찰리 어터가 그와 동숙했다. 닥 피어스는 장례를 위해 빌의 시신을 바로 이 천막 안으로 옮겨 왔다.

닥 피어스는 다른 곳에서 이렇게 말했다.

"빌은 머리에 관통상을 입어서 출혈이 심했어요. 반듯하게 눕히자 빌은 밀랍으로 만든 인형처럼 보였습니다. 전시에든 평시에든 많은 시신을 보아 왔지만 빌만큼 아름다운 시신을 본 적이 없습니다. 긴 콧수염이 멋있었고 가늘고 긴 손가락은 대리석 같았지요."

다음과 같이 인쇄된 장례 통지문이 그 지역의 광산업 종사자들에게 배포되었다.

와이오밍 주 체옌에서 온 J. B. 히콕(와이드 빌)이 1876년 8월 2일 블랙 힐의 데드우드 시에서 총상으로 사망하였습니다. 장례식은 1876년 8월 3일 목요일 오후 3시 찰리 어터의 천막에서 거행될 예정입니다. 모두 참석해 주시기 바랍니다.

　빌의 시신은 거친 판자로 만든 관에 들어갔다. 닥 피어스가 빌의 뺨에 난 상처를 교묘하게 봉합한 덕에 상처는 거의 눈에 띄지 않았다. 빌의 얼굴 표정은 완전한 평화 그 자체였으며 이마에서 고르게 두 갈래로 나눈 긴 연갈색 머리가 넓은 어깨 위로 우아하게 흘러내렸다. 운명의 총탄이 발사되었을 때 포커 게임에서 나눈 마지막 농담을 듣고 지은 미소를 아직도 간직한 듯 그의 입술은 약간 벌어져 있었다. 관에는 빌이 여러 해 동안 가지고 다니던 샤프스 장총도 들어갔다. 빌의 무덤은 잉글사이드의 산 언덕에 만들어졌다. 목사가 장례 기도문을 읽었고 무덤의 머리맡 나뭇등걸에 다음과 같이 새겨졌다.

　용감한 사나이 암살자의 손에 죽음을 맞이하다.
　J. B. 히콕(와이드 빌) 39세
　1876년 8월 2일 잭 매컬에게 당하다.

빌리 더 키드

<h1 style="text-align:center">빌 리 더 키 드 를 아 십 니 까 ?</h1>

만약 오늘날 뉴멕시코 주 사람들이 빌리 더 키드의 기억을 어느 정도 소중하게 간직하고 있는지 알고 싶다면 빌리 더 키드의 고장을 느긋한 마음으로 여행해 보면 된다. 만나는 사람마다 빌리의 용맹성, 관대함, 의리, 쾌활함, 천진난만함에 대해 이야기해 줄 것이다. 십중팔구 당신은 그 이야기들의 마력에 끌려 들어갈 것이고, 의식하기도 전에 영웅적이고 모험적인 청년에 관한 이상화된 그림들에 대해 낭만적 동경심을 느끼지 않을 수 없을 것이다.

옛날 포장마차 대열이 대평원을 가로지르는 여정의 끝에 들렀던 산타페 광장의 느릅나무 아래 벤치에 앉아 보아도 좋다. 미래와 햇빛의 나라의 이 옛 수도에서는 가난한 자든 부자든 가릴 것 없이 매일 이곳에 와서 한 시간씩 담배를 피우며 정치 이야기를 한다. 한가해 보이는 마을 사람에게 빌리 더 키드 이야기를 꺼내 보라. 그의 표정이 즉시 밝아질 것이다. 그는 고위 공직자들의 부정 부패에 관한 장황한 이야기를 즉시 중단하고 빌리 더 키드에 관한 수많은 일

●──미국 민담　　283

화를 이야기할 것이다. 그렇다. 빌리 더 키드는 어린 시절 산타페에서 살았다. 목에 현상금이 붙은 무법자 시절에 빌리는 마을에 들어와 갈릴레오 거리에 있는 댄스홀에서 밤새 춤을 추곤 했다. 그 건물은 아직도 그 자리에 서 있다. 분홍색 어도비 벽을 배경으로 푸른 문과 창문 덮개가 아름다운 건물이다. 경찰이 빌리를 체포하려고 했을까? 사실 그렇지 않다. 경찰들도 자기들 목숨을 소중하게 생각했다. 빌리는 악마도 겁내지 않을 친구였다.

안톤치코로 가 볼까? 아니면 푸에르타데루나에 있는 작은 어도비 가옥으로 들어가 볼까? 혼도, 아니면 라톤과 세븐리버스 사이의 어디든 좋다. 아마 멕시코 인 부인이 강낭콩과 또띠야, 커피, 염소 젖을 대접할 것이다. 만약 당신이 멕시코 인들의 관습을 안다면 또띠야 조각을 떼어 내서 손가락 사이에 넣고 컵 모양으로 만든 다음 칠리 소스와 베이컨 기름으로 빨갛게 범벅이 된 국에 들어 있는 강낭콩을 떠먹는 숟가락으로 사용할 것이다. 하지만 이 신의 강낭콩을 먹는 동안—당신은 그것들을 그렇게 부르고야 말 것이다. 그렇지 않으면 당신은 강낭콩에 대해 모르는 사람이다—빌리 더 키드에 대해 지나가는 말투로 언급하는 것을 잊지 마시길. 그리고 여주인의 얼굴에 나타난 표정을 읽어 보라. 그 마술 같은 이름을 언급하는 순간 그 여인은 부드러운 미소를 지을 것이고 꿈같은 표정이 얼굴에 나타날 것이다.

"빌리 더 키드요? 그 사람 이름을 들어 보았나요? 대단한 남자였어요. 멕시코 사람들은 모두 그의 친구죠. 멕시코 인치고 빌리 더 키드에 대해 나쁘게 말하는 사람은 없어요. 모두가 그 청년을 사랑했죠. 그 사람은 정말 친절하고 관대하고 또 용감했어요. 그리고 잘생겼죠. 아가씨들은 그 남자에게 모두 반했죠. 모두가 빌리 더 키드의 연인이 되려고 혈안이 되었죠. 빌리가 살해되었을 때 많은 아가 씨들이 울고불고 난리였어요. 그리고 미사 중에 기도할 때는 반드시 빌리가 천국에서 편히 쉬고 있기를 기원하죠. 가엾은 빌리 더 키드. 참 좋은 청년이었는데. 용감하고 기사도로 가득 찬 청년이었죠."

빌리에 관해서라면 프랭크 코우에게 물어도 된다. 아마도 프랭크는 지금쯤 뤼도소 캐니언의 과수원에서 백발이 성성한 노인이 되었을 것이다. 그 노인은 링컨 카운티 전투에서 빌리 더 키드와 한 편이 되어 싸웠었다. 그리고 그분이 이야기하는 동안 당신은 미루나무 아래 흔들의자에 앉아 있으면 된다. 코우는 말한다.

"1877년 가을, 빌리 더 키드가 링컨 카운티에 들어온 후 한동안 나와 함께 살았어. 그가 일하러 다니기 조금 전 일이지. 아니, 빌리가 나를 위해 일한 건 아니었어. 그냥 같이 살았을 뿐이지. 마땅히 머물 곳이 없었거든. 그 친구는 그해 겨울 사냥을 많이 했어. 빌리는 대단한 사냥꾼이었지. 이 근방의 아산에는 야생 칠면조, 사슴, 곰 따위가 많았거든. 빌리는 내 눈에는 보이지도 않는 곰의 눈을 쏘아 맞힐 수 있을 정도였지.

아직 빌리는 열여덟 살밖에 되지 않았는데, 당신이 만나 보고 싶을 만큼 잘생긴 젊은이라네. 매우 쾌활한 말동무였지. 그 친구와 나는 모닥불을 피워 놓고 많은 밤을 이야기를 나누며 보냈어. 맞아, 빌리는 그때도 사람을 많이 죽였지. 그러나 그렇다고 해도 그가 그렇게 나쁘게 보이지는 않았단 말이야. 절대로 나쁘게 보이지 않았지. 빌리는 귀신도 두려워하지 않았어. 나는 지금까지 그렇게 활달한 친구를 본 적이 없어. 빌리는 뚱 하니 침울하게 있지 않고 늘 이야기하기를 좋아하는 사람이었어. 아마 깨어 있는 시간의 절반은 웃고 있었을 거야.

그렇게 총을 잘 쏘는 사람은 없을 거야. 그렇다고 명사수는 아니었지. 명사수가 있다는 말을 들은 적은 있지만 만나 본 적은 없거든. 빌리는 내가 만나 본 총잡이 중에서 권총을 가장 잘 쏘는 사람이었어. 그렇지만 빌리의 사격은 가끔 빗나가기도 했지. 머피의 편에서 싸웠던 제시 에번스는 자신의 사격 솜씨가 빌리 더 키드와 똑같다고 자랑했지만 나는 그렇게 생각하지 않아. 나는 제시뿐만 아니라 빌리의 총 솜씨도 익히 알고 있거든. 제시는 빌리 더 키드가 두렵지 않다고 했지만 그건 허풍이야. 사실 그는 빌리를 엄청 무서워했거든. 한번은 두 사람이 링컨에서 만난 적이 있는데 제시가 겁에 질려 도망쳤어. 빌리는 목장 주변에서 사격 연습을 많이 했어. 그래서 창고가 온통 구멍투성이였지. 나는 빌리가 모자를 공중에 던져 놓고 모자가 땅에 떨어지기 전에 여섯 발을 모두 명중시키는 것을 직접 목격했다는 사람도 만나봤어. 빌리가 그런 묘기를 할 수 없다고는 하지 않겠어. 하지만 실제로 그런 묘기를 부리는 것을 본 적은 없다네. 빌리의 장기는 말을 타고 달려가면서 길가의 울타리 말뚝에 앉은 흰멧새를 쏘는 거야. 때로는 한 번에 한 마리씩 여섯 마리의 흰멧새를 쏘아 떨어뜨리기도 했지. 그리고 몇 마리는 놓치기도 했고. 그가 새를 맞추는 평균 비율은 세 마리에 한 마리 정도였다네. 그 정도면 대단한 거지.

빌리는 학교를 조금 다녔어. 그 덕에 주변의 다른 사람들과 마찬가지로 읽고 쓸 줄 알았지. 나는 빌리가 책을 읽는 것을 보지는 못했지만 신문을 구할 수 있을 때는 매우 열심히 읽었어. 빌리는 신문을 읽으면서 많은 것을 얻었어. 빌리는 숲 사나이들처럼 말하지 않았어. 문법을 잘 알고 있는 것 같지는 않았지만 무식한 사람들이 흔히 범하는 실수를 저지르지는 않았다네. 빌리는 지적이고 교육을 잘 받은 사람의 언어를 사용했지. 정신은 명료했고 그의 대화는 절대로 거칠거나 저속하지 않았어. 비록 그가 어울리는 사람들은 대부분 해적처럼 욕을 해댔지만 빌리는 거의 욕을 하지 않았다네.

빌리는 활달하고 관대한 소년이었어. 친구에게 자신의 셔츠를 벗어 줄 정도였으니 말일세. 빌리는 돈을 쉽게 벌어들였지만 때로는 돈을 전혀 못 벌 때도 있었어. 빌리는 노름꾼이었어. 모든 노름꾼이 그렇듯이 하루는 돈이 많아서 흥청망청 지내다가 다음 날은 빈털터리로 굶고 지냈다네. 빌리는 몬티라는 게임을 제일 좋아했어. 빌리는 매우 노련한 딜러이자 영리한 노름꾼이었지. 게다가 운이 좋고 큰 돈을 걸기를 좋아해서 매번 최고 액수까지 베팅을 했지. 노름에 질 때면 빌리는 멋진 노름꾼답게 너털웃음을 웃고는 농담을 한마디 던진 후 주머니에 손을 집어넣고 휘파람을 불면서 나가 버리곤 했지. 돈을 잃었다고 해서 화를 내지도 않았어. 사실 나는 빌리를 여러 해 알고 지냈는네 단 한 번도 그가 화내는 것을 보지 못했다네.

누가 뭐라고 하건 빌리에겐 여러 가지 원칙이 있었어. 소를 훔치는 일에 좀 관대한 것 말고는 빌리는 아주 정직한 사람이었지. 소를 훔치는 것은 절도 행위에 해당되지만 빌리는 소를 훔치는 것을 그리 심각한 잘못으로 여기지 않았던 것 같아. 하지만 그렇다고 도적질이 키드의 천성이라고 할 수는 없어. 그 당시엔 주인 없는, 설사 주인이 있다고 하더라도 낙인을 제외하면 소유권을 나타내는 표식이 전혀 없는 가축들이 풍경의 일부처럼 평원을 자유로이 돌아다녔거든. 권총으로 넓은 초원을 다스리는 실력자로서 빌리는 가축들에 대해 일종의 소유권 의식 같은 것이 있었던 거지. 그래서 잡은 가축을 시장에서 팔아 치우는 것을 강도 행위라고 생각하지 않았던 거야. 이런 것이 빌리의 행동을 이해하는 한 방법이겠지. 그 외에 여행자 털기, 남의 집 털기, 소매치기 따위처럼 질 낮은 절도 행각은 절대로 하지 않았어. 나는 내가 가진 모든 돈을 빌리에게 기꺼이 맡길 수 있다네. 한 가지 분명한 것은 그는 평생 친구의 돈을 한 푼도 훔치지 않았다는 사실이거든."

빌리 더 키드의 역사는 이미 전설에 의해 모호해지기 시작했다. 그가 죽은 지 50년도 채 되지 않았는 데 벌써 사실과 신화를 구분하는 것이 어려워지고 있다. 역사가들은 삼류 소설에나 나옴직한 인간의 전기를 쓰게 될 경우 이 살인자 총잡이가 그들의 명예에 치명상을 입히기나 할 것처럼 빌리를 두려워하였다. 결과적으로 역사는 빌리를 무시한 셈이다. 이야기가 서술되고 또 반복되면서 황당무계한 내용들이 추가되었다. 그는 이미 미국 남서부의 '니벨룽겐의 노래'의 주인공으로 변해 가는 과정에 있다. 빌리에 관한 이야기가 너무 많이 생겨나서 그에 관한 사실들을 가려내려는 역사의 노력에도 불구하고, 그는 결국 대중 전설에 의해 '뉴멕시코의 로빈 후드'로 추앙받게 될 것이다.

빌리 더 키드가 거의 신화적 영웅으로 등장하는 이야기는 뉴멕시코의 어디를 가나 무수히 많다. 그런 이야기들은 어느 마을에 가나 모닥불을 쬐며 들을 수 있다. 멕시코 인은 저녁이면 빌리에 관한 이야기들로 항상 꽃을 피운다. 하는 이야기마다 어느 정도의 진실은 들어 있지만 이야기하는 사람에 따라 과장이 포함되어 있는 것도 사실이다. 그 이야기들은 책에는 나오지 않는다. 그것들은 호머의 서사시 계승 방법처럼 기억을 통해 보존되고 이야기꾼들에 의해 한 세대에서 다음 세대로 구전되는 전설에 속한다. 그것들은 민담으로 만들어지는 과정의 이야기들이다. 각각의 이야기에는 어느 부분에는 극적 요소가 첨가되고 다른 부분에는 화려한 장면이 삽입되기 때문에 시간이 가면서 하나의 이야기가 어떤 형태를 띠게 될지, 또 지금으로부터 백 년 후에 빌리 더 키드의 이야기가 얼마나 영웅적 규모를 가진 이야기가 되어 있을지 알 수 없는 일이다.

링컨 카운티 전쟁

 링컨 카운티 전쟁은 미국 서부 뉴멕시코 주민들에게 잘 알려져 있다. 전쟁의 원인이 무엇이며 결과가 어떠했는지는 모닥불을 피워 놓은 겨울 밤, 그리고 여름 저녁 마을 모임의 토론거리가 된다. 이 이야기가 지루하고 재미없어지려면 아직도 많은 세월이 지나야 할 것 같다. 키드가 그 무서운 싸움에 연루되었다는 사실 하나만 가지고도 그 전쟁은 역사에 남았다.

 전쟁 참가자 중 한 사람이었던 매리언 터너에 따르면, 문제는 '올드 존 치섬'과 그의 동업자 '알렉스 맥스웨인'이 가축 방목 사업을 독점하여 피코스 계곡에서 가축 사업의 일인자가 되려는 야심을 품은 것에서 시작되었다. 리오그란데 강에서 가깝고 링컨 카운티를 남북으로 가로질러 거의 전 지역에 걸쳐 있는 피코스 계곡은 리오 혼도 강을 제외한 유일한 목초지였기 때문에 매우 중요한 지점이었다. 이 목초지를 소유한다는 것은 그 자체로 엄청난 행운이었다.

 치섬은 8만 마리의 소를 몰고 피코스 계곡에 들어왔다. 군소 목장주들의 소들은 이 엄청난 가축들의 산사태 같은 유입으로 이리저리 뒤섞였다. 당연히 가축을 잃은 군소 목장주들이 몰려와 치섬에게 가축들을 내놓으라고 요구했다. 목축업은 위험한 직업으로, 목부들 사이의 충돌은 다반사였다. 군소 목장주들은 자신들의 권익을 보호하기 위해 모여 단체를 결성하였다. 양측은 모든 능력과 영향력을 동원하여 무시무시한 싸움을 준비했다. 치섬과 맥스웨인은 용감무쌍함, 일발필도의 총 솜씨, 완벽한 말타기 솜씨, 거기에 살인을 즐기는 품성 등 모든 것을 갖춘 키드를 고용하여 자기 편의 우두머리를 삼았다.

싸움은 양편이 번갈아 승리와 패배를 주고받으며 진행되었다. 1879년 초 치섬은 빌리 더 키드를 보안관 서리로 임명했다. 보안관 복장을 입은 키드는 톰 캐이트런의 목부인 빌리 모튼과 프랭크 베이커를 가벼운 위반사항을 이유로 체포하라는 영장을 발부받았다. 캐이트런은 미주리 주 라파옛 카운티 출신인데 같은 미주리 출신으로 전직 뉴멕시코 주 국회의원이며 현재 뉴욕의 재력가인 스티븐 앨킨스의 동업자다. 키드는 체포 영장을 가지고 동료들에게 어디 간다는 말 한마디 없이 매클루스키라는 사람과 함께 범인을 찾으러 목장으로 갔다. 그는 카운티 동쪽 경계선 부근의 캠프에서 모튼과 그의 친구를 찾아내 영장을 보여 주며 말했다

"너를 체포한다. 따라와."

모튼이 위협조로 따졌다.

"뭐야?"

"닥쳐, 머리를 날려 버리기 전에. 치섬의 일을 방해했잖아. 그거면 충분해."

"두고 보자, 젊은이. 여긴 자유 국가야. 아무도 근거 없이 나를

체포할 순 없다."

베이커가 말했다

"이유는 이미 당신의 겁쟁이 친구에게 말했어. 입을 가만두지 않으면 총알로 영원히 막아 두겠다."

이때 매클루스키가 끼어들어 젊은 무법자를 나무랐다.

"자네, 자기 방어 능력이 없는 사람을 죽일 생각은 아니지?"

"죽이고 싶으면 죽이는 거다. 당신도 마찬가지야."

이렇게 말하면서 키드는 총을 뽑아 놀란 매클루스키가 손을 움직이기 전에 그 자리에서 사살해 버렸다.

"나를 가지고 노는 놈을 어떻게 처치하는지 똑똑히 보았을 테지? 조심해. 당신들도 저 친구처럼 되기 전에."

살인자는 발 아래 뒹구는 시체를 비웃듯이 걸어차며 말했다.

키드는 두 사람의 팔목을 한데 묶어 매클루스키의 말 위에 태운 다음 천천히 치섬의 목장을 향해 다시 출발했다. 죄수들의 심정은 충분히 짐작될 수 있을 것이다. 캠프에 끌려가면 치섬의 복수가 그들에게 떨어질 텐데, 지금은 적어도 도망갈 기회는 있었다. 만약 수갑이 느슨해지고 쇠사슬이 벌어지기만 한다면 탈출에 성공할 수도 있을 터였다.

앞으로 30킬로미터가 남았다. 두 사람이 조심스럽게 작업하여 거의 탈출할 수 있는 단계에 이르렀을 때 빈틈없이 그들을 감시하던 키드가 그들의 움직임을 알아챘다. 키드는 아무 말 없이 장총을 뽑아 어깨에 올려놓고 침착하게 그들을 향해 두 발을 쏘았다. 거리가 불과 30미터밖에 되지 않았고 조준이 정확했으므로 총소리와 함께 모튼과 베이커 두 사람이 동시에 쓰러졌다. 이리하여 키드는 자신의 살인 명단에 두 사람을 추가했다. 이제 그는 네 사람을 죽인 것이 된다.

캠프로 귀환하면서 키드는 치섬에게 일어난 일을 보고하고 두 사람을 보내서 시체를 매장해 달라고 부탁했다.

"매클루스키는 어디 있나?"

치섬이 물었다

"당신이 알 바 아니잖소."

"그건 내 일이야. 그러니 알아야겠어. 난 자네가 두렵지 않아. 그 점을 알아 두는 게 좋아."

키드는 말투를 바꾸면서 말했다.

"알면서 왜 이래요. 그냥 농담해 본 거예요. 솔직히 말하자면 매클루스키는 내가 죽였어요."

"죽이다니!"

"그렇게 됐습니다."

"왜, 그 사람이 어쨌는데?"

"너무 따지고 들잖아요. 자기 주제도 모르고 왕초 노릇을 하려는 것 같아서 바로 혼내 주었죠."

"그 친구는 내가 자네 다음으로 아끼는 부하였는데."

잠시 후 치섬이 말했다. 그는 키드를 자세히 들여다보며 생각에 잠겨 턱을 어루만졌다.

"그런 거 신경 안 써요. 까불면 보내 버려야죠."

"키드, 이 일은 새어 나갈 테고 그렇게 되면 경찰이 와서 조사하고 자네를 체포할 텐데 그건 알고 있나?"

"치섬 씨, 당신은 내가 바보인 줄 아는가 보군요. 경찰들이 나를 잡으러 와도 상관없습니다. 나는 잡히지 않을 테니 그리 아시오."

치섬이 걱정스러운 듯 말했다.

"그 사람들이 군인들을 데리고 올지도 몰라."

"그러라지요. 군인들을 혼내 줄 자신이 없으면 진작 이름을 바꾸고 소몰이나 했을 겁니다."

이렇게 말하고 키드는 자기 텐트로 가서 드러누워 아침까지 잠을 잤다.

치섬이 암시한 것처럼 키드가 모튼, 매클루스키, 베이커를 살해한 소식은 신속하게 링컨 카운티 보안관의 귀에 들어갔다. 비록 험악한 곳이기는 하지만 세 명이나 살해한 사건을 그냥 눈감아 주고 지나칠 수는 없었다. 그럴 경우 무정부 상태가 되어 이미 느슨해진 사회 조직이 파괴되고 링컨 카운티의 농부들과 상점 주인, 그리고 목부와 목장 주인들의 안녕이 큰 위협을 받을 터였다. 죽은 사람들의 친구로서 최근에 적과 가깝다는 의심을 받고 해고된 치섬의 일꾼 한 명이 특별 수사관에게 살인 사건 소식을 전했다.

보안관 브레이디는 특별 수사관으로부터 키드의 잔인무도한 범행에 대해 듣고는 범인을 잡는 일이 수월하지 않으리라고 생각했다. 그래서 부보안관인 조지 하인드먼과 사건을 면밀하게 협의하고 나서 즉시 치섬의 목장으로 출동하여 가능하면 범인을 생포하기로 마음먹었다. 누군가가 키드에게 긴급 체포 계획을 미리 알려 그가 대비할까 봐 보안관은 아무에게도 계획을 말하지 않았다. 하지만 주의할 필요는 없었다. 키드는 모든 사람이 자신을 잡으려 한다는 것을 이미 아는 무법자였기 때문에, 항상 개인적인 적이나 보안관을 맞닥뜨릴 준비를 하고 있었다.

월요일에 발생한 사건 소식이 브레이디 보안관에게 전달된 건 수요일이었다. 보안관들은 목요일에 키드의 집으로 향했다. 완전무장을 한 채 튼튼한 말을 타고 갔지만 분위기는 무거웠다. 그들은 다시 돌아올 가능성이 절반도 안 된다는 것을 알고 있었다. 그래서 출발하기 전에 밀린 용무를 마치거나 만약의 경우에 대비해 몇 가지 조치를 취해 두었다.

링컨 카운터를 떠나면서 하인드먼은 상관에게 말했다.

"저는 이 일을 하고 싶지 않습니다."

"두려운가?"

"조지 하인드먼은 겁쟁이가 아닙니다. 적의 손에 들린 장총의 총구를 내려다볼 때도 얼굴색 하나 변하지 않죠. 그런데도 이상하게 이번 싸움에서는 살아서 돌아오지 못할 것 같은 기분을 떨칠 수가 없습니다."

브레이디는 잠시 생각한 후 이렇게 대답했다.

"키드는 악당이야. 하지만 손쓸 사이 없이 급습하면 피를 흘리지 않고 생포할 수 있을지도 몰라. 잠자는 고양이를 생포하는 일과 같지. 키드는 끝까지 지켜 줄 사람들에 둘러싸여 있어. 골치 아프지만 다른 방도가 없어."

목요일 하루 내내 키드는 무슨 일인가 벌어질 것 같은 예감에 휩싸여 있었다. 그는 동료에게 말했다.

"오늘은 내가 죽든가 내가 만나는 그 사람이 죽을 거야."

아침 일찍 그는 장총을 깨끗이 닦고 묵직한 실탄에 화약을 듬뿍 넣어 장전한 다음 공이치기를 새것으로 갈아 끼웠다. 또 데린저 권총들의 장비를 잘 확인하고 한시도 긴장을 풀지 않았다. 밤 12시와 1시 사이에 그의 주의 깊은 눈은 말을 타고 서쪽에서 목장 쪽으로 오고 있는 두 사나이를 발견하였다. 그들은 8킬로미터는 족히 떨어져 있었다. 40분 후면 그들은 목장에 도착할 터였다. 20분 후면 그들을 알아볼 수 있을 정도로 가까워질 것이었다. 점점 거리가 가까워짐에 따라 그들은 목적지에 도착할 때까지 눈에 뜨이지 않으려고 남쪽으로 우회했다. 키드는 망원경을 꺼내 다가오는 사나이들을 바라보았다.

"보안관들이군."

키드는 작은 마을의 변두리에 위치한 맥스웨인의 거처 쪽으로 걸어가며 싸울 준비를 했다. 5분…… 10분…… 15분…… 20분이 지났고 모퉁이에서 소리가 들렸다. 누군가 조심스럽게 접근하는 발소리였다. 키드는 주의하여 모퉁이를 둘러보았다. 보안관 두 명이었다. 키드는 자신의 모습을 그들에게 드러냈다. 동시에 어깨에 장총을 얹고 브레이디의 가슴을 겨누어 방아쇠를 당겼다. 불이 번쩍 하면서 큰 폭발음과 흰 연기가 났고 또 하나의 불빛과 또 한 번의 총성이 들렸다. 남풍이 재빨리 주변 공기를 깨끗하게 치워 버렸다. 키드는 데린저 권총을 뽑아 든 채 앞으로 나와 브레이디와 하인드먼이 발 밑에 쓰러진 것을 보았다. 한 사람은 죽었고 다른 한 사람은 약하게 숨을 쉬며 빨리 생명을 거두어 달라고 애원했다.

"걱정 마시오. 베이커에게 안부나 전해 주시오."

그렇게 말하고 키드는 하인드먼의 관자놀이에 총을 겨누고 방아쇠를 당겼다.

이즈음 군중들이 모여들었는데 감히 아무도 키드를 잡으려 하지 않았다. 오히려 키드가 동료들에게 한 시간 후에 무기와 실탄을 완전히 갖춘 채 말을 가지고 모이라고 말했다. 키드는 베이커의 친구들이 이 사건을 알 때쯤에는 너무 더울 테니 좀 더 방어하기 좋은 산으로 도피해야 한다고 말했다. 그리고 자기 주변에 무법자와 부랑자들을 끌어모아 정부의 공권력에 대항했다.

빌리 더 키드 대위기!

빌리 더 키드가 시작한 법에 대한 무언의 도전, 그리고 공포와 유혈의 통치는 공권력의 준엄한 심판에 직면한다. 1879년 6월 15일, 앞서 나온 사건이 발생한 지 이틀이 지난 후 링긴 기운터의 부보안관 매리언 터너는 모튼, 베이커, 매클루스키, 브레이디, 하인드먼의 살해 혐의로 빌리 더 키드의 체포 영장을 발부받았다. 터너는 용감하면서도 현명한 사람이었다. 그는 자신이 체포하려는 사람이 물불을 가리지 않는 인간이라는 것을 알고 그를 붙잡는 데에도 물불을 가리지 않고 모든 수단을 동원하기로 하였다.

터너는 주로 치섬을 싫어하는 성향의 목부와 목동 35명으로 토벌대를 조직했다. 터너는 누구나 냉혈적인 살인 행위에 대해 품는 공포심뿐만 아니라 치섬에게 자신들의 권리가 짓밟혔다고 생각하는 사람들이 키드 일당에게 품은 강한 증오심을 이용했다. 토벌대는 그리 크지 않았지만 장총을 능숙하게 다룰 줄 알았고 비상시에 믿을 만한 대처 능력을 갖춘 사람들로 구성되었다. 비상 사태가 발생

할 가능성이 많았으므로 순발력과 기동성은 필수 자격 요건이었다.

길을 떠난 지 이틀째 되는 6월 7일에 터너와 토벌대는 낮은 구릉의 목초지 어귀에 있는 작은 계곡에서 키드와 63명의 일당을 만났다. 오른쪽으로는 숲이 우거진 너른 땅이 있고 왼쪽에는 큰 바위들 사이에 소나무가 드문드문 서 있었다. 그리고 정면에는 15킬로미터 위에서 내려오기 시작한 개울이 흘렀다. 키드 일당은 개울을 8킬로미터 정도 거슬러 올라간 지점에 야영지를 만들고, 언덕을 내려와 정찰을 하던 도중 터너의 토벌대를 만났다.

키드 일당은 부대를 둘로 나누어 한 편은 야영지로 돌아가 그곳을 지키고 나머지는 터너의 토벌대와 전투를 벌였다. 터너는 키드가 선 곳에서 100미터 떨어진 지점에서 토벌대 대원들이 최상의 대형으로 자리잡고 일제히 방아쇠를 당길 준비를 한 상태에서 대열 앞으로 몇 발짝 걸어나와 체포 영장을 읽었다. 키드는 살아서건 죽어서건 누구도 자신을 잡을 수 없을 것이라고 도전적으로 대답했다. 이에 터너가 그를 체포하라는 명령을 내리고, 토벌대가 쏜살같이 진격했다. 하지만 키드는 유리한 지점에 도착할 때까지, 그리고 나머지 부대와 합류하여 세를 불릴 때까지 싸움을 피하면서 신속하게 후퇴했다.

키드의 의도를 알아차린 터너가 사격 명령을 내렸지만 말을 타고 달리는 표적들이었기 때문에 토벌대의 조준은 부정확할 수밖에 없었다. 총에 맞은 건 단 두 명이었는데, 한 명은 경상을 입었고, 다른 한 명은 중상을 입었다. 토벌대 대원들 중에 부상자는 없었다. 싸움은 이런 식으로 약 8킬로미터에 걸쳐 계속되었는데 양측에서 더 이상 부상자는 나오지 않았다.

키드가 야영지에 도착하여 저항하기 시작하자 터너는 후퇴하여 토벌대 대원들과 작전 회의에 들어갔다. 키드의 야영지에는 키드와 그의 일당이 서둘러 진지를 구축하고 다음 공격을 기다렸다. 회의 결과 터너와 그의 부대는 다른 전략을 쓰기로 했다. 그들은 약간 후퇴하여 숲 가장자리에 멈추었다. 10명은 숲 가장자리에 한 줄로 서 있고 25명은 우회하여 키드 일당을 뒤에서 습격하기 위해 숲 속으로 들어갔다. 키드 일당의 야영지는 숲의 왼쪽에 맞닿아 있었으므로 작전이 성공할 경우 매우 쉽게 적을 섬멸할 수 있는 작전이었다. 문제는 작전이 적에게 노출되었을 경우 숲의 가장자리를 지키는 10명의 토벌대 대원들이 60명이나 되는 적에게 6대1의 불리한 상황에서 희생당할 수 있는 위험을 안고 있다는 것이었다. 자리에 남은 10명의 대원에게 25명의 대원이 떠난 뒤의 시간은 초조의 연속이었다. 10명의 대원들은 적의 일거수일투족을 감시하고 전투를 새로 시작하려는 준비를 하고 있다는 거짓 움직임을 적에게 계속 보여주었다.

5분이 지나고 우회 접근이 끝났을 때였다. 키드가 수적 우세와 불사신 같은 자신의 모습을 자랑하듯이 부대원들 앞으로 나서서 전진하기 시작했다. 바로 그 순간 뒤에서 함성이 들렸다. 터너가 측면에서 공격해 들어왔다. 키드 일당이 돌아서자 또 한 번의 함성이 들리고 동료들의 작전을 엄호하던 10명의 대원들이 시내를 거슬러 올라왔다. 무시무시한 사격이 양쪽에서 쏟아졌고 잠시 동안 모든 것이 혼란에 휩싸였다. 이때 키드가 앞으로 돌진하여 나서며 일당에게 적진을 돌파하라고 소리쳤다. 그 결과 상대편 한 사람을 사살하고 다른 한 사람에게 가벼운 부상을 입혔다.

빌리 더 키드는 복수의 화신인 터너의 추격을 받았다. 숨가쁜 총격전이 이어졌다. 추격전이 너무 빨라서 사상자를 돌볼 겨를도 없었다. 앞으로 뒤로 쫓고 쫓기며 개울을 건너고 또 건넜다. 사격을 하고 나서 말을 달리는데, 거의 날아다닐 정도였다. 키드를 따라나선 65명의 일당 중에서 25명이 사살당한 반면 터너의 토벌대는 사망자가 5명에 불과했다. 이제 수의 우위가 바뀌었다. 평원에서 이리저리 쫓고 쫓기며 전진하고 후퇴하면서, 두 진영은 서로 죽고 죽이고 복수에 복수를 거듭했다. 이상하게 들릴지 모르지만 음식과 물을 섭취할 시간도 없이 싸움은 이틀 동안 계속되었다. 양 진영의 숫자는 이제 각각 25명씩밖에 남지 않았다.

키드에게 증원 부대가 보내질 것이라는 소식을 접한 제9기병대의 더들리 중령은 자신의 연대 병력 중에서 2개 소대를 차출하여 터너를 도우러 갔다. 공교롭게도 더들리 중령이 도착하자 키드 일당은 4, 5킬로미터 떨어진 링컨 쪽으로 후퇴했다. 그들은 그 지역에서 가장 우아하고 유행에 민감한 사람들이 드나들던 맥스웨인 저택으로 피신했다. 기병대는 돌진하였다가 적의 저항으로 퇴각했다. 이번에는 보병으로 대열을 가다듬고 전진했다. 전투는 치열했다. 전투는 어느 한쪽이 전멸해야 끝날 정도로 치열하였고 모두가 미친 듯이 싸웠다. 저택은 요새로 변했고 주변의 정원은 전장이 되었다. 전투를 하는 동안 맥스웨인 부인은 피아노로 군가를 연주하고 전투가를 불러서 수비대를 응원했다. 토벌대는 곧 피아노 소리로 위치를 파악한 다음 들소 사냥용 총을 발사해 피아노를 박살내 버렸다. 맥스웨인 부인은 가까스로 화를 면했다.

포위는 사흘 동안 계속되었다. 사흘째 되는 날 터너는 정상적인 방법으로 키드의 패거리를 제압할 수 없다는 판단하에 창문과 지붕에 불이 붙은 석탄 기름을 끼얹으라고 명령했다. 위기에 처한 키드 일당은 사흘째 되는 날 땅거미가 질 무렵에 탈출하기 위해 말을 향해 뛰었다. 육박전이 벌어져 키드의 일당 12명과 터너 측 2명이 살해되었다. 사망자 가운데 맥스웨인도 있었다. 불타는 집에서 탈출하는 과정에서 텍사스 주 샌안토니오 출신의 톰 오팔러허는 동료가 쓰러지는 것을 보았다. 총탄이 빗발치듯 쏟아지는 가운데 침착하게 동료를 들쳐업고 나가려던 오팔러허는 그가 이미 사망한 것을 알았다. 그는 시체를 내려놓고 칼을 뽑아 든 채 싸우면서 전진했다. 이 사람은 키드가 체포된 후 부보안관 개릿의 토벌대에 사살되었다.

일당의 두목인 키드는 목숨에 귀신이 붙은 것처럼 희한한 사람이다. 총탄이 100발 가까이 쏟아졌는데도 그는 단 한 발도 맞지 않았다. 그는 상처 하나 없이 12명의 잔당들과 함께 도망갔고, 터너는 필사적인 추격전을 벌였으나 결국 키드를 잡지 못했다. 천신만고 끝에 탈출한 키드는 즉시 추종자들로 조직을 재건하여 이권을 강탈하고 다녔으며 뉴멕시코 주민들은 불안에 떨며 살아야 했다. 이제 키드가 죽인 사람은 5명이 추가되어 11명에 이르렀다.

1881년 3월 존 포라는 미연방 보안관 서리가 흥청거리는 광산촌인 화이트오크스에 도착했다. 텍사스 주 팬핸들 시의 목축업자 협회에서 뉴멕시코에 파견한 사람이었다. 목축업계의 대부인 찰리 굿나이트는 협회 의장으로서 빌리 더 키드 일당이 팬핸들 시의 소를 훔쳐 가는 일을 막기 위한 적임자로 존 포를 선출했다.

키드가 도망간 이후 팻 개릿은 화이트오크스에 가서 존 포를 도와 키드를 체포하는 일에 매진했다.

그 후 존 포는 키드가 어디에 있는지 알아보기 위해 여기저기 산속을 찾아 돌아다녔다. 키드의 친구들은 키드가 그렇게 호락호락한 사람이 아니며 멕시코 국경이 워낙 가깝기 때문에 그가 미국에 없을 것이라고 말했다. 그들은 큐피드가 포트 섬너에 사는 덜시니아 델 토보소라는 아가씨를 향한 사랑의 화살을 키드의 가슴에 마구 쏘아 대는 것을 몰랐다.

7월 초, 팻 개릿은 포트 섬너에 거주하는 브라질이라는 지인으로

부터 키드가 그곳에 머물고 있다는 내용의 편지를 받았다. 개릿은 즉시 브라질에게 7월 13일 저녁, 날이 어두워질 무렵 포트 섬너 남쪽의 다이반 협곡 입구에서 키드를 만나라는 내용의 답장을 보냈다.

보안관은 신임이 두터운 부보안관 존 포와 말을 타고 리오페코스 강가의 로스웰로 향했다. 거기서 그들은 개릿의 용감무쌍한 부하들 중 텍사스의 유발데 태생 킵 매킨리와 합류하였다. 세 사람은 함께 말을 타고 포트 섬너까지 130킬로미터를 갔다. 7월 13일, 그들은 날이 저문 한 시간 후 다이반 협곡 어귀에 도착했으나 브라질은 나타나지 않았다. 그날 밤 그들은 말 안장에 있는 담요를 덮고 그곳에서 잤다. 다음 날 아침 개릿은 낯선 사람으로 의심을 받지 않으리란 판단하에 포를 15킬로미터 북쪽의 섬너로 보내 은밀하게 키드의 존재 여부를 알아보도록 했다. 포트 섬너를 들른 후 포는 10킬로미터 북쪽의 서니사이드로 가서 루돌프라는 상인과 면담을 하기로 되어 있었다. 그 다음 포는 달이 뜰 시간에 포트 섬너에서 북쪽으로 6킬로미터 떨어진 라푼타 델라 글로리에타에서 매킨리, 개릿과 만나기로 약속했다.

키드에 관한 중요한 정보를 하나도 얻지 못한 채 존 포는 약속된 시간에 두 사람을 만나서 포트 섬너로 돌아왔다. 그때가 밤 11시경이었으며 달이 밝게 비추고 있었다. 보안관들은 낡은 과수원으로 들어가 말을 숨기고, 개릿과 키드 두 사람과 동시에 친한 피트 맥스웰의 집을 향해 걸어갔다. 맥스웰은 과거에 이 지역에 군대가 주둔하던 시절에 장교 숙소로 이용하던 긴 단층 건물에서 살았다. 건물은 남향이고, 정문은 넓고 컸으며, 잔디가 많은 앞마당에는 울타리가 쳐져 있었다.

팻 개릿은 이 마을에서 부인과 연애도 하고 결혼도 했으므로, 이 지역에 대해서라면 피트 맥스웰의 침실에 이르기까지 손바닥 들여다보듯 잘 알았다.

맥스웰이 항상 사용하는 모퉁이 방에서 가까운 울타리의 문에 이르자 개릿은 두 명의 동료들에게 맥스웰과 이야기를 나누는 동안 잠시 기다리라고 말했다. 날이 매우 더웠으므로 방문은 열려 있었고 개릿은 걸어 들어갔다.

이때 빌리 더 키드는 언덕 위의 양치기 야영지에서 내려온 참이었다. 맥스웰의 집 뒤편에는 키드와 멕시코 인 하인이 살았는데, 빌리는 거기에서 항상 친구들이 그를 위해 가져다 놓은 신문을 구해 읽곤 했다.

이 늙은 하인은 잠자리에 든 후였다. 키드는 램프를 켜고 외투와 신발을 벗은 다음 자기 이름이 나왔는지 알아보려고 신문을 뒤적였다. 신문에서 별로 흥미있는 기사를 발견하지 못하자 늙은 하인에게 배가 고프다고 하면서 저녁을 만들어 오라고 했다.

하인이 일어나면서 고기가 없다고 말하자 키드는 맥스웰에게 가서 구해 오겠노라고 대답했다. 그리고 고기를 자를 때 쓸 푸줏간 칼을 부엌 탁자에서 집어 들고 모자도 쓰지 않은 채 맨발로 맥스웰의 집으로 향했다.

키드는 존 포와 킵 매킨리가 앉아 있는 현관에서 불과 몇 미터도 되지 않은 거리에서 그들을 지나쳤다. 키드의 박차가 덜커덕거리는 소리를 내자 두 사람은 일어섰고 키드가 눈치 챘다. 그와 동시에 포는 거리에서 현관 끝으로 통하는 작은 통로에서 벌떡 일어섰다. 그들은 옷을 반쯤 벗은 채 자기들을 향해 오고 있는 사람이 하인이거나 피트 맥스웰일 거라고 생각했다.

키드는 총을 뽑았고, 이미 키드와 1미터 정도 떨어진 거리에서 존 포도 총을 뽑았다. 키드는 총을 뽑아 든 채 스페인 어로 "저 사람 누구야?"라고 물으며 맥스웰의 방으로 들어갔다. 방에 들어서자마자 맥스웰의 침대에 걸터앉은 개릿과 몇 미터 정도밖에 떨어지지 않은 상태에서 "피트, 저들이 누구야?"라고 또 물었다.

맥스웰의 침대에 남자가 앉은 것을 발견하고 키드는 총으로 침대를 겨냥한 채 방 안을 뒷걸음질치며 걸어 다녔다.

피트 맥스웰은 보안관에게 속삭였다.

"바로 저 친구입니다."

이때 키드는 남쪽 창문으로 들어오는 달빛을 받으며 또 물었다.

"저 사람 누구야?"

개릿이 총을 뽑아 발사했다. 그리고 다시 노리쇠를 뒤로 당겼는데 우발적으로 총이 발사되어 천장에 구멍이 뚫렸다.

그때 보안관이 두 부하가 총을 뽑아 들고 서 있는 현관으로 급히 뛰어나왔다. 방 안에서 뛰어나오던 맥스웰이 히미터면 포의 총에 맞을 뻔했다.

"맥스웰을 쏘지 마."

개릿이 총을 위로 쳐 버렸다. 근처 방에 있던 피트 맥스웰의 어머니가 촛불을 들고 건너왔다. 와서 보니 심장 바로 위에 총상을 입은 키드가 쓰러져 있었다. 오른손에는 45구경 콜트 권총을, 왼손에는 푸줏간 칼을 쥔 채 죽어 있었다.

이제 동네 사람들이 모여들기 시작했다. 그중에는 키드의 친구들도 많았다. 개릿은 사람들에게 키드의 시체를 길 건너 목공소로 가져가도록 했다. 시체는 그곳 의자 위에 눕혀졌다. 한때 지상에서 가장 용감하고 가장 멋있던 무법자의 시신 주위에 촛불들이 켜졌다. 키드는 다음 날 군대 묘지에서 친구인 톰 오팔리아드의 곁에 묻혔다. 이렇게 해서 1881년 7월 14일 자정, 21명을 살해한 무법자 빌리 더 키드는 21년 7개월 21일의 생을 마감했다. 그는 인디언을 인간으로 간주하지 않았기 때문에 그가 죽인 인디언은 이 숫자에 포함되지 않았다.

제 5 부

• • • • • • • • •

왕발이 월러스

• • • • • • • • •

월리엄 A. 월러스는 1816년 버지니아 주 록브리지 카운티의 렉싱턴에서 태어났다. 그는 '패닌의 대학살' 당시 동생과 사촌 메이저 월러스를 죽인 멕시코 인들에게 '빚을 갚기 위해' 산자신토 전투가 일어난 지 몇 달 후인 1836년에 텍사스로 갔다.

월러스는 그제야 셈이 제대로 치러신 것 같다고 말했다. 그는 처음에 갈베스턴에 도착했고 그 다음에는 라그레인지로 갔으며 다시 변경 마을로 옮겨 가서 1839년 봄까지 지내다가 정부가 들어서기 직전 오스틴으로 이주했다. 그리고 1840년에 그 지역이 생각보다 너무 빨리 정착촌이 되어 간다고 생각하고 이번에는 샌안토니오로 옮겨서 군에 입대할 때까지 살았다.

월 장군이 샌안토니오를 점령한 1842년 가을에 월러스는 탈라도 전투에 참전했다. 그 전투는 오전 11시부터 밤까지 계속되었다. 월 장군의 부하들은 1400명이었고 '늙은 얼룩말' 이라고 알려진 콜드웰 장군의 휘하에는 197명의 텍사스 출신이 있었다. 텍사스 인들 중에는 희생자가 한 명밖에 없었던 반면에 멕시코 인들은 80명에서 100명 정도가 사망했다. 그러나 라그레인지 출신의 도슨 대위의 부하 40여 명은 텍사스 인들과 합류하려고 시도하다가 멕시코 인들에게 포위되어 생포되었고, 멕시코 인들은 그들이 무기를 버리자마자 몰살시켜 버렸다.

1842년 가을 월러스는 '마이어 원정'에 지원했다. 멕시코에서 돌아온 후 그는 잭 헤이즈 대령의 순찰 중대원이 되었고, 코만치를 비롯한 다른 인디언 부족들과의 전투에도 참가했다. 나중에 헤이즈, 워커, 매컬러크, 슈발리에 같은 사람들은 '인디언 잡는 용사'라는 명성을 얻었다.

1846년 멕시코 전쟁이 발발하자 월러스는 헤이즈 대령의 자원 기병 연대에 들어가서 몬테레이 기습 작전에 참가했다. 1836년 골리아드에서 월러스의 동생과 사촌을 죽였던 멕시코 인들은 그 전투에서 '톡톡한 대가'를 치렀다고 한다. 멕시코 전쟁이 끝나고 월러스는 한동안 수색 중대의 지휘를 맡아 야만인들의 침략으로부터 주의 변경 지방을 보호하는 막중한 임무를 수행했다. 후에 월러스는 샌안토니오와 엘패소 사이의 우편 업무를 담당했는데 가끔씩 매복한 인디언들의 공격을 받기도 했지만 대부분 안전하게 그 업무를 수행했다고 한다.

왕발이라는 별명의 유래

월러스가 '왕발이' 란 이름을 얻게 되고 그 이름이 텍사스의 진흙처럼 어디를 가나 붙어 다니게 된 것은 멕시코 시티에서 포로 생활을 할 때였다. 그 도시에 살던 외국인 몇 명이 포로들이 신발조차 신고 있지 않다는 것을 알고 신발 한 켤레씩 신을 수 있을 만큼의 돈을 기부했다. 그래서 모든 포로가 신발을 신게 되었는데, 월러스만 이 가게 저 가게 다 돌아다녀도 맞는 신발을 구할 수가 없었다. 한 치수 작은 신발이라도 찾아서 어떻게 한번 신어 보려고 잡화점에 가 봤지만 맞는 게 없었다. 결국 가죽을 사서 구두장이에게 신을 지어 달라고 하거나 맨발로 다니는 수밖에 없었다.

미국인들과 비교하면 멕시코 인들은 일반적으로 키가 작고 거기에 비례해서 발도 당연히 작게 마련이다. 그러니 그들은 월러스의 발 치수를 알고는 꽤나 놀랐고, 그때부터 멕시코 시티에 머무는 동안 월러스는 그들 사이에서 '왕발이' 란 이름으로 알려졌다. 하지만 188센티미터의 키와 90킬로그램의 몸무게를 고려하면 그리 큰 편은 아니라고 윌러스는 스스로를 위로했다. 아니 그렇지 않다 해도 그 별명이 그리 불명예스러운 것은 아니라고 윌러스는 생각했다. '왕발이 윌러스' 라고 불리는 것이 '거짓말쟁이 윌러스' 나 '좀도둑 윌러스' 보다는 훨씬 낫지 않은가.

　멕시코 전쟁이 끝나고 몇 년이 흐른 어느 날 밤 어떤 낯선 사람이 농장에 찾아와 샌안토니오의 우체국장이 배달을 요청한 편지를 월러스에게 건네주었다. 편지는 비지니아에 있는 친척 한 분이 자신의 토지를 분배하려는데 상속자들 중 한 명인 월러스가 필요하므로 한번 방문하라는 내용이었다. 월러스는 1837년에 버지니아를 떠난 이후 처음으로 '미합중국' 으로 돌아가기로 결심했다. 그것은 유산을 확보하기 위해서가 아니라, 인디언들과의 신나는 싸움이나 멕시코 인들과의 충돌, 또는 종종 발생하는 곰과의 난투와 같은 혈액 순환에 필수적인 요소가 없는 동부의 주에서는 무슨 재미로 사는지 보고 싶었기 때문이었다. 월러스는 그곳 생활이 엄청 지루할 것이라고 생각했지만, 관습은 인간을 거의 모든 일에 익숙해지도록 한다는 결론을 내렸다. 월러스가 이 세상에서 만나 본 사람들 중 가장 행복한 사람들은 키치 족이다. 그들은 이웃의 모든 부족들과 싸우며 살았고, 샘에 물을 마시러 갈 때조차도 머리 가죽이 벗겨 나갈지 모르는 위험을 무릅써야 했다.

이 얘기를 꺼낸 이유는 전쟁을 찬양하기 위해서가 아니라 사람들은 적이 가죽을 벗겨 가는 것 말고는 거의 모든 일에 익숙해질 수 있다는 것을 증명하기 위해서다. 월러스는 전에 키치 족이 산 채로 포로들의 가죽을 벗기는 것을 본 적이 있는데, 20분도 지나지 않아 그들은 죽었다. 그런 일을 당하고도 살아남을 수 있는 건 뱀밖에 없을 것이다.

다시 이야기로 돌아가서, 월러스는 여행을 떠나기 전에 새 옷을 장만해야 했다. 그의 옷은 모두 문명 사회에 적합하지 않았다. 가죽으로 만든 사냥용 웃옷과 바지는 대초원과 덤불 속을 다니는 데는 제격이었지만 소위 ‘동부’에 사는 사람들이 보기에 그런 차림은 절대로 유행의 첨단을 걷는 복장이 아닐 것이기 때문이다.

절친한 친구인 바피시나바후티통카와 족 언어로 휘파람 소리를 내는 작고 푸른 천둥이란 뜻가 선물한 로키 산맥 산양 가죽으로 지은 훌륭한 옷 한 벌이 있었는데, 들소 가죽 장식과 작은 구리 방울들이 달려서 걸을 때 장단을 맞추어 짤랑짤랑 소리를 냈다. 월러스가 그 옷을 입고 꼬리가 뒤로 내려온 너구리 가죽 모자를 쓰면 정착촌 젊은 여성들의 눈길이 그에게 쏠렸다. 그렇지만 그 옷 역시 이번 여행에는 적합하지 않을 것 같았다. 그래서 월러스는 이튿날 말을 타고 샌안토니오에 가서 필요한 물건들을 몇 가지 장만했다.

유행을 잘 아는 도시 친구가 실크해트, 코트와 바지, 살찐 들쥐를 잡아먹은 검둥이의 낯짝처럼 매끄럽고 반들거리는 가죽 부츠, 그리고 너무 꽉 껴서 숨이 막힐 것 같은 장갑을 사 주었다. 거기에 몇 가지 간단한 휴대품들과 빗 따위와 그 물건들을 넣을 수 있는 2단 트렁크도 사 주었다.

필요한 물품을 사고 이틀이 지난 후 월러스는 여행을 떠나기 전에 '옷 입는 기분'에 조금이라도 익숙해지기 위해서 '의상'을 입어봐야겠다고 생각했다. 우선 양초 틀처럼 꽉 끼는 바지 속으로 몸을 쑤셔 넣었다. 금속 단추가 달린 푸른 코트는 그보다 더 꼭 끼었다. 이 코트는 재채기 한 번에 정강이에서 엉덩이 부분까지 솔기가 터져 버렸다. 마지막으로 반들거리는 부츠 안으로 발을 쑤셔 넣었는데 부츠가 찢어지거나 월러스의 혈관이 터지는 사건이 일어나지 않은 게 신기할 따름이었다.

머리끝에서 발끝까지 차려입고 나니 마치 온몸에 석고를 바르고 태양 아래서 딱딱하게 굳힌 것 같았다. 무릎을 굽힐 수도, 팔꿈치를 구부릴 수도 없었다. 다리를 쭉 뻗은 채 똑바로 앉는 것 말고는 할 수 있는 게 아무것도 없었다. 심지어 힘이 들어가든 안 들어가든 상관없이 미소만 지으면 어디선가 솔기가 터지는 소리가 들렸다. 만약 그 순간 집에 불이 났다면 월러스는 노방도 못 가고 통구이가 됐을 게 뻔했다.

공교롭게도 월러스가 그런 스타일로 꽉 조이는 옷을 입고 있을 때 그와 약간 안면이 있는 친구가 말을 사려고 집으로 찾아왔다. 그는 자리를 권하는 월러스를 처음 보는 사람처럼 계속 바라보더니 마침내 '왕발이'가 집에 있는지를 물었다. 월러스가 단추 두 개가 떨어지고 바지가 터지는 손해를 감수하면서 웃음을 터뜨리자 그제야 그가 월러스를 알아봤다.

"무슨 일이지, 왕발이. 왜 그런 식으로 변장을 한 거야? 미친 거냐, 아니면 여자라도 꼬시려는 거야?"

월러스는 이렇게 대답했다.

"둘 다 아닐세. 가축 돌보는 것도 지겹고, 인디언들과 싸우는 것도 싫증나고. 그래서 잠시 신사 노릇 좀 해 보려는 거야. 새 생활을 시작하기에 앞서 상점 옷들 중에 이게 마음에 들어서 샀지. 지금 기분이 어떨지 알아보려고 입어 봤어. 촌구석에서 사느라 제대로 된 교육을 받지는 못했지만, 포커 게임과 욕지거리, 남의 마누라와 자는 법을 배우고 나면 형제들이 나를 받아들여 주지 않겠어? 지금까지 결투에서 사람을 죽여 본 적이 없는 건 사실이지만 외국하고 싸운 전쟁에서는 나도 몇 놈 해치웠다고. 그 친구들도 그 정도면 쓸 만하다고 생각하지 않을까 하는데. 자넨 어떻게 생각하나?"

월러스의 친구는 조금만 더 연습하면 그렇게 될 수 있을 거라고 확신한다고 말하고, 새로운 사업을 위한 여정을 언제 시작할 것인지 물었다.

"아침에 떠날 걸세. 호주머니에 있는 500달러가 전 재산이지만 일을 마치고 유산을 받게 되면 여기 농장으로 다시 돌아와서 낡은 산양 가죽 옷을 입고 가축을 몰면서 인디언들과 싸우며 살아갈 거라네."

월러스는 친구와 작별 인사를 나누고, 다음 날 단짝 친구인 제프 본드의 전송을 받으며 농장을 떠나 샌안토니오로 가서 인디애놀라로 가는 마차를 탔다. 그곳에서 막 출발하려는 증기 기선에 몸을 싣고 두세 시간 동안 이리저리 흔들거리며 멕시코 만을 통과했다.

세 인 트 찰 스 여 인 숙

　　월러스는 뉴올리언스에서 가장 나은 숙소를 찾아 세인트 찰스 여인숙에 갔다. 여행하는 동안에는 최고의 것만을 누리기로 결심했기 때문이다. 낮에 만난 사람이 가르쳐 준 곳이었는데 마침 가까운 곳이어서 곧바로 갈 수 있었다. 월러스가 정문 현관의 넓은 계단을 올라가 방에 들어서니 몇 명의 남자들이 숙박부를 기재하고 있었다.

　　월러스는 접수대 난간 뒤에 서 있는 사람에게 주인장이 계시면 만나고 싶다고 했다. 별반 우스운 말도 아니었는데 그 친구는 약간 웃었다. 그리고 주인이 방금 외출했으니 자기가 대신 일을 처리해 주겠다고 말했다.

　　월러스는 머물 방을 원하며, 뉴올리언스에 머물 동안 식사도 해야 한다고 말했다.

　　"물론입니다. 방이 있습니다. 여기에 이름을 쓰시겠습니까?"

　　월러스는 펜을 들어 첫 번째 줄에 '왕발이 월러스', 두 번째 줄에 '텍사스 들소 황소 농장', 세 번째 줄에 '옛 버지니아'라고 썼다.

지배인처럼 보이는 사람이 시계 소리 비슷한 소리가 나는 뭔가를 두드리자 한 사람이 방에서 뛰어나왔다.

"이 신사 분을 395호실로 안내하게."

그리고 그는 급사에게 작은 양초 한 개를 건네주었는데, 그 초가 어찌나 작은지 395개의 방을 지나가기에도 부족할 것 같았다. 그러나 여인숙 전체는 놋쇠로 된 둥근 장식에 불이 밝혀져 있어 사방이 대낮처럼 환했다.

급사는 월러스를 데리고 한 층 한 층 계속해서 올라갔다. 숨이 차지만 않으면 천국으로 가는 직통길로 착각할 만한 길이었다. 그리고 나서도 또 몇 개나 되는 통로와 복잡한 복도를 지나간 다음에야 395호실에 도착했다. 급사는 문을 열고 양초에 불을 붙인 후 월러스에게 잘 자라고 인사했다. 월러스가 그를 붙잡고 말했다.

"이보게, 잠깐만 기다리게. 만약 오늘 밤 이 여인숙에 불이 난다면 어떻게 처음 출발한 장소까지 되돌아가는 길을 찾겠나?"

"아, 불이 날 위험은 없어요. 이 건물은 석조 건물이거든요. 게다가 보험도 들었고요."

"말도 안 되는 소릴세. 사방에서 가스 불이 타고 있지 않나. 놋쇠 장식에도 불이 붙는데 돌이라고 안 타겠나? 차라리 풀이 허리까지 자란, 북풍이 세차게 부는 대초원에서 살기 가득한 인디언들에게 포위된 상황이 더 안심이 되겠네. 산 채로 통구이가 될 가능성은 여기 395호실의 절반도 안 되니 말일세. 게다가 나는 생명보험에 들지 않았단 말일세."

"그럼 불이 나면 끝에 술이 달린 이 끈을 잡아당기세요. 그럼 벨이 울릴 테고, 제가 올라와서 손님을 아래층으로 안내하겠습니다."

"이보게, 친구. 그런 식으로는 도저히 안심이 안 되네. 이 방이

395호실이니, 방이 395개 정도는 더 있을 것 같은데, 790개의 벨이 동시에 울리면 어느 것이 내 벨소리인지 알 수 있다는 건가? 만 마리의 들소 떼가 우는 상황에서 어떤 들소가 우는지 가려내는 편이 차라리 쉬울 걸세. 어떤 놈이 우는지를 어떻게 구별할 수 있단 말인가. 안 되겠네, 급사 양반. 나와 같이 있어 주게나. 혹 사고가 나더라도 자네가 다행히 내려가는 길을 제대로 찾으면 나도 그 뒤를 따라가겠네."

"그럼 일이 끝나는 대로 30분 후에 다시 오겠습니다."

"그럼 됐네. 아침에 한턱 내도록 하지."

월러스는 침대에 눕고 나서 5분도 채 안 돼서 곯아떨어지고 말았다. 그래서 급사가 다시 왔는지 오지 않았는지 확인할 방법은 없었지만 월러스는 그가 왔었다고 확신했다. 아침에 그 친구가 한턱 낼 것을 요구했기 때문이다. 월러스는 그에게 새로 나온 50센트짜리 동전을 주었고, 그는 주급세로 질반 가격에 이 일을 해 주겠다고 말했다. 하룻밤에 25센트라니 아주 싸다고 생각하며 월러스는 그와 약속했다.

다음 날 아침, 꼬불꼬불한 통로를 따라 들어온데다가 되돌아 나갈 기억도 희미해서 월러스는 일찍부터 서둘렀다. 9시쯤에야 전날 밤 숙박부를 기록한 방을 찾았는데, 오랫동안 헤매고 다녔더니 별로 기분이 좋지 않았다.

월러스는 거기 앉은 짐꾼에게 아침 식사를 언제 주는지 물었다. 원하는 시간에 먹을 수 있다고 말하며 그는 월러스를 식당으로 안내했다. 식당은 작은 목장만큼이나 넓었고 긴 탁자 하나가 놓인 게 아니라 4, 50개 정도 되는 둥근 탁자가 방 전체에 놓여 있었다.

숲에서 오랫동안 살아왔지만 월러스는 꽤나 사교적이었다. 그는 남녀 한 무리가 즐겁게 시간을 보내는 탁자를 발견하고 그쪽으로 가서 옆자리에 앉았다. 그런데 월러스는 곧 자신이 불청객이라는 것을 깨달았다. 남자들은 성난 황소 같은 험악한 표정을 짓고 여자들은 모두 킥킥거리며 웃었던 것이다. 월러스는 못 본 체하고 바쁘게 움직이는 급사들 중 한 사람을 불러 비프스테이크 1인분과 양념을 갖다 달라고 말했다.

이때 한 신사가 큰 소리로 말했다.

"당신이 뭔가 잘못 알고 있는 것 같소. 우리는 사적인 모임 중이오."

"알았소이다. 나는 당신네들이 신사들이라 생각했소. 이게 사적인 모임이라니. 그렇다면 이 자리는 내가 '공공장소'에서 최초로 보는 '사적인 자리'인 게로군요. 어쨌거나 나는 원치 않는 사람들에게 친구가 되기를 강요하고 싶은 생각은 전혀 없소이다."

그렇게 말하고 월러스는 자리에서 일어나 다른 탁자로 옮겨 앉았다. 만약 텍사스의 선술집에서 그따위로 말하는 놈이 있다면 즉각 단도 맛을 보여 줬을 테지만 월러스는 이곳은 사정이 다르다고 생각하며 그 일에 대해선 그만 생각하기로 했다.

옮겨 앉은 곳엔 먹을 거라고는 버터 한 접시와 설탕 단지밖에 없었다. 그러나 곧 급사가 다가와 종이 한 장을 건네주었다. 월러스는 그 종이를 받아 접어서는 테이블 위에 올려놓았다.

월러스가 말했다.

"이보게, 나는 지금 너무나 배가 고프다네. 이 종이에 뭔가 특별한 것이 적혀 있다면 요기를 좀 한 후에 읽어 보도록 하겠네."

"아침 식사로는 뭘 드시겠습니까?"

"글쎄. 두툼하고 육즙 많은 거라면 아무거나 좋지. 뭐가 있나?"

“차림표를 보시면 될 텐데요.”

“알겠네. 차림표를 주게나.”

“방금 접어서 테이블 위에 올려놓은 게 바로 차림표인데요.”

“아, 그렇군.”

차림표를 펼치니 ‘카페오레’가 보였다.

“이런, 카페오레를 마시기에는 너무 늦어 버렸군. 나는 항상 새벽에 한 대접씩 마시는데 말이야.”

“또 필요하신 건 없나요?”

급사의 말에 월러스는 계속 차림표를 바라봤다.

“파테 드 푸아그라. 푸성귀 종류인 것 같은데. 난 특히 아침에 채식하는 걸 좋아하지 않는단 말이야.”

차림표에 있는 명칭 대부분은 프랑스 어 아니면 뜻 모를 외국어여서 월러스는 그 음식들이 무엇인지 하나도 알 수 없었다. 그러나 잘 아는 것처럼 보이고 싶었고, 워낙 편식하지 않는 편인 월러스는 크라포 프리카세와 림보 필레를 주문했다. 나온 음식이 튀긴 황소개구리와 얕은 연못가에서 사는 미끈거리는 올챙이 알만 아니었으면 월러스가 씹는 담배를 또다시 무는 일은 없었을 것이다. 모든 멕시코 요리에 매운 고추가 들어가듯이 모든 프랑스 요리에는 그 모양 그대로, 또는 변형된 모습으로 개구리가 들어 있는 모양이라고 월러스는 생각했다. 어쨌든 그런대로 참을 만한 아침 식사를 하긴 했지만, 4, 5인분 정도 되는 푸짐한 들소 구이와 내장을 먹을 수 있었더라면 훨씬 더 좋았을 거라고도 생각했다.

　월러스가 아침 식사 후 담뱃대를 채우고 쇠 난간에 다리를 걸친 채 현관 의자에 앉아 있을 때였다. 무더운 여름날 물 웅덩이에 누운 늙은 암퇘지처럼 편안한 자세로 담배를 빨고 있자니, 웬 젊은 여자가 길 건너편에서 계속 걸어와 창가에 걸린 그림을 보았다. 그러더니 고개를 들어 월러스에게 다가오라고 손짓하는 게 아닌가. 월러스는 처음에는 자기 눈을 의심했지만 그 여자가 계속해서 손을 흔들자 결국 자신을 부르고 있음을 확신하게 되었다.

　월러스는 그녀가 자신을 안면 있는 사람으로 착각하고 있다고 생각했다. 그래서 사람을 잘못 보았다는 것도 알리고, 낯선 사람에게 그렇게 아는 척을 했다는 사실을 알면 그 여자가 얼마나 당황할지 알아볼 속셈으로 그녀에게 가 보기로 했다.

　계단을 내려간 다음 길을 건너 그녀에게 가까이 다가가서 보니, 드레스는 그다지 깨끗하지 못하고 눈은 일주일 동안 내내 울었던 것처럼 충혈되어 있다. 이상하게 생각하면서도 월러스는 공손하게 인사를 한 다음 사람을 잘못 본 것 같다고 얘기했다. 정치가들의 연설만큼이나 무미건조한 말을 끝내기도 전에 그녀가 월러스의 손을 움켜잡았다.

"쓸데없는 소리 마요. 당신은 정말 눈치가 없더군요. 30분 동안 당신에게 계속 손짓했다고요. 따라와요, 자니 그린. 내 특별한 친구들을 소개해 줄게요."

"내 이름은 자니 그린이 아니오."

월러스는 그녀에게서 손을 빼내려고 애쓰면서 말했다. 그러나 그 여자는 찰거머리처럼 손을 붙들고 오히려 이렇게 말했다.

"아무 염려 말고 날 따라와요. 화끈하게 해 줄 테니까."

'이런 뻔뻔한 여자는 보다 보다 처음이야.'

월러스는 속으로 이렇게 생각했다. 선술집 입구에 있던 예닐곱 명이 월러스와 여자를 보더니 우스워 죽겠다는 표정을 지었지만 그 여자는 얘기하는 내내 월러스에게 바짝 달라붙어 있었다. 월러스는 그들의 웃음에 화가 나서 필사적으로 힘을 줘서 손을 잡아 빼 버렸다. 원래 월러스는 여자들에게 거칠게 행동하는 것을 싫어하지만 어쩔 수 없었다.

그녀가 말했다.

"들어가세요."

"싫소. 지금은 시간이 없소."

"그렇군요. 그럼 제가 '한잔' 사 달라고 해도 거절하실 건가요?"

"그런 건 아니오. 뭘 드시겠소? 레모네이드? 아니면 아이스크림?"

"성인 여성에게 레모네이드나 아이스크림을 먹으라니! 슈냅_{알코올 농도가 높은 독한 술}을 섞은 브랜디로 하겠어요."

월러스는 반지르르한 25센트짜리 동전 하나를 그녀에게 던져 주며 말했다.

"여기 있소. 이 돈이면 한잔할 수 있을 거요."

그리고 돌아서서 최대한 빨리 숙소로 와 버렸다.

월러스 등에 대고 그녀는 온갖 욕설을 퍼부었다! 월러스는 텍사스 변경 지역 수색 대원들이 쓰는 험한 말을 들어 봤지만 그녀가 해댄 욕에 비하면 그들의 욕은 새 발의 피였다. 월러스가 멀리 가면 갈수록 그녀의 욕설은 소리가 더 커졌고 395호실에 들어갈 때까지도 들려올 정도였다. 월러스는 방에 들어가 문을 걸어 잠그고 저녁 식사 시간까지 밖으로 한 발짝도 나가지 않았다.

저녁 식사 후, 월러스는 옷차림을 매만지고 곰 기름으로 머리를 빗어 넘긴 다음 프랑스 인 거주 구역에서 열리는 혼혈아 무도회에 갔다. 무도회가 열리는 집 안으로 막 들어가려는 순간 한 남자가 다가와서는 입장하기 전에 몸수색을 받아야 한다고 했다.

"왜 그러시죠? 도둑을 맞은 적이라도 있는 거요?"

"아닙니다."

월러스의 물음에 그가 말했다.

"만약 당신이 무기를 갖고 있으면 입장하기 전에 우리에게 맡겨야 합니다. 제가 맡아 두죠."

그래서 월러스는 그에게 데린저 권총과 단검을 건네주었다.

"데린저 권총은 별 상관 없소만, 단검은 잘 간수해 주시구려. 상당히 아끼는 물건이니까. 그 칼 덕택에 위기에서 여러 번 살아났고, 인디언들 머리카락도 좀 뽑았지."

문지기는 둘 다를 어찌 해야 할지 모르겠다는 표정으로 월러스를 한번 쳐다보고, 그 다음엔 단검을 쳐다봤다. 어쨌든 그는 월러스의 무기를 맡았고 나갈 때 다시 찾아가라고 덧붙였다.

"돈도 갖고 있다면 저한테 맡기시지요. 돈이 온데간데없이 사라져 버릴 수도 있습니다."

"멕시코 돈 몇 달러밖에 없소. 누군가 그 돈을 가져간다면 그들에게 유익하게 쓰일 테지."

"알겠습니다. 안으로 들어가시죠."

월러스는 계단을 올라 사람들로 가득 찬 긴 방으로 들어갔다. 그 방은 가스등이 켜져 있어 불 붙은 대초원처럼 환하게 빛났다. 사람들은 대부분 가면을 써서 누가 누구인지 구별할 수 없었지만 어차피 월러스가 아는 사람도 없었으므로 별 상관은 없었다.

홀에서는 두세 쌍 정도가 춤을 추었고, 수많은 사람들이 여기저기 무리 지어서 웃고 떠들며 이 사람 저 사람에 대한 농담을 주고받았다. 월러스는 그들 사이를 이리저리 다니면서 구경하며 즐거운 시간을 보냈다. 하지만 춤 출 상내가 없어서 다소 지루해지려던 찰나에 앵무새 부리 마스크를 쓴 친절해 보이는 사람이 다가와 말을 건넸다.

"당신은 이곳에 처음 온 사람 같군요."

월러스가 정확히 맞혔다고 얘기했다.

"우리의 조촐한 무도회가 어떠신지요?"

"아주 좋은 것 같소. 그런데 당신네들은 텍사스 주의 대표적인 스탬피드 춤을 아직 모르시는 것 같군요."

월러스의 말에 그가 되물었다.

"스탬피드라뇨? 그런 춤은 한번도 들어 본 적이 없어요. 실례가 안 된다면 제게 가르쳐 주시겠습니까? 그러면 제가 그 춤을 사람들에게 소개하겠습니다. 우리들은 모두 새로운 것을 배우는 걸 아주 좋아한답니다."

"물론이지요. 원한다면야 설명해 드리겠소. 스탬피드는 이런 거라오. 여자들이 방 한편에, 남자들은 반대편에 줄지어 섭니다. 그 다음 남자 한 명이 말 울음소리를 내고, 여자 한 명이 히힝거리며 화답하면 그 두 사람이 한 발씩 앞으로 나와서 짝을 지어 춤을 추는 겁니다. 만약 남자가 못생겨서 세 차례나 말 울음소리를 낸 후에도 화답하는 여성이 없을 경우에는 줄에서 물러 나와 다음 기회를 기약해야 합니다.

이런 식으로 모두들 쌍을 이뤘을 때 사회자가 '모두들 질주하세요.'라고 외치면, 모든 사람들이 방 안을 서너 바퀴 빠르게 달립니다. 그 다음 남자들이 상대를 향하여 양손을 들어 올리고 말처럼 뛰어오르는 자세를 취하면 여자들은 뒤로 물러서면서 남자들을 향해 발을 차는 시늉을 합니다. 그러고 나서 숙녀들이 천천히 남자들에게 다가가면 뒷걸음질하던 남자들이 여자들의 손을 잡고 쌍쌍이 짝을 지어 우아하게 홀 안을 돌아갑니다. 선두 쌍이 한 바퀴 돌고 나서 춤을 추기 시작하면 다음 쌍도 마찬가지로 춤을 추며 따라가고, 이런 식으로 모두가 함께 춤출 때까지 음악은 계속됩니다. 그러다가 사회자가 '정지!'라고 외치면 일제히 멈춰 서고, 그 다음부터 사회자가 '짝과 함께 천천히 걸으세요.', '짝과 함께 좀 빠르게 걸으세요.', '짝과 함께 뛰세요.', '모두들 질주하세요.', '빠르게 더 빠르게.' 같은 식으로 지시를 내립니다. 모두가 발목이 시큰거리고 숨이 찰 때까지 빠르게 움직이게 되면 사회자가 소리치면서 자신의 모자를 무대 안으로 던집니다. 그러고 나면 전체적인 스탬피드가 시작됩니다. 남자들은 말 울음소리를 내며 손을 들고 말처럼 뛰다가 뒷발질을 해 대고, 숙녀들은 히힝거리며 껑충껑충 뛰어다니기도

하고 발길질을 합니다. 그러다 보면 의자와 탁자가 뒤집히고 불은 꺼지고 모두들 넘어져 뒤엉키게 되죠. 나중엔 모든 것이 뒤죽박죽이 되면서 춤이 끝납니다."

월러스의 새 친구는 그의 손을 잡으며 대답했다.

"놀랍군요. 대단합니다, 바로 이겁니다. 선풍적인 인기를 끌게 될 것 같군요. 기대해도 좋겠어요. 오늘 밤 스탬피드를 소개해야겠어요."

"그렇게 하시죠. 하지만 무도회가 끝날 시간까지 기다리는 게 좋을 거요. 스탬피드가 끝나면 물건이 전부 박살날 테고 파티를 다시 시작하기가 쉽지 않을 테니까요."

새 친구와 월러스는 금세 꽤나 가까운 사이가 되었고, 월러스는 그가 왜 다가왔는지 의심하기도 전에 질문을 받고선 자기가 어디서 왔으며, 이름이 뭔지, 그리고 어디로 가려고 하는지 따위를 죄다 말해 버렸다.

잠시 후 그는 월러스에게 한껏 취해서 뻗어 버린 적이 있느냐고 물었다. 월러스는 고주망태가 될 때까지 마신 적이 있다고 했다.

그러자 새 친구는 저쪽에 아주 고급 술이 있다면서 월러스를 구석에 있는 작은 방으로 데리고 갔다. 그곳에는 온갖 종류의 술이 있었고, 사람들이 술을 마시고 있었다.

"뭘로 하시겠소?"

새 친구가 물었다.

"글쎄, 아무거나 좋습니다. 난 별로 상관없소. 네 번 증류한 브랜디보다 독하지만 않으면 됩니다."

"그럼 화이트 라이언 한잔 어떻습니까?"

"그거 좋죠."

월러스는 그가 제안한 화이트 라이언이 어떤 술인지 잘 아는 것처럼 대답했지만 실은 그 술에 대해 눈곱만큼도 아는 것이 없었다. 바텐더는 텀블러(밑이 판판한 큰 잔)를 꺼내 물을 약간 붓고, 설탕과 상당한 분량의 브랜디, 오래된 자메이카 럼 약간과 아이스크림을 넣은 후 다른 텀블러로 꽉 막아 그 안의 내용물이 잘 섞일 때까지 앞뒤로 흔들어 댔다. 그리고 신선한 파인애플 한 조각을 텀블러에 살짝 넣어서 건네줬다. 월러스는 잔을 입에 갖다 대고 살짝 맛만 보려 했다가 마지막 한 방울까지 쭉 들이켜고 말았다. 정말이지 마시다가 중지하는 것은 불가능했다. 닷새 동안이나 물 구경을 못 하다가 마셨던 흙탕물만이 그 맛에 비길 만했다.

화이트 라이언은 나름대로 도시에서 '라이언'을 마셔 본 월러스가 보기에도 단연 최고였다. 만약 어제부터 금주 모임에 가입했더라도 곧바로 다시 술을 마셨을 만한 맛이었다. 날마다 이런 라이언을 만날 수 있다면 그런 모임에 가입하는 것은 부질없는 짓일 테니 말이다. 성자 마태조차도 술 마시는 사람들을 멈추게 하지는 못할 터였다.

라이언에 마음을 빼앗긴 사이 새 친구를 잠시 잊고 있었다. 새 친구를 찾아 여기저기 고개를 돌려 보았지만 어디에서도 그의 모습을 찾을 수 없었다. 바텐더가 친구를 찾던 월러스를 부르더니 라이언 값을 내라고 했다.

월러스는 이상하다고 생각하며 잔돈을 건네줬다. 텍사스에서는 한잔하자고 말하는 사람이 당연히 돈을 낸다. 이곳에서는 그 규칙이 반대인 모양이었다. 월러스는 관습은 다 다른 법이라고 체념했다.

방 안을 다 뒤져도 어디에서도 그 친구를 찾을 수 없었다. 게다가 누군가 코트 주머니를 찢었는지 권총 실탄과 공이치기가 든 지갑이 사라져 버렸다. 총알이 필요하다고 얘기했더라면 공짜로 총알을 줄 수도 있었기 때문에 도둑맞은 것은 대수롭지 않은 일이었지만 새 코트가 15센티미터나 찢어졌으니 옷을 완전히 버린 셈이었다.

도둑은 아마도 무게만 보고 캘리포니아 산 금덩이로 가득 찬 지갑을 훔쳤다고 착각하고 있을 터였다. 그 속에서 총알과 공이치기가 굴러 나오는 것을 바라보는 도둑의 표정을 볼 수만 있다면 반짝반짝 빛나는 25센트짜리 동전이라도 주겠다고 윌러스는 생각했다.

무도회에 조금씩 싫증이 나기 시작한 윌러스는 마지막이라 생각하고 화이트 라이언 한 잔을 급하게 마셨다. 그 순간 화려한 옷차림의 젊은 여자가 다가와 말을 걸었다.

"당신은 이 도시에 처음 온 사람 같은데요."

'세상에나. 내가 이 도시에 처음 온 사람이라는 걸 모두들 알고 있다는 말인가? 챙이 넓은 모자와 뒤로 길게 늘어진 은색 술 장식 때문인가?'

그러고 보니 이 도시에서 그런 차림새를 한 사람을 본 적이 없는 듯했다.

"그렇소, 아가씨. 난 여기 온 지 얼마 되지 않았소."

"그럴 거라 생각했어요. 당신은 당신이 살던 땅에서 이곳으로 지금 막 옮긴 것처럼 보이거든요. 아직까지는 전혀 시들지 않았어요."

"당신을 만나고 나니 이제 시들어 버릴 것 같군."

윌러스는 그녀의 '기묘하게 사람을 사로잡는' 기운에 빠졌다. 땅에서 솟아난 것만 같은 그녀는 '뿔 달린 수사슴'처럼 탄력 있게 걸었다. 그녀의 발은 윌러스의 엄지손가락보다 작아 보였다. 그녀는 머리를 예쁘게 땋아 목 둘레에 늘어뜨렸다.

살색 장갑을 낀 주머니쥐만 한 손을 내놓으며 그녀가 말했다.

"복채를 내세요, 당신의 운세를 알려 드리죠."

화이트 라이언 덕에 용기 백배한 월러스가 그녀에게 이렇게 대답했다.

"내 운세가 어떻든 상관없소. 하지만 그 가면을 벗고 당신의 아리따운 얼굴을 보여 주면 2달러 50센트짜리 금화를 드리겠소."

"좋아요. 하지만 내가 점을 볼 줄 안다는 걸 입증하기 위해서라도 당신의 운세를 먼저 얘기하겠어요. 손을 내밀어 보세요."

그래서 월러스는 밀가루 통 뚜껑도 가뿐하게 잡을 수 있는 커다란 손을 내밀었다. 그녀는 월러스의 손을 두 손으로 잡고선 한동안 가까이 살펴보았다.

"당신은 텍사스 출신이군요."

그녀는 그렇게 말하고는 손가락에서 팔꿈치까지 짜릿짜릿해질 때까지 부드러운 손가락으로 월러스의 손금을 더듬어 나갔다.

"이 손금은 텍사스까지 곧게 거슬러 올라가는군요."

"당신은 마법사가 틀림 없소이다."

"아직 미혼이지만 당신은 머지않아 결혼하게 될 거예요. 왜냐면 이 선은……."

엄지손가락 아랫부분까지 뻗은 선을 따라 그녀의 손가락이 움직였다.

"내내 큐피드의 지배를 받고 있거든요."

"또 맞혔소. 우리 거래는 이만하면 된 것 같소."

"그리고 이 선은……."

계속해서 그녀는 손바닥 가운데 지점에서 손가락 밑 뿌리까지 뻗어 나간 선을 더듬어 올라가며 말했다.

"당신이 텍사스의 대초원과 숲 속을 배회하는 모습을 보여 주는군요. 당신은 위대한 사냥꾼으로 틀림없이 수많은 원주민들의 머리 가죽을 벗겨 냈을 거예요."

"아니, 텍사스에는 그런 나쁜 놈들은 없소. 그러나 많은 인디언들의 머리카락을 잘라 낸 건 사실이오. 내가 단검만 있다면 어떻게 했는지 보여 줄 수 있을 텐데, 아래층에 있는 친구가 보관하고 있다오. 그나저나 어떻게 그걸 다 아는 거요? 당신은 정말 마법사인가 보구려."

"물론이죠. 난 당신이 '옛 버지니아'로 가는 중이라는 것도 쉽게 알아차릴 수 있답니다."

"맞소."

월러스는 그녀의 말을 막았다.

"이제 더 이상 내 손금을 보지 마시오. 알려 주고 싶지 않은 것도 있다오. 자, 난 지금 '들소 똥' 만큼이나 바싹 말라 버린 것 같소. 나에게 한잔하자고 말하지 않겠소?"

"왜 당신이 한잔하자고 얘기하지 않는 거죠?"

"여기서는 초대받는 사람이 돈을 내는 게 관습인 것 같아 그렇소. 난 당신이 계산하게 하고 싶지 않소."

"알았어요. 한잔하러 가지요."

그래서 둘은 술을 마시러 갔고, 그녀는 월러스에게 뭘 마실 거냐고 물어보았다.

"큰일을 치렀으니, 화이트 라이언을 마십시다."

그녀는 레모네이드 스페셜을 주문했는데 칵테일 통 안에는 스페셜의 내용물인 코냑 브랜디만 가득 찬 듯했다.

월러스와 여인은 한쪽에 서서 웃고, 얘기하고, 술을 홀짝거리면서 친한 사이가 되었다. 마침내 월러스는 용감하게도 그녀의 손을 부드럽게 움켜쥐었다. 그러나 화이트 라이언을 너무 많이 마신 탓에 힘 조절을 못했는지 그녀의 손을 너무 세게 잡고 말았다.

여자는 날카로운 비명을 지르며 손을 홱 빼내더니 자신을 평생 불구자로 만들 작정이냐고 말했다. 월러스가 몇 번이고 사과를 하면서 화이트 라이언 때문이라는 둥 첫눈에 반했기 때문에 그랬다는 둥, 여러 가지로 변명을 한 뒤에야 그녀는 다시 기분이 좋아졌다. 남자가 여자에게 실수를 했을 때 그녀의 아름다운 외모나 매력적인 행동 때문에 그랬다고 둘러대면 여자는 남자를 용서하게 마련이다.

"그럼 이제, 우리 다시 친구가 되었으니 약속한 대로 당신의 아름다운 얼굴을 살짝 보게 해 주시오."

월러스는 이렇게 말하며 그녀에게 2달러 50센트짜리 금화를 건네주었다.

"집에 갈 시간이 되었네요. 보여 드려도 별일 없을 테지요."

그리고 그녀는 가면을 벗었다. 그녀는 물라토^{백인과 흑인의 혼혈 인종}였다! 월러스는 너무 놀라서 한마디도 못 했다.

바로 그때 왁자지껄 시끄러운 소리가 들려서 돌아보니 월러스가 처음 만났던 친구가 탁자에 앉아서 큰 소리로 스탬피드 댄스를 가르치고 있었다. 방 안에 있는 거의 모든 사람이 함께 모여 말 울음 소리를 내고, 교태를 떨고, 껑충껑충 뛰어다니고, 뒷발질과 앞발길을 하고 있었는데 텍사스의 대초원에서는 결코 듣도 보도 못한 광경이었다. 마침내 사회자가 사람들 사이로 모자를 던지며 "모두들 스탬피드를 하시오." 라고 외치자 모두 난장판 쇼를 하기 시작했다. 여자들은 소리를 지르며 단을 내려왔고, 남자들은 의자며 탁자를 발로 차는 통에 물건들이 여기저기에 쌓이기 시작했다.

한 사람이 월러스 곁에 오더니 발굽으로 힘껏 월러스의 발가락을

짓밟았다! 월러스는 그 사람의 이마 한가운데를 주먹으로 서너 번
정확하게 갈겼다. 그 사람은 바닥에 벌렁 나자빠졌고 싸움이 번지
지는 않았다. 바로 이때 경찰이 들어와서 그 소동에 끼어들자 소란
이 더욱 커졌다. 두 놈이 갑자기 월러스를 덮쳤다. 월러스는 한 놈
의 귀를 잡아당겼고, 다른 한 놈의 머리털을 반쯤 뽑아 버렸다. 월
러스가 단검을 갖고 있지 않았으니 망정이지 그랬다면 모두들 박살
이 났을 것이다. 그 즉시 마호가니 의자가 월러스 쪽으로 날아왔고
다음 날 보니 머리에 혹이 생겨 있었다. 아무리 애를 써 봐도 혼혈
아 무도회에 대해선 더 이상 기억나는 것이 없었다.

농사에 대한 왕발이의 생각

나는 몇 년 전 샌안토니오 시로 가던 중 길을 잃고 날이 저물도록 대초원을 헤맨 적이 있다. 결국 나는 길에서 한뎃잠을 자고 다음 날 새롭게 출발하기로 마음먹었다. 광대한 자연이 제공하는 숙박 시설에 몸을 맡긴 채 벌판에서 밤을 보내기로 결정한 순간 나는 바로 앞에서 사람이 사는 징후를 발견했다. 지친 말에 박차를 가해 달리자 통나무 집과 짓다 만 야영지를 섞어 놓은 듯한 곳이 나왔다. 그 집 앞에는 쓰러진 나무 위에 한 남자가 앉아 부지런히 총을 닦고 있었다.

"실례지만 길 좀 가르쳐 주시겠습니까? 샌안토니오로 가는 간선 도로로 가는 길을 아십니까?"

질문에 대답하려고 남자가 고개를 들었는데 놀랍게도 그는 내 오랜 친구이자 전우인 왕발이 월러스였다.

"잘 지냈나, 왕발이? 자네의 옛 친구 잭 도벨을 잊었는가?"

왕발이는 잠시 미심쩍은 눈으로 날 쳐다보더니 벌떡 일어나서 내 손을 잡았다. 어찌나 세게 잡았는지 한동안 손이 얼얼할 정도였다.

"도벨, 말에서 내려오지 그러나. 좀 쉬게나. 오늘 밤은 여기 머물게. 아침이 되면 길을 가르쳐 주지."

왕발이는 척 보기에도 궁색한 자신의 농장을 슬픈 듯이 둘러보며 말했다.

"정말로 자네에게 줄 게 별로 없군. 농사를 완전히 망쳤거든. 그렇지만 저기 우묵한 곳에 자네 말에게 먹일 만한 좋은 풀들이 꽤 자란다네. 얼른 앉게나. 우리가 마지막 만난 날 이후로 내게 어떤 일이 일어났는지 해 줄 얘기가 산더미 같네. 특히 비열한 속임수를 잘 쓰는 내 동료 짐 잭슨에 대해 할 말이 많다네."

월러스는 수사슴의 가죽을 벗기느라 바쁜, 정말 못생긴 한 친구를 가리켰다.

"저놈이 한 달 전에 날 배신했어."

왕발이는 거기에 대해 더 이상 설명하지 않았다. 나는 말에서 내려 그의 안내로 목초가 울창하고 풍성하게 자란 아늑한 작은 골짜기로 말을 데리고 갔다.

"야영지에서 너무 멀리 떨어진 곳에 매어 놓는다고 염려할 필요는 없어. 이제 이 근처에는 인디언이 없거든."

왕발이는 파이프나 물고 있어야 하는 태평한 나날이 지겨운 나머지 지난 시절의 요란했던 장면들을 그리워하는 듯한 침울한 표정으로 말했다.

"이곳에서 보낸 지난 열두 달 동안 10킬로미터 안에서 인디언이라고는 눈을 씻고 찾아봐도 없었네."

"설마 왕발이 자네가, 멕시코 인들이나 인디언들과 싸움 한 번 하지 않은 채 지금까지 지냈다는 건가?"

"그렇다니까. 야노에서 6개월 전에 통크 족과 작은 충돌이 일어났던 것만 빼면 말일세. 내가 여기에 정착한 이후로는 어떤 소동도 일어나지 않았어. 당연한 일이지. 돼지들이 옥수수 창고 문 주위로 몰려들듯이 사람들이 이곳으로 몰려들어서는 인디언들이 쳐들어오지 못하도록 들판에 울타리를 쳤거든. 이곳 사람들이 전부 어디서 왔는지 알 수만 있다면, 당장 그리 가 버리겠네. 거기에는 아무도 없을 테니 말이야. 이렇게까지 답답해 죽을 정도는 아닐 거야. 나는 널찍한 공간이 필요하단 말일세. 그런데 여기서는 어느 방향으로 가건 10킬로미터도 가기 전에 남의집 울타리를 만나게 되어 있어."

우리는 목장으로 돌아오는 길에 왕발이가 소파로 사용하는 통나무에 걸터앉았다. 그가 나에게 말했다.

"자네는 내가 어떻게 이곳에 정착하게 됐으며, 어쩌다 농장 일을 시작했는지 궁금하지 않나? 멕시코 전쟁이 끝나자 사령관이 군 복무를 끝낸 우리들을 소집하더니 돈을 주더군. 잭슨과 나는 돈을 상당히 모았으니 우리 손으로 농장을 해 보자고 했어. 우리 둘 다 농장 일에 대해서는 까막눈이었지만 그 일이 왠지 무난할 것 같았거든. 어찌 됐든 이 나라에서는 그다지 애쓰지 않아도 모든 일이 저절로 되는 것처럼 보이지 않나. 그래서 우리는 조시 아저씨에게서 25만 평의 토지를 구입했지. 그 영감은 토지를 헐값에 우리에게 넘긴 거라네. 1000평당 25센트였어. 거의 절반 값을 쳐 준 거지.

잭슨과 내가 조시 아저씨로부터 이 땅을 구입한 후 처음 한 일은 이 오두막을 짓고 저기 보이는 야채 밭에 울타리를 세우는 일이었어. 근데 이 작업을 끝내기도 전에 농장 일에 싫증이 나기 시작하더라고. 이 통나무에 편히 앉아서 저 허름한 오두막과 그 옆에 나란히 있는 야채 밭을 바라보면 모든 게 간단해 보여. 사실 그 일이 그다지 대단하지는 않잖아. 그러나 자네 손으로 매듭투성이의 떡갈나무를 몇백 개나 되는 판자들로 쪼개 보게. 세로뿐만 아니라 가로로도 쪼개야 하거든. 땀투성이가 되어 욕설을 퍼붓지 않고는 못 배길 걸세. 그 일이 충분치 않다면, 저쪽에 있는 떡갈나무 숲으로 들어가 보게. 가시가 아주 날카롭고 고양이 발톱처럼 구부러져서 무척 고통스러울 거야. 아마도 얼마 지나지 않아 뉴질랜드 사람처럼 온몸에 문신이 새겨질걸. 바지는 허리끈 빼고는 남는 게 없고, 셔츠도 목깃만 남지. 그러고 나면 자네도 나와 같은 결론을 내리게 될 걸세. 농장 일은 씽씽 달리는 말을 타고 인디언들을 추격하는 일처럼 신나지 않다고 말일세.

내 생각엔 말이지, 유대인들이 농사에 관한 한 가장 현명한 민족인 것 같네. 자네도 유대인들이 어딜 가나 갖가지 장사를 하면서 돈벌이를 한다는 것은 알고 있을 거야. 하지만 유대인이 먹고살기 위해 땅을 갈았다는 말은 못 들었잖나. 심지어 유대인들은 모세 시대에조차도 만나와 메뚜기를 먹으며 40년이 넘는 세월 동안 방랑하지 않았나. 오두막을 짓고 옥수수 농사를 짓지 않으려고 말이야. 참으로 영리한 민족이라네. 나도 그냥 유대인이 되고 싶어. 다만 선에 말한 것처럼 할례를 한다거나 몸에 유대인 표지를 달고 수용소에 갇혀 지내는 건 싫다네. 게다가 내가 제일 좋아하는 베이컨을 안 먹고는 못 살지. 유대인들은 돼지고기를 먹지 않음 도벨, 내가 충고 하나 할까. 자네에게 검둥이 예닐곱 명과 허드렛일을 해 줄 잡역부가 있다면 모를까 절대로 농사 지을 생각은 말게.

우리가 한 달이 넘는 시간 동안 일을 한답시고 부산을 떨다 보니 오두막집이 완성되고 땅에는 울타리가 세워지더군. 우리는 농사철에 대비하여 모든 것을 준비해 두려고 마을에 가서 쟁기, 삽, 가래, 괭이 같은 농기구들을 샀어. 잡화점에 들러 작은 갈색 종이에 포장된 각종 씨앗도 샀다네. 농사 일은 여러 종류의 실탄으로 오리를 사냥하는 것과 비슷하다는 생각이 들더군. 4번 사이즈의 총알이 몸통을 맞히지 못하더라도 7번 사이즈의 총알이 머리를 맞힐 수도 있거든. 방풍나물 농사가 잘 안 되면 사탕무는 잘될 수 있어. 머스크멜론과 수박도 잊지 않았다네. 왜냐면 둘 다 내가 정말 좋아하는 거니까.

마을에서 돌아오자마자 나는 말 키치아이를 쟁기에 맸다네. 짐승이 수치스러워한다면, 바로 그 말의 표정이 제격이야. 그 녀석은 자신이 완전히 세상 밑바닥에 이르렀다고 생각하는 것처럼 보였지. 녀석은 너무나 기가 죽어서 양처럼 조용해져 버렸어. 그 후로 다시는 예전의 그 당당한 모습을 볼 수 없었지. 내 평생 쟁기질을 해 본 적이 한 번도 없었지만, 많은 사람들이 하는 것을 보아 왔기 때문에 그 일이 세상에서 제일 쉬울 거라고 생각했거든. 하지만 내가 이제 쟁기질하는 법을 안다고 말한다면 그건 순전히 거짓말이야. 염병할 쟁기가 어떤 때는 땅 위로 그냥 나가다가 또 어떤 때는 나무 그루터기에 걸려 멈추는 바람에 손톱이 빠질 뻔한 적도 있어. 또 어떤 때는 내가 지하 동굴을 파려고 한다고 생각하는 건지 쟁기가 마구 땅속으로 파고들어 가는 거야. 내가 약간만 들어 올리려고 하면 힘이 너무 들어간 건지 쟁기는 다시 땅 위로 솟구쳐서 땅을 갈지도 않고 지나가 버리더군. 다른 나무 그루터기에 걸려 멈출 때까지 말이야. 고랑 한 줄을 판 후 뒤를 돌아보았더니 정말 아찔하더군. 고랑이 아주 흉측하게 비뚤어진 거야. 어찌 됐든, 우리는 결국 그 일을 끝냈어. 만약 우리가 일을 마쳤을 때 자네가 그 밭을 보았더라면 야생 수퇘지 떼가 땅을 파헤쳐 놓았다고 생각했을 거라네.

우리는 대부분의 밭에 옥수수를 심었고, 나머지는 내가 상점에서 사 온 씨를 뿌렸다네. 봉투에는 '머스크멜론 씨앗'이라는 표시가 붙어 있었지. 난 정말 머스크멜론을 좋아하거든. 그래서 밭에서 가장 비옥한 부분에 머스크멜론을 심고, 잘 자라기 시작할 때까지 신경 써서 보살폈다네. 그러던 어느 날 밭을 지나가다 보니 가지 하나에 아직 익지 않은 멜론이 매달린 거야. 약간 기묘해 보이기에 자세히 살펴보려고 몸을 굽혔지. 세상에, 그게 만약 보통 호리병박이 아니었다면 다시는 인디언 머리 가죽을 못 벗겨도 좋네. 나는 바로 돌아서서 가지를 전부 뽑아 버렸지. 왜냐하면 나를 모르는 사람이 보면 내 피 속에 검둥이 피가 흐른다고 생각할까 봐 두려웠다네. 왜 그런 속담이 있지 않나. '가난한 자는 자손을 퍼뜨리고, 검둥이는 호리병박을 심는다.'

한동안은 모든 게 더할 나위 없이 잘 자랐지. 비뚤어진 고랑에서도 옥수수는 잘 자랐어. 그러나 얼마 후 가뭄이 시작되었고, 가뭄이 심해질수록 옥수수가 점점 누렇게 뜨더니 결국 시들어 죽고 말았다네. 비를 내려 달라고 별의별 짓을 다했지만, 아무 소용이 없었어. 때때로 개구리들이 저기 황폐해진 밭에서 무지막지하게 울어 댔지만, 비는 한 방울도 오지 않았지. 마침내 밭은 완전히 말라 비틀어져 버렸다네. 개구리들은 고랭지 두꺼비로 변신했다면 모를까 틀림없이 모두 말라 죽었을 거야. 언젠가는 정동풍으로 불어오는 바람 때문에 우리 옥수수 밭이 심하게 타격을 입은 적도 있다네. 여전히 비는 내리지 않았지. 어떤 때는 달 주변에 거대한 달무리가 나타났어. 마차 바퀴만큼이나 거대한 달무리 말이야. 그래서 비가 올 거라고 확신했지만 역시 비는 오지 않더군. 모든 생물이 내가 지금 늘어놓는 장황한 이야기만큼이나 건조해질 때까지 비는 내리지 않았지. 간단하게 말해서, 완전히 농사를 망쳐 버렸다네.

자, 이번엔 저쪽에 있는 잭슨이 얼마 전에 나에게 써먹은 비열한 속임수에 대해 얘기해 주겠네. 그런 비열함이 인간의 본성에 담겨 있다고 생각한다면, 다음번에 인디언을 만나면 총으로 날려 버릴 텐데 말야. 비록 농사가 쫄딱 망한 것은 사실이지만 밭에는 한 사람 정도 배불리 먹을 수 있을 만큼 옥수수가 있었어. 어느 날 아침 나는 사냥을 가서 살찐 사슴 한 마리를 잡아 오겠다고 잭슨에게 말했네. 그리고 내가 돌아오면 남은 옥수수를 긁어모아 사슴고기와 함께 근사한 식사를 하자고 했지. 그래서 내 권총 하코를 손질해서, 도런 산기슭으로 올라갔다가 반대쪽으로 내려와, 요크 강을 건너 거기서 또 리틀샌디까지 갔었어. 그런데 사슴은커녕 개미 새끼 한 마리도 보이지 않더군. 어쩔 수 없이 그날은 사슴 사냥을 포기하고 집으로 돌아오는데 번트붓 강을 건너자마자 자네가 아까 본 것 같은 통통하게 살이 오른 사슴을 만난 거야. 나는 사슴을 잡아 후닥닥 가죽을 벗기고 고기를 토막 내서 서둘러 집으로 향했다네. 이리처럼 허기가 지기 시작했어. 그런데 캠프에서 200미터 정도 떨어진 곳에 도착하자 구운 옥수수 냄새가 나는 거야. 뭔가 이상하다는 생각이 들었다네. 과연 생각했던 대로였지. 내가 목장에 들어가 보니 저쪽에 파렴치하기 짝이 없는 잭슨 놈이 앉아서 프라이팬을 들고 마지막 남은 옥수수를 목구멍에 마구 퍼 넣고 있지 뭔가.

그놈은 내가 외출한 틈을 타서 너덧 달 동안 함께 일해서 가꾼 옥수수를 전부 홀라당 뽑아다 처먹어 버린 거야! 밭에 있는 옥수수를 엄지손가락만 한 것도 남기지 않고 다 뽑아 버렸더군. 옥수수 수확으로 받은 나의 몫이라곤 구운 옥수수 냄새뿐이었어. 내가 돌아올 때 내 쪽으로 바람이 불지 않았더라면 그 냄새조차 맡지 못할 뻔했지 뭔가.

이때부터 상황은 더욱더 나빠지기 시작했네. 감자는 완전히 말라 비틀어져 버렸지. 누굴 원망하겠는가? 석 달 동안 비 한 방울 내리지 않았는걸. 우리가 심은 작물들은 수박을 빼고는 모두 시들어 버렸어. 어떻게 수박은 괜찮았는데 내 생각에 수박엔 수분이 많아서 그런 것 같아. 날씨에 영향을 받지도 않는 것 같고. 우리는 쟁기며 괭이 따위의 도구들을 사느라 가진 돈을 다 써 버린 탓에 수박으로 배를 채울 수밖에 없었다네. 어쩌다 가끔 보잘것없는 암사슴 요리를 먹기도 하지만 말이네. 수박이 나름대로 좋은 먹거리인 것은 알지만 아침에도 수박, 점심에도 수박, 저녁에도 수박을 먹다 보면 한동안 수박은 거들떠보기도 싫어진다네. 도벨, 이건 거짓말이 아닐세. 수박만 먹으며 일주일 정도를 살다 보니 발가락에 돌이 부딪힐 때마다 뱃속에서 물이 출렁거리더군. 게다가 수박은 배도 안 부르고 불편하기 짝이 없는 식사지 뭔가! 9킬로그램이나 나가는 놈을 해치워도 15분만 지나면 다시 배가 고프단 말이야.

어느 날 여행자 몇 명이 여기 들러서 저녁 좀 얻어먹을 수 있느냐고 묻더라고. 도벨, 정말이지, 내 인생에서 그렇게 비참한 순간은 또 없었다네. 나는 여행자들을 밭으로 데려가서 한 명씩 식칼을 나눠 주며 저녁 식사거리가 그들 앞에 있으니 열심히 찾아보라고 얘기했어. 아, 잭슨 놈이 저녁 식사거리로 스테이크를 다 만든 모양이군. 도벨, 고기나 한 덩이 잘라 먹으러 가세나."

그는 육즙이 많은 스테이크 덩어리를 양철 접시에 담아 주면서 계속 말했다.

"지난 6개월 동안 산 것처럼 여기서 사느니 차라리 말이나 타고 여기저기 떠도는 게 적성에 맞을 것 같네."

"그렇지만 왕발이, 농사짓는 것을 포기하면 무슨 일을 할 생각인가? 자네도 알다시피 이제 더 이상 수색대는 필요없지 않은가. 정부가 모든 인디언들을 보호 구역에 정착시켰고, 그곳에서 인디언들에게 농사 짓는 법을 가르치고 말고기 대신 소를 먹는 법을 가르치고 있잖은가."

"그렇지."

쓸쓸하게 고개를 저으며 왕발이가 말했다.

"모두 맞는 말일세, 나도 알아. 인디언들이 쇠고기를 먹는 문제만 빼고는 흔쾌히 받아들였다고 하더군. 어쨌거나 여기 바로 아래 정착지로 여자가 몇 명 이주해 왔다고 잭슨이 얘기해 주었어. 우리는 말쑥하게 차려입고 그 동네에 가서 여자 사냥을 하기로 했네. 나도 그리 못생긴 편은 아니니까 그중에서 여자 한 명을 얻을 가능성이 있잖은가. 그렇지만 잭슨은 너무 못생겼어. 결혼을 해야만 낫는 병에 걸린 아가씨에게 잭슨이 기꺼이 자신을 바치겠다고 제안을 해도 아가씨가 잭슨을 한 대 걷어차고는 차라리 죽겠다고 말하지 않을까 의심스러울 정도로 말야. 그 녀석 이빨을 좀 보게나. 어찌나 앞으로 툭 튀어나왔는지 울타리를 사이에 두고도 호박을 갉아먹을 수 있도록 특수 제작된 것 같단 말일세."

"하지만 왕발이, 여자 사냥이 뜻대로 안 풀려서 실패하게 되면 그땐 어떡하려고?"

"그게 바로 문제라네. 코만치 족이 잡아먹을 말이 없어서 굶어 죽고 있다는 소리를 들으면 그때 또다시 농사를 시작하겠네. 그 전엔 절대 그렇게 못 해. 잭슨, 호리병박 좀 가져와 봐. 그 안에 연령초가 아직 약간 남아 있거든. 입 안이 '들소 똥'처럼 바싹 말라 버릴 정도로 떠들었군그래."

제 6 부

데 이 비 레 인

데이비 레인

　첫인상이 강한 사람들이 있다. 이를테면 처음 보자마자 이목구비나 행동, 습관, 자연적이든 인위적이든 풍기는 인상이 강한 사람 말이다. 데이비 레인이 바로 그런 사람이다.

　데이비는 특이하게 생겼다. 데이비는 큰 키에 피부는 거칠고 까무잡잡한 데도 외모에 전혀 신경을 쓰지 않았다. 그의 특징은 무엇보다도 몸에 힘이 하나도 없고 행동이 굼뜨다는 데에 있다. 외모와 행동만 보아도 그 사람이 얼마나 게으른지 알 수 있을 정도였다. 걸음걸이는 언제나 방아를 돌리는 느려 터진 말과 같다. 데이비가 걷는 속도를 바꾸는 경우란 뱀을 만났을 때뿐이다. 뱀은 데이비가 끔찍이도 무서워하는 동물이다. 뱀을 만났을 때 데이비의 움직임이 얼마나 빨라지는지에 관해서는 여러 이야기가 있다.

　데이비는 총기 제작자인데, 자기 직업에 대한 증거로 항상 마지막으로 만든 총을 가지고 다녔다. 그의 장총은 제작자와 소유자가 어떤 사람인지 잘 드러낸다. 겉은 거칠고 미완성으로 보이는데 내

부는 쓸 만했다. 총의 금속 부분은, 어디서 구했는지 벌레가 쏠아 먹은 반쪽짜리 개머리판에 붙어 있고, 총열은 기름칠을 한 적도 녹을 닦아 낸 적도 없었다. 데이비의 습관은 새벽 댓바람부터 마실을 가서 바닥에 내려놓을 만한 여유가 없다는 듯 총을 무릎 위에 올려 놓고 앉아 그 집에 하루 종일 머무는 것이다. 그는 배가 고프지 않다고 말하지만 식사는 절대 거절하는 법이 없으며 식사 시간에만 총을 치워 놓는다.

데이비는 장황하고 지루한 이야기와 사건을 많이 아는데 대부분 본인이 지어낸 이야기였다. 데이비는 이따금씩 목에서 울려 나오는 힘없고 굼뜬 웃음소리를 내면서 교훈적이지만 지루하기 짝이 없는 이야기를 아침부터 저녁까지 늘어놓곤 했다.

이야기를 하는 데 있어서는 데이비를 이길 사람이 없었다. 사실 끈질기게 도전하는 사람은 많지만 데이비는 뱀에게서 도망칠 때보다도 더 멀리 이들로부터 달아나 버렸다.

그렇지만 보다 공정하게 말하면 데이비는 삶을 혁신한 사람이다. 기독교로 개종하여 회개하면서 죽었기 때문이다. 그래서 이제부터 할 이 진실한 이야기도 즐겁게 할 수 있는 것이다.

무어 분지를 돌아다니는 돼지는 발견하는 사람이 임자라는 소문
이 돌았다. 그래서 데이비는 돼지를 찾아 장총 사슴박살이를 가지
고 라운드 힐 언덕에 있는 어마어마하게 큰 월귤나무 숲으로 갔다.
한참 동안이나 여기저기 샅샅이 찾아봤지만 돼지는커녕 흔적도 찾
을 수 없었다. 그래서 어슬렁거리며 천천히 이리저리 돌아다니다가
뱀하고 딱 부딪혔다. 데이비가 그때까지 본 것 중에서 가장 크고 길
고 무서운 놈이었다. 놈은 오월제 기둥이라도 되는 것처럼 몸을 곧
추세우고, 보기만 해도 서슬이 퍼런 혓바닥을 날름거리는데 마치
이렇게 말하는 것 같았다.

'나리, 무슨 배짱으로 우리 동네까지 납시었나요?'

그 순간, 무서운 짐승을 만났을 때엔 눈을 똑바로 쳐다보면 해치
지 않는다는 말이 생각난 데이비는 돌이라도 꿰뚫을 것처럼 녀석을
노려봤다. 그런데 아뿔싸! 그 뱀은 인간의 얼굴과 눈에 대한 존경심
이라곤 도무지 없는 놈이었다. 마치 월귤나무 대하듯 무관심했다.

그래서 어쩔 수 없이 데이비는 줄행랑을 놓기로 했다.

　데이비는 사슴박살이를 내팽개치고 펄쩍 뛰었다. 한 번에 열 걸음은 족히 뛴 것 같았다. 한 4미터를 정신없이 뛰어가서 주위를 둘러봤다. 뱀이 바로 뒤에 있었다! 이글이글 불타는 눈에 시뻘건 혀를 내밀고 고개는 빳빳이 들고 있었다. 데이비는 속력을 더 내서 줄달음쳤다. 6미터나 되는 통나무를 뛰어넘고 우거진 수풀과 사방에서 찔러 대는 나뭇가지를 헤치고 깊은 도랑을 건넜다. 차이가 많이 벌어졌겠다 싶어 뒤를 돌아본 데이비는 깜짝 놀랐다. 손만 뻗으면 닿을 곳까지 뱀이 왔다. 그래서 데이비는 젖 먹던 힘까지 내서 달리기 시작했다. 어찌나 빨리 달렸던지 얼마 안 가서 화약 통이 벗겨졌다. 셔츠와 바지, 속옷도 하나씩 벗겨졌다. 정신없이 빨리 달리다 보니 벌어진 일이었다. 집에서 1킬로미터 정도 떨어진 곳에 당도했을 때에는 속옷까지 홀랑 다 벗겨진 상태였다. 데이비는 이젠 그 끔찍한 뱀을 완전히 따돌렸겠거니 생각했다.

　그런데 이게 웬일인가? 녀석은 사냥꾼에게 쫓기는 사슴처럼 멀쩡하게 데이비 뒤에 있었다. 데이비는 이래선 안 되겠다 싶어 120미터를 펄쩍 뛰어들었다. 살쾡이처럼 소리 지르며 미친 듯이 달렸다. 그러자 피부가 찢어지는 느낌이 들었다. 사람의 피부는 구하기가 쉽지 않으니 속옷이 벗겨지듯이 피부가 다 벗겨져 버리면 안 되겠다 싶어 데이비는 피부를 추슬렀다.

　정신없이 달리다 보니 어느새 집을 지나쳤다. 마당을 달리다 보니 데이비의 아내와 아이들을 비롯해 개, 고양이, 닭들이 잔뜩 겁을 먹은 것이 보였다. 그런데 다행히 웬수 같은 뱀이 데이비의 집을 보고는 존경심을 표하는 것이었다. 숲 속에서 데이비의 눈과 얼굴을 보고는 아무런 반응이 없었는데 말이다. 데이비는 반 시간이나 거친 숨을 몰아쉬며 진정한 다음에야 집사람과 아이들에게 사건의 경위에 대해 설명할 수 있었다.

데이비는 그로부터 일주일이 지나서야 용기를 내서 숲 속에 버려둔 사슴박살이를 찾아올 수 있었다.

●——주

1   5월 1일 메이데이 축제. 이때 사람들은 꽃과 리본으로 장식된 기둥 주위를 돌며 춤춘다.

그 뱀에게 쫓긴 후부터 데이비는 뱀을 무서워했다. 나뭇잎 사이를 지나는 도마뱀 소리에도 머리가 돼지털처럼 뻣뻣하게 서고 죽은 송아지처럼 몸에 힘이 쭉 빠질 정도였다.

그러던 어느 날 데이비는 사냥을 하러 라운드 피크 산에 올라갔다. 고개를 빼고 사슴을 찾는데 그때 생각도 못 했던 뱀하고 눈이 딱 마주쳤다. 데이비가 지금까지 보아 온 뱀 중에서 가장 호기심이 많아 보이는 놈이었다.

뱀은 데이비와 1미터나 떨어진 곳에 있었다. 한동안 마법에 걸린 듯 데이비는 꼼짝도 못했다. 가파른 절벽 귀퉁이에 3미터나 되는 뱀이 꼬리를 쭉 펴고 몸을 길게 늘어뜨리고 누워 있는데 어쩔 도리가 없었다. 말만 한 그 뱀의 머리는 데이비 쪽을 향해 있었고 시뻘건 눈은 마치 번개가 요동치는 것 같았다. 게다가 혀까지 날름거리니까 데이비는 피셔 봉우리에 있는 거대한 둥근 바위가 된 듯 몸을 움직일 수가 없었다. 그런데 그때 꼬리에 있는 독침이 보였다. 바늘처럼 날카로운 독침은 길이가 족히 15센티미터는 되어 보였는데 쇠발톱처럼 툭 비어져 나와 있었다. 데이비는 '이제 죽었구나.'라고 생각했다. 이렇게 끔찍하게 죽느니 차라리 죽을 힘을 다해 도망치는 게 낫겠다는 생각도 들었다.

하지만 몸이 굳어서 꼼짝도 못했다. 어깨에 둘러맨 사슴박살이로 극악무도한 놈을 쏠 수도 없었다. 데이비는 15분 동안이나 움직이기는커녕 눈도 꿈쩍하지 못했다. 움직이지 않기는 뱀도 마찬가지였다.

그런데 운이 좋게 토끼 한 마리가 바로 옆을 지나갔다. 뱀이 눈을 돌리자 데이비는 그제야 마법에서 풀려나 산 아래로 12미터를 뛰었다. 그러고는 직경이 1.5미터쯤 되는 희고 커다란 떡갈나무 뒤로 숨었다. 뱀이란 놈은 꼬리 끝을 입에 물고는 굴렁쇠가 굴러가듯 데이비의 뒤를 쫓아 산을 굴러 내려왔다. 굉장히 빠른 속도였다. 뱀은 정확하게 데이비가 숨은 떡갈나무의 반대편에 와서 멈춰 섰다.

쉿 소리를 내는 것 중에 세일은 역시 뱀이다. 대장간 아흔아홉 곳에서 한꺼번에 철을 벼린다 하더라도 그 뱀의 쉿 소리를 덮을 수 없을 것 같았다. 뱀은 몸을 일으켜 세우더니 공격을 시작했다. 나무 주위를 돌면서 입을 벌리고 데이비를 향해 씩 웃더니 침을 뱉으면서 엄청난 양의 초록색 독을 뿜었다. 지독한 입 냄새가 풍겨 왔다.

더 이상 시간을 낭비할 수 없었다. 데이비는 내팽개쳤던 사슴박살이를 부여잡고 소름끼치는 놈을 향해 한 방 쏘려고 했다. 그런데 상대가 조금씩 움직이는 바람에 정확하게 머리를 겨냥할 수가 없었다. 다른 곳은 총을 쏴 봤자 아무 소용이 없기 때문에 데이비는 거리를 두고 놈이 지칠 때까지 기다렸다가 양미간을 정확하게 쐈다. 결국 이렇게 해서 숨통을 끊을 수 있었다.

데이비는 나무 안을 들여다보았다. 뱀이 죽은 건 그렇다 쳐도, 나뭇가지에 불이라도 난 것처럼 나뭇잎들이 시들어 있었다.

데이비는 독 이빨을 빼지 않고 뱀을 나무 사이에 그대로 남겨 두었다. 뱀은 독 이빨이 있어야 제맛이기 때문이었다. 그러고 나서 산을 급히 내려와 집으로 갔다. 그리고 당분간 다시는 외출하지 않으리라 결심했다.

그 일이 있은 후 3주 후에 데이비는 우연히 그곳에 다시 가게 되었다. 떡갈나무는 독 때문에 죽어 있었다. 잎사귀뿐만 아니라 나무 전체가 죽어 있었다.

바람돌이 수사슴

　피셔 골짜기와 블레이즈 봉우리, 플라워 골짜기, 그리고 워드 골짜기에서 데이비가 사슴을 많이 잡아서 사슴이 잘 안 보일 지경이 되었다. 그래서 데이비는 사슴들이 지레 겁을 먹을까 봐 잠시 동안 편히 쉬라고 다른 숲에 가기로 결심하고 슈거 능선으로 갔다.

　마침 사슴 뿔이 단단해지는 시기였다. 데이비는 슈거 능선에서도 햇빛이 잘 드는 곳을 택했다. 산등성을 올라가는 내내 눈을 크게 뜨고 지켜보았지만 쓸 만한 것이 눈에 띄지 않았다. 그때였다. 사슴 한 마리가 펄쩍 뛰어올랐다. 그렇게 큰 사슴은 생전 처음이다. 그 사슴은 번개보다도 더 빨리 산등성 주위를 뱅뱅 돌았다. 데이비도 보고만 있지는 않았다. 열 발짝 떨어진 곳에서 한 방 쏘았지만 녀석이 워낙 빨리 돌아서 직선으로 날아가는 총알에 맞지 않았다. 데이비는 일주일 내내 그 장소에 가서 매번 같은 장소에서 총을 쏘았다. 그러나 매번 빗나가기만 했다.

　사슴박살이의 명성뿐만 아니라 사격의 명수라는 명성에 흠집이

났다고 생각한 데이비는 화가 났다. 그런 방식으로 그깟 동물한테 당한다고 생각하니 더욱 참을 수가 없었다.

'언제 어디서든 사슴을 박살낼 수 있는 이 몸이 그 건방진 놈에겐 접근도 못 하다니!'

데이비는 밤새 눈을 부릅뜬 채 한숨도 못 자고 계획을 세웠다. 그리고 아침이 밝자마자 곧장 가게에 들러 망치로 사슴박살이를 구부렸다. 그 사슴이 산등성 주위를 돌 때를 대비해 총알이 휘도록 고친 것이다.

데이비는 빨리 실험을 하고 싶어서 총을 장전하고 서둘러 출발했다. 문제의 장소에 도착했더니 아니나 다를까 사슴이 펄쩍 뛰어올랐다. 꼬리를 연처럼 높이 띄우고 뒷발을 휙 차올리는 모양새가 데이비 눈에는 건방지게도 자기를 희롱하는 것처럼 보였다. 데이비는 몸을 숨기고 방아쇠를 당겼다. 그러고는 움직이지 않고 가만히 지켜봤다. 사슴이랑 총알이 햇살처럼 한데 어울려 도는 모습이 마치 '어디 있니? 어디 있니?' 라고 물으면서 총알이 사슴을 쫓아가는 것 같았다. 물론 데이비는 '이봐, 따라가. 어서.' 하고 기도했다. 사슴과 총알은 폭풍처럼 산등성 주위를 맴돌았다. 손가락으로 우두둑 소리를 내기도 전에 한 바퀴를 돌 정도로 둘의 속도는 대단히 빨랐다. 둘이 데이비를 향하는 순간에 드디어 총알이 사슴을 관통했다.

데이비는 사냥총 사슴박살이를 내동댕이치고 도살용 칼을 꺼낸 다음 실탄 가방을 벗어 사슴의 뿔에 걸어 놓았다. 정말 아름다운 사슴이었다. 그는 일단 죽이고 나서 자세히 보겠다는 생각을 했다. 데이비는 그 녀석을 잽싸게 칼로 찌르고 나서 실탄 가방을 걸어 놓은 뿔을 보기 위해 돌아섰다. 그런데 뿔은 이미 눈앞에서 사라져 버렸다. 이윽고 데이비는 그것이 지나가는 달이었다는 것을 발견했다.

실탄 가방을 달의 모서리에 걸어 놓았던 것이다. 실탄 가방을 잃어버리니 무척 아쉬웠다. 왜냐하면 그게 데이비가 가진 실탄의 전부였으며, 거기엔 또 톰슨 화약이 1파운드나 있었다.

데이비는 사슴을 둘러메고 서둘러 집에 갔다. 가죽을 벗기고 무게를 달아 보니 한 치의 오차도 없이 68킬로그램이었다. 그날 밤 데이비는 정말 푹 잘 수 있었다. 승자가 되었으니 당연하지. 다음 날 데이비는 달을 찾으러 갔다. 달이 빠른 속도로 돌아다니면서 실탄 가방을 쏟아 버리지 않았다면 그것도 찾을 수 있을 것 같았다. 어김없이 달은 똑같은 시간에 뿔에 실탄 가방을 건 채 터덜거리며 다가왔다. 데이비는 낚아채듯 가방을 빼앗고 달에게 가서 볼일이나 보라고 말했다.

복숭아나무 타기

뿔에서 탄약 가방을 내린 데이비는 서둘러 집에 와서 사슴박살이를 원래대로 곧게 폈다. 사슴 몇 마리를 더 잡을 생각이었다. 염두에 둔 장소에 도착하자마자 수사슴 십여 마리와 암사슴 한 마리가 눈에 띄었다. 사슴이 정면으로 다가오는 동안 데이비는 꼿꼿이 서서 사정거리 안에 들어오기만을 기다렸다. 암놈을 먼저 잡기로 했다. 암놈을 잡으면 쉽게 수놈을 잡을 수 있기 때문이다. 수컷이 암컷을 좇아 다니는 건 생명의 원리니 말이다.

데이비는 몸을 숨기고 먼저 암놈을 향해 방아쇠를 당겼다. 수컷들이 잽싸게 도망가더니 암놈 주위에 다시 모여들어 냄새를 맡았다. 그사이 다시 한 방을 쏘았다. 뒷다리에 총을 맞은 녀석이 쓰러졌다. 나머지는 다시 도망갔지만 데이비의 총알을 피할 수는 없었다. 장전을 할 때마다 한 마리씩 쓰러지고 마지막으로 우두머리 한 마리만 남았다.

그런데 탄약 가방을 만져 보니 남은 총알이 하나도 없었다. 복숭아 씨 하나만 달랑 있어서 데이비는 별수 없이 복숭아 씨를 총알 대신 사용하기로 했다. 하지만 엉덩이를 맞히려던 시도는 그놈이 꼬리를 내리치는 바람에 실패하고 말았다. 데이비는 한달음에 달려가서 잡은 사슴들을 차곡차곡 쌓아 놓았다. 그리고 헐레벌떡 집에 가서 짐과 샌더스에게 사슴을 가져오라고 시켰다.

그 2주간은 정말 달콤했다. 수놈들의 엉덩이 지방은 10센티미터가 넘었다. 그 덕에 돼지 지방을 쓸 필요가 없어졌다. 빵을 먹을 때에도 얼굴은 온통 기름 범벅이 되었다. 아끼지 않고 빵 양면에 사슴 지방을 듬뿍 발랐기 때문이다. 만선을 한 어부처럼 아이들은 의기양양했고 데이비의 바지는 물론 아이들 바지까지 해 입을 정도로 가죽도 풍족했다. 덕분에 꽤나 수다스러운 사슴박살이가 오랫동안 종알댈 수 있도록 총알도 넉넉히 사 둘 수 있었다.

데이비는 다른 곳에서 사슴을 잡다가 3년 만에 해골 야영지에 갔다. 이번에는 복숭아 씨를 쏘는 일이 없노톡 총알을 닉넉히 준비했다. 데이비는 곧 사냥하기 좋은 곳을 발견했다. 절벽 위에서 바라보니 바위 절벽 바로 옆에 어린 복숭아나무가 있었다. 탐스러운 복숭아가 잔뜩 달려서, 배고프고 목이 타던 차에 정말 다시 없는 행운을 만난 격이었다. 데이비는 사슴박살이를 내려놓고 절벽 위에서 내려와 복숭아나무 안으로 들어갔다. 그러고는 복숭아를 게걸스레 먹기 시작했다. 복숭아나무가 어디서 자라는지 살펴볼 생각은 전혀 하지 못했다.

복숭아를 쉰 개째 먹어 치우기 직전에 갑자기 나무가 움직이기 시작했다. 두려움에 떠는 늑대보다도 속도가 더 빨랐다. 복숭아나무가 1.5킬로미터쯤 달려가고 나서야 아래를 내려다볼 수 있었다. 복숭아나무가 사슴의 등에서 자라고 있을 줄 누가 상상이나 했을까. 믿을 수 없겠지만 이건 추호의 거짓이 없는 진실이다.

데이비는 이젠 죽었다고 생각했다. 사슴은 데이비를 태운 채 통나무를 건너고 바위와 절벽을 넘어 빠른 속도로 달렸다. 어찌나 빨리 달렸던지 바람을 가르는 소리가 마치 태풍처럼 귓가에 울렸다. 기도를 해 보려고 했지만 워낙 빨리 달려서 기도는커녕 숨도 제대로 쉴 수 없었다. 25킬로미터를 미친 듯이 달리고 나서야 사슴은 멈춰 섰다. 데이비도 그제야 복숭아나무에서 내려와서 숨을 돌릴 수 있었다. 그 순간의 고마움은 이루 말할 수 없을 정도였다.

사슴도 숨이 차는지 헐떡였다. 데이비는 다시 한 번 안도하며 사슴박살이가 있는 곳을 향해 되돌아가기 시작했다. 걸어가면서 보니 사슴이 정말 많았다. 그때까지 보아 온 사슴을 죄다 합해도 그때 본 사슴의 수에 미치지 못할 듯했다. 사슴들은 그에게 총이 없다는 것을 알았는지 줄곧 뒷발질을 하고 콧김을 뿜어 댔다. 데이브는 몹시 고통스러웠지만 이를 악물고 참았다. 줄잡아 25킬로미터쯤 걸어서 원래 복숭아나무가 있던 곳에 돌아와 사슴박살이를 찾았다. 그러고는 서둘러서 집으로 돌아왔다. 소득이 하나도 없어서 기가 팍 죽은 채로 말이다.

이 이야기를 듣고 마음씨는 좋지만 잘 속는 윌모스가 물었다.

"데이비, 그게 정말인가? 자네가 아무리 진실한 사람이라고 하더라도 이번엔 자네 말을 믿지 못하겠네그려. 어떻게 복숭아나무가 사슴의 등에서 자랄 수 있겠나?"

데이비가 이렇게 대답했다.

"내가 사슴의 등에 쏜 복숭아 씨가 자란 거 아니겠어? 두말하면 잔소리지 뭐."

비 둘 기　집

데이비 레인이 빌에게 자신의 모험을 들려주었다.

"종류를 막론하고 흔히 사람들은 한 가지 음식만 계속 먹으면 질리는 법이지. 하긴 돼지 쓸개와 순무만 먹는 손슨 스노 같은 사람도 있지만 말이야. 나 같은 경우에는 이젠 사슴 고기보다도 칠면조에 더 질렸어. 소산이라는 곳에 비둘기 둥지가 많다는 소문은 익히 들은 터라 비둘기를 잡으러 가기로 했어. 다양한 고기를 먹어 보고 싶었거든. 칠면조가 또 식탁에 올라오면 이젠 거들떠보기도 싫어. 집 사람이 아무리 마음씨가 좋다지만 정성스레 차린 음식을 쳐다보지도 않으면 좋다고 할 리가 없고 해서 겸사겸사 나섰지.

탑이라고 알지? 왜 내 구식 소총 있잖아. 탑을 손보고 탄약 가방에 총알을 가득 채운 다음에, 닙을 타고 비둘기 둥지를 찾아 서둘러 출발했어. 오후 2시쯤 목적지에 도착했는데 날아드는 비둘기들 때문에 온 세상이 깜깜했어. 가히 상상을 초월할 정도로 비둘기가 많더라고. 나는 원래 거짓말을 못 하는 성격이라 당시 비둘기가 몇 마리였는지 거짓말하지는 않겠네. 어쨌든 어린 나뭇가지로 만든 비둘기 둥지가 지천에 널려 있었어.

주위는 어두웠지만 어서 비둘기를 잡아야겠다는 생각에 나뭇가지에 넙을 단단히 붙들어 맸어. 말을 매어 두기에는 더할 나위 없이 좋은 장소였지. 비둘기들은 벌 떼처럼 시커멓게 나뭇가지에 앉아 있었어. 나뭇가지가 땅에 닿을 정도였으니까. 난 사정없이 비둘기들에게 총을 쏘았어. 한번에 1파인트나 되는 총알을 쏟아 부었지. 그것도 질 좋은 걸로 말이야. 비둘기들이 우수수 떨어졌어. 탑이 뜨거워질 때까지 오랫동안 쏘아 댔어. 족히 1000마리는 잡은 후에야 총을 내려놓았다네.

나는 자루가 가득 찰 정도로 비둘기를 담아서 넙을 매어 두었던 곳에 갔어. 그런데 넙이 사라진 거야. 아무 데도 없었어. 한참 동안 땅을 바라보자니 이건 덤불 속에서 바늘을 찾는 격이더군. 헛수고다 싶더라고. 어쩌다 12미터 높이의 나무 위를 올려다봤더니, 세상에! 넙이 나뭇가지에 대롱대롱 매달려 있는 거야. 가지에 매달려 땅에 떨어졌다 하늘로 솟았다를 반복하는 모양새를 보니 터져 나오는 웃음을 참지 못하겠더군.”

“어떻게 말이 나무 위에 올라간 거예요?”

빌 홀더가 궁금해서 참을 수 없다는 듯 물었다.

“내가 넙을 비둘기들이 앉아 있던 나뭇가지에 매어 놓았잖아. 새들이 날아가자 나뭇가지가 올라가게 되고 덩달아 넙도 따라 올라가게 된 거란다.”

“그러면 어떻게 넙을 내렸어요?”

빌이 다시 한 번 물었다.

“별거 아니야. 어쨌든 아저씨는 넙을 끌어 내렸어. 만약 네가 알게 되면 토악질을 할까 봐 애기를 못 하겠다. 넙을 내려놓자마자 비둘기를 싣고 집에 왔단다. 그리고 일주일 내내 비둘기 요리를 먹었어. 타를 강에서 월척을 낚은 어부처럼 무척이나 신이 났단다."

"그렇게 큰 복숭아는 내 생전 처음이었어. 버지니아 주 알버말에서 먹던 바로 그 맛이었다네. 버지니아에 살 때만 하더라도 복숭아를 한번 먹었다 하면 두 말은 족히 먹었는데 말이지."

프로스트 스노의 말을 듣고 데이비 레인이 나섰다. 데이비 아저씨에게 화두를 던지는 데 프로스트 아저씨만큼 능한 사람도 없었다.

"피! 퓨고 군도라고! 그건 내가 버지니아 주에서 먹었던 것에 비하면 아무것도 아니야. 난 존 삼촌을 따라 과수원에 간 적이 있었어. 그곳에는 엄청나게 큰 복숭아나무가 두 그루 있었는데 어찌나 복숭아가 주렁주렁 달렸던지 가지가 땅에 닿을 정도였지.

삼촌께서는 그러셨지.

'데이브야, 저쪽에 있는 큰 복숭아나무 보이지? 너보다는 내가 복숭아를 더 잘 먹는단다.'

'그렇지는 않을걸요, 삼촌.'

나도 질세라 대꾸를 했어. 삼촌이 내기를 제안하더군.

'내 사슴 가죽 바지를 걸지.'

'좋아요!'

난 내기를 받아들였어.

'그럼 나무를 골라라.'

삼촌이 말했지.

'난 이걸로 할래요.'

삼촌의 말에 내가 먼저 나무를 선택했어.

우리는 나무가 있는 곳으로 갔어. 볼레셋 인을 살해하는 삼손처럼 우리는 도살용 칼로 복숭아를 베어 먹기 시작했어. 쉬지도 않고 어두워질 때까지 말이야.

'데이브, 어떻게 되어 가니?'

'좋아요. 이젠 익숙해진걸요. 삼촌은 잘되어 가세요?'

삼촌이 먼저 물어오기에 나도 삼촌에게 진전 상황에 대해 물어보았어.

'난 그만 먹으련다. 배가 포화 상태야.'

삼촌이 먼저 백기를 들었어. 그래서 위를 보았더니만 나뭇가지가 땅에서 50센티미터나 올라가 있었어. 삼촌이 가지에 달려 있던 복숭아를 먹은 탓이었지. 내 나뭇가지는 무려 1미터나 올라가 있고 말야. 땅바닥에 이열 종대로 늘어서 있는 복숭아 씨는 마치 인디언 무덤 같았어. 내가 먹은 복숭아 씨는 워낙 많아서 국가를 방불케 했지."

"하! 하! 하! 그야말로 기상천외하군."

프로스트 아저씨가 웃으면서 말했다.

"복숭아는 그렇다치고 이중에서는 아무래도 내가 사과를 가장 많이 먹을걸. 틀림없어."

딕 스노의 말에 역시 데이비 레인이 빠지지 않고 나섰다.

"몇 개나 먹을 수 있는데? 사과 먹기에서도 나를 따라올 사람이 없을걸."

"정확하지는 않지만 한 말 정도는 되지, 아마."

딕이 대답했다.

"애개! 별것도 아니네. 코끼리에게 주는 막대 사탕 정도라고나 할까. 존 삼촌이 복숭아 먹기 내기에서 지는 바람에 사슴 가죽 바지를 잃었잖아. 분했는지 삼촌은 나를 사과 과수원으로 끌고 가서는 이렇게 얘기하는 거야.

'데이브야, 저기에 커다란 사과나무 두 그루 보이지?'

'예, 보여요. 그런데 사과나무가 왜요?'

나는 무슨 일인지 궁금했어.

'사과가 주렁주렁 열려서 가지들이 땅에 닿았지?'

'예, 그러네요. 그런데 그게 어쨌다는 건가요? 돌려 말하지 말고 요점을 말하세요. 얼른요! 어른답게 삼촌의 의도가 뭔지 말하세요.'

내가 다그쳤어.

'다시 내기를 하자. 내가 준 바지를 되찾아야겠어.'

'그렇게는 안 될걸요.'

나도 지지 않았지.

'네가 먼저 나무를 고르렴.'

'이 나무로 할래요.'

삼촌이 나무 선택권을 내게 먼저 주기에 난 두 그루 중에서 더 근사한 나무를 골랐어.

'선택을 잘못 했어. 이번엔 내가 쉽게 이길 거야.'

삼촌은 자신만만했어. 그래서 우리는 아침 일찍 사과나무에 올라갔어. 그런데 정오가 되니까 삼촌이 내려 달라고 하는 거야. 다시 한 번 내가 삼촌을 이긴 거지. 삼촌은 배가 아픈 망아지처럼 몸이 퉁퉁 부었더라고. 난 사냥개처럼 말짱했는데 말이지. 살펴보니 내가 택한 사과나무 가지는 1.2미터는 족히 올라가 있었어. 삼촌의 나뭇가지는 고작 1미터 올라가는데 그쳤는데 말이야. 나무 아래에는 사과 껍질과 사과 속이 지천으로 널려 있었는데 돼지 쉰 마리가 충분히 먹고도 남을 양이었지."

"내 월귤나무는 건드리지 말게."

딕이 말했다.

특허 의약품은 어디에서나 볼 수 있다. 약을 발명한 사람들의 연감도 마찬가지다. 놀랍게도 제인 박사의 연감 역시 출판되자마자 퍼져 강 지역으로 흘러 들어왔다. 누군가 데이비 레인에게 촌충에 대한 사진과 그림을 보여 주었다. 데이비는 짐짓 놀라지 않은 척하면서 말했다.

"별것도 아닌 걸 가지고 뭘 그리 호들갑을 떠는 거야? 공부깨나 했다는 박사 양반이 겨우 그만한 일로 책을 내다니, 원! 제인 박사라는 사람은 촌충 구경도 못 해 봤을 거야. 암, 그렇고말고."

"데이비, 촌충은 말이야."

누군가가 말을 꺼내자 데이비가 강한 어조로 말을 끊었다.

"신경 쓰지 말고 잠자코 있게. 내가 아무것도 모르면서 이런 말을 한다고 생각하지 말라고. 별 시덥잖은 이야기나 하려고 책을 쓰다니. 원! 어린애들이나 혹할 이야기잖아. 그 박사라는 양반은 나한테나 자문을 구할 일이지. 내가 책으로 낼 값어치가 있는 이야기를 해 주지."

"뭐지 한번 들어나 보지."

많은 사람들이 입을 모아 말했다.

"제인 박사인지 뭔지 하는 양반이 쓴 별 볼일 없는 책을 옆에 놓고 이야기를 하자니 영 거북살스럽네. 그런 허섭스레기 같은 이야기를 하다니. 하지만 자네들이 그토록 듣고 싶다니 내 얘기함세.

내 고향 버지니아 주에 샐리 페티그루라는 별난 여자가 살았어. 샐리가 어떤 여자인지는 얘기하지 않겠네. 그건 정말로 불가능한 일이거든. 어쨌든 샐리는 허리가 절구통만 해서 웃음거리가 되곤 했지. 샐리는 핫도그를 다섯 개나 먹고 바로 물을 꿀꺽꿀꺽 들이켜는 여자야. 마치 목마른 황소처럼 말이지. 추호도 거짓이 없는 사실이니까 그렇게 고개를 갸우뚱거릴 필요는 없네.

샐리는 생선이라면 사족을 못썼는데 여하간 배부르게 생선을 먹었다는 말을 들어 본 적이 없을 정도였어. 그렇게 생선을 먹고 나서는 또 엄청닌 양의 물을 먹어 댔지. 그렇게 많이 먹어 대는 샐리를 보고 이웃 사람들은 더 이상 그냥 지나칠 수 없다고 생각하고, 소금에 절인 청어를 한 통 가득 요리해서 샐리에게 먹였어. 물론 샐리는 마파람에 게 눈 감추듯 한 마리도 남김 없이 청어를 먹어 치웠지. 그러자 사람들은 물을 먹지 못하도록 샐리를 단단하게 묶어 버렸어. 샐리는 물을 달라고 엉엉 울면서 소리를 질러 댔어. 거의 발작을 일으킬 정도였지. 사람들은 물을 담은 사발을 샐리의 입 근처에 갖다 놓았어. 마실 수 없는 거리에 말이지. 그리고 한참을 지켜보자니 샐리의 입에서 뭔가가 머리를 내미는 거야. 한 사람이 족집게로 그걸 꺼내기 시작했는데 어찌나 길던지 끝이 보이지 않을 정도였어. 그런데 세상에! 그게 뭐였는 줄 아나? 바로 산더미만 한 촌충이 아니겠어? 옆에서 지켜보던 할아버지는 결국 정신을 잃고 말았어. 사람들은 샐리 근처에도 안 가려고 했지. 샐리가 정신이 들자 우리는 촌충이 얼마나 긴지 재 보기로 했어.

모퉁이에 못을 박아 고정시켜 가며 촌충을 현관문에서 시작해서 빙빙 집 주위로 돌렸어. 길이 9미터에 폭이 5미터 반인 집이었는데 문제의 촌충은 집을 거의 한 바퀴 돌았으니까 27미터쯤 되었어. 다시 한 번 말하지만 제인 박사의 촌충은 샐리의 것에 비하면 별거 아니라고."

"그만하게! 우리가 졌네 그려."

딕 스노의 말에 데이비는 태연히 대꾸했다.

"엄연한 진실이니 당연하지."

<h1 style="text-align:center">사슴뿔 달린 뱀</h1>

데이비가 자신이 회개하게 된 계기에 대해서 말문을 열었다.

"하루 날을 잡아서 수사슴을 잡으려고 했는데 말이야. 그날따라 사슴이 한 마리도 눈에 띄지 않는 거야. 막상 빈손으로 집에 돌아갈 생각을 하니 영 마음이 내키지 않았어. 조롱거리가 되고 싶지 않았거든. 그런데 그때였어. 암사슴 한 마리가 내 앞에 턱 버티고 서 있는 게 아니겠어. 난 사슴박살이로 녀석을 명중시켰지. 사슴을 들고 집에 돌아왔는데, 워낙 마른 사슴이라 고기가 금방 바닥나 버렸어.

깜빡할 뻔했네. 사슴을 잡은 날이 마침 일요일이었거든. 안식일에 사슴을 잡는다는 것이 썩 내키는 일은 아니잖나. 게다가 어미도 없이 어린 새끼를 혼자 크게 만들었다고 생각하니 가슴이 아프더라고. 불쌍한 것 같으니!

그래서 2, 3일 후에 새끼 사슴을 찾을 요량으로 그곳에 다시 갔어. 월계수와 담쟁이덩굴이 숲을 이루던 곳이었지. 난 이파리로 피리를 불어서 새끼 사슴을 유인했어. 그런데 이내 새끼 사슴이 화답해 오는 게 아니겠어! 날 어미로 생각한 거지. 불쌍한 것! 난 계속 피리를 불어 댔어. 그때마다 반응이 오는 거야. 그런데 어린 사슴이 다가오는 속도가 워낙 느려서 조바심이 나기 시작했어. 그래서 좀 거리도 좁히고 자세히 보기도 할 겸 겸사겸사 앞으로 다가갔어. 내가 있던 곳은 월계수와 담쟁이덩굴에 가려서 앞을 볼 수가 없었거든.

다시 피리를 불었는데 가까이에서 소리가 나는 거야. 다시 한 번 피리를 불고는 통나무에 올라가 목을 길게 빼고 월계수와 담쟁이덩굴 사이를 내다봤어. 겁에 질린 칠면조처럼 말이지. 그런데 뭐가 있었는 줄 아나?"

"전혀 모르겠는걸."

이야기를 듣고 있던 탈리어페로가 대답했다.

"그럼 내 얘기를 들어 보게. 뱀하고 눈이 딱 마주쳤는데, 그 뱀은 아마도 신이 만든 창조물 중에서 가장 크고 별나게 생긴 놈일 거야. 몸길이가 4미터 반은 족히 되었는데, 특이하게도 싸움깨나 할 것 같은 큰 사슴뿔이 두 개나 달려 있는 거야. 마치 영양의 뿔처럼 말이지. 그렇게 이상한 뱀이 무서운 눈초리로 나를 노려보지 않겠어? 뱀이란 놈의 주문에 걸려 못 움직이게 되기 전에 난 부리나케 통나무 아래로 뛰어내려서는 정신없이 달리기 시작했어. 가히 초인적이라 할 만한 속도로 한달음에 집까지 뛰었지. 라운드힐 언덕에서 뱀을 만났을 때와 비교한다면 달팽이와 번개의 경주였다고 해도 과장이 아닐 거라니까."

"그런데 무슨 뱀이 그래?"

탈리어페로가 물었다.

"내가 생각하기엔 말이야. 안식일에 사냥을 한 죗값이었나 봐. 뱀은 꼭 내가 잡으려고 했던 새끼 사슴처럼 울었거든. 뱀이나 나나 둘 다 새끼 사슴이 아니잖나. 분명한 것은 앞으로 다시는 안식일에 사냥을 하지 않겠다는 거야. 내 사슴박살이를 걸고 맹세하지."

미국 민담을 소개하며

· · · · ·

    미국은 비록 역사는 짧지만 광활한 국토, 막대한 천연 자원, 다양한 인종과 민족의 이민을 바탕으로 200여 년이란 짧은 기간 안에 방대한 양의 경험을 축적한 나라이다. 건국 초기 개척 시대의 미국인은 영국의 종교 박해를 피해 메이플라워 호를 타고 플리머스에 도착한 청교도들의 후예들로서 신앙과 양심을 지키고 신앙적 삶의 완성을 추구했다.

    개척 시대 미국은 동부 해안의 일부 개척지를 제외하고는 문명과 비분명이 공존하는 세계였다. 그래서 일부는 동부의 사회 체제가 갖추어지고 문화 현상이 발생하는 공동체 안에서 살아갔지만, 대부분은 자연 속에서 야생 동물을 사냥하며 문명의 혜택을 제대로 받지 못한 채로 살아갔다. 개척민들은 낮에는 북미 토착 인디언과 전쟁을 벌이고 밤이면 야생 동물과 싸워야 하는 척박한 환경 가운데에서도 온갖 시련과 역경을 이겨 내며 동부 해안에서부터 서부로 영토를 넓혀 나갔다. 서부 영화에 단골로 등장하는 인디언과 싸우며 영토를 넓혀 가는 백인 개척민과 광활한 대평원을 말을 타고 질주하며 수백수천의 소 떼를 모는 카우보이의 생활상은 미국이 아니면 볼 수 없는 진기한 풍경인 것이다. 총을 차고 정의의 수호자를 자처하거나, 일확천금을 위해 은행을 털고 열차에 뛰어들던 강도들은 국토의 광활함으로 인해 치안이 불안하던 시대의 미국의 모습이었다.

하지만 그렇다고 해서 미국인들의 생활에서 번뜩이는 재치와 해학이 완전히 배제된 것은 아니었다. 오히려 삶이 고달플수록 도덕성의 억압이 클수록, 미국인들은 나름대로 유머감각을 발휘하면서 삶의 여유를 잃지 않으려 애썼다. 매일 고된 노동에 시달려야 하는 개척민들에게 이야기를 지어내고 들려주면서 서로를 즐겁게 하는 일은 지친 심신을 위로하는 방법 중 하나였다. 개척민들은 신대륙에 당도하기 이전에 가지고 있던 그들 고유의 문화와 전통에 신대륙에서 얻은 경험을 더해 새로운 이야기들을 풍부히 창조해 냈다.

제1부에 실린 허풍으로 가득 찬 황당무계한 이야기 「꼬마 오드리의 모험」, 「바람」, 「위대한 프랭크」 등은 기발한 재치와 과장된 유머로 독자로 하여금 무릎을 치며 웃음을 터뜨리게 만든다. 또한 「웨스트버지니아의 농장 이야기」 같은 이야기들은 자기 고장의 장점을 추어올리며 다른 고장을 깎아내리는 우스개로, 지방 특유의 문화적 풍토와 정서를 엿볼 수 있다. 그 밖에도 「실종자 피터 럭」 같은 괴담들은 척박한 자연 환경 속에서 살아가는 개척민들의 공포심을 반영하는 이야기로서 오늘날까지 꾸준히 소설, 시, 드라마의 소재로 쓰이며 미국인들에게 사랑받고 있다.

하나의 민족이나 국가에 대하여 알고 싶으면 무엇보다도 그들의 영웅담을 들어 보아야 한다. 영웅들은 보통사람들이 우러러보거나 갖고 싶어 하는 자질과 능력을 겸비한 특출한 사람들이기 때문이다. 다른 나라의 경우 영웅들의 존재와 힘의 근원은 대개 종교나 신화를 통해서 얻어졌다. 그러나 전해져 내려오는 신화나 의식이 없는 미국의 경우 영웅은 현실 세계에 뿌리를 내린 인간이다.

미국의 영웅은 본질적으로 세 유형으로 나뉜다. 첫째, 가난한 소년이 성공하는 경우. 둘째, 착한 소년이 비뚤어지는 경우. 셋째, 믿기 어려울 정도로 착하거나 불량한 경우. 학교 교과서에서는 애국심을 고취하거나 성공 철학을 가르칠 목적으로 여러 형태의 지도자들, 즉 탐험가, 개척자, 군인, 정치가, 발명가, 기업가를 찬양한다. 반면에 대중 문화는 말 탄 사나이들과 총잡이 악당들을 미화한다. 미국의 민담에 나오는 주인공들은 이 두 개의 극단 사이에 있다.

미국 영웅을 종합적으로 살펴보면 다음과 같다. 즉 평범하면서도 거칠고 생활 능력이 있는 사람, 흥정도 잘하면서 싸움에도 능한 사람, 세일즈맨 같으면서 이야기도 잘하고 유머감각이 풍부하여 좋은 인상을 남길 줄 아는 사람이다. 미국의 영웅들이 갖춘 여러 상충되는 자질을 가장 근사하게 설명해 주고 또 정당화시켜 주는 예는 개척 신화이다. 개척 신화에는 강인한 힘, 용기, 기지 등의 원시적 미덕과 검소, 근면, 인내 등의 경제적 미덕이 효과적으로 조화를 이루고 있다.

미국의 영웅들 중 대표 주자는 허풍과 재담으로 무장한 숲의 사나이들이다. 숲의 사나이는 장총 솜씨가 뛰어날 뿐만 아니라 거칠고 야성적인 성격과 독립적 생활 방식, 그리고 기사도 정신으로 유명하다. 숲 사나이들은 짐승, 가죽, 인디언, 토지, 모험 등을 추구하면서 정착촌의 변두리를 따라가거나, 문명에 앞서가거나, 문명을 피해 다녔다. 장총은 그들이 널리 방랑 생활을 하면서 생계를 잇는 수단이기도 하고 또 스포츠와 오락을 겸한 놀이기구이기도 했다. 숲의 사나이들의 사격 솜씨는 1815년 1월 8일에 있었던 뉴올리언스 전투에서 진가를 발휘한 후 전국적인 명성을 얻게 된다. 전투가 벌어진 지 대략 7년 후인 1822년 5월에 이르면, 환호하는 청중 앞에서 코미디언 노아 러들로가 숲의 사나이들에 관한 노래를 부르는데, 이때가 이들의 존재가 역사에서 전설로 넘어가는 계기였다고 할 수 있다.

영웅이 갖추어야 할 자질 중 가장 중요한 한 가지는 바로 허풍이다. 베오울프나 중세의 기사를 닮은 사나이들은 허장성세를 통해 자신의 능력을 과시함으로써 다가올 전투에 대비하며 주위 사람들에게 승리의 확신을 심어 주었다. 하지만 미국의 허풍선이 사나이들은 과거에 대한 자랑보다는 미래에 대해 자랑을 하는 편이었고 현실과 허풍 사이의 간격을 줄여서 이야기의 실감을 강화

하기보다는 허풍 그 자체의 황당무계함을 즐기곤 했다. 그 자체의 성격상 허풍은 거짓말이면서 동시에 거짓말하는 행위를 풍자하는 기능을 수행한다.

숲의 사나이들 중 가장 먼저 떠오르는 사람은 성공한 촌놈 데이비 크로켓이다.

크로켓은 숲의 사나이들의 촌스러움에 용감함과 기사도 정신을 가미한 성격의 소유자이다. 그는 솜씨 좋은 사냥꾼이자 지방 정치가였으며 인디언과의 전투에서도 커다란 공을 세워 이름을 날린 용사로, 1836년 멕시코 알라모 전투에서 전사했다. 알라모 전투는 1836년 당시 멕시코 영토였던 텍사스 주 샌안토니오의 알라모 성채에서 일어난 멕시코와 미국 이주자의 전쟁이다.

생존 당시 크로켓은 국민의 영웅이었지만, 오늘날 크로켓 대령은 정치가나 알라모 전투의 순교자보다는 유머감각 넘치는 숲 사나이로 기억된다. 프랭크 노리스를 비롯한 미국 서사문학 역사가들은, 크로켓이 단지 영리한 친구들에 관한 우스운 이야기를 많이 알고 있는 인물로만 인식되는 데 대해 불만을 품기도 한다. 어쨌거나 민중 철학자이며 풀뿌리 정치가이던 데이비 크로켓은 오늘날 변화무쌍하고 방랑하는 전설적인 미국인의 전형으로 자리매김하고 있다.

'기적의 사나이' 피코스 빌의 이야기는 온갖 황당무계한 무용담으로 가득차 있다. 부모를 잃고 야생동물들과 함께 자란 그는 「정글북」의 주인공 모글리를 연상시킨다. 맹수들도 그를 당할 수 없고 아무리 날쌘 총잡이도 빌 앞에서는 순식간에 죽어 나간다. 피코스 빌은 악당들보다도 더 거칠게 행동하기로 유명한데, 일설에 의하면 곰을 두 마리나 동시에 끌어안아 으스러뜨려서 죽였고, 방울뱀을 소를 묶는 끈으로 사용했다고도 한다. 퓨마는 피코스 빌을 만나자마자 살려 달라고 애원했으며, 빌은 퓨마를 타고 방울뱀으로 채찍질을 하면서 들판을 달렸다고 한다. 피코스 빌은 목축업과 관련된 대부분의 기구들을 발명했을 뿐만 아니라 서부의 악당을 해치우는 데 혁혁한 공을 세운 것으로도 유명하다.

조지 워싱턴과 에이브러햄 링컨의 소년 시절 에피소드가 민담으로 전해지는 이유는 정직성을 중시하는 미국인들의 전통 때문일 것이다. 이런 이야기들을 통해 미국인들이 일상적 삶과 그들이 중시하는 가치를 알아볼 수 있다.

왕발이 월러스는 문명을 등지고 서부 황야에서 사나운 맹수, 인디언, 멕시코 인들과 부대끼면서 살아가던 자연인이다. 우연히 친척의 유산을 물려받으면서 버지니아 여행을 감행한 그는 낯선 도시에서 몹시 어색해하며 우스꽝스러운 실수를 연발한다. 하지만 그는 자신의 촌스러운 모습을 부끄러워하거나 도회지 사람들을 따라하려 하지 않고 당당하게 행동한다. 미국인의 장점은 자신의 타고난 가치를 부끄러워하지 않고 당당하게 행동한다는 점인데, 월러스는 그런 미국인의 순진한 자부심을 잘 보여 주는 인물이다.

와일드 빌과 빌리 더 키드는 미국인들이 서부 개척 시대에 대해 이야기할 때면 빠지지 않고 언급하는 유명한 총잡이들이다. 총잡이 이야기는 미국 특유의 민담이다. 아직 미국 영토로 편입되지 않은 서부의 황야 지대는 사회 체제와 사법 질서가 확립되지 않은 상태로, 온갖 종류의 이주민과 악당, 불량배들이 한데 어울려 살아야 했다. 이러한 환경에서 가장 확실한 생존 방법은 무기의 소지와 사용이었으며, 또한 지역 사회의 평화와 질서 유지 방법도 무력의 행사였다.

이 시절 거칠고 호전적인 총잡이는 질서를 어지럽히고 무고한 사람을 해친다는 이유로 기피의 대상이었지만, 때로는 사람들의 경탄과 숭배의 대상이 되기도 했다. 「총잡이들의 왕자」에서 보듯이 무법자들의 세계에서 총 솜씨는 단순한 범죄 행위에 머물지 않고 과학이나 예술의 경지로 승화된다. 유명한 킬러들의 결투 장면이나 한 사람의 총잡이가 여러 사람을 한꺼번에 해치운 사건은 그들이 비록 악당들이라 하더라도 전설로 남아 길이 전한다.

엮은이 손동호

한국외국어대학교 영어과를 졸업하고 미국 미네소타 대학교 대학원 영문학 박사 학위를 취득하였으며 현재는 한국외국어대학교 영어대학 교수로 있다. 미국 페어리디킨슨 대학 교환 교수를 역임했다. 논문으로는 「메타드라마의 정치성과 극적 공간: 「마음의 갈등」」 등이 있다.

세계 민담 전집 11

미국 편

1판 1쇄 찍음 2005년 6월 25일
1판 1쇄 펴냄 2005년 6월 30일

엮은이 손동호
편집인 장은수
발행인 박근섭
펴낸곳 ㈜황금가지

출판등록 1996. 5. 3(제16-1305호)
135-887 서울 강남구 신사동 506 강남출판문화센터 5층
영업부 515-2000 / 편집부 3446-8773 / 팩시밀리 515-2007
www.goldenbough.co.kr

값 14,000원

ⓒ ㈜황금가지, 2005 Printed in Seoul, Korea
ISBN 89-8273-591-7 04800
　　　89-8273-580-1 (세트)